清太祖秘史

塞外龍飛

又是攻無不取的常勝帝王；他一生有十六位美貌的妻妾，可最終卻錯過了一樁天造地設的大好姻緣，無奈抱憾，戀情怎堪……

胡長青 作者

目錄

主要人物表

努爾哈赤——又作努爾哈齊。廟號清太祖，姓愛新覺羅氏。世襲建州衛左都督，後受明朝封敕，為建州都指揮使、龍虎將軍，建國號金，稱覆育列國英明汗，年號天命，後被尊為太祖承天廣運聖德神功肇紀立極仁孝睿武端毅欽安弘文定業高皇帝。享年六十八歲。

佟春秀——努爾哈赤原配福晉。生子褚英、代善，女東果。

袞代——努爾哈赤大福晉，姓富察氏。生子莽古爾泰、德格類，女莽古濟。

孟古——努爾哈赤大福晉，姓那拉氏。美豔嫻靜，人稱孟古姐姐。生子皇太極。

阿巴亥——努爾哈赤大福晉，姓納喇氏。世譽滿蒙第二美女。生子阿濟格、多爾袞、多鐸。

東哥——姓那拉氏，孟古堂侄女。世譽滿蒙第一美女，為報父仇，居家至三十三歲，人稱葉赫老女。

舒爾哈齊——努爾哈赤同胞二弟，曾與努爾哈赤齊名，後因爭奪權位，被努爾哈赤處死。

褚英——努爾哈赤長子，封廣略貝勒，賜號洪巴圖魯，立為太子，後因叛逆被處死，年三十六歲。

代善——努爾哈赤次子，賜號古英巴圖魯，正紅旗、鑲紅旗旗主，立為太子，後遭廢黜。皇

太極繼位後，封禮烈親王。

莽古爾泰——努爾哈赤第五子，正藍旗旗主，四大貝勒之三。

皇太極——努爾哈赤第八子。廟號清太宗。建國號大清，年號崇德。四大貝勒之末，正白旗旗主。子清世宗福臨為大清入關第一位皇帝。

阿敏——舒爾哈齊次子，鑲藍旗旗主，四大貝勒之二。

額亦都——開國五大功臣之一，官至議政大臣。

費英東——開國五大功臣之一，官至議政大臣。

何合禮——開國五大功臣之一，官至議政大臣。娶東果而為額附。

扈爾漢——開國五大功臣之一，官至議政大臣。

安費揚古——開國五大功臣之一，官至議政大臣。

張一化——北直隸大名府舉人。後流落遼東，因為努爾哈赤講授《三國演義》及歷朝興衰故事，是建州第一個軍師。

龔正陸——一作龔正六。浙江會稽人，本為販馬商人，因通文墨，為努爾哈赤執掌文書，並教其子弟，被稱龔師傅而不名。

范文程——明諸生，後金智囊。字憲斗，號輝岳，遼寧瀋陽人。歸順後金，極被尊重，稱范章京而不名。

李永芳——明撫順游擊，遼東鐵嶺衛人。後歸順後金，娶努爾哈赤孫女而為額附。

李成梁——明遼東總兵。字汝契，遼寧鐵嶺衛人。駐守遼東三十多年，以軍功第一，加太子太保，封寧遠伯，生子九人，人稱李家九虎。

楊鎬——明遼東經略。字汝京、京甫，號鳳筠。河南商丘人。萬曆八年進士。率十一萬大軍討伐後金，在薩爾滸慘敗，下獄。後被殺。

熊廷弼——江夏四賢之一。字飛白，號芝岡。湖北江夏人。萬曆二十六年進士，代楊鎬經略遼東，與遼東巡撫王化貞不和，廣寧兵敗遭冤殺，傳首九邊。遺骸多年不得歸葬故里。史稱明末三雄。

袁應泰——字大來，陝西鳳翔人。萬曆二十三年進士。代熊廷弼經略遼東，遼陽失陷，自縊殉國。

袁崇煥——明遼東巡撫。字元素，號自如，廣東東莞人。萬曆四十七年進士。守寧遠而獲大捷，清太祖中炮受傷，氣病而死。又與皇太極大戰寧錦，再獲大捷。崇禎時，以兵部尚書兼右副都御史，督師薊遼。後被冤殺，凌遲而死。

龍敦——努爾哈赤堂叔。

尼堪外蘭——努爾哈赤仇敵，圖倫城主，努爾哈赤祖父、父親受他陷害而死。

屠城

一陣馬蹄聲急急而來，來人高喊道：「大帥，且慢攻城——」他聽聲音極是耳熟，睜眼看時，一個鬚髮蒼蒼的老者與一個精壯的中年漢子飛馬趕到，二人下馬，那老者施了最爲尊貴的抱見禮道：「建州左衛都督覺昌安拜見大帥。」

萬曆十一年春二月，天氣陰霾，北風呼嘯，霰雪飄飛。

關外一望無際的沃野，籠罩在無邊的風雪之中。古勒城環山繞水，拔地而起，城北峰巒起伏，地勢險要，上面積滿了厚厚的冰雪。又深又急的蘇子河波浪滾滾，蜿蜒流過城南，雖仍結冰封河，但冬季河水乾涸，河岸變得異常陡峭，城裏的守兵又在岸上潑水而凍成一道冰牆，攀爬頗為不易。東西兩面有重兵把守，城高溝深，易守難攻。

關外人家逢到如此風雪的天氣，都團團圍坐在火炕上吃酒玩耍。此時的古勒城西卻來了大隊的明軍，突近城牆，架雲梯攻打。城上箭如雨發，軍卒一次次衝到城下，又一次次給亂箭射回。明軍中央的大纛旗下，一匹大青馬上，一員大將身著二品總兵補服，冒著風雪，氣定神閒地看著軍卒攻殺，運籌帷幄，極是輕鬆自在，彷彿登臨山水的書生文士，笑看雲捲雲舒，花白的髯鬚隨風飄散，手中令旗時緩時急，不住揮動，無奈城上弓箭太急太密，明軍急切之間難以靠近。不一會兒，一個都司氣喘吁吁地跑來稟道：「大帥，城中的弓箭實在厲害，是不是換個法子再攻？」

「嗯？換個法子？難道本鎮指揮有誤，要你來饒舌多嘴？」總兵眼中精光一閃，露出無限殺機，抬頭看看日頭已經偏西，冷哼道：「你跟隨我在遼東征戰多年了，本鎮的脾氣你也知道，將令既出，斷無收回之理！天色將晚，若不能拿下城寨，跑了古勒城主阿台，哼！你知道本鎮怎麼處置你。」

那都司嚇得縮舌，慌忙說道：「標下該死！就是拼了這條命不要，天黑前也要給大帥拿下古勒城。」說著將上身的鎧甲扒了，露出紫棠色的臂膊，持刀大呼道：「弟兄們，大帥有令，破了城寨，裏面的金銀財寶、女人牛羊見者有份，隨我殺呀！」明軍潮水般湧向城門。

箭如飛蝗，沒了鎧甲的遮護，都司頃刻間連中三箭，兀自揮刀猛衝，不料腿上又中一箭，終於趔趄摔倒。他給兩個軍卒抬到總兵面前，掙扎著匍匐在地，滿臉羞愧道：「大帥，標下無能，墜了您老人家的威名。」

那總兵卻未發怒責罵，反而溫聲寬慰道：「起來吧！虧你追隨本鎮這麼多年，竟蠢得有如三國時的許褚，知道他們的弓箭厲害，怎麼竟脫了鎧甲，那不是有意給人家做活靶子麼！」

都司拄著刀柄搖晃站起身來，尷尬憨笑道：「標下一時情急，若攻不下區區一個小城寨，豈不是枉費大帥多年的栽培！」

總兵大笑道：「我李成梁縱橫遼東四十年，師出必捷，威振絕域，拓疆七百里，若都像你這般蠻幹硬拼，不知死過多少回了。強攻不成，便要智取。尼堪外蘭呢，將這個王八羔子揪過來！」

一個獐頭鼠目的中年漢子惶恐地快步跑來，神色極為恭敬，見李成梁目光咄咄逼人，不敢直視，兩眼閃閃躲躲，游移不定，賠笑道：「不必勞駕親兵了，奴才在這兒哪！大帥有什麼事情只管吩咐？」此人便是女真圖倫城主尼堪外蘭，也是此次圍剿古勒城的嚮導，多日之前，他已暗派得力手下混入城中，以為內應。

李成梁喝道：「給我綁了！」兩個親兵過來將尼堪外蘭綁翻在地。

尼堪外蘭大驚，哭道：「大帥，就是借給奴才幾個膽子，奴才也不敢欺蒙大帥呀！」

「你這兔崽子！誑本鎮說有人做什麼內應，攻克古勒城不費吹灰之力，你臥底的人呢！怎麼還烏龜似的縮著脖子不動？非要等著拿下城寨才露面邀功麼？」

「大帥，也許是那幾個人行事不夠機密，給阿台那亂賊察覺了，如此那幾個人無異羊入虎口，斷無生理了。」

李成梁冷笑道：「此次攻打古勒城，本鎮已上奏朝廷，若無功而返，朝廷的臉面何在？本鎮如何向皇上交待？看來只好以你的人頭向朝廷謝罪了。」他獰笑著一拉腰中的寶劍，劍如龍吟。

尼堪外蘭嚇得跪倒，以頭觸地，哀告道：「大帥，念奴才急於求功，也是出於一片忠心，暫且開恩將這次記下，容奴才他日將功贖罪。」

「你等得，本鎮等不得！本鎮已年過花甲了，還有幾年建功立業、封妻蔭子的日子？再說女真建州三衛各部給本鎮剿滅幾盡，阿台手下不過兩千人馬，棲身在這彈丸之地，今日正可一鼓作氣將他剿滅，豈有白白坐失良機之理？」

尼堪外蘭回頭看看不遠處圖倫城的部眾，登時心如死灰，暗悔自己不如安心做一城之主，手下一千多個部眾，日子也快活逍遙，何苦昧於名利，妄想依靠明人，統一建州三衛，豈非自找麻煩，身惹是非？再多的牛羊馬匹人口，也是身外之物，哪裏有性命要緊？今日犯在李成梁手裏，此人嗜殺成性，心狠手辣，怕是脫不過了。正在閉目悲戚，一陣馬蹄聲急急而來，來人高喊道：「大帥，且慢攻城——」他聽聲音極是耳熟，睜眼看時，一個鬚髮蒼蒼的老者與一個精壯的中年漢子飛馬趕到，二人下馬，那老者施了最為尊貴的抱見禮道：「建州左衛都督覺昌安拜見大帥。」

「覺昌安，你們父子二人來古勒城做什麼？」李成梁一怔。

「聽說大帥要攻打古勒城，奴才與兒子塔克世急急趕來接回小孫女。」

塔克世見李成梁不解，接話道：「阿台的妻子是奴才大哥禮敦的女兒，奴才的阿瑪擔憂城破傷及性命，趕來接她回家，幸好城寨還沒有攻破，不然侄女不知死活，阿瑪不免要傷心了。」

李成梁與覺昌安多年前就已相識，知道他的底細。覺昌安世代住在赫圖阿拉城，自六世祖猛哥帖木兒給永樂皇帝敕封為建州衛指揮使，傳到覺昌安已有四代，覺昌安生有五子，長子禮敦、次子額爾袞、三子界堪、四子塔克世、五子塔察篇古。覺昌安年紀大了以後，上書朝廷將建州左衛都督一職轉封給四子塔世克，頤養天年。李成梁見覺昌安如此老邁的年紀，竟還惦記著一個遠嫁出門的孫女，舐犢情深，凡人概莫能外呀！他心裏暗自感慨，詭秘一笑，問道：「覺昌安，如今古勒城被困，你如何接出孫女？」

覺昌安抱拳道：「請大帥讓一條生路，老奴才進城接她。」

「念我們多年的交情，本鎮倒可放你入城，可阿台能為你打開城門麼？」

不等覺昌安答話，一旁的尼堪外蘭大叫道：「大帥，不止阿台的妻子是塔世克的侄女，阿台的姐姐還是他的妻子，他們是極為相好的親戚，進城自然不難。就是勸說阿台開門歸降，也費不了幾句話的。」他心頭一動，仿佛垂死的人抓住了救命的稻草一般，輕易不願放手。

李成梁心下頗覺愕然，如此阿台、塔世克二人如何稱呼？這些蠻夷當真不曾開化，哪裏有半點中原的禮教！他心中早有打算，自然不會聽從尼堪外蘭的攛掇，但他城府極深，不教人窺出一絲的心機，微笑著順勢問塔世克道：「你可願意進城勸他們來降？」

「這個、這個……」塔世克躊躇地看一眼父親。覺昌安向來是個十分謹慎的人，本來不曾有這樣的打算，事出突然，不容細想，又畏懼李成梁的威勢，點頭道：「老奴才願意效勞，但有一事請大帥應允。」

「講！」李成梁平日驕橫慣了，無人敢在他面前打什麼折扣，他見覺昌安答應得不十分痛快，心裏便有幾分不悅。

覺昌安自幼年起便在遼東安居，一直周旋在明朝官軍與建州女真各部之間，察言觀色的功夫練就得爐火純青，李成梁殺人如麻，建州女真婦孺皆知，八年前他第一次血洗古勒城，玉石俱焚，血流成河，嚇得人人心驚肉跳，此刻見他眉毛一挑一聳，登時加了小心，求他放過孫女婿阿台的話不敢胡亂說出，乾咳兩聲，遮掩道：「老奴才求大帥不要懲罰那小孫女，阿台作亂，她並不知情。」

「好！一言為定。」

女真禮俗，入城拜見不能帶兵刃，以示絕無敵意。塔世克鎖著眉頭，將腰刀解下，覺昌安覺察他有些為難，伸手一攔道：「帶在身上無妨，怎麼說與阿台也屬至親，勸他歸順也沒惡意。你既擔心，我與你一起進城。」

二人到了城前，守門的軍卒見城主的岳父到了，明軍離得又遠，一面飛報阿台，一面小心打開城門，二人催馬要進，後面卻傳來一聲吶喊，無數明軍一擁而上，隨後殺來。覺昌安大驚，如何也想不到李成梁會趁此機會攻搶城門，慌忙打馬向城中飛奔，堪堪離城門還有一箭之地，城頭有人大喝道：「快快關門放箭！」覺昌安、塔世克抬頭看時，見阿台橫眉立目站在城頭，大罵道：「覺昌安呀覺昌安，好你個反覆無常的小人！當年你們父子引著明軍攻打古勒城，殺我阿瑪，我念在多年至親的份上，不與你們計較，沒想到養虎遺患，這次又來害我，豈能再饒你？放箭射他！」

覺昌安父子急忙調轉馬頭回來，不料雙方箭發如雨，腹背受敵，好在二人馬術精奇，急忙蹬裏藏身，躲在馬腹下面。哪知一支火箭從背後飛來，深深插入覺昌安肩頭，頃刻之間，引燃了鬚髮、衣裳，覺昌安大叫一聲，跌落馬下。塔世克死死拉住馬韁，俯身去救，卻給城上的亂箭射得猶如刺蝟，登時斃命。覺昌安滿身著火，痛得在地上亂滾，可是箭上塗了油脂，劈劈剝剝，燒濺起來，不易撲滅，片刻之間，活活燒成了一具焦屍。

才開的城門瞬間關閉，衝到城下的軍卒也給亂箭射回。李成梁見計謀不成，面色冷峻，

剛剛鬆綁的尼堪外蘭害怕遷怒自己，朝城上大喊道：「城裏的弟兄們，天朝大軍既然來了，自然不會輕易撤兵。你們困死城中，不如歸順朝廷。大帥有令，誰殺了阿台，就教他做古勒城的城主！」

阿台罵道：「尼堪外蘭，你這女真的敗類！覺昌安父子待你不薄，你卻勾結明軍，將他們害死，別忘了塔世克還有三個兒子，他的大兒子努爾哈赤勇武過人，會放過你麼？」

尼堪外蘭嘲笑道：「阿台，你死到臨頭了，還是這麼嘴硬，想想自家怎麼逃過這一劫吧！我有大帥做靠山，就不用你擔憂費心了。」他一邊與阿台鬥嘴，一邊偷扯弓箭射去，阿台聽得弓弦響，急忙閃身，饒是躲閃得快，那箭堪堪擦著耳邊飛過。阿台驚出一身冷汗，正要命人射他，背後幾個軍卒一擁向前，為首的那個一刀將他的頭顱砍下，大叫道：「弟兄們，我們不過這擔驚受怕的日子了！分了阿台的財寶女人，歸順大帥。」

城門洞開，為首的軍卒雙手捧著阿台的首級，其他軍卒緊隨其後，一齊迎接出來，城外的明軍卻蜂擁而上，霎時無數的刀光劍影閃爍，鮮血濺灑，將空中的飛花和地上的積雪染得殷紅……

古勒城被劫掠一空。尼堪外蘭目送著李成梁率兵乘風雪返回撫順，默默地集合起手下部眾，緩緩返回圖倫城。立馬雪野，回望古勒城，一片瓦礫，滿目焦土，漸漸隱沒在交夾的風雪中，心裏不勝黯然，湧出無盡的酸楚。行不到半路，後面響起急驟的馬蹄聲，馬上人大呼道：「尼堪外蘭，給爺爺停下！」

尼堪外蘭勒住轡繩，見一匹健馬挾著冰雪，旋風般地飛奔而來。一個身形高大魁梧的漢子拉住馬頭，擋在面前，厲聲喝問：「我爺爺和阿瑪哪裏去了？」

尼堪外蘭一肚子的火氣憋了半日，正無處發作，見來人劈面責問，怒道：「努爾哈赤，你好生無禮！我怎麼也是你的長輩，竟如此說話！」

「你也配做長輩！勾結明軍，屠殺我女真，若不是你賣友求榮，古勒城怎麼會給明軍殺得片甲不留？」努爾哈赤緊握劍柄，怒目而視。

尼堪外蘭冷笑一聲，呼著他的小名道：「小罕子，你還有心思為古勒城抱什麼不平呢！還是想想怎樣替你爺爺、阿瑪收屍吧！放著正經事不做，竟有閒功夫教訓別人，真是奇怪之極！」

「你說什麼？我爺爺、阿瑪怎麼了？」

「你這輩子是再見不到他們了。」

「他們到底在哪裏？」努爾哈赤驚恐無狀。

「古勒城一戰，他們死在了明朝的亂軍之中。」

努爾哈赤悲痛欲絕，急聲問道：「可是給李成梁殺的？」

「除了寧遠伯、征虜將軍李大帥，遼東哪個能有這本事？」

「啊——我們愛新覺羅一家與他並沒有不共戴天的大仇，他怎麼竟下如此辣手，如此狠毒？」努爾哈赤捶胸嚎啕，在馬上恍惚搖晃數下，咬牙問道：「那、那我爺爺、阿瑪的屍首

埋在哪裏?」

「哼!我看你是傷心昏了頭,這冰天雪地的,哪個願意費那些牛馬力氣,挖坑掩埋死人?多半是帶回了撫順,你趕緊預備銀子去贖吧!他們斷不會少要的。」

努爾哈赤望著尼堪外蘭領著部眾掩沒在風雪之中,仰天長嘯:「爺爺、阿瑪,你們在哪——」

四周寂寂,只有狂風捲起的漫天飛雪迎頭撒落……

闖府

二人纏綿，正在情濃之時，不提防床後跳出一個兇神惡煞般的大漢，吃驚之下，李成梁身手甚是敏捷，仰身向後一倒，想要躲過劍刺，梨花卻驚羞交加，嬌呼一聲，雙手掩胸往李成梁懷裏躲藏，恰恰擋在了李成梁身前。努爾哈赤沒想到二人突然之間移形換位，眼睜睜寶劍便要刺到梨花的前胸，梨花驚叫著閉了雙眼，努爾哈赤陡然看到她眼角閃著淚水，在燭光映照之下分外晶瑩。

努爾哈赤回到家中，將消息稟告了四個伯叔，四人臉上盡皆失色，禮敦歎氣道：「你爺爺當真老糊塗了，任憑我當時怎麼勸也勸不住，非要去古勒城，還白白搭上了你阿瑪一條命，你說要報仇，談何容易？對手可不是一般的山賊草寇，李成梁在遼東經營三十多年，殺人無數，你見誰討個公道回來？胳膊扭不過大腿，他手裏雄兵過萬，又是朝廷的命官，他那九個兒子，人稱李家九虎，獨霸一方，咱能把他怎麼樣？」

「難道就沒人主持公道？」

禮敦頗為世故地搖頭道：「你這孩子恁得任性！如今李成梁雄霸一方，明朝皇帝正倚重他，就是告到薊遼總督張國彥、遼東巡撫顧養謙那裏，他們也動不得李成梁，能有什麼用！再說他們漢人官官相護，豈會因一個無名小子，壞了義氣？」

「爺爺和阿瑪總不能這麼白白地死了吧！」努爾哈赤欲哭無淚，心裏無限憤懣，紅腫的兩眼看著伯叔們。

額爾衮低頭說：「大哥說得有理，不能意氣用事，還是想辦法籌集些銀子，換回阿瑪與四弟的屍體，找個風水吉地安葬為上。小罕子，我們惹不起漢人，千萬不要再生出什麼是非了。」

努爾哈赤見他們只想忍讓，知道商議下去也沒有其他辦法，無奈地說：「我那兒還有些松子、人參、木耳，還有十幾張獸皮，值不了幾兩銀子，不知道他們要多少？」

禮敦滿面憂色道：「多帶些總沒壞處。不知李成梁在撫順待幾天，事不宜遲，等他回了廣寧就要多跑路了，來回奔波，耽誤工夫倒沒什麼，可屍首若是發臭了，豈不給人恥笑！」

「好在初春，天氣尚寒，不然真教人痛斷了腸子。」努爾哈赤眼圈一紅，忍不住落下淚來。

禮敦看他一眼，說道：「小罕子，你身為建州左衛都督的長子，此事當仁不讓，及早趕去撫順，免得遲了，悔恨莫及。」一帶頭捐了一百兩銀子，其他幾人見了也各自捐了，一起交給努爾哈赤。努爾哈赤知道眾人給李成梁嚇破了膽，不敢去撫順，只得默默將銀子收了，孑然一人轉回到家裏。此時，夜已深了，女兒東果、兒子褚英早已睡熟，懷孕的妻子佟春秀在燈下坐等。剛剛搬回來不久，屋子還是簇新的。看著腰身日漸粗重的佟春秀，努爾哈赤想起早早死去的額娘，想起八年漂泊在外的淒苦，禁不住泗涕長流。

努爾哈赤的額娘是塔克世的大福晉喜塔喇氏，生了三個兒子，努爾哈赤是長子，下面還有兩個弟弟——舒爾哈齊、雅爾哈齊。努爾哈赤八歲那年，喜塔喇氏撒手人寰，撇下三個年幼的孩子。繼母納喇氏年輕貌美，卻心毒如蠍，揚言要將兄弟三人趕出家門，幸虧覺昌安一意阻攔，塔世克心裏也惦記著建州左衛都督的位子，不敢做得過分出格兒，沒有往外硬趕。納喇氏變了法子，動輒打罵，不給飯吃，想方設法逼三人離開，努爾哈赤見這樣忍饑挨餓也不是辦法，依仗身體強健，進山挖參打獵，往撫順、寬甸、清河等地換回銀錢，勉強度日。如此，又過了九年，塔世克做了都督，納喇氏的兒子巴雅喇也已六歲，再也容不得三人。覺昌安偷偷給了三人一些銀子，兄弟三人抱頭大哭一場，各奔東西，出外謀生。這一年，努爾哈赤十七歲。

努爾哈赤一路向南，流浪到撫順城。撫順城三面環山，一面臨河，乃是女真與漢人互市貿易的大邑，成群結隊的女真人馱著人參、松子、木耳、蜂蜜、蘑菇、獸皮等山貨，來撫順換取銀錢，買回兵器、布匹……商賈輻輳，買賣興隆。努爾哈赤從未見過這麼高大城垣，也沒見過這麼大的集市，便在城裏找了一戶人家做工，這家的主人是個六十多歲的老者，名喚佟千順，為人和善，老實忠厚。佟姓是關外的大族，只是佟家雖然富有，門下人丁卻極單薄，生了一個兒子、五個女兒。五個女兒早已出嫁，兒子三十多歲得病死了，兒媳婦只養下一個女兒春秀。春秀長得十分標緻，性情也溫婉，對祖父母、母親極是孝順。佟千順與媳婦商量給她招個上門女婿，也好養老送終。他見努爾哈赤雖是天涯浪子，但身形魁偉，儀表非凡，就將孫女許了他。婚後一年，佟千順病故，努爾哈赤成了佟家的主人，自立門戶。佟家家底殷實，佟春秀精明幹練，努爾哈赤過得快活自在。

五年以後，塔克世小兒子巴雅喇資質駑鈍，紈袴不肖，越大越不成器，想起三個流浪在外的兒子，派人找回了三兄弟，並有意將都督之位傳與努爾哈赤。多年分別，一朝歡聚，父子相處卻也和睦，誰知不出兩月，覺昌安、塔世克雙雙慘死古勒城。

佟春秀知道努爾哈赤性情有些執拗，難以勸阻，逕自將他的手拉到微微隆起的肚子上，埋頭在他膝上，輕聲問道：「今兒個這小東西一直在裏面折騰，你回來時，才好了一些。你說會是兒子還是女兒，你願意要什麼？」

「兒女都好。是兒子將來跟我打獵護家，是女兒幫你說話解悶兒！」努爾哈赤見妻子眉目流盼，帶了幾分嬌羞，一把摟住，撲簌簌地滴下眼淚來，良久狠下心腸，擦乾眼淚，勉強堆出一絲笑容道：「明日我要回趟撫順。」

「清明還早呢！倒不急著祭奠我爺爺和阿瑪，家裏剛剛出了這麼大事，你可要當心身子。」

「我……」努爾哈赤欲言又止，他看到了佟春秀隱忍的淚光，大覺痛惜，摸摸她的長髮，緩聲道：「你不用擔心，我的身子素來強壯，吃得了苦。年少時沒了額娘，遭後母驅趕，傷心也慣了。我到撫順，是想看看我那幾個兄弟。」

佟春秀知道丈夫在撫順有五個要好的生死弟兄，結義多年，平日經常往來走動，切磋武藝，一起吃酒歡笑，只是搬回了赫圖阿拉，才斷了聯絡，想到他去撫順與弟兄們見見面，也好散散心，便不想阻攔，起身給他預備路上的衣服乾糧。

撫順在赫圖阿拉的西北方向，不到二百里的路程。騎馬跑了大半日，剛過晌午，努爾哈赤進了撫順城。他在撫順城住了八年，對周圍的山川、道路、城垣瞭若指掌。他進了城內的一家小飯館，已過了吃飯的時辰，店裏沒有什麼生意，店小二正圍著火爐打瞌睡，努爾哈赤討了一碗熱水，吃著自帶乾糧，不露聲色地打問李總兵可還在城裏，那小二頭也不抬，說客官來得不巧，李大人早回廣寧了，只在撫順逗留了一夜。努爾哈赤聽了，心裏暗覺失望，道了聲謝，上馬出城趕往廣寧。廣寧是關外的重鎮，角樓巍峨，城牆高厚，人煙稠密，駐有重兵，屯兵四衛，計有二萬二千餘兵員。努爾哈赤先找個客棧住下，到總兵府左右查看。廣寧的東門稱永安門，總兵府雄踞在永安門內。府門外有條大街，門前影壁高大，黑漆的大門口幾個兵卒手持刀槍，更顯得宅院深深，門禁森嚴。努爾哈赤一連看了兩天，暗暗記下了總兵府四周的路徑。

第三天，定更時分，廣寧城大街小巷一片寂靜，街上沒了行人。廣寧地處邊塞，素有宵禁的律令，一過初更夜間不許出行，如有違反是要坐牢的。趁著沉沉夜色，努爾哈赤攜了弓箭、寶劍，悄悄來到總兵府外，見軍卒還在門前來回巡弋，繞到後面，翻牆而入。總兵府華燈初上，借著遠近閃爍的燭光，朦朦朧朧可以分辨出府中的路徑，眼見樓閣瓦舍處處，李成梁妻妾甚多，不知他今夜歇在哪裏，總兵府情形又不甚了了，不敢隨意抓個往來的婢女和侍衛逼問，努爾哈赤一時大費躊躇。他暗想：「此次夜探總兵府，千萬不可有什麼閃失，一旦驚動了他們，爺爺和阿瑪的屍首怕是難以討回了。」想到這裏，他沉住了氣，放輕腳步，在後院仔細查探，找了小半個時辰，不見絲毫端倪，穿過一個闊大的花園，閃入一條迴廊，忽聽一陣細碎的腳步聲響，前院的月亮門裏燈光閃動，急忙縮身藏在廊柱後面，不多時，卻見一個婢女手提一盞紅燈籠過來，努爾哈赤隨在她身後，又穿過幾個迴廊，進了一個跨院，眼前突兀著一座高聳的三層樓閣，小婢女拾級而上，腳步放得極輕。努爾哈赤隱身在樓下陰影之中，向上窺視，樓上紅燈高掛，雕樑畫棟，極是氣派，想必是李成梁的居處，正要直身上樓，卻傳來那個婢女的問話聲，抬眼見她已然到了三層，在樓門外候著，並未進去，只在門外問道：「小紅，夫人打扮得怎樣了？老爺可是在廳上等著呢！」

「你急什麼？老爺去了多日，今日才回來，六夫人能不好生裝扮裝扮？噫！可是大夫人教你催的？」話聲未落，門外已是多了一個婢女。

「好姐姐，可不能這麼說！六夫人是老爺的心肝肉兒，闔府上下誰敢得罪？是妹妹看人都齊全了，怕六夫人得罪了大夥兒，有人背後亂嚼舌頭，過來看看。」那婢女當真機靈，一番話滴水不漏。

小紅卻並不領情，冷笑道：「難得妹妹有這番心思，姐姐怎麼好生受！這看花樓可是人人眼紅的地方，那幾個夫人巴不得擠進來呢！怎麼，你近日跑得這麼勤快，不是也惦記上了吧？」

那婢女聽她語含譏諷，心裏大覺不快，嘴上卻賠笑道：「那怎麼會！妹子也沒那個福氣呢，看花樓是什麼樣的地方？梨花夫人美豔賢淑，姐姐又聰明過人，妹子就是眼紅也不敢動那個心思的。」

「小紅，怎麼又跟人家鬥嘴！快幫我將碧玉簪找出來。」閣中的夫人慍怒道：「教她回去，說我即刻便到。」

小紅慌忙進去，問道：「可是老爺新近託人從京城磨製的那個？」

「還有哪個？」

小婢女討得無趣，將樓梯踏得咚咚響，下樓朝前院去了。努爾哈赤躡足潛身跟在後面，

來到前院的花廳，小婢女進裏面去了。努爾哈赤繞到廳後，伏身貼壁，捅破花窗，向內窺看。花廳裏燈燭輝煌，擺了滿滿三桌酒席。正中一桌坐著一個年過花甲的老者，自然是總兵李成梁，他一身寶藍緞員外氅，鬚髮花白，容顏略顯憔悴，卻也無龍鍾之態，雙目炯炯有神，身邊圍坐著幾個年紀大小不一的婦人，左面的一桌是九個青壯漢子，右面一桌是十幾個花枝招展的年輕婦人。努爾哈赤少年時見過李成梁，雖是遠遠瞧看，但他模樣並未有大變，只是蒼老了一些。倒是旁邊那九個青壯漢子，不可不多加提防，他們必是人人豔稱的李家九虎將：如松、如柏、如楨、如樟、如梅、如梓、如梧、如桂、如楠，都自幼跟隨在李成梁左右，練就一身的武藝。李成梁見小婢女回來，問道：「梨花夫人可收拾妥了？」

不待小婢女回話，右首的那個老婦人鼻子輕哼了一聲，怒道：「都是老爺將她寵壞了，一點規矩也沒有，她是什麼人，還以為是原配夫人麼，教大夥兒這麼眼巴巴地等？還吃什麼酒席，氣都氣飽了！終不成要老爺給他送到看花樓裏，一口一口地餵不成？」廳內的婦人們一陣竊笑。

李成梁軍紀極嚴，卻沒什麼家規，聽大夫人當眾絮叨不止，也不以為意，賠笑道：「晚飯晚飯，晚些吃也沒什麼大礙，何必那麼著急？」

那大夫人也不是李成梁的原配，他的原配夫人生下九個兒子便死了，臨死前做主將身邊的陪送丫鬟給他收了房，意在替她看顧尚未成年的兒子，九個兒子感念她多年看顧，待她自然不薄，但她出身終屬卑賤，以後李成梁又續娶了五位如夫人，出身姿色都在她之上，豈會將她放在眼裏，說話也沒多少分量。大夫人倒也知道分寸，見其他幾個夫人只是臉上有些不平之色，也不出言幫腔，李成梁更是不惱不怒，登時沒有了鬥志，將目光收攏到酒席上，看著溝幫子燒雞、熏豬蹄和水餡包子出神。李成梁等得有些心焦，正要命那小婢女去催，門外一聲嬌笑：「我來晚了，老爺久等！」紅燈高挑，環珮叮噹，弱柳扶風一般，一個宮裝麗人施施然走進大廳，細腰婀娜，笑靨如花，走到李成梁身邊，俯身萬福道：「老爺得勝榮歸，怎麼說也不該教大夥兒坐等掃興的。」努爾哈赤見她果然生得嬌美絕倫，難怪惹人憐愛。

梨花夫人款款地坐在李成梁身邊，美目流盼，風情萬種。李成梁位不過區區一個總兵，算不得什麼封疆大吏，可他經營遼東多年，家財萬貫，鐘鳴鼎食，遼東巡撫常常走馬燈似地換來換去，若論積威與財勢，反而有所不及。酒宴上珍饈畢陳，金杯玉盞，觥籌交錯，笑語喧嘩。努爾哈赤看得無趣，不知酒宴何時才散，花廳裏他們人多勢眾，單是李成梁那九個兒子就頗令人忌憚，動起手來，想近李成梁的身都難，遑論其他？若不動手，又不知他今夜歇在何處，偌大院落，夜色漆黑，找尋起來定會大費周章，正在躊躇不決，他見梨花殷勤地伺候他吃喝，大有不容他人插手之勢，心念一動：推想李成梁多半會留她陪宿，不如先到看花樓等他。

努爾哈赤到了看花樓下，見四周靜悄悄的，貼在牆壁上穩住身形，往樓梯上投個石子，只聽劈哩啪啦一陣響動，春夜寂靜，顯得格外清脆，屏氣等了一會兒，不見人聲，努爾哈赤逕直登上三樓，閃身進了梨花的繡閣，見裏面紅燭高燒，桌几甚為雅潔，不及多看，倏地躲

入床幃後面。梨花夫人想必精心佈置了繡閣，閣中飄盪著濃濃的脂粉香氣，綿軟香甜，極是魅人，掩了口鼻，香氣竟從指縫中吸入，欲罷不能，銅盆中的炭火燒得又旺，香氣熱氣蒸騰，努爾哈赤覺得沉沉欲睡，打不起精神。恍惚之中，似是過了二更，李成梁才給攙上了看花樓。

小紅伺候李成梁脫了外衣，轉身關門出去。此時梨花也將外衣脫去，一身鵝黃短襖和蔥綠色的褲子，一雙淡白的羅襪踏在一對繡花拖鞋之中，因吃了幾杯酒，臉色酡紅，李成梁一把摟了，問道：「你方才遲遲不下樓去，可是有心等我上來？」

梨花順勢撲入他懷中，扯著鬍子撒嬌道：「人家掐著手指算你什麼時候回來，盼了多少個日日盼夜夜？只教你等這一會兒，就心焦了？心焦了也好，才會記著家裏有人在癡癡地等你回來，不會只想著什麼打仗用兵，不把我放在心上了。」

李成梁笑著拉她坐在床頭，便要撕扯她的衣裳，梨花媚笑著閃躲過，說道：「方才吃了那許多的酒，妾身給老爺煮杯熱茶，好去去酒氣。」

「茶沖得釅一些，解解酒氣，才好與你床上嬉戲。」李成梁淫笑著跟在梨花身後，伸手去摸她的雙乳，梨花打脫了他的手，嬌嗔道：「先不要這般猴急的，若碰翻了茶盞，濺在手上可不是耍的，氣惱了我，罰你在床頭替我焐腳。」

李成梁不敢放肆，訕訕地說：「焐腳倒也沒什麼不好，你的小腳與這雙玉手一般嫩呢！屐上足如霜，不著鴉頭襪……」

梨花將一盞熱茶放在李成梁面前，撇嘴道：「老爺領了這麼多年兵，鐵馬金戈，衝鋒陷陣，竟還沒忘那些舊好，當真難得！」努爾哈赤生性粗豪，哪裏見過夫妻間如此調笑的，雖是身負血海深仇，不能心猿意馬，但心中也不禁一盪，隱隱覺得一陣燥熱。李成梁乘著酒興，俯身捉住梨花的一條腿，放在自己的膝上，一手捏住她的足踝，一手給她脫了羅襪，一隻雪白晶瑩的小腳握在蒲扇般的大手裏，竟是不盈一握，他輕輕撫摸幾下，豔歎道：「高擎彩鳳一鉤香，嬌染輕羅三寸長，滿斟綠蟻十分量。竅生生，小酒囊，蓮花瓣露瀉瓊漿，月兒牙彎環在腮上，錐兒把團欒在手掌，筍兒尖簽破了鼻樑。鉤亂春心，洗遍愁腸，抓轆轆滾下喉嚨，周流肺腑，直透膀胱。舉一杯恰像小腳兒輕蹺肩上，噈一口好似妙人兒吮乳在胸膛，改樣風光，著意珍藏，切不可指甲兒掐壞了雲頭，口角兒漏濕了鞋幫。蓮杯飲酒，文人風流，由來已久了。馮惟敏這首詞將此樂事描繪得淋漓盡致，不愧大家手筆。年少輕狂，偎紅倚翠，有什麼錯？你別忘了，我年輕的時候可是中過秀才的。」

梨花將纖足縮回，不悅地說：「常言道：男不知女痛，女卻知男樂。你們男人當真好狠的心，只知道要女子裹個三寸金蓮，狀如新月，步生蓮花，可知道束腳一雙，眼淚一缸？那纏腳布一緊，鑽心也似的疼……」她憶起往事，淚水竟涔涔而落，想那痛苦記憶得極為深刻。李成梁吟詠的詞句，努爾哈赤聽得半懂不懂，但見他不勝嚮往欽羨，又見梨花赤裸的那隻小腳，當真纖細柔軟，溫膩如玉，一顆心登時亂跳起來，待聽她哭訴纏足的痛苦與不幸，心裏暗暗發誓道：有一天，我若統一了建州，必定不教女真女子受這份苦楚，走路搖搖擺

擺，極是不穩，如何操持家務，替打仗的男子們放牧割草？

李成梁正在興頭上，嘴裏兀自說個不住：「你不知道竟有人寫了一本書呢，叫什麼《香蓮品藻》，細分為五式九品十八類，其實不過瘦、小、尖、彎、香、軟、正七字而已。十趾盤兮雙掌曲，三寸蓮鉤新月出……」忽見梨花哽咽而泣，才住口吃茶。

梨花見掃了他的興，忙轉話題道：「老爺此次馬到成功，實在值得慶賀。」

談及征戰，李成梁登時一掃方才的淫邪之態，生出一股睥睨天下、旁若無人的氣概，放了茶盞，抹嘴道：「那阿台狼子野心，也忒狂妄了，竟想著統一建州，我豈能容他做大？」

「老爺蓋世英雄，臥榻之旁，豈容他人酣睡？妾身實在佩服得緊！」

「不瞞夫人說，朝廷定的是以夷制夷之策，好教他們女真一盤散沙，猶如一群綿羊，選個聽話的做頭羊，平日只要調教好頭羊，其他的羊自然隨在牠身後，不需再費什麼心思，可是頭羊卻不能多，若多了個頭羊，羊群就不易牧養了。」努爾哈赤聽得驚懼不已，「這個計策當真歹毒無比，李成梁又是個極厲害的角色，若由他駐守遼東，女真只怕是永無出頭之日了。」

李成梁接著說道：「朝廷本來已選好了尼堪外蘭做頭羊，阿台卻橫裏插這槓子，若不除去他，將來必要釀成大患。」

「其實老爺倒不需親自出馬，發個令箭給建州衛都督塔世克，命他剿滅阿台，豈不兩便？」

李成梁搖頭道：「塔世克與阿台是至親，怎麼靠得住？」

「塔世克若不從命，正好一併剿殺。」

「若是想將他們一口吃下，興師動眾不說，將他們擠到了一條船上，他們勢必合兵一處抗拒，做困獸之鬥，那樣就棘手嘍！」李成梁手拈鬍鬚，含笑道：「古語說：吉人自有天相。這話不假，我剿滅阿台，不想卻捎上了覺昌安和塔世克父子，倒省了我不少氣力。他們父子一死，建州更是群龍無首，無人再能與尼堪外蘭爭勝了。」努爾哈赤聽他提到自己祖父、父親的名字，耳中登時嗡的一聲，全身發熱，心道：「原來這次就是爺爺和阿瑪不去古勒城，他們隨後也要來攻打的，看來蓄謀已久了！」

「那老爺也不必事事躬親，如松他們九個都已長大成人，教他們代你出征，有什麼不可？老爺敢是擔心有什麼閃失？」

「那倒不是，其實我並不計較一時勝敗。」李成梁搖頭說：「他們九人其實足以獨當一面，擔當重任，只是他們還缺少人情世故的體會和歷練。我在遼東雄踞三十多年，你們也許以為單憑武藝嫺熟、兵法精通？其實打仗不能只盯著戰場和敵手，還要多想想身後。」

「還要看身後？」

「是呀！自古沒有常勝的將軍麼，不把朝廷打點好了，勝了也不見得有什麼封賞，敗了……哼！自然不用說了。天下做臣子的，一舉一動，根子無不在朝廷。就像一個風箏，繩子不在自家手裏。漢朝的李陵你知道麼？」

梨花點頭道：「怪不得老爺每年往京師打點許多的銀子、貂皮、鹿茸、人參，原來是去消災彌禍。」

「不這樣怎麼行？閣老、兵部、吏部、戶部、工部、都察院、科道言官……宮裏的公公們更是不能少。什麼冰敬、炭敬、三節兩壽……這樣有什麼事才會有人給擋著，你看遼東巡撫換了多少人，我還是巍然不動。不然幾個摺子就將你參辦了，管你會不會用兵打仗！」

努爾哈赤雖在撫順住了數年，可畢竟不曾與地方官府打什麼交道，遑論那些遠在京城的朝廷大事？李成梁話中滿含了多年的為官處事之道，其中玄機深奧無比，非經歷者難以道出玩味。努爾哈赤聽得自是費解，半懂不懂，一忽兒覺得大有道理，一忽兒又覺得紛亂不堪，理不出一個頭緒，但想到今後免不了要與明朝的官吏往來應付，當下用心體味，漸漸覺得這些話句句入耳，都是洞徹人情世故之言，內心竟有了多聽一會兒的期盼，一時也似忘了闖府是要刺殺此人。正自入神之際，梨花嗔怪道：「老爺說的這些話實在難懂之極，妾身聽得頭都暈了。那都是你們男人的事體，我等這些小女子何必操那些閒心？只要老爺平安回來，自然踏實了。」

李成梁聽了，見梨花雲鬢半偏，眄睇流盼，登時覺得閨閣之中，面對如此美人良宵，大談什麼用兵為官，實在大煞風景，攬住梨花的細腰，伸手將她的褻衣剝下，露出嫩藕般的玉臂和紅豔豔的肚兜來，扯下肚兜，露出一抹酥胸，皓白似雪，梨花半推半就，吃吃地笑起來，微閉星眼道：「老爺，拳頭粗的紅燭那般明亮，羞人答答個半死，少時再見了老爺那貪吃的模樣，又要嚇個半死，妾身豈非沒命了？」

大凡男子富貴後討妾，重在顏色，梨花本是個宜喜、宜嗔、宜顰、宜笑的嬌娃，李成梁此時已有些酒意，燈下看美人，梨花笑暈嬌羞，俏臉緋紅，眼如秋波，神昏心搖，不能自持，口中淫喋浪語道：「燈下看美人本是人生的樂事，既然夫人不喜歡，咱就將蠟燭熄了，只是你不可在床上四處躲藏，以免咱找得心焦！」

努爾哈赤見他起身去吹熄臺上的巨燭，心想：「此時若不動手，等他吹熄了蠟燭，一片漆黑，看不真切，閣中的物件他們極為稔熟，一擊不中，給他們躲藏了，哪裏尋找？」刺啦啦左手扯裂床幃，右手持劍，躍身疾向李成梁胸口刺去。二人纏綿，正在情濃之時，不提防床後跳出一個兇神惡煞般的大漢，吃驚之下，李成梁身手甚是敏捷，仰身向後一倒，想要躲過劍刺，梨花卻驚羞交加，嬌呼一聲，雙手掩胸往李成梁懷裏躲藏，恰恰擋在了李成梁身前。努爾哈赤沒想到二人突然之間移形換位，眼睜睜寶劍便要刺到梨花的前胸，梨花驚叫著閉了雙眼，努爾哈赤陡然看到她眼角閃著淚水，在燭光映照之下分外晶瑩，不忍傷及無辜，猛地一扭腰，寶劍倏地向右蕩開，饒是應變迅捷，梨花的左臂上也被割開了一道血痕，霎時間，淌出殷紅的鮮血。努爾哈赤收住腳步，回看梨花渾身簌簌顫抖，彷彿風中舞動的嬌花，軟軟地暈倒在床上，心下大起憐惜之意。稍稍一緩，李成梁赤著上身翻滾到床幃後面，向外喊道：「抓刺客——」努爾哈赤挺劍疾刺，李成梁繞床躲避，表單寬大，又有床幃遮掩，急切之間，刺他不著，努爾哈赤大急，情知總兵府乃虎狼之地不可久留，揮劍將床幃亂砍，躍身而起，李成梁依然繞床躲避，努爾哈赤早已算定他躲閃的方位，身手也比他矯健，李成梁見努爾哈赤預先當頭撲下，阻住逃路，再要躲閃，已然不及，寶劍冷森森地橫在脖頸之上。努爾哈赤叫道：「狗賊，你還我爺爺阿瑪命來！」便要割下他的首級，手腕卻給一雙柔軟的嫩手死死攀住，梨花不知何時醒來，跑上前來阻攔道：「他是朝廷命官，擅殺可是死罪！」

努爾哈赤見她赤著一雙粉嫩的小腳，上身的兜肚將前胸映襯得愈發凹凸玲瓏，雪白的肌膚禁不得輕輕一擊，但她此刻卻橫身將李成梁遮住，想將她扯開，手伸到半途堪堪觸及她渾圓的臂膊，卻驀地縮了回來，臉上一陣窘熱。「好大膽的賊子！」隨著背後有人呼喝，兵刃舞動的風聲破空而來，努爾哈赤無心自保，打定主意要與李成梁同歸於盡，不顧背後的偷襲，用力將寶劍向前一推，噹的一聲，一把彎刀劈到，將寶劍蕩開。李成梁危情頓解，大聲命道：「如梅、如桂，此人想必是覺昌安的孫子，不可放他逃了！」李如梅、李如桂二人答應著各舞刀劍夾擊努爾哈赤。努爾哈赤見他們武藝不凡，知道李成梁強援已至，再要支撐下去，勢必凶多吉少，一邊抵擋，一邊往後窗退卻，李如梅舞出一團刀光，冷笑道：「你死了那份心吧！後面沒有樓梯，看你的身手自然不能從三樓上平安躍下。」

努爾哈赤恍若不聞，奮力擋開二人的刀劍，抓起一把椅子破窗擲出，趁二人一怔的工夫，縱身而起，兩個起落已到門邊，想循原路退走。樓下早已燈火通明，李如松與幾個兄弟率領眾家丁，各拿刀槍火把將看花樓團團圍住。他見努爾哈赤沿著樓梯欲下，大喝一聲，揮起鬼頭大刀向樓梯砍下，登時將樓梯砍作兩截。努爾哈赤見樓梯已斷，只得縱身從兩丈多高的樓閣躍下，他輕功不佳，雙腳重重摔落，身子向後歪倒。不等他起身，數十把長槍齊齊對準他的要害，上來兩個壯漢將他五花大綁，推搡著押入看花樓。李成梁順著搭好的木梯下樓，眾人過來請罪，他哈哈大笑，揮手命人將努爾哈赤綁在楹柱之上，聳眉道：「好小賊，有些膽色！明日看我怎生消遣你！」他心裏惦記著樓上的梨花，轉身上了樓，眾人也各自散去。

雲遮殘月，更漏初歇。偶爾幾聲犬吠傳來，越發顯得孤寂寒冷淒涼……努爾哈赤臉頰奇癢，登時從昏睡中醒來，渾身上下冷得哆嗦。蠟香嫋嫋，燼垂金藕，梨花裹了紫貂大氅，獨自坐在自己面前，笑嘻嘻地手拿一柄拂塵，拂塵上的一束馬尾兀自在臉上拂動。梨花見他醒了，笑容收斂，變色咬牙道：「你這小賊，看你相貌堂堂的，怎麼竟做這般陰暗的勾當，闖到總兵府行刺！好！你刺了我一劍，我要刺你一萬劍。」調轉拂塵柄，在他臉上左右各打數下，努爾哈赤的臉頰立時火辣辣生疼，梨花撇了拂塵，拔出一把小刀，便要向他臉頰戳下。努爾哈赤冷笑道：「沒想到你這般貌美如花，心腸卻狠如蛇蠍，我不過無意傷了你的丁點兒皮肉，竟要一萬倍的償還，世間哪有這樣的道理？」

梨花收住小刀，驚愕地看著努爾哈赤道：「明明是你傷了我，卻還誣賴好人！我怎麼心如蛇蠍了，你方才拿劍凶巴巴地刺我，何止是心如蛇蠍？我這樣討個公道，有什麼不對？」

努爾哈赤恨她歪纏，憤聲道：「討個公道？你才傷了一點兒皮肉就要戳我一萬刀，那我的爺爺、阿瑪給人無故殺死，該怎樣討還？」

「你是建州衛都督塔世克的兒子？」梨花吃驚道。

「若不是有此大仇，我何必遠遠、遠遠跑來廣寧？」努爾哈赤一酸，想起在家中懸望的妻子兒女，本要說何必拋下他們遠來廣寧，在這個柔媚的女子面前，又不願失了男人的尊嚴，話到嘴邊生生嚥下。

梨花這才明白他不遠數百里奔波拼死尋仇的緣由，歎了一聲，勸說道：「我家老爺其實也無心殺你爺爺和阿瑪，只是刀劍無眼，也是難免的。你、你孤身一人到廣寧，也實在是自不量力了，何必白白再搭上一條性命呢！方才你顧惜傷及我才沒能得手，其實、其實你就是殺了我家老爺，你爺爺和阿瑪也不能復生了，你還是回去吧！躲得遠遠的，好生過日子的好。」

努爾哈赤見她轉眼之間判若兩人，心下愕然，搖頭道：「你說得輕鬆！誰不知你們漢人心機深沉，斬草都要除根的，我躲得過麼？天明後怕要給人家砍頭了，還說什麼過日子？」

梨花轉到他身後，解著他身上的繩索道：「你無功被擒，都是因為我，我欠你一條命，我放你走如何？」

繩索一鬆，努爾哈赤活動幾下麻木的手臂，疑慮道：「你放得了我這次，還能放得了下次？我就是出了城，也會給他們追上抓回來，何必費那些周折？就當你不欠什麼罷了。」

梨花以為他信不過自己，急切道：「此時天色將明，城門即刻開放了。你到馬廄中偷出大青馬，那是我家老爺的坐騎，腳程極快，他們斷難追上你的。若再遲疑，老爺醒來，我也幫不了你。」

努爾哈赤終是不想這樣寂寂死去，問明了馬廄的路徑，偷偷牽了大青馬，出了總兵府後門，上馬揚鞭，到了城北，見城門剛剛開啟，衝出靖遠門，慌不擇路，順著向北的官道疾馳，耳畔呼嘯生風，路上寂寥無人，他明白身後不久必會有驟急的馬蹄聲與呼喝聲，稍一遲緩，將是萬劫不復，再難躲過這場殺身大禍。

劫殺

一頂小轎如飛而來，到了巨樹跟前停下，轎中出來一個高大的中年漢子，雖是一身的儒服，手中搖著一把烏木摺扇，但卻凜凜生威。伐樹的幾個大漢見了，急忙上前躬身施禮，神色極是敬畏。這幾個樵夫難道是儒服漢子的家奴？努爾哈赤正覺詫異，儒服漢子冷笑道：「努爾哈赤，皇上賜的御酒、宮膳好吃麼？」

努爾哈赤一口氣跑了大半日，身上的傷痛，多時的饑渴，使他漸漸恍惚起來，伏在馬背上，一任它隨意奔走。大青馬饒是神駿異常，奔跑了半日，又不見主人呼喝催促，腳程慢了下來，竟離了官道，沿著一條小河緩緩而行。河道上結滿了厚厚的冰層，大青馬乾渴之極，收住腳步，不住地用前蹄刨踢冰面，碎冰而飲。那冰層極厚，刨了多時，只有一絲小小的裂痕，大青馬似是極不甘心，奮起前蹄，不料冰面光滑太甚，大青馬身子一晃，重重摔倒，將努爾哈赤拋出多遠。大青馬已將脛骨摔裂，掙扎幾下也未站起，仰頭迎風長嘶哀鳴。努爾哈赤給寒冰激醒，他頭痛欲裂，看這倒地難起的大青馬，急驚不止，又昏了過去。朦朧之中，他感到渾身燥熱不已，伸手想解脫衣裳，卻只摸到一層單薄的內衣，似是緊緊箍在身上，撕扯不下，依稀覺得熱浪逼人，彷彿有重物壓在身上，呼吸艱難，只聽得有劈劈剝剝的乾柴燃燒爆裂之聲。努爾哈赤血脈賁張，大叫一聲，悚然而醒，果是埋身在焦熱的砂石之中，翻身欲起，渾身卻酸軟無力。

「好了，撤火吧！」一個身穿玄黑色皮袍的老者搭了搭他的脈搏，點頭道：「還算僥倖，他身上的寒毒都已除去。范楠，扶他出來，到火炕上歇息，慢慢給他煮些粥吃。」聲音之中似有幾分驚喜，在他聽來又有幾分稔熟，只是腦袋昏昏的，一時想不起來。

一個健壯的童子將努爾哈赤身上溫熱的砂石小心除去，努爾哈赤這才覺察原來自己被埋在一個碩大的水缸之中，大半缸的砂石埋了腰腹以下的身子，水缸下的木柴兀自暗火紅亮。努爾哈赤任由童子半扶半拖到炕上，覆了厚厚的棉被，覺得腰腹以下熱不可當，一股熱氣直透天頂的百會穴，「你們要將我蒸了吃麼？」他心中一急，又昏了過去。醒來時，已過晌午，一股粥香飄來，那是煮得稀爛的玉米大碴子粥，努爾哈赤腹中登時一陣蛙鳴，實在是餓了。那童子果然端來一大鉢粥來，努爾哈赤一口氣喝得精光，抬頭看看童子，意猶未盡。那童子嘻嘻一笑，露出一口的皓齒，「你想必沒有吃夠，可師父吩咐了，你多日不曾飲食，不可一餐吃得過多，尚需調理幾日，每頓飯只能吃個半飽，以免傷了脾胃。」

「多日不曾飲食？我不是昨日才昏倒在冰上，怎麼會是多日？」

童子大笑道：「你已昏睡了三天三夜，若不是遇到我師父，只怕是醒轉不來了。」

「我竟昏睡了三天三夜？」

「可不是麼？那日師父帶我到河上破冰垂釣，見你與一匹高頭大馬躺在冰上，師父探你還有氣息，那馬卻摔斷了後腿的脛骨，怎麼也拖不動，只好救了你一個。」

「我夢見似是有人將我埋在砂石中熱蒸，可是真的？」

「此事自然有的。那日你渾身傷痕，又在冰上僵臥了多時，寒毒侵體已深，師父怕你身子廢了，落下一輩子的病痛，不得已用砂石將你埋在水缸中，架火蒸烤，盡快驅出你體內的寒毒。」

努爾哈赤大驚，掙扎起身道：「尊師是何方高人，請來拜見。」

「你切莫心急，我師父到河邊釣魚去了，天黑才回來。」

努爾哈赤想起老者稱呼童子，問道：「小哥可是范楠？」

「嗯！」童子點頭，卻無自報家門之意，努爾哈赤也不好追問，穿衣起來道：「躺臥太久，煩悶之極，小哥陪我去尋尊師如何？」

童子答應著，與努爾哈赤一起出了屋門。小屋不大，處在河邊的樹林之中。林木經過嚴冬，變得疏朗乾枯，風吹枝條，嗚咽作響。午後正是一天最為溫暖的時光，曠野郊外卻無一點兒暖意，二人迤邐向河邊而行，河堤不高，遠遠就見一個黑袍人坐在河冰之上，獨釣寒江。四周衰草連天，淒清孤寂，越發顯得似是出世高蹈的仙人，任意往來，不惹半點紅塵。黑袍人嘴裏反覆吟哦道：「千山鳥飛絕，萬徑人蹤滅。孤舟蓑笠翁，獨釣寒江雪。」繼而搖頭道：「無舟無蓑無笠，卻與詩境不合了。」努爾哈赤輕輕上前跪了，叩頭道：「多謝救命，師父大恩，沒齒不忘。」

黑袍人緩緩轉過身來，放下魚鉤說：「小罕子，想不到我們竟會在此見面。」

「張先生──」努爾哈赤驚愕不已，「你、你怎麼會在這裏？」原來此人他早已見過，乃是在撫順結識的一個忘年之交，名喚張一化，本是河北大名府人氏，蹉跎多年，好歹中了舉人，打算湊些銀子，捐個出身，卻因得罪了大名知府，反被革去了功名。大名府待不下去，輾轉流落到了遼東，在撫順設館授徒。關外地處偏僻，文風不盛，收不得幾個學生，設館的束脩又少，免不了受凍挨餓。他看書極為駁雜，經史子集以外，占卜星象陰陽風水併發奇門……無所不觀，有時在酒樓茶肆談古論今，努爾哈赤喜歡聽他講述歷代興亡掌故，尤其是《三國演義》、《水滸傳》等小說中用兵打仗的故事，便要跟他學習兵法。張一化見努爾哈赤識字不多，自然讀不懂《孫子兵法》等武經七書，每日教他讀一回《三國演義》。努爾哈赤聰慧異常，終日請益，不到半年的工夫竟將一本《三國演義》背得爛熟，後來他結識了五個異姓兄弟，每日舞弄槍棒弓箭，與張一化見面便稀少了許多。

「一言難盡呀！」張一化長歎一聲，命范楠收起魚竿魚簍，一起回家。他邊走邊說道：「李成梁不知從哪裏聽說了我占卜算卦的名聲，請我到廣寧為他看看前程。我生性耿介，據實直說，不想得罪了他。李成梁果然是梟雄本色，當時他並未有什麼不快，如數奉上程儀，哪知他早已知會撫順游擊李永芳，我一回到撫順，便將我押入大牢，說我妖言惑眾，誹謗朝廷命官。好在你那五個兄弟聽說了，四下打點，才將我贖了出來。撫順是待不下去了，我只得四處遊走躲避。」

「師父何時收了這個徒弟？」

「范楠乃是我好友瀋陽衛指揮同知范沉之子，他祖上是北宋名相范文正公，世居江西，太祖高皇帝時，獲罪謫遷瀋陽。范沉銳意功名，教他隨我學習時文制藝。」

三人回到小屋，努爾哈赤便將獨闖廣寧的前後細說了一遍，張一化聽得唏嘘不已，范楠大睜著兩眼，極為欽佩地看著他。

「小罕子，你今後有什麼打算？」張一化問努爾哈赤。

努爾哈赤一拳擊在火炕上，悶聲道：「還能怎樣打算？父母之仇，不共戴天，早晚我還要去廣寧，拼著一死也要殺了李成梁。」

「你想公然與朝廷為敵麼？」

「那倒不是，我心裏只恨李成梁，京城的皇帝倒是絲毫不恨的。」

「在關外李成梁就是朝廷，二者並無分別。」

努爾哈赤不解道：「如此豈非動不得他了？」

「你何必一定急於向他發難？還有更要緊的事該做。」

「那報仇之事……」

「君子報仇，十年不晚。先放一放，一味想著報仇，無異以卵擊石，傷不到分毫的。」

張一化見他心有不甘，問道：「你有多少人馬？」

「我阿瑪一死，手下人馬多數奔散，各尋其主，剩不下幾人了。就是留下不走的，也都是些老弱病殘無處可投奔的人。」

「軍械、馬匹、糧草有多少？」

「只有阿瑪留下的十三副鎧甲……」努爾哈赤心頭異常沉重，一種近乎絕望之情油然而生。

張一化拈鬚道：「這些人馬不用說李成梁，就是他手下的撫順游擊將軍李永芳，你能抗拒得了麼？」

「李永芳手下有一千多號人馬，自然難於抗衡。」

「是呀！撫順離赫圖阿拉不過幾十里的路程，你在李永芳的鼻子底下，有什麼風吹草動能躲得過他的眼睛？如今之計，是萬萬不可再妄興什麼報仇的念頭了。」

「先生以為該怎麼辦？」努爾哈赤漸漸冷靜下來，聽他鞭辟入裏，暗自佩服。

張一化沉吟道：「三十六計之中第十計，我以為大可運用。」

「那是什麼計策？」

「笑裏藏刀。」一旁的范楠插嘴道。

「不錯。信而安之，陰以圖之。備而後動，勿使有變。剛中柔外也。古人說：辭卑而益備者，進也；無約而請和者，謀也。你可還記得關羽為何敗走麥城？」

努爾哈赤點頭道：「陸遜為奪取荊州，給關羽寫了封書信，極力誇耀關羽功高威重，可與晉文公、韓信齊名。自稱一介書生，年紀太輕，難擔大任，還要關羽多加指教。關羽為人，驕傲自負，目中無人，讀罷陸遜的信，仰天大笑，說道：無慮江東矣。親率大部人馬，一心攻打樊城。陸遜暗中向曹操通風報信，約定雙方夾擊關羽。孫權派呂蒙襲取南郡。關羽回師，為時已晚，孫權大軍已佔領荊州，他只得敗走麥城。」

「如此關羽勢必全力戒備，荊州攻取就難了。」

「陸遜為何不在信中明言攻取荊州？」

「以智取不以力拼，正是陸遜的高明之處。你要報仇，其實也屬人之常情，但暗自韜晦，臥薪嘗膽，避人耳目，對李成梁恭謹從命，常言道：口裏喊哥哥，手裏摸傢伙，這樣才是上策，千萬不能洩露給人，引其警覺，非但報不了仇，反而會自取其禍，自招敗亡。你獨

闖總兵府，誓死尋仇，必定已打草驚蛇，李成梁視你為心腹大患，豈會放過你？一旦大兵壓境，建州各部勢必灰飛煙滅，元氣大傷了。」

努爾哈赤臉色一赧，低頭道：「我一時氣憤之極，本沒想這許多，實在魯莽了。」他深知此事極為重大，關係女真各部存亡，想到因自己一時之憤，招來彌天大禍，族人難免慘遭殺戮，神情愀然，悔恨不已。

張一化勸解道：「此事也並非沒辦法化解，若想逃過此厄，必要借重朝廷。」

「如何借重朝廷？朝廷在關門之內，千里以外，遠水難解近渴。」

「其水雖遠，不失妙用。朝廷上權相張江陵病亡，萬曆皇帝親操權柄，乾綱獨斷，他是個喜好名聲的人，首輔申時行柄政寬大，若是厚備財物，進京朝貢，納物稱臣，對朝廷言明忠順守邊，討要封號，得了朝廷敕書，李成梁自然不敢輕舉妄動了。此事最為緊要，不可拖延。」

「好！我回去即刻派人四處採買特產，準備進京朝貢。還有一事求先生恩允。」

「直說無妨。」

「我想請先生到赫圖阿拉助我。」

張一化看了范楠一眼，躊躇道：「那豈不是辜負了朋友所託？我要先去撫順一趟，不敢一口應承下來。」

范楠少年心性，對行兵打仗頗為神往，慨然道：「我若中不了進士，便要到赫圖阿拉找你，騎馬射箭，你可願意？」

「我就在赫圖阿拉等你。」努爾哈赤哈哈大笑，點頭答應。

努爾哈赤回到赫圖阿拉，隻字不提前往廣寧之事，暗裏命人加緊採買名貴珍稀之物，不到一個月的工夫置辦齊整，張一化也從撫順趕來，又添辦了不少物品，計有虎皮十張，豹皮十張，熊掌十對，鹿皮三十張，黑貂皮二十張，人參二百斤，鹿茸一百架，名馬十匹，珍珠五十斤，還有榛子、松子、乾蘑菇各若干斤。時節已到四月下旬，二人帶了十個侍衛護送財物，啟程上路。眾人一路奔波，到了山海關前。山海關被譽為天下第一雄關，北倚燕山，峰巒疊翠；南臨渤海，波濤洶湧。城樓九脊重簷，城門四座：東為鎮東門，南為望洋門，西為迎恩門，北為威遠門。東門最為偉拔高聳，高大的城門上矗立著四丈多高的箭樓，樓分兩層，簷下高懸著一塊白底黑字的巨匾，鐫刻著「天下第一關」五個行楷大字，筆力沉雄頓挫，凝重遒勁，乃是當地名士蕭顯所書。整個城池與萬里長城相連，以城為關。枕山襟海，峭壁洪濤，地勢險要，壁壘森嚴，一夫當關，萬夫莫開，素有京師屏翰、遼左咽喉之稱。努爾哈赤究心征戰，對山川要塞尤為留意，而山海關乃是今後南下中原的必經之路，又與一般關隘不同，於是賄賂了守關的將領，登關眺望，北面山巒重疊，萬里長城如一條昂首的巨龍，蜿蜒起伏在崇山峻嶺之中，氣勢磅礡，景色異常壯觀；極目而南，一望無際的渤海波濤洶湧、雲水蒼茫，那長城與大海交匯之處，碧海金沙，水天相接，令人有天開海嶽、雄襟萬里之感，豪氣頓生，暗暗思忖道：「有朝一日能用弓箭、鐵騎衝破此關，南下牧馬，逐鹿中

原，大快我心！」

張一化見他面色陰晴不定，只顧出神地四下觀望，擔心守關將士起疑，忙勸他下關趕路，努爾哈赤兀自戀戀不捨。

過了山海關，離京城還有六百里的路程，都是平坦寬闊的官道，極為好走。努爾哈赤平生第一次入關，關內的山川、景色，以至行人衣著、言談笑語，無不覺得新奇有趣，讚歎道：「天子腳下，到底與咱關外不同！」

張一化應道：「咱們入關所見，並沒有什麼稀奇。關內受聖人教化，千年有餘，人文風物自然與四方蠻夷迥異。中原歷來為兵家必爭之地，一是位置要緊，二是天下人文淵藪，自古得中原者得天下，比如魏、蜀、吳三國，莫不如此。中原的精粹一在北京，皇城根下，天潢貴胄，氣派自然無處可比；一在長江之南，杏花春雨，鶯啼梅黃，風月無二，以致當年金主完顏亮聽得『三秋桂子，十里荷花』之句，頓有投鞭南下之意。」

努爾哈赤聽他讚不絕口，問道：「北京比遼陽如何？」

「遼陽可是沒法比了。北京城分外城、內城、皇城、紫禁城四層。外城、皇城各有七座城門，內城周長四十五里，城門九座，用途各不相同，最為講究，哪座城門通行什麼樣的車輛，都有定死的規矩，絕不可亂來。正南的城門叫正陽門，專走皇帝龍車，宣武門走囚車，東邊的朝陽門走糧車，東直門走木材車，西邊的阜城門走煤車，西直門走御水車，北邊的德勝門走兵車……規模宏大，人丁輻輳遠遠盛過遼陽。那皇帝居住的紫禁城，更是天下少見的美苑仙閬，那好處我一時也難說盡，過幾日就可看見了，你自去體會。」

「噢！原來如此。」努爾哈赤出乎意外，又覺甚是煩瑣，問道：「那我們從哪個城門進去？」

張一化道：「按規矩，我們要從東直門進城，先到禮部稟報，然後由禮部堂官稟明皇帝，皇帝若有意召見，我們就可抬著貢盒，進入紫禁城，朝覲皇帝，然後領賞赴宴。」

努爾哈赤一時難以記住如此繁縟的禮儀，也想像不出皇城如何壯麗堂皇，一心等著進城仔細觀看，路上的景致再難入眼，什麼燕京八景的盧溝曉月，儘管張一化旁徵博引，說得天花亂墜，他並未數對那橋上雕刻精美的石頭獅子。過了五日，將近黃昏時分，遠遠望見了北京的城樓，落日熔金，雁陣北歸，牆垣高大、綿延數十里的京城，整個籠罩在暮靄之中，越發顯得神奇縹緲，氣勢非凡。努爾哈赤終於目睹了天下帝王之都，驚得撟舌難下，想不到世間竟有這樣宏偉壯麗的都城，果然是遼陽不可攀比的，脫口讚歎道：「好大的一座城池！」及至進了城裏，正是上燈時分，街上行人依然絡繹不絕，夜市酒樓，瓦肆勾欄，更是熙熙攘攘，笑語喧嘩，家家戶戶街門兩旁插著不知名的樹條草葉，門楣上貼著花花綠綠的圖畫，往來的女人和孩子胸前背後掛著五彩絲線編織的穗條，努爾哈赤十分好奇，問道：「京師每日裏都這般熱鬧？」

「平日也是這樣，不過看今天的情形，想必端陽節要到了。端陽節又稱端午節、女兒節、天中節、地臘節，乃是一年中較大的節日。每到端陽，家家街門旁都要插菖蒲、艾草，

門楣上要貼鍾馗、張天師等鎮宅神像，驅邪逐祟。那天午時，要飲朱砂、雄黃、菖蒲酒、吃粽子。你看街上的婦人和孩子身上也掛了用絲線將櫻桃、桑椹、茄子、秦椒、白菜、豆角等蔬果串成的長命縷。若是趕上皇帝高興，還要在西苑鬥龍舟、划船，與諸大臣宴樂呢！」張一化多年避仇居住關外，也是多年不見了如此繁華的景象，一邊給努爾哈赤解說，一邊暗自歎惋。

女真人在京城極是罕見，努爾哈赤一行人身穿關外服飾，緊衣箭袖，樣式極為怪異，一時引得街上眾人紛紛駐足側目，交頭接耳道：「他們是哪裏來的？可是當年的三寶公公帶來的西洋人種？」

「想是給皇上進貢方物，送什麼寶貝的。」

努爾哈赤在眾人的議論聲中，找了一家客棧歇息。次日天明，一早趕到禮部。禮部衙門在紫禁城午門以外的棋盤街，承天門至大明門之間，用石板鋪成供皇帝出入的中心御道，兩側建有連簷通脊長兩排朝房，東接長安左門，西接長安右門，俗稱千步廊，圍以朱紅色宮牆，禮部與吏部、戶部、工部、宗人府、欽天監等都在東宮牆的外邊，西宮牆外為五軍都督府、刑部、都察院、大理寺等武職衙門。禮部的主客司，掌管附屬諸蕃朝貢接待賞賜，努爾哈赤、張一化進了會同館，一個主事大剌剌翹著二郎腿，問道：「你們是哪裏來的，所貢都是些什麼物品？」

努爾哈赤按照張一化講解的禮儀，躬身道：「建州努爾哈赤給大人請安。我們此次進貢的有虎皮、豹皮、熊掌、黑貂皮、鹿皮、人參、鹿茸、名馬、珍珠，還有榛子、松子……」

那主事一翻眼皮，打斷道：「按照規矩，這些貢物還要挑選才能登記在冊，不必費什麼口舌了，將東西抬上來吧！」

努爾哈赤見他冷眼相待，心中憤憤不平，好不容易千挑萬選地置辦了貢品，還要再經他挑選，這分明是有意刁難人麼？但見張一化在一旁不住使眼色，隱忍著命人抬入大廳。那主事一手捏著鼻子，一手撥弄著虎皮，揪下幾根獸毛，嘴裏嘖嘖怪道：「剛剛貢來就這樣脫毛，等獻給了皇上，還不剩下一張光皮子了。皇上怪罪下來，哪個敢擔待？不行不行，回去另選好的送來。這熊掌一看便不是陰乾的，還有些潮呢，存入內府發了黴，我可吃罪不起，快快收了……」

經他一番挑揀，許多的貢物竟剩不下多少，努爾哈赤臉色大變，不知如何應付，張一化卻不著急，知道這是此人意在索要賄銀，他一個區區六品的小京官，那點兒俸祿只夠勉強度日，要想手頭寬裕，也沒有別的法子。等他驗看過了，取出一張銀票遞上，賠笑道：「我們那裏是小地方，沒什麼像樣的東西，讓大人見笑了。急切之間，沒有什麼好孝敬大人的，這幾兩銀子求大人笑納，權當是喝茶錢。」

那主事精於此道，瞥了一眼，已知是一百兩銀子，見張一化出手大方，心裏早應允了，嘴上卻說：「兄弟這樣做也是怕驗看不周，皇上怪罪，連累了兩位。其實你們千里迢迢，不用說東西如何地好，單就這份兒忠君之心，兄弟也是萬分佩服的。來來來，先坐下吃杯茶，等登記好了，再給二位擺酒接風。」努爾哈赤見他改稱兄弟，忽然十分親熱起來，心下暗自瞧他不起。張一化見他前倨後恭，轉換竟極是自然，全無生硬之嫌，也覺大開眼界。

萬曆皇帝剛剛罷黜了司禮監大太監馮保，又追奪了已故權相張居正的敕封，大權獨攬，有意振作，聽說女真進貢方物，竟破例召見。努爾哈赤自東華門進了紫禁城，隨著小太監七拐八繞，左右前後是一座座巍峨壯麗的宮闕，最後停在一座宮殿前，小太監進去功夫不大，出來喊道：「那太監急忙站起來，走到殿外臺階上，喊道：「皇爺有旨，宣努爾哈赤上殿——」努爾哈赤手捧禮單，小心進了大殿。殿裏靜悄悄的，並無什麼文武大臣，正中的御案後坐著一個十五六歲的少年，金冠黃袍，笑嘻嘻地看著自己。努爾哈赤急忙跪下，連磕了幾個頭，將禮單高擎頭頂，說道：「建州左都督塔世克之子努爾哈赤叩謝皇上天恩庇護，特來朝貢方物，願吾皇萬萬歲！」御前太監接過禮單，呈到御案上，萬曆皇帝略略看了一遍，頷首道：「那建州寒冷荒涼，乃是不毛之地，女真人騎馬射獵，置辦這些方物實在不易。前些日子，遼東巡撫報說建州都督得暴病死了，可是真的？」

「不錯，小臣此次朝貢，有心繼承父業，接著替皇上保守天朝邊陲地界，忠順朝廷。」努爾哈赤心裏一陣酸楚，爺爺、阿瑪的沉冤怕是難以昭雪了。

萬曆皇帝命太監將虎皮鋪在腳下，懷裏擁著黑貂皮，微笑道：「子承父業，也是常理。難得你對朝廷一片忠心，朕准你。你路上也辛苦了，朕賜你御酒五罈，宮膳十碗，回館舍歇息吧！」

努爾哈赤出了宮門，咫尺天顏，本想大明皇帝該是何等的睿智神武，不料卻是一個尚未成年的孩子，卻要向他叩頭下跪，心裏隱隱覺得上天不公，正自思想，張一化迎上來，本要詢問，見他面色如常，便忍住了。二人走在京城的大街上，努爾哈赤回望宮闕，說道：「赫圖阿拉太狹小了，不然我們多養些牛羊，多獵些獸皮，多換些銀子，仿著這宮闕的樣子，也建一個小紫禁城。」

張一化一驚，急聲道：「京城是天下的重地，廠衛橫行，若給他們偵知，可是死罪。千萬說話小心，以免壞了大事。」回頭看看四周無人，放心下來，接著說道：「你有此心，取而代之，足見氣魄。這紫禁城可不是一般的所在，從它的名稱也可領略一二。」

「紫禁城還有什麼深意？」

「深意倒也不難領會，不過法天取象而已。紫微星垣，高居中天，永恆不移，中星環繞，名為紫宮，乃是天帝的居所，皇帝自稱天地之子，便以紫宮來象徵其居所，皇帝的居所本屬禁地，戒備森嚴，故稱紫禁城。它處在皇城、內外城的層層拱衛之中，周圍建有天、地、日、月四壇，有房屋九千九百九十九間，宮殿莊嚴瑰麗，御苑精巧秀美，窮天下財物，歷經數代的擴建修繕，才有今天的規模。千萬兩銀子堆起來座座宮闕，僅供皇帝一人居住，實在奢侈之極。」

努爾哈赤望著午門上飛翹的五座樓閣，說道：「既是人間帝王所居，他人若做了帝王，自然可以造個新的來住，這事恐怕也不能一味地愛惜民力。」

張一化聽他說得斬釘截鐵，附和道：「你志向遠大，絕不是久居人下之輩。只是北京數代都城，地形之固、關隘之險、人才之聚、經濟之富，陪都金陵以外，非他處可比，若能得了天下，還是定都此城最善。」

二人回到館驛，靜等聖旨敕書。努爾哈赤每日與張一化在京城四下遊玩，查看帝京風物民情，中土商賈往來、物產豐沛，張一化又講了北京歷代的興衰，努爾哈赤邊聽邊看，大覺震動。萬曆皇帝倒也沒有食言，三天過後，努爾哈赤接到了聖旨，隨即啟程回赫圖阿拉。原道返回，輕車熟路，加上努爾哈赤歸心似箭，一行人走得極快，不幾天出山海關到了錦州地界，轉入一段山間小路。此山名醫巫閭山，滿語的意思為翠綠之山，山嶺重疊，迴環掩抱，竟有六重之多，山路崎嶇難行，好在沒了來時的貢物，隻人匹馬，走來容易得多。山上古木蒼蒼，鳥鳴啾啾，關內春事已盡，此處地勢高峻，兀自百花盛開，各種花香隨風飄來，努爾哈赤等人趕路走得一身熱汗，精神為之一爽，勞乏也減輕了許多。張一化畢竟是熟讀經史的飽學之士，見山間碑碣、摩崖題刻隨處可見，隨手摩挲。轉過一個山坳，道路更為狹窄，眾人小心牽馬緩行，忽聽前面傳來哐哐的伐木之聲，就見幾個大漢揮著巨斧在路旁伐著一棵大松樹，那松樹拔地而起，勢可參天，剛剛吐綠的丫杈虯曲盤旋，遮擋了山路上方的天空，張一化想起《莊子》書中那棵大椿，暗自嗟歎，替那巨樹惋惜，不知歷經多少歲月才長得如此高大。幾個大漢對努爾哈赤等人恍若不見，揮斧猛砍，那松樹已給伐得過半，那些大漢肩扛手推，只聽嘎吱吱的聲音剛過，那巨樹緩緩倒下，隨著轟隆一聲巨響，終於倒落地上，霎時枝條、石塊四處飛濺，那巨樹橫在山路之上，堵得嚴嚴實實。饒是努爾哈赤等人早有防備，緊緊扣住轡繩，那些坐騎也驚得昂頭嘶叫。為首那大漢喊道：「想過去的快過來幫忙搬開，不然耽誤了你們回赫圖阿拉，咱心裏也是不忍的。」

努爾哈赤聽了，頓生疑竇，暗想：我們建州女真在關外並不罕見，居處又極分散，這些人怎麼知道我們要回赫圖阿拉？回身與張一化對視一眼，見他也正朝自己看來，便要暗令侍衛們小心戒備，卻見一頂小轎如飛而來，到了巨樹跟前停下，轎中出來一個高大的中年漢子，雖是一身的儒服，手中搖著一把烏木摺扇，但卻凜凜生威。伐樹的幾個大漢見了，急忙上前躬身施禮，神色極是敬畏。這幾個樵夫難道是儒服漢子的家奴？努爾哈赤正覺詫異，儒服漢子冷笑道：「努爾哈赤，皇上賜的御酒、宮膳好吃麼？」

努爾哈赤見他言詞之中有一股懾人的氣魄，驚問道：「你是什麼人？怎麼知道我進京了？」

「朝中閣老王錫爵大人早有書信寄來，京中的事情有什麼能逃過我阿瑪的耳目？」儒服漢子面皮上堆著笑容，嘲諷道：「你真好記性！才數十天的工夫竟忘了我是誰？想是以為受了皇封，便有些自覺了不起了，哼！一個小小的建州衛都督僉事，在我看來比眼前的一隻蚊子大不了多少！還想著與我們作對麼？廣寧城的總兵府等著你再去闖呢！可惜再也不會有人發善心放你逃了。」

努爾哈赤登時想起此人就是遼東總兵李成梁的大公子李如松，錦州地界離廣寧不遠，也

是遼東總兵的轄區，方才那幾個大漢，偏偏將巨樹砍倒攔住去路，可知他們蓄謀已久，早已布好了陷阱。想到無辜死去的爺爺、阿瑪，悲憤不已，恨恨說道：「你們父子在關外橫行多年，無惡不作，遼東百姓恨不得吃你們的肉，喝你們的血，但凡有一點兒天良的，哪個願意替你們賣命？」

李如松厲聲道：「哼，梨花那個賤婦，若不是阿瑪寵著她，我早一刀將她砍了，少了後患，也不用今天這樣大費周折。努爾哈赤，你躲得過初一，逃不過十五，你的死期到了，看今天可還有哪個賤婦來救你！」

「你們把梨花夫人怎樣了？」努爾哈赤一驚。

「哈哈哈哈……」李如松仰頭狂笑，「那樣一個千人騎萬人跨的娼婦，你還心疼麼？若不是我阿瑪老糊塗了，喜歡她的顏色，花了大把的銀子給她贖身，我怎容這等低賤的人玷污家聲？如今好了，她放你逃了，阿瑪醒來大怒，責打了她，沒想到她竟受不得半點兒委屈，一根白綾吊死了。除去了我的眼中釘，本該謝你，可你我勢同水火，斷難相容，再說梨花也不會放過你，怕是要向你討命呢！」一揮掌中的摺扇，喝道：「給我拿下！」

那幾個大漢早已在樹叢中、山石後取出了暗藏的兵器，聞聲一起向努爾哈赤圍上來，十個隨行的侍衛不等努爾哈赤下令，也拔出腰刀，與他們混戰成一團。張一化怕努爾哈赤一心想著報仇，拼命廝殺，快步上前低聲道：「此地離廣寧不遠，他們又早有準備，不知帶了多少人手，若拖延太久，勢必危急，走為上計，不可戀戰。」

努爾哈赤隨即醒悟，呼嘯一聲，飛身上馬。李如松見他要跑，身形縱起，躍過樹身，一揚手中摺扇，劈面拍下。努爾哈赤急用劍擋，哪知李如松見他招式已老，驀地一翻手腕，向他左肩掃來。李如松武功高出努爾哈赤許多，瞬間變招，努爾哈赤猜想不出，躲閃已是不及，扇柄掃到肩胛之上，雖有箭囊略減輕了力道，努爾哈赤依然覺得痛入骨髓。李如松一擊得手，身形下墜之際，收腹擰腰，一腳踢在他的馬背上，那馬負痛，一聲哀鳴，騰空而起，堪堪躍過樹障，不想李如松暗中用上了上乘的內功，一腳之力似有千鈞，早將馬的脊骨震裂，那馬竟從空中直摔下來，眼看就要墜在樹幹之上，那樹丫杈甚多，猶如聳立的長槍利劍，若給它碰到，非死即傷。努爾哈赤忙扔了韁繩，雙腳甩離了馬鐙，雙手在馬背上一按，往旁邊躍下，立足未穩，李如松的摺扇又已點到，閃身躲避，不想踩到一粒石塊，腳下一滑，仰身摔倒，就地滾翻，躲過了李如松致命一擊。那邊的張一化等人惡鬥也酣，張一化一介書生，本不懂什麼武功，左躲右避饒是侍衛們前後掩護，也幾處掛彩，神情極為狼狽。那幾個大漢都是挑選的頂尖高手，擒下幾個功夫平常的侍衛自然不難，無奈侍衛們招招捨命相拼，心中頓生忌憚，絲毫討不到半點兒便宜，只是時候一長，侍衛們拼命打法極為耗損體力，漸漸刀法遲緩雜亂，防身尚可，卻已無力進攻，大漢們招式一緊，立時險象環生。努爾哈赤大急，想要取下弓箭相助，李如松知道女真人的弓箭極為犀利，既已搶得先機，豈肯給他半點兒喘息的機會，一招一式，好似長江大河，連綿不絕，努爾哈赤忙於招架，自顧不暇，抽手不出，眼看侍衛們紛紛中刀，血染衣袍。正在危急，不遠的山坡上有人高聲問道：

「下面可是罕子哥哥麼？」樹叢之中，出來五個手持鋼叉、身背弓箭的大漢，沿著山坡飛奔而來。努爾哈赤見了，大喜道：「兄弟，快來助我！」張一化和侍衛們見有援軍到了，頓時精神大振。

識奸

「是誰這麼狠心？何必這麼大動肝火，小心傷了和氣！」一個陰惻惻的聲音從屋裏傳來，一個高瘦的蒙面人持刀拉著一個披頭散髮的女人出來，努爾哈赤大驚，那女人赫然就是佟春秀，身穿寬鬆的睡袍，被蒙面人挾了脖頸推搡出來。

那五個大漢如下山惡虎，一陣狂打猛衝，解了努爾哈赤等人的困厄，眾人且戰且退，向北落荒而走。李如松施展輕功，幾個起落便趕到了他們身後，努爾哈赤見他奮勇殺來，拈箭搭弓，高聲喊道：「李如松，不怕死的儘管來追，看我射你的左耳！」李如松知道女真人的弓箭厲害，近在咫尺，不敢大意，聽得弓弦聲響，急忙躲閃。努爾哈赤料他要躲，虛扯弓弦，隨即射出一箭，那狼牙箭貼著他的耳邊飛過，李如松嚇得急忙收住腳步，不敢再追，眼睜睜看他們跑得遠了。他本來準備得極為仔細，但料想不到對頭竟來了幫手，暗悔自己太過托大，帶的人手不足，廣寧城離此山十幾里的路程，增援已然是不及了，只好懊惱回城。

努爾哈赤等人一口氣出了醫巫閭山，見後面沒有追兵，這才停在路旁歇息。五個大漢過來施抱見大禮相拜，多日不見，極為親熱。努爾哈赤問道：「聽張先生說你們打算結伴入關，怎麼到了此處？」

為首的大漢大笑道：「我們一路打獵遊玩，將要到了山海關，卻聽說哥哥獨闖廣寧，想哥哥必缺人手，便到廣寧去找哥哥，誰知打聽著哥哥又回了赫圖阿拉，我們就打算先到關內玩耍些日子，再去投靠哥哥。我們自關內回來，正在山上追趕一隻猛虎，聽到山下廝殺，不想卻是哥哥。」

努爾哈赤命五人見過張一化，五人又施了抱見大禮，張一化含笑道：「五位好漢可還記得小老兒？」

其中一人答道：「大哥都稱您作先生，我們怎麼敢忘了您老人家！怕是您老人家記不得我們五兄弟了吧！」

張一化指點道：「額亦都、費英東、何和禮、安費揚古、扈爾漢五人的大名，在撫順城裏婦孺皆知，小老兒怎麼會忘？就是你們的來歷出身，小老兒都是一清二楚，額亦都世居長白山，天生神力，能拉開兩百斤的硬弓，十九歲那年在嘉木瑚寨長穆通阿家與努爾哈赤結識……」

五人之中以額亦都年紀最長，結識努爾哈赤最早，他聽張一化當面誇讚，急忙擺手道：「老人家不要說了，我們不過玩笑之言，千萬當不得真。哥哥在京城可見著了皇帝？」

努爾哈赤道：「那個小皇帝可是威風得緊呢！一個人住好大一片屋宇，他在金殿上召見我，還賞賜我御酒、宮膳，下旨命我接任建州衛都督僉事。」說著取出敕書給五人傳看，五人見了敕書，紛紛說道：「哥哥做了建州之主，咱們女真各部豈不是都受哥哥節制了！」

張一化道：「既做了朝廷命官，可要有些規矩了。今後的稱呼要改一改，小罕子之名是萬萬不可再叫了。」

「那我們五人該喊什麼？」扈爾漢問道。

張一化忽然想到努爾哈赤乃是異族，只有姓名，無字無號，難以表示尊崇，只得說：「咱們就以都督稱呼他如何？」

「都督？那是朝廷給哥哥的官職，人人都可如此稱呼，顯不出咱們的親近之意，不如換作滿語，叫得順口。想那都督是總管一方的長官，咱們滿語稱首領為貝勒，如今哥哥做了建州之主，豈不就是咱們的貝勒了？」

「兄弟不要高抬哥哥了，說什麼建州之主。建州共有三衛，我不過統轄左衛一處，職權哪裏有那樣大？再說咱們建州女真四分五裂，各自為政，不相統領，這個都督不過是名義上的虛銜，不用說蘇克蘇滸河、渾河、完顏、棟鄂、哲陳、鴨綠江、納殷、朱舍里等部不會聽命於我，就是圖倫、薩爾滸、嘉木瑚、沾河、安圖瓜爾佳等小部城寨，也未必心服，更不用說海西女真的哈達、輝發、烏拉、葉赫四大部了。至於東海女真的窩集、瓦爾喀、庫爾喀三大部，黑龍江女真的力虎爾哈、薩哈連、索倫、使犬、使鹿等部，不少住在烏蘇里江沿海的島嶼上，相距遙遠，平日難得往來，咱們女真要想齊心協力，合在一處，卻也不是件容易的事。」

張一化點頭道：「女真個個能上馬飛騰，箭發如雨，卻飽受他人的欺凌，錯在部落林立，互相戰殺，強凌弱，眾暴寡，甚至骨肉相殘，正好給人個個擊破，若要成就一番功業，第一步必先穩定自己，安內才能攘外呀！常言道：女真不滿萬，滿萬不可敵！」

努爾哈赤聽得雄心大起，拊掌讚道：「先生說得極妙！若不能統一女真，想要不受他人欺凌實在難上加難，自然改不了做奴才的命運。我若統領女真定要教人相互友愛，老少病弱不受欺辱。」

張一化面帶憂色道：「不管是實職還是虛銜，建州各部對此垂涎的不在少數，你驟然之間得此重任，定會有人不服，虎視眈眈，必欲取你代之，不可不防！」

最小的扈爾漢叫道：「哪個膽敢癡心妄想，我就擰下他的腦袋做尿壺用。」

「他們人多勢眾，到時吃虧的怕是我們。」張一化重重吐出一口長氣。

努爾哈赤沉思道：「回去我們盡快整頓人馬，早做準備。」眾人一邊商量如何招兵買馬，一邊談論各自的見聞，說笑著回到了赫圖阿拉。努爾哈赤將伯叔禮敦、額爾袞、界堪、塔察篇古、弟弟舒爾哈齊等人請到家裏，將皇帝封職的敕書給眾人看了，並將京城見聞大略說了一遍，額亦都等人也見過了嫂子並侄女侄子。

努爾哈赤被封作建州衛都督僉事的消息傳得極快，一些遠方的親戚也趕來觀瞧敕書，努爾哈赤不勝其煩，但眼下正是用人之際，急需籠絡人心，因此強自隱忍，不敢露出一絲不悅之色。將近黃昏，送走了一撥客人，正要逗弄兒女嬉鬧，貼身侍衛帕海進來稟報：「龍敦老爺求見。」

龍敦是三爺索長阿的第四子，努爾哈赤該稱堂叔，他住在離赫圖阿拉十幾里遠的城寨。龍敦人品雖有些齷齪，又因上代人的恩怨，平日裏極少走動，沒有多少親情，但畢竟屬於長輩，努爾哈赤不好怠慢，迎了出來，在院中相見。龍敦搖擺著矮胖身子，進屋便大聲說道：「哎呀！大侄子，給你賀喜了！聽說你給皇帝親口封了官，叔叔好生歡喜，快將敕書拿給我看。」他摸著鬍子，接過敕書仔細端詳片刻，細小的眼睛不停地眨動，嘴裏嘖嘖有聲，誇獎道：「皇帝金口玉言，當真非同小可！這敕書可是做官的憑證，小心收好了，以免丟失損壞了，皇帝即便不會追究，有些宵小之徒不承認你為首領，豈不糟糕，白費了許多的心血！」

努爾哈赤聽得不是滋味，卻又不便發作，冷冷地說：「侄兒做這建州都督，有皇帝的旨意，哪個膽敢不從？」

「那倒也是，不過你阿瑪剛剛故去，朝廷准你繼承這個位子，這山高皇帝遠的，難保有人不聽招呼。」龍敦嘴上兀自喋喋不休。

努爾哈赤默然無語，龍敦訕笑著走了，他再也沒有逗弄孩子的心情，命人將兒女帶下去看管，獨自出了一會兒神，便要去看望張一化，回來這幾日一直忙著應酬宗族的事務，害怕手下人照顧不周，冷落了他。還未起身，卻見兄弟舒爾哈齊閃身進來，問道：「剛才龍敦所說，我隱在窗戶後面，聽得清清楚楚。他說話陰陽怪氣，哥哥可聽出了什麼弦外之音？」

「弦外之音？」

「自從阿瑪死在古勒城，哥哥又出了京城，龍敦四處走動，邀買人心，散布流言，說朝廷要另立建州之主。聽說他還常與圖倫城主尼堪外蘭、薩爾滸城主諾米納及其弟奈喀達往來，此人心懷鬼胎，哥哥要多加小心，夜裏多增派些侍衛，輪流當值，以防不測。」

努爾哈赤心頭一熱，與二弟患難相依多年，知道他對自己情意極是深厚，輕輕拍著他的手臂說：「你也忒小心了，放心去吧！有帕海與洛漢輪流巡守，周圍又有那五個結拜的兄弟護衛，不會出什麼事的。」

夜已經很深了，努爾哈赤見妻兒已經安睡，在熊油燈下看著《三國演義》。自從跟著張一化讀了《三國演義》以來，閒暇下來，總是要看上一兩個章節，揣摩其中征戰的計謀，那些計謀當真匪夷所思，不知如何想出的。今夜只看了不到一章，怎麼也靜不下心來，煩亂地丟開書冊，帶著寶劍，邁步出門。

天似穹廬，星漢燦爛，和風輕拂，草原的夜寧靜而恬美。努爾哈赤帶著侍衛帕海與洛漢二人在內城四處查看了一遍，回到家裏，躺下歇息。朦朧之中，聽到屋頂上有悉悉嗦嗦的衣袂摩擦之聲，登時醒來，凝神靜聽，房上又傳來輕微的腳步聲響。他悄悄起身，背好弓箭，將東果、褚英和代善輕輕抱起，藏在西彎道炕腳供奉祖宗的神案下面，正要將南炕的妻子佟春秀搖醒，要她躲進南炕梢的描金紅櫃裏，門外帕海已然呼喝起來：「什麼人躲在房上？快滾下來！」

撲通撲通幾聲悶響，房上跳下七八個身穿黑衣面蒙黑巾的刺客，聽他們落地的動靜，輕功並不怎麼高明。帕海呼喝一聲，挺刀相迎，兵器撞擊，濺出點點火星，聲音極為清脆響亮，在寂靜的夜裏傳出很遠。已經歇息的洛漢也從夢中驚醒，跳到院中支援帕海。努爾哈赤怕他二人抵擋不住，仗劍出來，眾人登時打作了了一團。打鬥之聲驚動了額亦都五人，胡亂披著衣服，各持刀槍趕來，將蒙面人團團圍在核心，努爾哈赤命人點起火把，喝問道：「我與你們有什麼冤仇？竟然夜闖我家？」

幾個蒙面人默不作聲，背靠背地持刀全身戒備，額亦都大怒道：「貝勒哥哥問他們做什麼！將他們亂刀砍了，看還有沒有人敢再來行刺！」他來得匆忙，情急之下，只穿了一條褌褲，赤裸著上身，鐵一般的筋肉在火光下時而紅亮，時而烏黑，好似廟裏的金剛，橫眉立目，神情有幾分猙獰可怖。

「是誰這麼狠心？何必這麼大動肝火，小心傷了和氣！」一個陰惻惻的聲音從屋裏傳來，一個高瘦的蒙面人持刀拉著一個披頭散髮的女人出來，努爾哈赤大驚，那女人赫然就是佟春秀，身穿寬鬆的睡袍，被蒙面人挾了脖頸推搡出來。額亦都呼喝道：「放開我嫂嫂，不然定將你碎屍萬段。」

蒙面人嘻嘻笑道：「好啊！你過來砍我幾刀，我絕不還手，只是要在你嫂嫂的嬌軀上也劃上幾下，看誰挺得住！」話語卻是極為冷酷無情，將額亦都噎得無言以對，倏的一聲，狠力將刀插入地中。

「你想怎樣？」努爾哈赤踏前一步。

「不想怎樣，只要你交出朝廷的敕書，讓出建州衛都督的位子，我保你的女人無恙。不然，哼……你知道我會怎麼做。」

「努爾哈赤，不要管我，萬萬不可聽他的！職位可是祖宗傳下來的，不能給了別人……啊——」佟春秀急得大喊，怕丈夫忌憚自己在仇敵手中，救人心切，答應下來，她深知丈夫的脾氣，即使受了脅迫才應允，但話一旦出口，卻是萬不肯反悔的。蒙面人惱怒異常，將臂彎收緊，佟春秀喉嚨被卡住，痛哼一聲，說不出話來。

「將她放開，有話好商量。」努爾哈赤大急，又向前跨了一步。

蒙面人呵斥道：「我知道你會些拳腳，不想與你過招。你再往前一步，我就在她臉上劃一刀。」

努爾哈赤停在原地，一時不知如何是好。自從回到赫圖阿拉，他日夜不離地將敕書帶在身上，小心保管，以為萬無一失，不想竟會有人明搶明奪。他暗暗歎了口氣，從懷中摸出敕書，揚一揚說：「敕書在此，你過來拿吧！」

「你當我是三歲的孩童，給你輕易哄騙了！將敕書放在地上，退後十步。」

「你若不放人怎麼說？」

「沒什麼可說的，刀在我手上，人在我懷中，你們人多勢眾的，怎麼也要等到我們全身而退，才會放她。」

「也好，只是不可傷了她！」努爾哈赤面色一寒，「不然，就是追到天涯海角，我也定取你性命！」說著將敕書抛在地上，身後眾人一陣驚呼，既惋惜又無奈，不知所措。

「不要呀！不要對不起祖宗——」佟春秀淒厲地嚎叫著，雙手抓住蒙面人的刀刃，向自己胸口狠命刺下，事出突然，蒙面人想阻攔，已然不及，鮮血四處飛濺，佟春秀倒在地上。

「春秀——」努爾哈赤傷心欲絕，俯身搶回敕書，不料那蒙面人見失了活口，抽回腰刀，兜頭向努爾哈赤砍下。努爾哈赤身形甫起，又不知妻子傷勢如何，略一分神，躲閃不及，身後的侍衛帕海看得真切，暴叫道：「主子快閃開！」一掌將他推開，舉刀欲架，蒙面人怪叫一聲，鋼刀向前一推，一顆碩大的人頭飛出丈外，努爾哈赤便覺臉上一熱，帕海的一腔熱血飄灑了滿身。額亦都大吼著飛身上前，揮刀亂砍，蒙面人舞刀招架，額亦都招式威

猛，勢大力沉，蒙面人震得臂膀酸麻，見幾個同夥紛紛向外奔逃，抽身欲退，努爾哈赤哪裏肯捨，疾步縱到他身後，一劍刺去，正中後心，眾人一擁而上，將他亂刀砍死，等想到要留活口時已是遲了。

努爾哈赤跪在地上，將佟春秀抱在懷裏，看她胸口的血汩汩流個不住，臉色慘白似紙，手足冰冷，渾身不住地顫抖，抱她進屋，放在炕上，撕了袍子給她堵住傷口。佟春秀當時已懷必死之心，出手無情，傷口刺得既深且大，哪裏堵得住。急命洛漢去喊薩滿醫生，佟春秀幽幽醒來，搖頭道：「不要去了……我怕是不行了，渾身好冷……我想與你待上一會兒，說說話兒……孩子呢？他們沒事吧？」

「你不要擔心，我將他們放在了神案下面，祖宗保佑著呢！」努爾哈赤瞥見神案的幃布依然垂著，將案下遮得嚴嚴實實，流淚道：「只可惜，我沒來得及喊醒你，教你受驚了。」

「都怪我給代善哭叫得累了，睡得太沉，竟沒有聽到你起來……」

眾人不忍再聽，各自歎著氣，驀然走出屋子。努爾哈赤將她攬在懷裏，流淚道：「你怎的竟那麼傻！為了一紙敕書……」他哽咽著說不下去，眼淚低落在佟春秀臉上、襟前。

「那可不是一張普通的紙，是……咳咳……是祖宗留下的基業，是、是你今後施展抱負的本錢。我、我小時候爺爺就手把手教我如何管家，在嫁給你之前，經手的銀子每年也有數千兩了，我知道手頭沒錢，是什麼也做、做不成的……」佟春秀淒涼地一笑，說了大段的話不禁有些氣喘，略停了停，拉住努爾哈赤的手說：「你別攔我，我怕今後再也不能這樣與你說話了。我……」大顆的眼淚落到她臉上，她怔了怔，又說：「你又哭了？我最見不得你哭，你若一哭，我心裏竟覺比你還難受，有時想能替你哭一番，可是、可是我卻沒力氣替你哭了。你做了建州的貝勒，這樣在我身邊守著哭泣，可不給人小瞧了？」

努爾哈赤替她撫去臉上的亂髮，唏噓道：「帶你回赫圖阿拉，本想認祖歸宗，過幾天舒坦的日子，哪裏料到變故突起，禍患不斷，反而不如在撫順時陪你的工夫多，真苦了你！」

佟春秀閉上眼睛，淚水無聲滑落，她已無力抽出手來擦拭，嘶啞著聲音說：「我不覺得苦，你做的是大事，總是守著妻子兒女怎麼行？我、我只……」她哇的噴出一口鮮血，努爾哈赤傷心地給她擦淨嘴角，佟春秀出氣已覺艱難，她大張著嘴巴，斷斷續續地說：「我想求、求你，千萬好生、好生看待東、東果、褚英與代善，就是他們有什麼不、是之處，也、也不要……輕易責罰……。今後要給東果找、找個好、好人家出門嫁了，褚英頑皮，代善才三個月……」她眼睛直直地望著西彎道炕上的神案。

努爾哈赤知道她想看看孩子，含淚放下妻子，掀起西炕腳的神案幃布，見三個兒女睡得正香，沒有被屋外的叫喊廝殺之聲驚醒，輕輕將他們抱到南炕，推醒他們，再摸妻子的額頭已是冰涼，沒有了一絲氣息，三個醒來的兒女見父母渾身血淋淋的，驚恐得嚎啕大哭……

努爾哈赤走出屋子，木然地看著眾人。額亦都等人跺腳大罵，不知如何勸解。正覺尷尬，張一化匆匆趕來，稟報道：「大貝勒，我聽說夜裏出事了，正要趕來，途中有人稟報北城外有戰馬嘶叫之聲，趕到城樓上看了，果見城外不知何時來了大隊人馬，怕是有人要偷襲城池，我已教守城將士嚴加戒備。」

「好毒的惡計！走，到城頭看看！」努爾哈赤霍然起身，不顧兒女哭得嗓子沙啞。努爾哈赤率領眾人來到北面城頭，扒著城牆垛口細看，城外果有不少人影走動，卻只在護城河外徘徊，似是並不想攻打城池，詢問守城將士，說是已有半個時辰了。他蹙起眉頭，忽然揮手喝道：「快到西城！」

赫圖阿拉在蘇子河南岸，建在一片突兀的高崗之上，一面依山，三面環水，只建了東、南、北三座城門，西邊因沒有城門，沒有兵馬把守，只有一小隊兵卒時常巡城，是赫圖阿拉守衛最為薄弱的地方。努爾哈赤等人來到西城，探身向城下看，果然有些人馬已渡過了護城河，正在豎起幾架雲梯往城上攀登，搶在前邊的一個蒙面人已將腦袋探出了城牆，額亦都一刀劈下，蒙面人慘叫一聲墜落城下，下面的人吃了一驚，知道城上已有準備，不敢強攻，撤了雲梯，消失在夜色中。

神秘的兵馬雖然退了，可努爾哈赤不敢歇息，帶了額亦都等人四處巡視，直到天亮才回到家裏。佟春秀的屍體已經入殮，努爾哈赤奠酒三杯，慟哭失聲，一夜之間，神色憔悴了許多，想到兇手不知是誰，命人將棺槨放在一個空閒的小屋子裏，暫不發喪。折騰了一夜，雖覺疲憊，但想不出刺客的來歷，沒有一點兒睡意，撫摸著那死去刺客的鋼刀，鋼刀砍得有了幾處缺口，木製的刀柄已有些鬆動，略微用力，竟將刀柄拔下，裏面的鐵柄上上隱隱刻著甲肇的字樣，甲肇是城北老街祖傳肇家鐵匠鋪打製兵器的記號，本族中的人所佩帶的刀劍多半是出自肇家的鋪子，難道刺客就在身邊？也許是刺客故意設下的圈套，挑撥我們相互猜疑，自相殘殺？努爾哈赤陷入了思索，額亦都五人還以為他傷心過度，左右不離地陪侍著。

張一化跨步進來，一把抓起桌上的鋼刀，笑問道：「大貝勒，你也看到上面的字跡了？」

他見努爾哈赤只輕輕點了點頭，說道：「我到城北老街的肇家鐵匠鋪問了一遍，他們鍛造的鋼刀上個個都有記號，外人看不出什麼分別，但他們看來鋼刀每把各不相同。他們是祖傳的手藝，鍛造鋼刀既好且多，各地的人慕名來買，賣到哪裏就是當家的老闆也記不清楚，可這把鋼刀的記號藏在刀柄之內，買主事先特意叮囑過，因此時候過得再久，卻也記得清清楚楚。」

「買主是誰？」

「龍敦。」

「怎麼會是他？我與他同是一個祖宗，並無仇怨，他為什麼要下這樣的毒手？」

「必是他妄想著做建州之主。」

「這事由來已久了。當年我高祖福滿給朝廷封作建州都督，他生有六個兒子，大爺德世庫、二爺劉闡、三爺索長阿、四爺就是我爺爺、五爺包朗阿、六爺寶實，傳位給誰也是頗費了一番周折。六位爺爺長大成人以後，高祖只將我爺爺留在赫圖阿拉，其他五人給了些銀子教他們出去，各自尋找合適的地方安家。五人修城的修城，蓋房的蓋房，打獵的打獵，種田的種田，沒過多久，都有了自己的城寨。大爺建了覺爾察城，二爺建了阿哈夥洛，三爺建了

河洛噶善，五爺建了尼瑪蘭城，六爺建了章甲。六人之中，以三爺和我爺爺擅長做買賣，高祖本來就靠到撫順、清河、開原、廣寧等地的馬市發了家，因此最為寵愛兄弟二人，只是後來發覺三爺心術不正，最後選定了我爺爺。可三爺心裏一直耿耿於懷，以為是我爺爺在高祖面前說了他壞話，憤恨不已，幾乎斷絕了往來。這些上輩人的恩怨本來過了多年，如今卻又給人翻出，確實來者不善啊！」努爾哈赤面色沉鬱，眾人明白牽扯他家族舊事，不好多說，唯恐拿捏不準分寸，靜聽他的意思。

努爾哈赤沉默片刻，才說：「此事不過是出於推測，沒有十足的把握，不好揭穿他。不然，若一旦龍敦不認賬，我不好向眾位長輩交代！上輩的恩怨已經多年，萬一是他人栽贓，挑撥我們相互爭鬥，豈不正中了奸計！」

張一化點頭說：「這把鋼刀本來算不得什麼憑證，他輕輕一句丟了的話，就推得乾乾淨淨了，要定龍敦的罪，沒有鐵證不行。鋼刀只是給咱們提了個醒，背後是不是龍敦主謀，他要想洗刷得清白，脫得沒有一絲干係，卻也不容易。」

「此事是他一人所為，還是另有幫手，能盡早弄明最好。」努爾哈赤憂慮道。

額亦都拍案叫道：「貝勒哥哥，這個容易！小弟也學他的手段，夜裏將他偷偷擒來逼問，重刑之下，問出實情不難。」

費英東也附和道：「我與二哥一起將那老賊擒來，貝勒哥哥親自問他。」

「不能魯莽，龍敦怎麼說也是我的長輩，一旦有什麼差池，反而弄巧成拙了。我看此事不是他一人所為，他沒那麼大本事，背後必有更厲害的主謀，必要不動聲色地試探才好，千萬不可打草驚蛇。」

張一化初次來到赫圖阿拉，不明白其中的底細，雖有智謀，卻無處使用，額亦都等人都是勇猛的武夫，更是拿不出什麼上佳的計策，眾人面面相覷。努爾哈赤愁眉緊鎖，苦笑道：「張先生與各位兄弟來到赫圖阿拉，尚未來得及擺酒慶賀，接風洗塵，卻遭此禍患，我心裏真有些過意不去。」

「哥哥說得哪裏話！我們未能使嫂嫂免於禍患，又不能手刃仇人，已感對不住哥哥了。」費英東含淚道：「若是知道是哪個狗賊，小弟就是拼了這條性命，也要割下他的人頭來！」

不等努爾哈赤張口，張一化說：「要試探幕後真凶也不難……」

「先生快說如何試探？」額亦都性如烈火，忍不住急急發問。

張一化輕輕一笑，看著努爾哈赤道：「貝勒該給福晉發喪了，靈柩存放著有諸多不便，再說猛然間沒了福晉，也要向族人交代明白。」

「我是想春秀死得不明不白，不能這樣沒事兒似地下葬，她至死都沒有閉上眼……」努爾哈赤哽咽著。

「福晉下葬，正可觀察龍敦的動靜，他再掩藏形跡，終會露些馬腳，我們也好想法子對付他。不然，我明敵暗，吃虧的還是咱們。」

「就說她給刺客殺死？」

「假稱暴病而亡，看那些祭奠人的情形如何，自然不難判斷。」

努爾哈赤家中院子的西南處，豎起一個七公尺長短的木杆子，木杆頂上掛起了大紅的魂幡。赫圖阿拉本來不大，附近的城寨距離也不遠，魂幡懸掛起來，不多時親朋故里紛紛而來，舒爾哈齊帶著妻子第一個趕到，痛哭了一回。進了五月，天氣轉熱，當天就入了殮，南窗之下，搭建靈棚，靈柩安放在棚中，靈前點起一盞豆油長明燈。直到晌午，弔唁的人絡繹不絕，靈前叩頭之後，男左女右，分列兩旁，直到夜間。龍敦身為長輩，不用弔唁，只派了兩個兒子與兒媳婦前來哭喪。張一化暗暗吩咐舒爾哈齊和他的妻子必要留他們守靈。女真習俗，人死以後，較為直近親友晚輩要輪流在靈前守夜。佟春秀年紀輕輕，守夜的人手不多，龍敦的兒子、兒媳雖是平輩，也不好推辭，只得答應了。

守夜是個極辛苦的活兒，不能睡覺，要定時在靈前上香，照看著長明燈不致熄滅。舒爾哈齊與守靈的男人們在一旁吃喝，他媳婦陪著龍敦的兩個兒媳婦等女人在靈前擁被而坐。雖進了五月，關外夜風仍有些涼意，招魂幡被吹得簌簌作響，靈前的燈光忽明忽暗，土紅色的花頭棺材上畫的一隻仙鶴，似在雲子捲兒上振翅欲飛，舒爾哈齊的妻子見了害怕道：「都說橫死的人最容易炸屍，我這心裏敲鼓似的，老是靜不下來。」

「怕什麼！一個死去的人還能怎樣？再說咱們又是至親，她忍心嚇你麼？」龍敦的大兒媳婦見她如此膽小，口氣有些不屑。

「話是那麼說，可好端端的一個大活人，怎麼一下子就沒了？那病怎麼來得這般兇猛，真教人膽戰心驚。你說嫂子是個多麼賢慧的人呀！怎麼老天這樣狠心，撇下一雙年幼的兒女，好命苦呀！」舒爾哈齊的妻子說到傷心處，不由擦起了眼淚。

「什麼暴病？她是給人家一刀……」龍敦的大兒媳婦還要說什麼，卻給她的妯娌岔開話題說：「醫生都不及請到，大嫂得的到底是什麼暴病，你可知道？」

大兒媳婦登時醒悟，順勢指著舒爾哈齊媳婦道：「這話你該問她才是，怎麼卻問起我來了？」

舒爾哈齊媳婦忙說：「什麼病我也不知道，人都沒了，還請什麼郎中診斷病根兒！」說著起身說：「哎呀！方才水喝多了，去方便一下。你們辛苦照看著，我去去就回來。」

努爾哈赤傷心之極，他實在不願證實果真是龍敦所為，他兒媳婦既說什麼「給人家一刀……」顯然是他早已知情，可龍敦手下沒有那麼多兵馬，那城外的兵馬又是哪裏來的？看來他們還有更大的陰謀。他將心中的憂慮向張一化說出，張一化沉思道：「他們想得敕書，其意在於建州衛都督的職位，一計未成，知道已有準備，他們斷不會愚蠢得還派人偷搶敕書，想必換一種法子。」

「會是什麼法子？」

「什麼法子我一時猜不出來，但我想他們必是乘亂攻取赫圖阿拉。」

努爾哈赤沉默良久，決然道：「今夜我到龍敦家裏，窺探一下動靜。他們如有此意，或許會趁出殯之日作亂。」

額亦都道：「我與哥哥同去。」

努爾哈赤知道他性情急躁，怕他一時情急誤事，婉言說：「此次窺探不是打仗，不需太多的人，三弟費英東輕功最好，我們二人去就行了。赫圖阿拉是咱們的根本，更需人手照看，絲毫大意不得，你們四個兄弟協助張先生留守，哥哥才能放心。」隨即與費英東換了夜行的衣服，偷偷出城。

龍敦的城寨離索長阿築建的河洛噶善城不足三里，努爾哈赤與費英東攀城而上，悄悄向城中摸來。見一所高大的院落，座北朝南，三楹的房門朝東開著，門前兵丁來回巡弋。二人繞到宅院後面，由一個連山的耳房爬上屋頂。女真的房屋以西為尊，通常北側居中的丈二大屋是正房，進門即是堂房，內置爐灶、炊事用具。西間稱上屋，由家中長輩居住，東間居晚輩。他們伏到西間屋頂貼耳細聽，屋內隱隱傳來說話的聲音，他拔出寶劍，輕輕往屋頂插下，那屋頂乃是茅草搭築而成，登時撬了一孔縫隙，凝目往下瞧去，只見屋內燃著數盞熊油燈，照得一片通明，南面的大炕上團團圍坐著六個人，三爺的五個兒子長子禮泰、次子武泰、三子綽奇阿、四子龍敦、五子斐揚敦赫然全都在座，其餘一人只見背影，認不清面目。綽奇阿道：「努爾哈赤如今想必心神已亂，明日便可知道出殯的日子，倒是我們多派些人手，假意去送喪，他必不會防備，乘機除去了他，建州衛都督的職位自然就會由咱們這一房接掌了。」

龍敦一掃那日的猥瑣之態，目光凌厲地掃過眾人，恨聲說：「當年爺爺偏心，將都督一職傳與四叔，致使四叔這麼多年一直壓在咱們頭上，嘿嘿，他萬萬想不到死後還不出一年，努爾哈赤竟保不住這個位子。本來這個位子是祖宗傳下來的，憑什麼四叔一房做個沒完？就是輪流坐，也該到咱們一房了。其他五房人才凋零，哪裏比得了咱們兵強馬壯！」他端起一杯燒酒吃下，向另外一人問道：「你家主子的人馬可調集齊了？我想出殯之期不外明後兩天，若是小三天，死去的當夜也算一天，就是明天，如是大三天麼，就是後天了。」

「四爺放心，我家主子已將重兵埋伏在佛阿拉祖塋附近，只要努爾哈赤一到，他們一個也跑不了！」

龍敦冷笑道：「話不可說得太滿，昨日夜裏我命人假扮刺客，去偷敕書，努爾哈赤被圍困在家中半個時辰，可你們那麼多人馬還是偷不了城。回去與你家主子說，這次再不可大意了，必要成功。」

龍敦說完站起身來，走到西面炕前，原來那神案上早已備好了牛、馬、羊三牲，龍敦端起滿滿一碗酒，對著神位立誓道：「殺了小罕子，與尼堪外蘭一起統領建州。」

「殺了小罕子——」眾人隨他立在神位前齊聲立誓，將各自碗中的燒酒一飲而盡，呯的一聲將酒碗摔碎在地上。

努爾哈赤見了此等陣勢，頓時驚出一身冷汗，心想：「原來他們懷著多年的怨恨，甚至不惜勾結圖倫城主尼堪外蘭，做這等辱沒祖宗的勾當！就是拼死惡戰一場，也不能教他們的毒計得逞！

報怨

兩個婦人嘴裏起了節拍，一起跳起莽勢舞來。一會兒將一個袖子覆在額頭，另一隻袖子挽到背後，兩腳變換著地，盤旋數圈，寬袖和褲管隨身飄搖，露出一段雪白的胳膊和粉嫩的足踝，諾米納、奈喀達看得發呆，開懷暢飲。莽勢舞極是繁複，有九折十八勢之多，起式、拍水、穿針、吉祥步、單奔馬、雙奔馬、怪蟒出洞、大小盤龍、大圓場，婦人使出渾身手段，舞得千嬌百媚，二人看得心旌搖盪，如醉如癡。

努爾哈赤二人回到赫圖阿拉，已近黎明時分。張一化、額亦都等人一夜未眠，等著他們的消息，聽說龍敦兄弟與尼堪外蘭勾結，要在出殯之日血洗赫圖阿拉，心裏各自吃驚。額亦都跳起來便要領人去攻打龍敦，張一化搖頭道：「倒不必用那樣的蠻力，咱們既已知道龍敦的圖謀，不如將計就計。貝勒可將出殯日期明告族人，龍敦他們必然按計而行，咱們到時不妨先下手為強，就在貝勒福晉的靈前將他們拿下。」

「龍敦若能親來，擒下他不難。但那尼堪外蘭怎麼對付？」努爾哈赤仍覺放心不下。

張一化解說道：「尼堪外蘭在祖塋周圍埋伏重兵，確實棘手。照理說，咱們知道了他的動向，不難對付。只是咱們人手太少，一面要舉辦喪禮，一面還要防備著他，實在難以兩全。我想此事可否變通一下，另選墳塋如何？一來可以如期出殯，二來可以暫避尼堪外蘭的鋒芒。等福晉的後事了結，再找他報仇不遲。」

眾人紛紛看著努爾哈赤，等他決斷。努爾哈赤無奈地歎了口氣，聲音低沉地說：「不歸葬祖塋，實在不合我們女真的族規，可咱們人馬不足千人，又難與尼堪外蘭抗衡，變通一下也是為祖宗神位前今後還能有人四時祭奠，我想祖宗是不會怪罪的，就按張先生之計行事吧！」

次日，戌時剛過，送殯的親友陸續趕到，依照長幼次序拜祭哭喪，龍敦兄弟的兒子、媳婦一齊趕來弔喪，十幾輛牛車滿載著紙人紙馬等諸多祭奠之物，浩浩蕩蕩進了赫圖阿拉，車前車後簇擁著幾十個精悍的家奴。家奴們正要陪著那些少主子進靈棚祭奠，早有執事人員攔住，將他們讓到一個跨院裏歇息，邁進院子，院門緊緊關閉，家奴們尚在驚愕之際，額亦都等人用刀將他們逼住，搜出他們身上暗藏的兵刃，用繩索綁了，押往靈棚。龍敦兄弟的兒子、兒媳們正在假裝哭得昏天黑地，額亦都等人悄悄圍了靈棚，將那些家奴押了進來，稟報努爾哈赤道：「這些家奴暗藏利刃，想是圖謀不軌，現都已拿下，請貝勒定奪。」

努爾哈赤朝舒爾哈齊使個眼色，舒爾哈齊跳起來，對那些堂兄弟大叫道：「你們可是想趁我嫂嫂大喪之機，來搶奪赫圖阿拉？」

為首的堂兄突見家奴被擒，以為事情敗露，卻不想這麼輕易承認了，支吾道：「咱們是一、一個祖宗，怎會自相殘、殘殺？」

「既來弔喪，為什麼暗藏兵刃？」

「不過是為了防身，老三，你不要多想。」那堂兄漸漸冷靜下來，朝努爾哈赤冷笑道：「我們若想搶這赫圖阿拉，怎會只來這幾十個人？老三也太疑神疑鬼了。」

自打龍敦那些弔喪的人馬進城，努爾哈赤便已知道龍敦等人沒來，想必他已帶人到了祖塋與尼堪外蘭合兵，只擒殺這幾個蝦兵蟹將沒什麼益處，如今與龍敦尚是暗鬥，事情沒有挑明，其他族人也不知原委，若擒殺了他的兒子等人，撕破了同宗的情面，反而會授人以柄，他必然會橫下心來與尼堪外蘭聯合攻擊赫圖阿拉，情勢必會更加危急。電光火石之間，努爾哈赤心裏閃了許多念頭，賠笑道：「刀不離身，是咱們女真人的習俗，沒有什麼值得大驚小怪的。老三想必傷心太過，心智亂了，看在同宗的份上，眾位兄弟不要見怪。將家奴們放

了，兵刃先代為保管，等出殯以後，如數奉還。」

額亦都暗自焦急，哥哥怎的如此慈悲了，既然已將他們擒下，不如在嫂嫂靈前砍了他們的頭，祭奠亡靈，這樣不加懲戒，無異放虎歸山，豈非太便宜了他們？他恍若不聞，怒目而視。那堂兄畢竟做賊心虛，喝罵家奴道：「你們這些膽大的奴才，福晉靈前，不知下拜祭奠，眼裏還有主子麼？」家奴們慌忙祭拜了一番。

此時，已近晌午，因尚有長輩健在，出殯的時辰不能過午，陰陽師早已看好了時辰，一聲呼喊，靈柩抬上了牛車，朝城北外緩緩而行，東果、褚英二人大哭起來，眾人也各自悲啼。努爾哈赤的祖塋最早一個建在會寧城南面四十里處，是遠祖猛哥帖木兒的塋地，後人稱猛哥洞古墳。到了曾祖福滿死後，因祖塋過於遙遠，在佛阿拉的念木山就近擇地而葬，念木山在赫圖阿拉以西三十多里處。靈車出了北城折向城西，走了不足三里，前面一片深山碧嶺，有奇峰十二座，乃是有名的樵山，南面的蘇子河如玉帶一般蜿蜒流向東方，隔岸的煙筒山遙相對峙。努爾哈赤與張一化互遞了眼神，靈車登時停下，任憑鞭子怎樣抽打，竟是紋絲不動。陰陽師高喊道：「福晉捨不得兩個孩子，想就近歸安。」

努爾哈赤揮手道：「就在後面樵山山麓埋了吧！」

那堂兄大急道：「怎麼不歸葬祖塋了？這可是壞了祖宗的規矩。」

努爾哈赤掃視他一眼說：「春秀是暴病而死的，想必是她在天之靈，怕壞了祖塋的風水。果真如此，我也不好向伯叔們交代，人死為大，就依了她吧！」

額亦都命人加緊挖坑埋葬，不到半個時辰，喪事完畢，尼堪外蘭、龍敦等人知道消息時，眾人已回到赫圖阿拉，龍敦仔細詢問，也覺察不出什麼破綻，懊悔計策不成，白白空等了一場，只得各自悄悄回去。過了不多幾天，朝廷的邸報傳到了廣寧，李成梁見努爾哈赤的都督一職難以再變，懾於朝廷威儀，命人將覺昌安、塔世克的屍身送還，努爾哈赤將爺爺、阿瑪一併葬在了樵山山麓，一樁心事終於了結，朝廷本來就惹不起，此時又沒有了爭鬥的理由，於是安下心來，準備討伐圖倫城，向尼堪外蘭復仇。

父親手下的兵馬只剩下不足七百，兵器、鎧甲、馬匹都極缺乏，接連數日，努爾哈赤與張一化、舒爾哈齊、額亦都、費英東、安費揚古、何和禮、扈爾漢等人商議。張一化道：「尼堪外蘭投靠李成梁，自以為有朝廷撐腰，飛揚跋扈，欺凌弱小，建州各部多數依附於他，其實是出於被迫，並非心服，能給他出死力的沒有幾個。唯今之計，還是需提防龍敦等人，以免內外交困，禍起蕭牆，那樣就不好應付了。」

努爾哈赤鎖眉道：「如今看來，先生所說的攘外必先安內一策已不可行了，龍敦等人可先置之不理，等擒住了尼堪外蘭，他失去外援，自然難以興風作浪，不足為懼了。」

「貝勒說得有理。只是還要提防他們聯手，人不打虎，虎卻吃人，外患好擋，家賊難防，無論怎樣說，龍敦也是咱們的後顧之憂，若使後院起火，咱們就沒有了後路。」

「兩處都要用人，這事就難了。古人說：兵分則弱，不如合而擊之。急切之間，咱們哪裏去招許多人馬？」努爾哈赤搖頭歎息。

額亦都道：「貝勒哥哥，不要擔憂，我帶幾個精幹的兵卒，偷入圖倫城去，殺了尼堪外蘭。」

「我怎忍心你身處險境！此事比不得你那日倒拖牛車，那頭壯牛竟給你死死拖住，不得前進半步。」

費英東不忍努爾哈赤傷神，說道：「小弟回蘇完部向我阿瑪借些兵來。」

何和禮也說：「小弟回棟鄂部向父兄借兵給哥哥報仇。」扈爾漢不甘示弱，也要回雅爾古寨找父親借兵，努爾哈赤喜道：「三位老世叔若能答應借兵，破了圖倫城，所有財物我分毫不取，任憑世叔們挑選。」

「貝勒哥哥見外了。」三人一齊辭別，努爾哈赤等人送出家門，目送他們上馬而去。舒爾哈齊讚歎道：「真是義薄雲天的好弟兄！哥哥結交了他們，何愁大事不成！我去找二哥莫爾哈齊，他與五爺的兒子稜敦叔叔、孫子扎親、桑古哩交情莫逆，也可幫忙。」

「千萬不可勉強。」努爾哈赤叮囑完畢，與張一化、額亦都、安費揚古三人走上城頭，向北眺望，西北五十里以外，便是圖倫城寨。張一化知道他報仇心切，說道：「方才貝勒擔心兩處用兵，其實龍敦他們卻也不必提防。」

「赫圖阿拉是自我曾祖築造以來，經營多年，一石一木，都是祖宗的心血，豈可輕易放棄？」努爾哈赤聽他言語前後抵牾，先是提醒要提防龍敦，此時卻又改口，大為不解。

「貝勒誤會了，雖說龍敦與貝勒同宗，但赫圖阿拉依然不可拱手與人。既然不能讓龍敦與尼堪外蘭聯手，我想出一個計策，使他二人反目成仇，龍敦自然不肯再幫他了。」

「先生有什麼計策？」努爾哈赤脫口追問，隨即搖手道：「先生不要說破，看我可猜得出來？」他沿著城道向西踱步緩行，將到城西，轉頭說道：「讓他二人互相交惡，最上之策莫過離間計。」

「貝勒果真聰穎，若是多讀些兵書，多加歷練，必成良將。」張一化含笑拈鬚，似是胸有成竹，「我知道貝勒與薩爾滸城主諾米納、嘉木瑚城主噶哈善哈思虎、沾河城主常書素相友善，貝勒可招他們前來助陣，聲言討伐圖倫城。龍敦定將消息透露給尼堪外蘭，貝勒卻不發兵，尼堪外蘭白白忙亂一場，龍敦再有什麼密報，想必他不會放在心上，二人相互猜忌，自然不會聯手了。」

「薩爾滸城主諾米納、嘉木瑚城主噶哈善哈思虎、沾河城主常書與他弟弟揚書都與尼堪外蘭有仇，招他們一同討伐圖倫城，自是不難。」努爾哈赤即刻派人分頭去知會薩爾滸城主諾米納、嘉木瑚城主噶哈善、沾河城主常書，薩爾滸城主諾米納、嘉木瑚城主噶哈善一口答應，沾河城主常書卻害怕得罪尼堪外蘭，假稱身染疾病，推辭不來。

過了兩日，薩爾滸城主諾米納與他弟弟奈喀達、嘉木瑚城主噶哈善先後來到了赫圖阿拉，城內狹小不堪，一時駐紮不下這許多人馬，嘉木瑚城主噶哈善在城中無意中見了一個美貌的女子，打問一下，竟是努爾哈赤的妹妹，在接風的酒宴上，他即向努爾哈赤求親，努爾哈赤只得答應了，當晚就收拾喜房給二人成親。噶哈善做了新郎，自然不好住在城外，諾米

納與弟弟奈喀達二人只好領兵在城外紮營。春夜孤寂，兄弟二人想著噶哈善正擁著嬌美的新婚妻子，心癢難耐，沒有一絲睡意，對坐喝起悶酒，正在對飲，親兵進來稟報：「龍敦老爺求見。」

不等二人起身，龍敦笑眯眯地進了大帳，抱拳道：「如此良宵，怎麼只有你們二人喝這不鹹不淡的鳥酒？連個陪酒的女人都沒有，也太無味了。」說著輕拍兩下手掌，從帳外進來兩個妖豔的婦人，兄弟二人乜斜著醉眼，看著那兩個婦人將玄色斗篷解下，上身都裹了元白寬袖旗袍，下身穿著翠綠的綢褲，腳上穿著花盆底的厚木底花鞋，頭上高聳著烏黑的盤髻，手上捏著一方粉紅的手巾，腰肢輕擺，上前深深一個萬福，一陣膩膩的脂粉香氣直透鼻孔。諾米納、奈喀達眼睛直直地看著，口中還禮不迭。龍敦見二人垂涎貪婪的模樣，命那兩個婦人道：「給兩位城主跳舞以助酒興。」

兩個婦人嘴裏起了節拍，一起跳起莽勢舞來。一會兒將一個袖子覆在額頭，另一隻袖子挽到背後，兩腳變換著地，盤旋數圈，寬袖和褲管隨身飄搖，露出一段雪白的胳膊和粉嫩的足踝，諾米納、奈喀達看得發呆，開懷暢飲。莽勢舞極是繁複，有九折十八勢之多，起式、拍水、穿針、吉祥步、單奔馬、雙奔馬、怪蟒出洞、大小盤龍、大圓場，婦人使出渾身手段，舞得千嬌百媚，二人看得心旌搖盪，如醉如癡。龍敦兩手一招，那兩個婦人停下舞步，偎身上來陪酒，二人各自摟定一個，欣喜萬分。諾米納在婦人耳鬢不住嗅聞，婦人左躲右閃地挑逗。奈喀達將婦人的花鞋脫下，翻著眼睛向哥哥說：「這可不是什麼蓮杯，竟是一個巨甌了。」

婦人滾在他身上又捶又打，不依不饒道：「飲酒就飲酒罷了，怎麼無端脫人家的鞋子？」

奈咯達嘻嘻笑道：「他們漢族的婦人自幼纏足，窄窄小小的，才三寸上下，漢族的男人最喜歡什麼蓮杯飲酒，就是將婦人的鞋中放只酒杯來飲。」

那婦人扭捏著說：「鞋子若給酒泡了，可要賠新的。」

「那個自然，明日我教人多買幾雙給你。」奈咯達端起花鞋狂飲。

龍敦等二人調笑一番，才說道：「聽說你們後天要與小罕子一起攻打圖倫城？」

諾米納早已欲火高熾，心裏暗暗埋怨龍敦太不識趣，可兩個美婦人畢竟是他送來的，不好翻臉，敷衍道：「不錯。尼堪外蘭那廝自恃兵馬眾多，屢次到薩爾滸索要駿馬、鎧甲，實在欺人太甚！這回定要教他怎麼吃的怎麼吐出來！」

「你們中了小罕子的計策，還蒙在鼓裏想好事呢！」龍敦連聲冷笑。

「中什麼計策？我們一起攻城，城破後一起分財物，有什麼不好？」諾米納有些不耐煩他囉嗦。

「小罕子有多少人馬？」

「不足一百人。」

「小罕子只有十三副鎧甲，那攻城豈不是依仗你們？再說朝廷對尼堪外蘭青眼有加，李總兵手握數萬雄兵，更是一心扶持他，准許他築造嘉班城寨，讓他做滿洲國主，當建州女真

的首領，聽說哈達汗王台也有心助他，你們跟小罕子一起去攻打圖倫城，李成梁能袖手旁觀嗎？若是你們輕舉妄動，李成梁出兵毀了你們的薩爾滸城，不但斷了你們的後路，你們還會腹背受敵，那時尼堪外蘭與李成梁前後夾擊，你們往哪裏逃？老弟這招實在是危險得緊呀！」龍敦陰冷地看著二人，諾米納聽得冷汗直流，酒醒了大半，連夜帶領人馬回了薩爾滸。

努爾哈赤一早知道諾米納兄弟二人不辭而別，想到必是受到了龍敦的挑唆。此時，費英東、何和禮、扈爾漢三人借兵未歸，努爾哈赤手下青壯部眾僅三十人，張一化勸他再等幾日，努爾哈赤以為兵貴神速，龍敦必會將諾米納撤兵一事報與尼堪外蘭，正好出其不意，奇襲圖倫城。再說尼堪外蘭正在修建嘉班城，一旦築成，溝深牆高，攻打起來勢必難於圖倫城。張一化見他心意已決，不好多加勸阻。

次日凌晨，努爾哈赤齊集三十部眾與妹夫噶哈善的數百人馬，開堂子祭奠過了關聖帝君、佛陀本尊和觀音菩薩，命侍衛依爾古捧出十三副盔甲來，整整齊齊地擺放在桌案上，那盔甲使用了多年，閃著烏油油的暗光，已有破舊之色。努爾哈赤含淚依次撫摸了一遍，緊握拳頭高聲說：「尼堪外蘭原本是個平常的馬販子，出生在咱們建州的巴哈，他骨子裏卻瞧不起咱們女真，終日想著討好漢人，多次到廣寧巴結李成梁，進貢送禮，奉獻駿馬、貂皮、人參、鹿茸……，跪在地上，稱李成梁一口一個太爺，奴顏婢膝，丟盡了咱們女真人的臉面。我祖父抬舉他當上圖倫城主，這惡賊不但不思報恩，卻恩將仇報，賣主求榮，與李成梁裏應外合，殺了我祖父、父親，如此惡賊豈能容他在世間為害！我今起義兵討伐此賊，定要鏟平圖倫城，用他的人頭祭奠父、祖在天之靈。」他兩眼掃過眾人，捧起一副盔甲，大聲喊道：「額亦都——」

「在！」額亦都上前接過盔甲。

「此盔甲乃是我祖父、父親遺留下來的，今日出征，特贈與兄弟，以此護身，多殺仇人。」努爾哈赤想起父、祖的先澤，悲從中來，一時聲淚俱下。

額亦都振臂大呼：「踏平圖倫城，宰了尼堪外蘭！」眾人隨聲呼喊，軍威登時雄壯了許多。

「安費揚古——」

「揚古利——」

安費揚古、揚古利二人依次上前領了盔甲，眨眼間，十三副盔甲發放完畢，拜過天地，立下誓言，直奔圖倫城而去。

圖倫雖稱之為城，實則是一座屯堡，土城土牆，高不過一丈，方圓僅有三里。城內除尼堪外蘭住的是青磚瓦房，其餘多是茅屋窩棚。努爾哈赤打聽得圖倫城東面有一座山峽，名叫九口峪，乃是通嘉班城的要道，他悄悄地派一百名兵士去把守九口峪，斷他救兵之路，親領三百兵士，含枚疾走，到了圖倫城下，已是三更時分。努爾哈赤吩咐去南門放一把火，城中兵士從睡夢中驚醒過來，去救南門的火。額亦都帶領十幾個兵卒搭起人梯，偷偷爬上東門，大喝一聲，殺散了守軍，衝進城內。城中大亂，不知道城外來了多少兵馬，四散奔逃。隨後安費揚古護衛著努爾哈赤衝到尼堪外蘭的家中，四處尋找仇人不見，直到尼堪外蘭必是已逃出了城，歎息一番，下令將俘獲的馬匹、牛羊、衣物等清點一遍，分與各位將士。

初戰告捷，士氣大振。努爾哈赤安撫城中百姓，降者免死。在圖倫城息兵一天，犒賞將士，又派人搜尋尼堪外蘭的下落，終無消息，過了幾天，聽說尼堪外蘭逃往了嘉班城，於是一路追趕下來。

尼堪外蘭逃出圖倫後，渡過結冰的渾河，順流而下，到了嘉班城，收拾殘兵並督造城寨的兵卒，回兵去救圖倫。途中正遇到努爾哈赤領兵趕來，尼堪外蘭自恃兵多，上前獰笑道：「小罕子，你好不識時務！你祖父、父親都被咱略施小計，死在亂軍之中；就是你本家的伯叔們都有心除掉你，想著歸順咱，眾叛親離，你成了孤家寡人，還有什麼臉面與咱作對？」

努爾哈赤見他趾高氣揚，咬牙罵道：「你這忘恩負義的小人！我祖父待你極寬厚，抬舉你做了城主，你卻恩將仇報，對他老人家暗下毒手，如此血海深仇，豈能就這麼算了！你這負心的惡賊，我就是生吃你的肉，喝光你的血，也難消我心頭之恨！」說著張弓便射，尼堪外蘭知道他箭法極準，急忙打馬後退。那些兵馬見主將抵擋不住，紛紛跟他後退，不戰自亂，霎時潰不成軍，尼堪外蘭約束不住，落荒而逃。努爾哈赤星夜兼程，一直追到撫順城南的河口臺，只見關上聚集著手持刀槍弓箭的明軍，人聲嘈雜，戰馬嘶鳴，眾軍士簇擁著一個把總，正與關前的尼堪外蘭說話。

安費揚古勒馬道：「貝勒哥哥，可是關內的明軍要出來援助尼堪外蘭？」

努爾哈赤騎馬站在一個高坡上，察看了良久，打馬上前，站在尼堪外蘭身後向關上施禮道：「敢問關上是哪位將軍？」

那把總反問道：「你是何人？」

「在下建州衛左都督努爾哈赤，將軍可是關上的守將？」

「小將王廷山，是關上的把總。都督有什麼事？」那把總知道來人是經朝廷敕封過的，狂傲之氣登時收斂了許多，話語也客氣了不少。

「尼堪外蘭與我有殺父之仇，求將軍不要庇護這惡賊。」

尼堪外蘭大呼道：「不要聽他胡說！他父親是李總兵下令斬殺的，本沒有什麼錯的。將軍不要給他迷惑了。我與將軍的上司撫順游擊將軍李永芳大人交情頗厚，將軍千萬不可信他。」

王廷山聽了李永芳的名字，心下躊躇，皺眉道：「尼堪外蘭既然投歸於咱，我若將他交與你，豈不給人說我懼怕了你，墜了名頭，我在軍中如何立身？朝廷早已有令，遇到你們女真人爭鬥，不許偏袒任何一方，以免惹出糾紛，攏亂邊陲。但此事正在關前，我難以袖手旁觀，不然誤傷了他人，我也難以推托罪責。」

努爾哈赤聽他說得極為周全，無可駁辯，又不敢得罪，只得下令就地安營紮寨，守候在關前，堵住去路。不料，尼堪外蘭見明軍不願收留，換上手下兵卒的衣甲，連夜逃往鄂勒琿城去了。努爾哈赤聞報，沒有責怪守衛的兵卒，反而欣喜道：「他既逃離了撫順關，咱們不必再忌憚明軍，再破了鄂勒琿城，看他哪裏逃！」下令拔營追趕，忽然一匹戰馬飛馳而來，馬到帳前，跳下一個人稱薩爾滸城主諾米納有緊急書信送來。

努爾哈赤展信細看，上面寫道：「建州左衛努爾哈赤都司：據悉您要發兵去鄂勒琿，攻打尼堪外蘭城主。特函奉勸，切勿輕舉妄動。渾河部的棟嘉和札庫穆二處，不准你軍侵犯。棟嘉和巴爾達兩城是我的仇敵，你若攻鄂勒琿，必先取棟嘉、巴達爾。你若取此二城，就送給咱。否則，不許你的兵馬路過我的邊境。」努爾哈赤氣得渾身亂顫，正要發作，張一化失了分寸，急命將送信人帶出大帳，努爾哈赤怒吼一聲：「豈有此理！諾米納這個乘人之危的小人，當初怎麼會與他交好，真瞎了眼睛！」

張一化把信看了一遍，說道：「諾米納與他弟弟奈喀達屢次阻撓咱們出兵討伐尼堪外蘭，不除此患，難成大事。」

嘉木瑚寨主噶哈善也憂慮道：「他們兄弟二人橫行霸道，不講道理，若不先擊敗諾米納，哥哥不足以立名樹威，還有哪個敢來歸附哥哥？」

「那好，就先除去他們。」努爾哈赤語調冷若冰霜，命那信使回去稟報諾米納，隨後帶兵來到薩爾滸城下，商議如何攻打棟嘉、巴達爾兩城。諾米納、奈喀達接到信使的回報，不禁大喜，大開城門，將努爾哈赤、噶哈善、額亦都、安費揚古等接入城中，擺酒相迎。諾米納舉杯賀道：「老弟以十三副遺甲起兵，一舉攻克圖倫城，殺得尼堪外蘭東逃西竄，威風掃地，令人讚佩！」

努爾哈赤淡然笑道：「古語說：吉人天相。我身負血海深仇，兵馬雖少，卻是正義之師，自然所向無敵。尼堪外蘭那賊子就是再親近的人他都出賣，一心只想著自己的榮華富貴，這等見利忘義的小人，只可共貧賤，不可共富貴，哪裏有半點兒親朋的情誼？人神共憤，怎能不敗？」

「老弟所言極是。如今老弟剛剛攻破了圖倫城，士氣正旺，最好一鼓作氣與哥哥合兵攻克巴爾達城。」諾米納眼中閃過一絲狡黠的光。

努爾哈赤喝下杯中酒道：「老兄過謙了。老兄兵多勢眾，哪裏用得著小弟出些微末之力？想是老兄看小弟軍械不足，才盛情邀請小弟攻破城寨，也好添些軍械。老兄如此提攜，小弟怎敢不從！只是小弟手下只有百餘騎，勢單力孤，攻城自然該由老兄為首。」

諾米納一口燒酒尚未嚥下，卻聽他有心退縮，心裏暗怒：不想賣力，卻只想著分財物，天下哪有如此的便宜可沾？我既招你一起合兵，自然該你打頭陣，怎容你在一旁袖手！氣惱之下，那口燒酒竟忘了下嚥，嗆在喉嚨裏，火辣辣的生疼，眼淚、鼻涕一時齊流出來，他用衣袖抹了，搖頭道：「哥哥怎能搶了你老弟的鋒頭？哥哥年紀大了一些，有了這薩爾滸城和這些兵馬也知足了，老弟可不同吶！你年紀輕輕，正是揚名立萬的時候，此時不掙下些本錢，實在可惜了。再說哥哥的兵馬久疏戰陣，打不得硬仗，比不得老弟連戰連捷，士氣昂揚，還是老弟打頭陣吧！」

努爾哈赤見他醉眼朦朧，臉上、鬍鬚上還沾著些許污物，暗覺厭惡，低下頭說：「兄長

如此看重小弟，照理說，既已有命，自然不該推辭。只是小弟破了圖倫城，人馬雖說傷亡不多，可軍械損壞殆盡，城中的財物又多分給了借來的兵馬，軍械實在不夠用了。若是老兄肯借些兵器、甲冑給小弟，就是獨自攻打巴爾達城，小弟也心甘情願。」

「咱、咱可一言為定，不准反悔！」諾米納心頭狂喜，如此坐享其成的好事豈肯放過？他猛地站起身來，伸出毛茸茸的右掌，說道：「咱們來個三擊掌，以前種種恩怨一筆勾銷，今後咱們還是好兄弟，再不聽他人挑唆了。」

努爾哈赤聽他說到「今後咱們還是好兄弟」一句，心中熱血滾動，竟有些不忍下手，又聽他說什麼「再不聽他人挑唆」之言，想起他受堂叔龍敦的蠱惑，竟將自己拋下不管，哪裏有什麼兄弟之情，心下登時一片冰冷，默然不語，伸出右掌，與他連擊三下，隨即派人去取兵器、甲冑，披掛起來。奈喀達端了大杯過來勸飲，努爾哈赤趁他二人仰頭之際，將酒灑在襟前。

次日，努爾哈赤、噶哈善帶兵先行出了薩爾滸城，在城門外等候諾米納、奈喀達，過了半個時辰，二人才搖搖晃晃地騎馬領兵出城，顯然是宿酒尚未全醒。努爾哈赤見城門緩緩落下，大喝一聲，一腳將諾米納踢落馬下，額亦都上前將他五花大綁起來。奈喀達驚叫一聲，酒醒了大半，打馬要逃，安費揚古疾步跳到馬前，伸手搶過轡繩，奮力一勒，那馬受驚，一聲長嘶，前蹄高高躍起，將奈喀達甩落塵埃。努爾哈赤忌憚他們人多，擔心有變，當場歷數諾米納兄弟的罪行，就地斬首，不費吹灰之力，奪下了薩爾滸城。

努爾哈赤起兵不到兩個月，攻破圖倫城，智取薩爾滸，又連連攻下數個小寨，聲名鵲起，軍威顯赫，投軍歸附的人絡繹不絕，費英東與父親蘇完部長索爾果率領軍民五百戶來投，何和禮帶來棟鄂部的一彪人馬，扈爾漢與父親雅爾古部長扈喇虎一起投奔赫圖阿拉。努爾哈赤乘勢又滅了幾個小城寨，人馬漸漸增多，兵勢大振，操練之聲，震撼山谷。努爾哈赤心裏一直想著領兵直搗鄂勒琿城，給爺爺、阿瑪報仇。鄂勒琿處在渾河北岸，距明朝邊境較近，尼堪外蘭極容易逃入明軍關隘，若為明軍庇護，想捉他就難了，萬一他逃入關內，真如魚游大海，蹤跡不見，必要先絕了他的後路，方可攻城。努爾哈赤派人進了撫順關，給守關的把總王廷山送去厚禮，王廷山滿口答應，絕不放他入關，努爾哈赤火速帶兵趕奔城下。

鄂勒琿城也是一座土石雜築的城寨，尼堪外蘭本想築得高厚一些，但圖倫城破之後，手下部眾紛紛叛離，人力物力頓感不足，只好草草了事。尼堪外蘭聽說努爾哈赤殺來，早已慌了手腳，派人到撫順關向明軍求救，那王廷山得了努爾哈赤的厚禮，自然不再理會，下令手下兵卒：「不准放他進來！」尼堪外蘭沒有辦法，只好一邊嚴守城寨，一邊暗命手下兩個神射手鄂爾果尼、羅科各帶五十名弓箭手埋伏在城垣周圍。不久。努爾哈赤領著人馬到了，一聲號令，萬箭齊發，城上守兵慌忙俯身臥倒，不敢起身抗拒。猛將額亦都率先衝到城下，將城周圍的草房點燃，頃刻之間，煙塵滾滾，火光沖天，城頭上下一片火海。努爾哈赤借著濃煙，搭起人梯，縱身躍上城頭，城上的守兵死的死，逃的逃，紛紛退入城內。努爾哈赤跳到一座高大的屋頂上，騎著屋脊，居高臨下，不一會連射倒數人。鄂爾果尼和羅科正埋伏在離

此不遠的一座房上，躲在煙筒後面，指揮兵卒射箭，身邊的兵卒卻不斷給人射中，四處尋找，見一個高大英武的漢子從容開弓放箭，例無虛發，暗暗喝采，拈上一支狼牙箭，奮力射出。努爾哈赤聽得頭上一聲暴響，腦袋不知被什麼東西重擊了一下，身子一晃，好在手腳敏捷，伸手抓住屋脊，俯身上面，摘下頭盔，不禁驚出一身冷汗，那箭貫盔直入，露出一指多長的箭頭，將頭髮割斷一綹，鮮血直流，傷口隱隱作痛。

努爾哈赤忍痛將箭拔出，搭弓又射倒一人。此時，卻聽身邊不遠處有弓弦聲響，俯身躲避，正中脖子，雖有護甲遮擋，那箭力道極大，入肉深達寸餘。努爾哈赤大叫一聲，伸手握緊箭桿，狠力拔下，不料因透甲而入，箭頭捲折，如同上有倒鉤，竟然扯下兩塊肉來，頓時血流如注。努爾哈赤牙齒緊咬，面色蒼白，強自支撐。額亦都、安費揚古等人在房下見他傷得沉重，大喊著上房救護。努爾哈赤怕亂了陣腳，尼堪外蘭乘機掩殺，又擔心有人中箭，連連擺手道：「不必上來，這城中竟有如此的高人，切不可犯險！」

費英東如飛跑來，大喝道：「快放箭！將他們射住，不然貝勒難以平安下來。」

眾人立時醒悟，箭如飛蝗，射得鄂爾果尼、羅科等人抬不起頭來，努爾哈赤拄弓為杖，從容地走下房屋。雙腳剛一落地，搖晃著摔倒在地，昏厥過去。眾人慌忙跑上來，見鮮血順著鎧甲涔涔而下，流個不住，傷勢極是沉重。額亦都將他抱在懷中，安費揚古急忙扯裂內衣，替他包裹傷口。費英東又給他餵下幾口水，努爾哈赤才甦醒過來，喝令道：「快尋尼堪外蘭，千萬不可讓他逃了！」

眾人找遍了整座城寨，也沒見尼堪外蘭的影子，「又給他逃了！」努爾哈赤大急，命貼身侍衛顏布祿、兀淩噶攙扶著登城遙望，見城外一隊人馬向撫順關跑去，為首一人頭戴毯帽，身穿青綿甲，裝束與常人不同，大呼道：「那想必是尼堪外蘭，不要給他逃入關去！」

額亦都、安費揚古、費英東三人見箭傷流血不止，不敢離開寸步，勸道：「貝勒哥哥不要心急，王廷山既然答應了緊閉關門，尼堪外蘭自然無路可逃，想必還要轉回來。」

眾人簇擁著努爾哈赤緩緩下城，上馬去追尼堪外蘭。遠遠看到了撫順關，見關門忽地一開，飛出一匹健馬，迎著尼堪外蘭而來。努爾哈赤大驚失色，仰天恨聲說：「難道我要報此大仇竟這等艱難！」

話音未落，卻見那匹健馬與尼堪外蘭等人交錯而過，竟向自己馳來。馬上的人高聲問道：「來人可是建州衛都督努爾哈赤？」

「正是。」努爾哈赤大惑不解。

「我奉把總老爺將令，告知與你：尼堪外蘭任憑你們處置，撫順關的人馬絕不插手。」

「那怎麼還准尼堪外蘭賴在關下？」

那兵卒見他如此小心，知道他存有疑慮，信不過別人，笑道：「你既然怕中了我們的埋伏，就派些人馬過去試探，不必親自去擒他。」說完打馬轉回。

努爾哈赤聽他說得懇切，似非虛言，派部將齊薩帶兵四十人，去捉拿尼堪外蘭。尼堪外蘭方才見關門一開，以為明軍接他入關，不想關內出來的那人竟捨了自己，奔到努爾哈赤面

前，心知不妙，見他匹馬回來，正要跟隨著入關，關上射下箭來，嚇得他沿著荒僻小路，繞關而走。走不多遠，聞聽後面有人追來，慌得走投無路，見旁邊有個臺堡，想要上去躲藏。那臺堡裏的明軍等他到了近前，卻把梯子凌空拉上臺堡，不顧他急得連聲大叫。尼堪外蘭絕望之極，再要逃走，齋薩等人已經趕到，攔腰挾住，拖離雕鞍，兵士上前去捆綁起來，押送回去覆命。

努爾哈赤見了仇人，箭傷也覺減輕了許多，吩咐押回赫圖阿拉，祭奠祖父、父親。到了赫圖阿拉，努爾哈赤請教如何祭奠，張一化說：「漢人最重的刑罰莫過於凌遲，依例要割三千六百刀，共行刑三天，其間犯人哀嚎之聲不絕於耳，但卻不能令他斷了那口氣，千刀萬剮為的是教他活受罪。當年正德皇帝將大太監劉瑾生生割成了一具骷髏，慘不忍睹，卻大平民憤，受過他殘害的人家紛紛用一文錢買來已被割成細條塊的肉吃下，以解心頭之恨。」

努爾哈赤說：「那就活剮了他，只是割上三天時候太長，再說一時也找不到有如此刀法的劊子手，多砍他幾刀就行了。」他身穿麻衣，扶病領人將尼堪外蘭押至樵山，眾多親族也都披了重孝隨行，在覺昌安、塔世克墳前擺設了靈位，靈前供奉了黑牛、白馬兩牲，還有各色乾果、糕點，已給清水沖洗乾淨的尼堪外蘭，一絲不掛地被綁在一棵木樁之上，嘴上勒了一道繩索，嗚嗚啞啞，說不出話來。

努爾哈赤跪在靈位前泣拜道：「爺爺、阿瑪，如今奸邪小人尼堪外蘭已給孩兒捉拿到了，二老泉下有知，看這惡賊如何伏法！」祭奠已畢，劊子手齋薩身披紅色衣衫，手執鬼頭大刀，走到木樁前。解開尼堪外蘭嘴上的繩索，不等他張嘴說話，一把拖出舌頭，「刷」地一聲割了下來，然後剜眼、破腹、挖心、掏肝……最後一刀砍下頭顱，各自放在一個個大碗裏，血淋淋地端到靈位前，眾人一片嗚咽。

大捷

布寨正在砍殺，一棵大木順坡滾落下來，他急忙一提韁繩，躲閃過了，但那根大木砸在一塊巨石上，一下子又高高彈起，撞到坐下戰馬的後腿上，那馬一聲悲嘶，登時摔倒，將布寨甩落在山坡上。布寨痛哼一聲，正要掙扎起來，不料建州武士吳談從馬上猛撲下來，正好騎在他身上，一刀砍下，碩大的人頭滾出多遠。他大呼道：「布寨給我殺了，布寨給我殺了！」

努爾哈赤殺了尼堪外蘭，猶覺不甘心，時時切齒痛恨李成梁，恨不得打進廣寧殺了他，才洩心頭之恨；但是看看自己兵馬有限，女真各部多未歸順，一時也不敢樹敵太多，與他作對。只得一面深自韜晦，向朝廷稱臣納貢，將遼東所產的明珠、人參、黑狐、玄狐、紅狐、貂鼠、猞猁猻、虎、豹、海獺、青鼠、黃鼠等貢入京城，求朝廷不要插手女真部族爭鬥，對李成梁也越發恭順，百般結好；一面招兵買馬，遠交近攻，順者以德服，逆者以兵臨，滿洲女真蘇克蘇滸河、渾河、王甲、棟鄂、哲陳五部都已歸附，相鄰的還有扈倫國的烏拉、哈達、葉赫、輝發四部，自恃兵馬強盛，不肯降服。

自佟春秀死後，留下三個幼小的孩子無人照看，雖說請了客居遼東的浙江會稽人龔正陸教他們讀習漢字，做了他們的師傅，但畢竟不能伺候他們吃穿，努爾哈赤頗覺不便，接連娶了鈕祜祿氏、兆佳氏兩個妻子，不料二人不久就有了身孕，顧不上照看三個兒女。正好三爺索長阿的兒子威準暴病而死，妻子富察氏孀居，眾人撮合將富察氏娶了。女真本來就有父死妻其後母、兄終納其寡嫂的風俗，威準是努爾哈赤的堂兄，更沒有什麼可忌諱的，他見富察氏生得豐腴白皙，就答應下來。富察氏名叫袞代，見努爾哈赤英武高大，遠勝原來的丈夫，更是極力侍奉。但努爾哈赤總覺她們難與佟春秀相比，又娶了伊爾根覺羅氏，仍不如願。額亦都、安費揚古等人私下商議，費英東說：「要說袞代倒是極為勤快，對褚英三人也好，一家人和和美美，貝勒哥哥還有什麼不如意的？」

額亦都與安費揚古對視一眼，笑道：「兄弟年紀尚輕，自然不會明白其中的奧妙，貝勒哥哥想必是嫌棄新娶的三位嫂嫂不夠俊俏，比不上原先的春秀嫂嫂。」

安費揚古點頭道：「貝勒哥哥的心意你猜得不錯，他每晚還是一個人睡在原先的那條炕上，三個嫂嫂輪流過去陪侍，沒有哪個過得了兩天的！看來她們三人做不得大福晉。」

「自古蓋世英雄須有絕世美人相伴，千古佳話，代不乏人。不然戰陣征殺，刀光劍影，若無佳人相伴，縱能笑傲群雄，睥睨天下，只怕也是終生抱憾。貝勒本來就是個至情至性的英雄，身邊自然少不得美人。」隨著話音，門外進來一個儒服的文士，朝額亦都等人頷首致意。

「原來是龔師傅，咱們建州可找不出這樣文謅謅的雅士來！」費英東說著，與眾人一起抱拳施禮，招呼著讓座。

「褚英與東果怎麼沒跟龔師傅一起過來？」額亦都問道。

「怎麼少得了他們？」龔正陸含笑朝門外叫道：「你們不用站在門外了，到裏面見見幾位叔叔吧！」

「龔師傅，我阿瑪沒在麼？」門口露出兩個小腦袋瓜兒，怯生生地看了一眼，見只有額亦都幾人，兩個粉團似的錦衣兒女一齊吵嚷歡叫著跳進來，撲到眾人身邊。額亦都一把將褚英抱起，連拋幾下，放在膝上，笑道：「你這麼怕阿瑪麼？怕不怕龔師傅？」

「怕！」東果正在炕上吊在安費揚古的脖子上玩耍，聽額亦都提及師傅兩字，登時滾入安費揚古的懷裏，抬起眼睛，一眨一眨地偷看龔正陸。褚英卻挺著小腰道：「不怕！師傅已說了讓進來，怎敢違抗師命！」彷彿天下只知畏懼阿瑪和師傅二人，眾人大笑。

額亦都等人心裏既詫異又佩服，自佟春秀死後，褚英與東果姐弟倆一時沒了調教，極為頑皮，褚英更是天不怕地不怕的，帶著姐姐四處耍鬧，滿赫圖阿拉城只害怕努爾哈赤一人，別人的話再難入耳，可努爾哈赤每日忙於軍務，無暇顧及他們，姐弟倆越發頑劣。努爾哈赤心志高遠，特地給兒女請了一個漢人秀才龔正陸做師傅，教習漢文。龔正陸本是浙江會稽人氏，流落到遼東。不想這龔正陸做了沒幾天師傅，竟將這兩個小魔頭調理得服服貼貼，額亦都等人本來看不起漢人的文弱，可對龔正陸卻不由不刮目相看。

安費揚古將東果摟在懷裏，點頭道：「陸師傅這番提醒，我倒想起當年與貝勒哥哥在撫順城聽書的情形，那日說的是三國中的一段故事……」

「什麼故事？快講給我聽！」褚英湊近上來。

「那天我記得是講的呂布與貂蟬，名字麼？叫什麼大鬧鳳儀亭。」

「好不好聽？」褚英還在那裏歪纏，但聽到龔正陸咳了一聲，急忙住了口。龔正陸掃了他倆一眼，卻未呵斥，只是緩聲問道：「可是《三國演義》的第八回《王司徒巧使連環計，董太師大鬧鳳儀亭》？」

「名字極長，說起來很麻煩，記不得了。反正是講董卓與呂布爺倆兒爭一個美人的事。」安費揚古面色一赧，似是在龔正陸面前怕被取笑一般。

龔正陸看褚英急不可耐，但在自己面前卻不敢放肆吵嚷，小孩心性，能有如此的耐力已屬難得，說道：「鳳儀亭一節乃是司徒王允定下的美人計。東漢末年，董卓專權，有心謀朝篡位。滿朝文武，對他又恨又怕，王允不得已設下美人計，將府中歌伎貂蟬許配董卓義子呂布，又奉送給董卓。董卓不知內情，娶了貂蟬，呂布暗恨。一日董卓上朝，忽然不見身後的呂布，心生疑慮，馬上趕回府中。他見呂布與貂蟬在後花園鳳儀亭內抱在一起，頓時大怒，要殺呂布。啊呀，說得遠了。貝勒聽了鳳儀亭一節，怎麼說？」

「貝勒哥哥說呂布英雄蓋世，又與貂蟬年貌相當，那董卓老賊卻要來胡亂攪擾，生生拆了一對好鴛鴦，可惜了！」

龔正陸道：「貝勒是個心智高遠的人，眼下又做了名副其實的建州之主，心雄萬夫，也該有個美人相伴才好。只是沒有聽說咱們建州有什麼美貌的女子。」

費英東搖頭說道：「龔師傅來遼東幾年了？」

「不到兩年。」龔正陸不知他問話的用意，看情形似是覺自己來得日子尚少。果然費英東笑道：「龔師傅來了兩年，要說日子也不短了，你沒有聽說過遼東有個葉赫部？」

「聽說了，葉赫部離赫圖阿拉可要幾百里呢！」

「葉赫部可是出美人的地方，龔師傅可聽說過東哥？」

「東哥是誰？」龔正陸不解，眾人卻哈哈大笑起來。

費英東笑過才說：「東哥是滿蒙頭號的美女，葉赫部布寨貝勒的女兒，模樣比貂蟬絕不差的。」

「這倒奇怪了，明明稱呼什麼哥，卻是女孩的名字。我們漢人斷不可如此的。」龔正陸大搖其頭，暗自發笑，問道：「此女嫁人沒有？」

「不曾嫁人，卻收過聘禮了。」

龔正陸歎惋道：「可惜，可惜！恨不相逢未嫁時，如此美貌的女子，竟給貝勒錯過了，真是造化弄人！」

費英東知道他會錯了意，趕忙道：「龔師傅心急了。此女雖接了人家的聘禮，可下聘禮的那人卻死在了迎娶的路上，不及將她接到家中。」

「這麼說她如今還是待字閨閣？」

「那個下聘禮的人也不是平常之輩，是哈達部的貝勒歹商，他祖父是哈達汗王台。哈達部與葉赫部緊鄰，早聽說了東哥的芳名，就備下厚禮向布寨貝勒求婚。布寨貝勒允了，請他親自到葉赫迎娶。誰知走到半路上，卻來了一群葉赫的強徒，把歹商殺了。其實這都是布寨一手安排好的，只因當年哈達汗王台受朝廷之命，起兵殺了不聽話的葉赫都督褚孔格，褚孔格的兩個兒子清佳砮、楊吉砮懷恨在心，常常想替父報仇。王台也覺得對不住人，想法子與葉赫部講和，情願將自己的女兒許配給楊吉砮做妻子，誰知楊吉砮卻不願意，娶了一位蒙古夫人。王台丟了面子，發起怒來，仗著自己兵強力壯，要去攻打葉赫部。後來總兵李成梁出了面，兩家才不得不罷手。誰知哈達部卻暗地厚賂了遼東巡撫李松和總兵李成梁，將清佳砮、楊吉砮、清佳砮子兀孫孛羅、楊吉砮子哈兒哈麻誘到廣寧斬殺，葉赫大受挫折。清佳砮的兒子布寨，隱忍多年，一天也未忘記世仇，借嫁女為名，在半路上暗暗埋伏刺客，殺了王台的孫子，也算報了兩代的冤仇。」費英東一口氣說出了葉赫、哈達兩部的恩怨，額亦都等人都已知道其中的原委，龔正陸與褚英、東果初次聽說，姐弟二人更是聽得津津有味。

龔正陸說：「既然東哥尚未出嫁，快給貝勒聘下不就是了！」

費英東答道：「龔師傅有所不知，那東哥為人十分挑剔高傲，當年她父親布寨將她許配歹商，不過是為了報仇，才使了這條美人計。東哥也知道內情，因此權且答應，其實她哪裏看得上歹商，就是到今日，她也沒有一個稱心的人。」

「布寨做不了她的主，若要教她嫁人，她必要先看上一眼，她不中意萬萬不行。」額亦都歎氣道：「這個女人眼界太高了。」

「貝勒如此神武的人物，普天下有幾個，她還能不中意？」龔正陸不禁詫異萬分。

安費揚古擺手說：「貝勒的秉性你還不知？他怎會向一個女人低頭，千里迢迢跑去任她選看！」

「是呀！倘若阿瑪給人家選不中，豈不是折了臉面？」褚英大睜兩眼，拍著小手說：「阿瑪要是娶她回來，我也喜歡，她有我額娘好看嗎？她會哄我睡覺吧！」

東果卻瞪他道：「哄你睡覺就叫她額娘了？你的嘴怎麼這樣賤！」

眾人聽他姐弟倆鬥嘴，都覺好笑。龔正陸也不管他們，自語道：「請個人提媒也好，說不定東哥一口應下了呢！」

費英東鎖眉道：「媒人可是難找，那些油嘴的媒婆早就踢破了東哥家的門檻兒，看門的丫鬟都給叨擾得不耐煩，不用說東哥了，弄不好連她的面兒也見不到。」

此時，褚英被東果罵得大哭起來，東果兀自不依不饒，嘟起小嘴不理睬他，任由他哭，額亦都等人卻哄不來。龔正陸伸手拉起褚英道：「不要哭了，我講呂布給你聽。」褚英立時破涕為笑，一蹦一跳地出門去了。

額亦都幾人本來是一時心血來潮，不想給龔正陸攛掇起來，竟一起去與努爾哈赤說了。努爾哈赤聽說過東哥的美名，心裏自然願意，嘴上卻說：「此女極為挑剔，若給她回絕了，哥哥的臉上可不好看，說不定會教他人取笑我癡想了。」

額亦都攥緊拳頭道：「既然哥哥中意了她，她若不應，小弟帶一彪兵馬給哥哥擒來！」不等努爾哈赤說話，費英東調笑道：「二哥若是搶了東哥回來，做了咱們的新嫂嫂，那時嫂嫂生了你的氣，要想進這大門可是不易了，就是跪下哀求，也要給人家罵的。」「罵什麼？她見了哥哥英武的模樣，必定歡喜得緊，怕是還要謝我呢！」額亦都抓著亂蓬蓬的鬍鬚，大不以為然。

眾人讚道：「都說二哥粗豪，沒想到今日卻心細如髮，嘴上抹了蜜一般的甜，不動聲色地將貝勒哥哥誇耀了一番，令人好生佩服。」額亦都聽了，得意大笑。

一連幾日，努爾哈赤想著派什麼人去提親，不料消息卻給龍敦傳到了葉赫部，貝勒布寨與福晉商量說：「努爾哈赤倒是一條好漢，最近又統一了建州，他的原配妻子死了，東哥嫁過去便做福晉，就替她應下了吧！」

那福晉卻啐的一聲，罵道：「天下哪裏有你這樣的阿瑪！身為一部之長，守著如花似玉的女兒，四方提親保媒的不斷，卻硬要給她嫁個這樣的人家，給人家做填房！我的女兒哪一點兒不如人了，我不答應！」

布寨冷笑道：「你真是婦人之見！努爾哈赤也是富貴之家，他的家世在遼東沒有幾個比得上的。他如今又做了建州之主，榮華富貴是可眼見的，放著這樣的人家不嫁，找那些白臉的後生能依靠麼？說不得咱們還要時常貼補她呢！有咱倆在世，時常給她些財物倒沒什麼，總不能照看她一輩子吧！」

福晉給他說得有些心動，但嘴上仍不敢答應，推說道：「女兒眼高，還是由她拿些主意為好，以免勉強了她，嫁過門去還使性子，若是二人不能相合，整日吵鬧不休，那時才沒了主意呢！」起身到了女兒房內，東哥給母親請了安，福晉看著俊俏的女兒，越看越愛，歎氣道：「東哥，額娘的好女兒！額娘真捨不得你離家。」

東哥未語先笑，露出一排整潔的皓齒，她用一雙美目睃著額娘道：「女兒就這麼陪伴著額娘，哪裏也不去！」

「瞎說！」福晉含笑道：「你是女兒身，終歸要嫁人的，額娘怎好留你？你忘了老輩人常說：女大不中留，留來留去留成仇。額娘要留你一輩子，你可要恨死額娘了。」

東哥咯咯一陣銀鈴似的嬌笑，拉著福晉的手說：「女兒嫁到哪裏，就接額娘去住，不也

是陪伴額娘麼？」

「你這丫頭！額娘還以為你真的不想嫁呢！看你終日給媒人臉色，冷言冷語的，我要是媒人呀，一輩子再不踏入你家門檻兒。」

「還不是額娘生了個美貌的女兒，教他們看得個個眼紅，朝思暮想的？」

「你知道就好，可婚事也總不能老是這麼拖著，你今年也十七歲了，額娘在你這個年紀已生下你哥哥了。」福晉慈愛地撫摸著東哥烏黑的長髮，說道：「聽說建州貝勒努爾哈赤要娶你，他可是了不起的豪傑，以十三副遺甲起兵復仇，殺了尼堪外蘭……」

「額娘，女兒聽說過了，你還絮叨個沒完！」東哥打斷福晉的話，低頭撥弄著辮梢道：「他什麼時候來下聘禮？」

「他、他……那倒還沒有說，想他是建州之主，必是派人來的。」

「不行！女兒早就定了規矩，哪個想娶我，必要先教我選看，若不中意，怎能隨便嫁人？努爾哈赤的名字雖然聽說了，可他的模樣哪個見過？女兒可不願找個只知打仗不懂風情的邋遢男人。他要有心娶我，就要親身趕來，不然……哼！倒像是我上趕著嫁他！」

福晉附和道：「那是自然的。我的女兒想求的人家可多呢！只愁挑選得麻煩，還愁什麼嫁人！」

過了幾日，建州果然派了媒人來提親，東哥命侍女傳話給努爾哈赤，有結好之意，十日後親身前來，不然再也休想。努爾哈赤又氣又怒，暗想：這東哥出落得如何天姿國色，這樣的不近情理，竟要相看男人？我堂堂一個建州貝勒，難道還要走四百多里的路程上門麼？想到要顧惜臉面，又忍不住思念她嬌美的模樣，躊躇不決。額亦都等人擔心布寨生出什麼計謀，不放心他孤身去葉赫，努爾哈赤也怕重蹈歹商的覆轍，只好將一腔熱情放下。

東哥等了十天，也沒見到努爾哈赤的影子，十分氣惱。她自長大成人以來，看見的都是低聲下氣求婚的人，向來千依百順，如今努爾哈赤非但不聽自己的話，反而沒了音信，分明是不把自己放在心上，瞧在眼裏，心裏發狠道：努爾哈赤，你這般得罪我，我自有苦頭給你吃。你如此冷落我，小看葉赫部，今後就是後悔了來求我，也不會輕饒了你，定教人將你斬成肉醬，扔到深山裏餵了狼吃。一時氣苦，卻又無從發洩，鐵了心要及早嫁人，好令努爾哈赤願望落空。正好烏拉部貝勒滿泰派人給弟弟布占泰提親，東哥竟一口答應下來，並將消息傳到赫圖阿拉。努爾哈赤暗覺可惜，心便涼了，將娶妻一事暫且放下。東哥見努爾哈赤不加理會，不住哭鬧，定要布寨給她出氣。布寨只有她一個女兒，自幼視如掌上明珠，從未疾言厲色地訓斥過，遑論打罵？見女兒哭得兩眼紅腫淚水汪汪，亂了方寸，命人到東城請來堂弟納林布祿商議。

納林布祿的東城與布寨所居的西城相距數里，他進了堂兄的家中，見布寨擰著眉頭悶聲彎腰在炕上獨坐，便問有什麼事情吩咐。布寨歎口氣說：「還不是為你那不知好歹的侄女！」一邊歎氣，一邊將努爾哈赤提親、東哥發怒的始末說了一遍。

納林布祿與布寨一樣，自幼失去了父兄，時刻想著報仇，受不得他人一點兒的怨氣，葉赫鄰近開原，控制貢道，得天獨厚，二人處心積慮經營多年，葉赫部又強大起來，稱雄扈倫四部，自然目空一切，一見堂兄面色沉鬱，並不勸解開導，卻說：「這有什麼難的！將那努爾哈赤責罰一頓，哄侄女開心就是了。」

「這話說來容易，只是咱們與建州素來沒有什麼恩怨，單為東哥這點兒瑣碎小事，若要發兵爭鬥，實在師出無名，不免遭人議論。」

納林布祿思忖片刻道：「打架靠的是拳頭，本來就用不著什麼理由！哥哥非要找個藉口也容易，小弟派兩個信使給他傳個話就行了。」

「傳什麼話？」

「教他讓出點兒土地給咱們，他統一了建州五部，數年之間，所轄的土地多了幾倍，西起遼東都司邊牆，東至鴨綠江，北與咱們扈倫的哈達、輝發二部為鄰。他憑什麼佔這麼大的地盤兒？當年只靠著十三副遺甲起兵，卻換來了這麼多的土地，做的可真是沒本兒的買賣，天下還有這樣便宜的事兒？都說見者有份，總不能有了好處，他一人獨吞，教大夥兒看著眼饞吧！」

「他能給嗎？」平白無故地向人討要土地，布寨心下有些難為情。

納林布祿一拍炕桌道：「他不答應，咱們也有藉口攻打他。此時他雖統一建州，但羽翼終究尚未豐滿，不趁此時機給他點兒顏色，他哪裏還知道天高地厚！」他略微停頓一下，語氣和緩下來，「若是他識相給了，就將那些土地送給侄女做陪嫁，侄女畢竟是孩子心性，佔點兒便宜，氣就消了。」

布寨一時也沒有什麼更好的計策，就派了兩位使者宜爾當、阿擺斯漢去往建州。二人來到赫圖阿拉，見城裏一片興盛的景象，連接東北南三門的一條丁字大街，兩側牌匾林立，商號旗幡飄揚，茶館、酒肆、皮張店、馬具店、魚莊、米店、滿藥鋪、綢緞莊、絲棉店、鐵匠鋪、雜貨鋪、馬市……鱗次櫛比，熱鬧非凡。肩扛擔挑，馬拉牛馱，都是松子、蘑菇、山梨、山裏紅、榛子、核桃等野山貨，還有虎、豹、狐狸等皮毛，往來商販熙熙攘攘，叫賣之聲不絕於耳。來到都督的府門，幾個帶刀侍衛在門前不停巡視，府門高大，甚是威嚴。侍衛通稟過後，二人隨著進了廳堂，努爾哈赤居中坐在一把寬大的黑木椅上，身穿五彩龍衣，帶刀侍衛站立兩旁，威風凜凜，氣勢非凡。二人以為他不過是故意做出的樣子，自恃葉赫強大無比，大喇喇地上前略施一禮，說道：「我倆奉葉赫部納林布祿大貝勒的差遣，前來有話相告。」

努爾哈赤也不請他們坐下，乜斜著兩眼說：「我這建州衛都督可是朝廷敕封的，朝廷給我三十道敕書，賜我金頂大帽服色，只有朝廷的旨意，我才遵奉，你們葉赫部有什麼話給我？」

宜爾當聽他動輒以朝廷壓人，不願聽他吹噓，冷冷說道：「天高皇帝遠，在咱們關東，誰的人馬多誰是老大。朝廷的旨意自然要遵奉，可關東首領的話也不可不聽。」

阿擺斯漢直一直身子，高聲說：「我們大貝勒說了，烏拉、哈達、葉赫、輝發等扈倫四

部與你們建州，言語相通，相鄰又近，就該合五為一，怎能有五個首領？現在你們建州佔地極多，我們人馬眾多，所佔的地盤卻少，可把你們的額爾敏、札庫穆兩個地方，任選一個送給我們。」

努爾哈赤冷哼一聲，厲聲說：「我們是建州，你們是扈倫，早就劃定了地界，多少年來，一直不曾變動。若是葉赫的地域廣大，我不該向你們討要；我們建州領土再多，也不容你們強取豪奪！何況土地自有其一定之數，比不得牛馬牲畜，豈有隨便分給別人的道理！你們二人都是葉赫部的管事大臣，納林布祿如此無禮，你們卻不盡一份臣子的職責，不加諫阻，聽任他敗壞德行，反而厚著臉皮來到這兒說三道四，豈不是為虎作倀麼！」

「我們只知忠於主子，主子的話不敢不從！」

努爾哈赤哈哈大笑，譏諷道：「主子要的可不全是聽話搖尾巴的狗！要的是明辨是非的剛直奴才。建州地盤再大，也是我們不畏刀林箭雨，拼著性命打下的，豈是像叫花子一般討要來的？回去告知納林布祿，若再無禮，休怪我翻臉不講情面。滾！」喝令左右侍衛，將他們驅趕出去，宜爾當、阿擺斯漢二人抱頭鼠竄而去。

納林布祿暗自得意，又派尼喀里、圖爾德帶著哈達部孟格布祿派遣使者岱穆布、輝發部拜音達里派遣使者阿拉敏比來到建州，努爾哈赤與張一化商議一番，哈達、輝發並無過節，不好輕易得罪，以免樹敵過多，於是設宴款待。尼喀里、圖爾德二人會錯了意，以為努爾哈赤怕了，洋洋得意，神情極是跋扈張狂。一杯酒才下肚，圖爾德起身說道：「我們大貝勒有話要傳給貝勒，不知貝勒想不想聽，有沒有不生氣的海量？奴才先請謝罪。」

努爾哈赤摸著虯髯，含笑道：「有話儘管說出，你不過轉述你們主子的話，我不會為難責怪你的。」

「奴才這廂謝過了。我家主子說本來打算要你們建州一塊地盤兒，額爾敏、札庫穆兩處任選一地都行，你們卻不願割讓。我家主子動了怒，一旦大兵壓境，後悔可還不及了。奴才不忍心建州生靈遭此塗炭，勸下了主子。奴才想貝勒也不是那不識時務的莽漢子，輕重自然分得出來。赫圖阿拉城若是不保，要那些土地又有什麼用處？貝勒要是能退上一步，大夥兒平安相處，共用康泰，豈不是好事？」

「好事！那是天大的好事！」尼喀里拍手稱頌。

努爾哈赤目光如刀，刺向圖爾德說：「是不是我給你們一塊土地，你們就不再有什麼非份之想了？」此話一出，額亦都、安費揚古、費英東等人臉色一變，各自伸手按住刀柄。

「這、這……我家主子的心思深不可測，奴才不好斷言。」

努爾哈赤霍地站起身來，拔出佩刀向下一揮，眾人眼前閃過一道白光，啰嚓一聲，將桌案砍斷，大怒道：「你們的主子兄弟二人，依仗的不過是祖宗留下的基業，可有一寸土地是他們統兵與強敵交戰爭來的？過去哈達部與葉赫部不相上下，但哈達部的孟格布祿、歹商叔侄相互爭鬥，你們的主子乘其內亂才稱雄扈倫，我可不是孟格布祿、歹商，豈會如他們那樣容易對付！我若領兵攻打你們葉赫，建州鐵騎縱橫往來，如入無人之境，你們有誰能夠阻

擋？你們的主子沒有什麼本事，只知道口出大話。我父、祖被官軍誤殺，我以十三副遺甲起兵，往返千里追捕仇人，殺了尼堪外蘭，朝廷給我敕書三十道，馬三十匹，還送回我父、祖的靈柩，授給我都督敕書，每年照例賞銀八百兩，賞給蟒緞十五匹。你們主子的父親兄弟也被官軍殺了，可他們的屍首至今不知下落，布寨、納林布祿二人也不敢到廣寧尋找，不知內情的還以為清佳砮、楊吉砮沒有了後人，放著父兄的大仇不報，卻妄想奪取我建州的土地，向女真本族示威發狠，真叫人齒冷心寒！」

尼喀里、圖爾德羞得滿臉漲紅，呆呆聽著，無言以對，灰溜溜地退出大廳。院外的空地上，早已站滿了手持兵器的軍士，額亦都帶領環刀軍，安費揚古帶領鐵錘軍，扈爾漢帶領串赤軍，鄂爾果尼、羅科二人帶領能射軍，數千兵馬，軍容整壯，三部落的使者嚇得面無人色，倉惶而去。努爾哈赤怒氣不息，將這些羞辱的話語寫成書信，派巴克什阿林察送往葉赫。納林布祿聞知，也動了真火，與布寨一起召集哈達部貝勒孟格布祿、烏拉部貝勒滿泰之弟布占泰、輝發部貝勒拜音達里，還有蒙古科爾沁部的甕剛代、莽古思、明安三位貝勒，長白山朱舍里部的裕楞額、納殷部的搜穩、塞克什，錫伯、卦爾察兩部，總共九部聯軍，合兵三萬，分作三路，向建州殺來。

努爾哈赤與軍師張一化、大將額亦都、安費揚古等人商討迎敵對策，放出三撥哨探，晝夜不息輪番報告敵情，頭一撥哨探報說聯軍自札喀尖向東進發，二撥哨探報說聯軍已抵達渾河北岸，三撥哨探報說聯軍已越過沙濟嶺，正向古勒山而來。努爾哈赤聽了，不慌不忙地說：「古勒山在蘇子河南岸，頭道關隘札喀關西南，蘇子河貼其背下流，水勢至此甚大，山路縱橫，四面斷崖峭壁，南北兩山對峙，中間一條狹路，地勢十分險要。此為聯軍必經之路，可在兩邊道旁埋伏精兵；在高陽崖嶺上，安放滾木擂石；在沿河狹路上，設置橫木障礙，迎擊他們。」

張一化點頭道：「用兵之道，無論什麼計謀不外乎天時、地利、人和三事，兵法上說：『夫地形者，兵之助也。』古勒山天然形勝，易守難攻，在此伏擊，事半功倍。」

布置好了人馬，夜已深了，努爾哈赤命眾人回去歇息，然後倒頭便睡。袞代知道三萬大軍將要殺到，心裏驚慌不已，一絲睡意也沒有，卻聽努爾哈赤酣聲大起，以為他沒將此事放在心上，忙推醒他，埋怨說：「大軍即將壓境，你竟然這樣沉睡，是急暈了頭，還是嚇破了膽？」

努爾哈赤勉強佈滿血絲的雙眼，翻身坐起來說：「你說的當真好笑，害怕的人還能如此安睡？敵兵既來，腿長在他們身上，哪個也阻攔不住，我就在這裏等他們，看他們如何攻破我的城寨！」說完掉頭呼呼大睡。

次日清晨，吃過早飯，努爾哈赤率領眾將祭奠了堂子，然後披掛整齊，統帥兵馬出征，口銜枚，馬勒口，立險扼要，以逸待勞，埋伏在古勒山上。哨探報說葉赫兵於辰時進入建州地界，先圍了札克城，未能攻下，改攻黑濟格城，兩軍互有傷亡，僵持不下。努爾哈赤命額亦都統領精銳騎兵百人前去挑戰，將聯軍引上山來。此時，聯軍正在拼力攻城，無奈攻城比

不得結陣野戰，人多勢眾卻不能一齊衝殺，好似獅子搏兔，未免笨手笨腳，大隊人馬聚集在城下，城上箭如雨發，士卒損傷甚眾。布寨心急，害怕挫傷了士氣，得知建州出兵挑戰，便一馬當先，率兵迎擊。他見額亦都手下不過百人，手舞大刀，放心大膽地與額亦都戰成一團。幾個回合過去，額亦都佯敗而走，布寨拍馬追趕。為他觀陣的納林布祿，以為建州兵敗，一揮大刀，率領聯軍隨後追殺，一直趕到古勒山下。到了山下，布寨、納林布祿才發覺山道崎嶇狹窄，大隊人馬擁擠在一處，陣形大亂，急忙喝令兵士向山坡殺來，二人奮勇衝在前面，其餘各部兵馬吶喊著蜂擁而上，山上山下都是廝殺的人馬，吶喊之聲，驚天動地。

努爾哈赤見敵兵勢大，若是攻上山坡，短兵相接，自己在人數上就處了下風，急忙下令扔放滾木擂石。建州軍卒，居高臨下，奮力推拋，霎時之間，木石俱下。布寨正在砍殺，一棵大木順坡滾落下來，他急忙一提韁繩，躲閃過了，但那根大木砸在一塊巨石上，一下子又高高彈起，撞到坐下戰馬的後腿上，那馬一聲悲嘶，登時摔倒，將布寨甩落在山坡上。布寨痛哼一聲，正要掙扎起來，不料建州武士吳談從馬上猛撲下來，正好騎在他身上，一刀砍下，碩大的人頭滾出多遠。他大呼道：「布寨給我殺了，布寨給我殺了！」

納林布祿早已看見，驚呼一聲，昏厥墜馬。左右親兵侍衛急忙將他救起，向山下敗退。葉赫兵見主子一個被殺，一個昏倒，無心戀戰，奪路而逃。聯軍群龍無首，登時沒了鬥志，各自奔散。

努爾哈赤縱兵追殺，勢如猛虎下山。可憐三萬聯軍，擁擠在狹小的山谷小路上，首尾不能相顧，被殺得七零八落，遍地是屍首、刀槍，沒了主人的戰馬或四下奔逃，或圍著死去的主人不住悲鳴。努爾哈赤在山下抓住一個潰逃的兵卒，命道：「回去告知納林布祿，快將東哥送到建州，不然我要踏平葉赫，將東、西二城夷為廢墟！」

那兵卒嚇得渾身抖個不住，說不出話來，只是連連點頭。納林布祿逃回葉赫，已是驚弓之鳥，聽了兵卒的報告，忙請來東哥過來商量，哪知話剛出口，東哥橫眉發狠道：「努爾哈赤是殺父仇人，我怎能忘了不共戴天的大仇，屈身事賊！叔叔，你轉告他，這輩子就死了這賊心，我寧肯嫁給那些販夫走卒，也絕不會嫁給他！」

納林布祿知道她脾氣本來就大，又新逢喪父之痛，不敢強逼，想到努爾哈赤咄咄逼人，心裏頗覺為難，不由連聲長歎。正在躊躇，屋內施施然走出一個秀麗的女子，摟住東哥道：「好侄女，不要使性子了。努爾哈赤真要殺來，咱們葉赫男女老少可是幾千條人命呢！你狠得下心？」

東哥咬著銀牙道：「姑姑不要勸我，要嫁你自去嫁，我是絕不會的！」

悔婚

布占泰這才驚醒過來，遲緩地轉過身來，一邊往外走，一邊搖頭，口中喃喃自語道：「不……東哥怎麼變了模樣？不會、不會……她不是東哥……」努爾哈赤目光如電，看著大驚失色的妻子，喝道：「回來！你說什麼？」眾人暗自吃驚，布占泰嚇得兩腿一軟，幾乎坐在地上，額實泰伸手將他扶住，他感激地看了妻子一眼，聲音顫抖地說：「貝勒，我不是、是信口亂說，只是、只是覺得奇怪，天底下怎麼會有兩個東哥？」

那女子登時眼圈一紅，幽幽地說道：「你這丫頭說話好沒分寸！姑姑本是為你好，那努爾哈赤憑著十三副遺甲統一了建州，是何等英雄！你與他郎才女貌，可算是天生的一對，放著這樣的人物不嫁，還要嫁誰？」

東哥心中一動，但想起努爾哈赤沒有如約而來，分明是小看自己，那時沒有殺父之仇，他尚且如此，若是這樣輕易地嫁了他，豈不是越發給他瞧不起了。越想越惱，聽姑姑還在耳邊不住規勸，賭氣道：「果真要嫁，誰殺了努爾哈赤，我便嫁他。努爾哈赤他卻休想，我就是死了，也不會嫁他！努爾哈赤又沒有三頭六臂，怕他什麼？你若害怕，自去答應他好了，我自然不會與姑姑爭搶！」

「嫁就嫁，你可不要後悔！」那女子見她不是一時負氣的話，也傷了心，沉著臉說：「那日若是你答應了這門親事，布寨哥哥哪裏會給人殺死？你這做女兒的，不能替他分擔憂愁也就罷了，還吵鬧著非要與建州用兵不可，若不是為你，布寨哥哥怎麼會遭此劫難？分明是害死了自己的父親，卻來埋怨別人！」

東哥一時無話可說，號啕一聲，掩面哭著跑了出去。納林布祿責怪道：「孟古，東哥畢竟是孩子的心性，布寨哥哥死了，她正傷心，你不該這樣招惹她！」

「都是布寨哥哥少了家教，養下這樣一個不知好歹的女兒來！她的這個壞脾氣不改，哪個男人能夠容忍得了她，遲早要吃虧的，哥哥為何還要袒護她？」

納林布祿搖頭說：「若不好生規勸，一旦惹惱了她，她打定主意不嫁，你能將她捆綁了送去？努爾哈赤破了我們九部聯軍，正在志滿意驕之時，不將東哥送到建州，他怎肯甘休！」

「哥哥，建州無人見過東哥，我倆相貌本來有幾分相似，東哥既然打定主意不嫁，不如我代她嫁給努爾哈赤，也好化解兩家的怨仇，使葉赫免遭兵災。」

「但願如此，只是委屈了你，哥哥有些過意不去。」納林布祿聽孟古說得堅決，心頭一酸，撫著刀柄道：「你嫁到建州，必可延緩努爾哈赤進兵，就是他還要兵臨葉赫，那時葉赫的兵馬業已休整齊備，重振士氣，不會輕易受人宰割了。」隨即派了信使趕到建州。

古勒山大捷，努爾哈赤的人馬又增多了三千餘人，已達一萬五千兵馬，住戶也多了二百多戶，赫圖阿拉城寨登時顯得狹小仄窄，擁擠不堪。努爾哈赤有意另外選址再建一處大一些的城寨，於是帶著張一化、額亦都、安費揚古、費英東等人，騎馬出城，在赫圖阿拉周遭查看了大半天，選中了一處高起數丈地勢平坦的山崗，地處哈爾薩山的北麓，在赫圖阿拉城西南，相距八里的路程。此處東枕雞鳴山，西偎煙筒山，北臨嘉哈河及碩里河，南傍哈爾薩山，東、南、西三面環山，都是懸崖絕壁，北方一面臨河，取水方便，西北方向地勢開闊，向外伸展，進可以攻，退可以守，水陸出入便利，既隱蔽又通達，地勢險要，最宜築城。努爾哈赤問過當地的土人，此處名為佛阿拉，滿語是舊城的意思，因為曾祖福滿當年曾在此地建造城寨，歷經多年，早已殘敗不堪，碎石斷垣，依稀可以想見當時城寨的風貌。努爾哈赤唏噓不已，次日命何和禮與洛漢二人築造佛阿拉新城。不到半年的工夫，新城完工。

新建的佛阿拉城，分為套城、外城和內城三重，最裏面的第一重為木柵城，用木柵圍築而成，為努爾哈赤及其家屬親眷居住，城中設有神殿、鼓樓、客廳、樓宇和行廊等，居中的樓宇高有二層，上覆鴛鴦瓦，雕樑畫棟，精美異常。第二重為內城，周圍四里左右，高約四丈，寬有五尺，上有雉堞、垛樓、暸望樓等。內城中的居民約有二百多戶，全是努爾哈赤的親近族人。內城東邊，有大堂一所，乃是議事或祭奠天地、祖宗之處。內城西側高臺之巔，建有四棟屋宇的宮闕。登上殿頂，舉目四顧，呼蘭哈達、雞鳴山、蘇子河、赫圖阿拉城盡收眼底。第三重為外城，周圍十二里左右，城牆先用石頭壘砌，砌石三尺，鋪設椽木，如此反覆砌築三次，牆高一丈，內外全用黏泥塗抹，光滑堅固，不易攀緣。城外挖有壕溝，引河水注入，水深齊胸。壕溝以外，住有八百多戶居民，他們多是軍人、工匠、商人等。

努爾哈赤剛剛遷入佛阿拉城，就派人到葉赫迎娶東哥。孟古盛裝趕往建州，馬拉的花轎四周圍著紅綾子，孟古蒙著紅蓋頭，端坐在花轎中，一路顛簸，眼看快到外城，孟古拉開轎簾向外偷看。一聲炮響，城門大開，繡旗招展，城中衝出一大隊人馬，前面是十二匹對子馬，馬上都是錦衣花帽的英俊彪悍少年，各配腰刀，身背弓箭，後面眾人簇擁著一身披紅的高大漢子，虬髯方臉，濃眉大眼，生得甚是威嚴。孟古心裏怦怦一陣慌亂，跳得極快，臉上霎時發起熱來，此人想必就是努爾哈赤了，忙把蓋頭蒙好。耳邊聽得鼓樂喧天，人聲嘈雜，又過了一頓飯的工夫，花轎停下，兩個伴娘掀起轎簾，將她攙出花轎，府門街前，張燈結綵，燭火輝煌，擠滿了看熱鬧、道賀的百姓，手裏提著熊、虎、豹、狍、山果、蜂蜜等賀禮，嘰嘰喳喳地評頭論足：「看呀！新娘子好苗條的身材！」

「嘖嘖嘖，真不愧是滿蒙第一美人，看她的那雙手又白又嫩，像是沒長骨頭一般。」

「你看她走起路來，真如分花拂柳似的，柔軟得像春風裏的嬌花。」

「……」

她既興奮又慚愧，知道多半是沾了東哥聲名的光，心裏忍不住有些悲傷。任由伴娘攙著，沿著鋪地的大紅氈，走入大堂，但覺給一雙粗大的手掌一拉，身子不由一軟，跪拜下去。薩滿在一旁祭奠天地諸神及祖宗神位，晨光初露，他們已開始祭拜，此時更是振作精神，主祭薩滿焚香祝禱，眾薩滿們擊鼓甩鈴，邊舞邊唱：「美滿夫妻，鵲神安排。路神保佑，娶到家來。萬事如意，相親相愛。」主祭薩滿高聲喊道：「一叩頭，謝觀音大士，福星高照；二叩頭，謝諸神保佑，全族安好……」

二人拜完天地，攙到洞房門口，跟在努爾哈赤身後跨過放著兩串銅錢的馬鞍，伴娘拿起那兩串銅錢，在她肩頭左右各搭一串。進到房內，伴娘從一個小女孩手裏接過紅布紮裹的一對寶瓶，給她加在腋下，那寶瓶甚是沉重，孟古知道裏面裝了五穀糧食。好不容易坐在南炕上歇息，揉揉腫脹酸軟的雙腿，想著努爾哈赤威風的模樣，掀起蓋頭，看院中燃起松明子火堆，劈劈啪啪，將窗戶映照得一片通明，眾人猜拳狂飲。盤膝坐等，直至深夜，才聽到人聲漸漸稀少，隨著門環響動，一陣踉蹌沉重的腳步聲由遠而近，直到炕邊，蓋頭被人一把掀掉，長明燈下，孟古看到努爾哈赤臉色通紅，滿身酒氣，坐到炕上。努爾哈赤見孟古一身大

紅的吉服，微微低著頭，露出粉嫩的脖頸，含羞帶怯，燈光之下，越發嬌豔動人。伸手扳起她的額頭，就見一雙水汪汪的大眼睛，左右顧盼，閃爍不定，櫻唇紅潤，身段豐腴，有著說不盡的風流。努爾哈赤將她摟入懷中，聞著她周身的香氣，將濃密的虯髯蹭到她臉上，嘴裏喃喃地說道：「東哥，我的小美人，我苦熬了這麼多個日夜，今天才將你抓到手心。」雙手將她托在臂彎，平放在炕上，一下撕開她的衣服。孟古嚇得一聲驚叫，一動不動地躺著……

次日一早，鈕祜祿氏、兆佳氏、富察氏袞代、伊爾根覺羅氏四人一齊過來道喜，稍後張一化、額亦都等人齊來拜見大福晉，其他眾人聽說葉赫的東哥貌美如花，都想趁著貝勒高興之際一睹芳容，早早地等在府門外。努爾哈赤拉著孟古的手坐在大堂上接受眾人拜賀，凡是有點職位的軍士都允許進來。將近晌午，努爾哈赤覺得勞乏了，正要退下歇息，近侍顏布祿進來報說：「那些出嫁的格格們約齊了前來道喜。」

努爾哈赤強打精神，向新婚妻子慊然一笑，說道：「這些丫頭是討喜錢來了。」

「我們遲到了。」五六個豔裝的婦人吵嚷著進來，盈盈下拜，施了個萬福，孟古忙將喜錢分發給眾人。舒爾哈齊的女兒額實泰不依道：「伯父娶了這樣美貌的大福晉，我們姐妹幾個好不容易湊得齊了，才來拜見，卻只賞這點兒喜錢，可真小氣！」

努爾哈赤笑道：「我已給你找了個如意的郎君，那是多大的彩禮！烏拉富甲一方，你還在乎這點兒喜錢，我倒要問問大夥兒哪個小氣呢！怎麼，沒見布占泰來？」

東果取笑道：「阿瑪想必還不知道，她將布占泰妹夫看作心肝寶貝似的，生怕有人給強奪了去，平日難得放他出來，若不是阿瑪的大喜日子，我們想看他一眼都難呢！」

額實泰給她說得臉頰飛紅起來，支吾道：「好姐姐，嘴下留點兒德吧！你可屈殺人了，他是害怕見伯父，在外面候著呢！哪裏是我不教他來！」

眾人一陣哄笑，努爾哈赤道：「教他進來，如今是一家人了，還怕我吃了他不成！」

「那我去喊他。」東果出去不久，帶進一個英俊的男子，衣著華麗，儀表堂堂。東果將他向前一拉，說道：「快拜見我阿瑪和大福晉。」

古勒山一戰，布占泰給額亦都生擒，額亦都舉刀要砍，他慌忙哀求道：「不要殺我，不要殺我！將軍若放我一條生路，我願意以牛羊馬匹贖身，將軍想要多少好商量。」額亦都聽他口氣，不是平常的軍士，押解回來交給努爾哈赤。努爾哈赤一問，知道他是烏拉部滿泰貝勒的弟弟布占泰。努爾哈赤正擔心九部人馬再次聯合進犯，打算留他在建州，好令滿泰有所顧忌，不致再聽葉赫號令，親自給他鬆了綁繩，賜他一襲猞狸猻裘，又將侄女額實泰嫁給了他，布占泰就在建州居住下來。近日，他聽說努爾哈赤迎娶東哥，想起當年哥哥給自己到葉赫下了聘禮，東哥一口答應了，誰知她變心另嫁建州。他心裏暗罵東哥水性楊花，本來害怕尷尬，更怕生出什麼禍事，不想當面道賀，卻給東果一把扯了進來。布占泰紅臉低頭朝上施禮，孟古也取了一份喜錢給他，他看著那雙白嫩的小手，心裏慌亂得厲害，生怕自己一時把持不住，摸到那隻嫩嫩的手上。他接過紅包，低聲說：「多謝大福晉。」聲音竟似蚊子嗚叫，低得旁人難以聽到。

孟古笑笑，說道：「你也不是新姑爺了，面皮竟還這樣薄！倒像個繡閣裏的大姑娘。」

布占泰聽了，不禁一怔，微微抬頭，看見笑面如花的新娘，登時有如給磁石吸住一般，面色驚恐地怔住。額實泰見他目光呆滯，以為給大福晉的美貌迷惑，在身後使勁兒拉拉他的衣袖，低聲道：「你怎麼只顧呆看，小心伯父面前失儀，砍了你的腦袋！」

努爾哈赤早已看見他緊緊盯住大福晉不放，慍聲道：「布占泰你看夠了沒有？還不下去！」

布占泰這才驚醒過來，遲緩地轉過身來，一邊往外走，一邊搖頭，口中喃喃自語道：「不……東哥怎麼變了模樣？不會、不會……她不是東哥……」

努爾哈赤目光如電，看著大驚失色的妻子，喝道：「回來！你說什麼？」

眾人暗自吃驚，布占泰嚇得兩腿一軟，幾乎坐在地上，額實泰伸手將他扶住，他感激地看了妻子一眼，聲音顫抖地說：「貝勒，我不是、是信口亂說，只是、只是覺得奇怪，天底下怎麼會有兩個東哥？」

努爾哈赤聽他語無倫次，顛倒錯亂，轉頭向妻子問道：「這是怎麼回事？」

孟古面色蒼白，她沒有想到這麼快給人揭穿，知道難以遮掩過去，狠下心腸，歎口氣說：「貝勒，我騙了你，我確實不是東哥。」

此言一出，滿屋子的人一陣驚呼，努爾哈赤氣急敗壞地問道：「你是誰？」

「東哥是我侄女。」

「你、你為什麼要冒名頂替？」

「為了葉赫東、西二城不破，為了祖宗今後還能有人按時祭奠。」

努爾哈赤站起身形，聲嘶力竭地喊道：「東哥怎麼不來？」

「貝勒何必明知故問，其中的緣由你心裏清楚。貝勒難道忘了布寨哥哥是怎麼死的？」

努爾哈赤頹然坐在椅子上，自語道：「她是為了殺父之仇，才躲著我？」

「不躲著貝勒，難道還要她天天侍奉殺父的仇人？你們男人做不到，難道我們女人就要做到麼？」孟古心裏一酸，淚水潸然而落。

「你怎麼敢來？」努爾哈赤目光灼灼。

「我不想貝勒因為多年一直將一個女人放在心上，卻把葉赫數萬的百姓視若無物，他們何罪之有，卻要因貝勒的衝冠一怒，而血流成河，死於非命？世人都有父母兄弟，都有妻兒老小，貝勒難道沒有遭受家破人亡之痛，顛沛流離之苦？」孟古淚流滿面，努爾哈赤臉色鐵青，眾人默然無聲。

「貝勒不會忘了當年為什麼以十三副遺甲起兵吧！人同此心，心同此理，人生際遇不同，但他人之苦不難體味出來。貝勒的心腸就那麼冷麼？」

「你不該騙我！我是女真的英雄，東哥理應陪伴我。」努爾哈赤傷心已極。

孟古苦笑一聲，脫下大紅吉服，淒然說道：「貝勒，我自知容貌比不上東哥，從離開葉赫那天起，就沒打算舒舒坦坦地做什麼大福晉。我命苦，沒那麼富貴，只想求貝勒大發慈悲，放過葉赫，千萬不要因為東哥不來，我騙了你，征討葉赫。」孟古彷彿看到了葉赫二城濃煙滾滾，殺聲震天，不由跪倒在地，痛哭失聲。

「阿瑪，你就放過葉赫吧！殺戮太重，有損陽壽，只要他們俯首聽命，不必非東哥不可呀！」東果看得心酸，領頭跪下，登時大堂上跪了一片。

努爾哈赤扶起孟古，含淚道：「我答應你，葉赫今後不再無禮，我不會踏上葉赫的一寸土地。」

孟古破涕為笑，偎入他懷裏，哽咽道：「我騙了貝勒，隨你怎麼處置，絕無半點兒怨言！」

「男子漢大丈夫立身處事，要胸懷天下，去建功立業，不能整日纏綿於溫柔鄉中。我對你別無所求，也不想處罰你，只想你能帶領其他四個福晉，管理家務，不可令我分心。」

「這是我們女人份內的事，不用貝勒吩咐，我自會好生去做，貝勒盡可以放心。」

東哥得知姑姑假冒自己嫁給了努爾哈赤，被極為隆重地迎娶做了大福晉，雖給布占泰識破，但努爾哈赤並未為難她，心裏越發惱恨，與哥哥布揚古商量招親報仇。布寨死後，布揚古做了貝勒，凡事對東哥多有忍讓，見妹妹心意已決，命人廣告海西四部，誰殺死努爾哈赤，東哥便做他的妻子，並多贈彩禮。消息傳出，哈達部孟格布祿立即回應，聲言替葉赫報仇，布揚古便將東哥許婚給孟格布祿。留居在佛阿拉的布占泰暗自焦急，他與東哥早有婚約，生怕給孟格布祿搶了先手，便在努爾哈赤面前挑唆討伐哈達，果然孟格布祿嚇得悔了婚約。此時納林布祿憂鬱而死，他弟弟金台什做了貝勒，聞知大怒，領兵攻打哈達。孟格布祿無力抵抗，向努爾哈赤求救。努爾哈赤痛恨他反覆無常，提出他將三個兒子送到建州做人質，才肯發兵。孟格布祿只得照辦，努爾哈赤派費英東、噶蓋統兵兩千援助。金台什得知，不敢交戰，修書一封，託明開原通事帶給孟格布祿，說若能取回送往建州的人質，並殺了建州的兵卒，葉赫便將東哥送到哈達。孟格布祿想著如花似玉的東哥，一時利令智昏，竟背信棄義向建州索要人質。努爾哈赤怒不可遏，當即發兵，以舒爾哈齊為先鋒，征討哈達。大軍來到哈達部城下，只用了七天，就攻破了城寨。揚古利擒住孟格布祿，努爾哈赤親手給他鬆綁，並賞賜了他貂帽、豹裘，一舉收服了哈達部。

哈達部歸順了努爾哈赤，建州與葉赫已然接壤，布揚古與叔叔金台什一時彷徨無計，正好輝發部首領拜音達里與族人爭鬥起來，族人殺死了他的叔父等七人，投靠了葉赫部。拜音達里見勢不妙，又無力向葉赫討要那些逃人，便想以管事大臣的兒子作人質，請努爾哈赤出兵相助，努爾哈赤答應發兵一千，幫助拜音達里平定內亂。葉赫部聽說努爾哈赤將要兵臨輝發，恐慌不已，哈達已亡，輝發再聽命建州，葉赫南面就沒有了屏障，建州鐵騎便可長驅直入，直達葉赫，布揚古急忙秘遣信遊說拜音達里：「如果你們取回送往建州的人質，就歸還你部的逃人。」拜音達里依附葉赫已久，毫不懷疑，答應說：「我將不偏不倚，處於中立，以求存活於葉赫與建州兩部之間。」隨即將送往建州的人質轉給葉赫。葉赫部得到人質，卻

食言背約，沒有返還輝發部的一個逃人，拜音達里深覺受騙，心中憤恨，忙派信使再求努爾哈赤，並向他求婚，願與建州永結盟好。努爾哈赤既往不咎，答應了輝發部的請求，並願意將女兒嫁給拜音達里。葉赫部得知消息，重施故技，如輝發與建州絕交，願將東哥嫁給拜音達里。拜音達里一時神魂顛倒，先大興土木，築城三層，藉以自固，隨後背棄了與建州的婚約。努爾哈赤隱忍已久，派了數十個精兵扮成商人暗暗混入城中，親統大軍，日夜兼程，疾馳輝發城下，裏應外合，一舉攻破輝發城，拜音達里父子戰死，輝發併入了建州。努爾哈赤各個擊破，滅了哈達、輝發二部，又相繼征服了科爾沁、東海各部和朝鮮王國，建州、葉赫、烏拉鼎足而三。

烏拉部自古勒山戰敗，布占泰被俘，元氣大傷，貝勒滿泰本來胸無大志，目光短淺，且嗜酒好色，無心處理政務。他前後娶了八個妻子，卻仍不滿足，總願找個陌生的女子取樂，終日在外尋花問柳。一天，滿泰帶著兒子蘇斡延錫蘭查看修築壕溝，見到附近村寨中有兩個美貌的少婦，父子二人登時將正室拋到腦後，尾隨她們進了家門，恣意輕薄，強行姦淫。不料那人家竟是當地大戶，兩個美婦的丈夫帶著一幫人，將滿泰父子捉住，亂刀砍死，此事轟動了整個部落。滿泰父子被殺，布占泰身在建州，滿泰的叔父興尼雅乘機做了烏拉貝勒。

滿泰的女婿拉布泰在烏拉素有威信，他不服興尼雅奪了烏拉貝勒的職位，偷出城寨趕往建州，張一化向努爾哈赤獻計說：「烏拉將要內亂，不如放回布占泰，讓他回烏拉去繼位，貝勒恩養布占泰已久，他必俯首聽命，如此烏拉不戰而得，不必再大動干戈。」

努爾哈赤派遣煌占、費揚古二人護送布占泰，興尼雅見布占泰回來，知道爭不過他，被迫投葉赫部去了。布占泰承襲兄位，做了烏拉部的貝勒，自然十分感激努爾哈赤，便將送妹妹滹奈嫁給舒爾哈齊為妻，又將十二歲的侄女阿巴亥送給努爾哈赤做了福晉。

一時沒有戰事，努爾哈赤終於騰出手來，與龍敦等人做個了斷。他與張一化密召將領商議，最後定下由何和禮處死龍敦、覺善和康嘉綽其達，解除後顧之憂；追捕逃跑的納申和完濟漢，絕不能讓二人逍遙法外。但龍敦不顧年老輩尊，跪在地上痛哭流涕，發誓改悔。龍敦的死黨既經掃清，剩下他一人，孤掌難鳴，畢竟是自己的堂叔，努爾哈赤心腸一軟，饒他不死。除去內患，佛阿拉城平靜如水，一時再沒有了當年的危機四伏。

東哥得知布占泰做了烏拉貝勒，想起了當年的婚約，與哥哥布揚古商議聯合布占泰抗擊建州。布揚古命興尼雅回烏拉傳話給布占泰，布占泰答應下來，但稱受努爾哈赤恩養，兵馬尚須整頓，請東哥不要急於一時。布占泰是個胸懷大志的人，弓馬嫻熟，剽悍異常，夢想著東山再起，復興烏拉，與建州爭雄。烏拉鼎盛之時，疆土遼闊，東鄰朝鮮，南接哈達，西為葉赫，北達牡丹江口及其以北、以東地帶，扈倫四部之中，治域最廣，兵馬最眾，部民最多。因哥哥滿泰荒淫無度，不問政事，烏拉國勢日漸衰弱，而建州此時勃興，再不振作，早晚會如哈達、輝發一樣，城破族亡。布占泰暗自韜晦，儘管離開了建州，依然小心謹慎，親將年少貌美的侄女阿巴亥送與努爾哈赤，並求再聘一個愛新覺羅的女兒做妻子，努爾哈赤為了籠絡住他，慨然應允，將舒爾哈齊的另一個女兒娥恩哲也嫁給他，不久，又將五女穆庫什送到烏拉，連送三女給布占泰。布占泰有了建州這樣的強援，外聯葉赫、科爾沁蒙古，逐漸將鄰近各部收為卵翼，六鎮「藩胡」及東北各地女真都聽從他的號令。烏拉鐵騎如雲，戈甲炫耀，四出擄掠，國勢日隆。

東哥等了多年，不見布占泰有什麼舉動，反而與建州的多次聯姻，以為他口是心非，派人說只要他先趕走建州的妻子，東哥便可與他再續前緣。東哥為使布占泰動心，派人送來親手縫製的虎皮靰鞡、一領鹿皮袍子和一對繡花納朵的枕頭，布占泰見了禮物，想起溫柔多情美豔絕倫的東哥，本來多年以前就可以成為眷屬，誰料如此的好姻緣竟一再蹉跎，紅顏易老，美人遲暮，一針一線，多少個日夜，東哥捨出那雙嫩手，足見情誼。他把玩著三件禮物，嗅著上面透出的陣陣幽香，彷彿東哥已坐在了身邊，美目流盼，肌膚如雪……布占泰心中悲苦，歎息道：「世間好物不堅牢，彩雲易散琉璃碎。無緣對面不相逢，有緣千里能相會。好一個絕世的美人，卻是遠隔雲端，這麼多年都不能一親芳澤，只能癡想，真是好漢無好妻！像我那三個福晉，倒是天天相處，可面貌醜陋，性情兇惡，還不如不見呢！若是換了東哥該多好啊！」

他如此睹物思人，感慨萬千，哪知穆庫什、額實泰、娥恩哲三人聽說葉赫來了信使，正在屏門後面偷聽，額實泰是在布占泰被俘後嫁他的，自然有些盛氣凌人，以為是自己將他自囚犯中解脫出來，從不把他放在眼裏，見他將東哥送來的禮物聞了又聞，嗅了又嗅，把玩不已，早已憤懣在胸，聽他又嘲笑自己醜陋，更是怒火沖天，闖進屋子，一把搶過那些禮物，狠命摔在地上，用腳又踩又跺，跳腳大罵。布占泰一驚，見她來勢洶洶，竟怔住了，待想到搶拾起來遮護，那禮物早已污濁不堪了。布占泰心痛不已，卻又不敢發作，只是呆坐在一旁默不作聲。額實泰見他不向自己賠禮，越發惱怒，轉身便走，嘴裏說道：「你這忘恩負義的小人！當年我叔叔怎樣恩養你的？宴賞、配婚、盟誓，誠心抬舉你做了烏拉貝勒，你不知報答，卻一心想著東哥那狐媚子，她給你送來一雙靰鞡，你就這樣發癡發呆，我們姐妹三人還不如那雙鞋子？我們姐妹離開家鄉，隨你來到烏拉，沒想到你竟敢這樣對待我們！我回建州告訴叔叔去！」

布占泰聽了，心裏害怕，忙上前一把摟住，軟語求饒。額實泰有心殺殺他的威風，故意不加理睬，掉頭出門。門後的穆庫什、娥恩哲二人年紀尚幼，只當笑話來看，並沒想到勸說他們。布占泰見她鐵心要訐告自己，心中由恐轉怒，看她走遠了，在壺裏抽出一支箭來，將箭頭拔下，颼的一箭射出，額實泰「啊喲」一聲大叫，摔倒在地。穆庫什、娥恩哲急忙跑過去看，那箭頭貫出酥胸，露出光禿禿的箭桿，傷口處不住滴落鮮血，額實泰大睜著兩眼，朝後咬牙道：「布占泰，你好狠！」

穆庫什、娥恩哲嚇得手足無措，痛哭流涕，額實泰抓住她倆的手，斷斷續續地說：「不要哭！快、快回建州，給、給我報、報仇！」

「快來人呀！」穆庫什、娥恩哲大聲呼喊。布占泰大步過來，他本只想攔下她，不想下如此狠手，誰知自己力氣太大，又在氣頭上，雖拔了箭頭，那箭桿卻仍入肉極深，他看額實

泰目光已然散亂，難以救治了，面色大變，冷哼一聲，拔出腰刀向娥恩哲砍下，娥恩哲驚叫著躲閃，與穆庫什逃向門外，布占泰大喝道：「攔下她們！」

門外的烏拉侍衛團團圍住二人，一擁而上，捆綁起來。她們帶來的幾個建州侍衛聽到呼喊聲趕來，見烏拉人多，不敢搶救，偷偷溜出城去，飛馬趕回建州報信。布占泰命人將她倆好生看管，拾起地上的禮物，撣去灰塵，小心撫弄平整，心痛不已。

努爾哈赤聽了，又驚又怒，便立刻調動人馬，親統三萬大軍，張揚黃蓋，吹響號角，向烏拉進發，在烏拉河對岸列陣。布占泰也統兵三萬，出烏拉城，趕到富爾哈城，他等建州大軍到了，卻不急於交戰，只帶十幾個侍衛到河邊登船，渡向對岸。努爾哈赤身披金甲，騎著一匹白馬，見布占泰站在船頭，一提馬韁，步入烏拉河中，揚鞭厲聲問道：「布占泰，我在古勒山生擒了你，那時你本該死，我不僅寬釋了你，還厚養款待，抬舉你為烏拉貝勒，將我的三個閨女許配你為妻。你反而不知報恩，卻想與我爭奪東哥，又用無頭的箭支射死額實泰，你沒有想過她是我的侄女嗎？」

布占泰謝罪道：「我並沒有想殺她，不過是一時失手。要怪也怪你侄女太刁蠻任性，常常對我惡語相加，什麼死囚犯、賊配軍，竟說沒有她，我至今還要給鐵鎖繫著頸脖，最終免不了一死。這哪裏是做妻子說的話？我身為烏拉貝勒，一味隱忍，今後如何管教他人？」

「布占泰，你死到臨頭，竟還嘴硬！我侄女不過據實而言，有什麼不對的？」努爾哈赤滿臉怒容。

布占泰漲紅了臉說：「天下的男子有幾個不愛惜臉面的？誰肯給別人說笑？你侄女既嫁給了我，卻還想騎在我頭上，豈有此理！」調轉船頭，返回城去。

努爾哈赤大喝：「放箭！」

布占泰冷笑道：「還是省下些箭支吧！」隨後向後一指道：「我知道你們建州的弓箭厲害，請你們射得遠一些，最好將上面那兩個女人也射死，豈不省了我動手！」城頭上一隊士兵，將兩個五花大綁的女子推到城牆跟前，數把閃著冷光的鋼刀架在脖子上，赫然就是穆庫什、娥恩哲二人。努爾哈赤大怒，呼喝著下令渡河，布占泰高聲說：「你敢渡過烏拉河，向前一步，就等著給她倆收屍吧！」

努爾哈赤勒住馬頭，呆呆地望著城頭，依稀看到兩個孩子在城上哭喊、掙扎，心如刀絞，大是憐惜，立馬在河邊良久，揮手下令撤軍。張一化此時已年近八十，老態龍鍾，勸阻說：「大貝勒，前兩次進攻烏拉，俘獲不多即行回兵，軍士頗有怨言，此次再中途而止，勢必挫傷士氣，既貽誤戰機，也放縱了布占泰這個惡賊！再說兩位格格現在他手上，若是退兵，何時將她們從水火中解救出來？」

努爾哈赤含淚道：「倘若我們攻城，她倆的性命怕是難保了。若只是穆庫什一人，我絕不會受布占泰要脅，可還有娥恩哲，她不能再死了。不然，我就對不起弟弟舒爾哈齊了。此次兵發烏拉，他與褚英留守佛阿拉，額實泰已然死了，豈能再教他死第二個女兒？」

「刀在布占泰手裏，大貝勒要想救人，也不是件容易的事。兩位格格年紀尚小，這樣耗下去也不是法子，那要等上多少年？我知道大貝勒投鼠忌器，但若只想著她倆，反而會給了布占泰機會，兩位格格再也回不到建州。」

「容我想想。」努爾哈赤緩馬而行。

一旁跟隨的二兒子代善說：「軍師所言不錯。布占泰因手裏有兩位妹妹，知道阿瑪有所顧慮，才敢這麼放心大膽地領兵離開烏拉城。發兵之初，擔心他在城中龜縮不出，還總想用什麼計策賺他出來，如今他既然已經棄城而來，真是天賜的良機，就這麼白白浪費掉，實在可惜！阿瑪早有統一女真的大志，慨然思定其亂，此時烏拉還只是一支孤軍，正好乘機殲滅。等布占泰迎娶了東哥，兩部聯兵，人強馬壯，再想各個擊破，就艱難多了。」他見父親默然無語，不敢再勸，心下頗覺失望。

此時正值深秋季節，夜露極重，北風已涼，大軍駐紮野外，不免有些辛苦。努爾哈赤坐在大帳中，毫無睡意，眼前總是晃動著穆庫什、娥恩哲二人淚水漣漣的眼睛，他邁步出帳，月冷星寒，長風浩浩吹來，似是女人的嗚咽悲號，眺望富爾哈城，隱隱約約地看見城上燈火點點，飄忽閃爍，心裏暗暗歎氣道：「不知她倆此時在受怎樣的煎熬？」正在遙想冥想，卻聽貼身侍衛顏布祿問道：「前面可是二阿哥麼？」

「是我。阿瑪可睡了？」代善大步而來，身後跟著十幾個兵丁，捆綁著二十幾個人，見了努爾哈赤，上前施禮道：「阿瑪，兒子方才巡營時，抓到了這些烏拉人。布占泰打算向葉赫借兵，將兒子綽爾啟鼐、女兒薩哈簾和十七個大臣的兒子送往葉赫部做人質。」

努爾哈赤掃視了一眼，那些烏拉人個個低著頭，渾身發著抖，神情極為惶恐，他咬牙獰笑道：「好呀！他兒子到了我手裏，我要看看布占泰有沒有父子之情？傳令下去，明日一早攻城！」

殞

努爾哈赤還要再問，就聽孟古大叫道：「你、你什麼人？離我遠點！」似是極爲驚恐，急忙跨進屋內，見她在炕上搖晃著身子，兩眼卻依然閉著，想是做了什麼惡夢。努爾哈赤抱住她的身子，失聲喊道：「孟古，孟古！我回來了！」連叫了兩三遍，孟古呻吟兩聲，悚然而醒，顫縮了一下，費力地微睜開兩眼，聲氣低弱得猶如耳語：「貝勒爺，你……可回來了。若再遲一步，就見不到了。」

天剛濛濛亮，努爾哈赤開始渡河。渡了一半，城中一聲炮響，城門大開，布占泰統兵迎戰。努爾哈赤急忙命弓弩手放箭，掩護大軍過河。布占泰也不示弱，放箭還擊，一時鏃矢如風發雨注，殺氣凌雲。努爾哈赤拍馬舞刀衝殺，代善、侄子阿敏、費英東、何合禮、扈爾漢、科羅緊緊跟隨。布占泰見他們來勢兇猛，將手中的大刀一揮，城頭上的兵卒押出穆庫什、娥恩哲。布占泰狂笑一聲，用刀指點努爾哈赤，高聲道：「你這做父親的好狠心，不要女兒的命了麼？」

努爾哈赤勒馬大罵道：「你若敢動我女兒一根頭髮，我便踏平你這富爾哈城！」喝令身後軍士將綽爾啟鼐、薩哈簾和十七個大臣的兒子押到陣前，「布占泰，我將女兒嫁你，就沒想著她還能回到建州，她倆隨你斬殺，只是你殺我一人，我卻教你的這些人償命！」

布占泰見一雙兒女和那些大臣的兒子給人生擒，葉赫兵馬自然不能趕來相助，大驚失色，是進是退，躊躇不決。費英東、科羅二人搶到城下，拈弓搭箭，將城頭的軍士射死兩個，其餘軍士撇下穆庫什、娥恩哲，紛紛後退到女牆後面。努爾哈赤舉刀縱馬，建州大軍潮水般地湧向敵陣，烏拉兵抗擋不住，陣腳頃刻大亂，棄盔卸甲，四散奔逃。布占泰喝止不住，只得率領數百名親兵拼死衝出包圍，向北逃回烏拉城。不料，剛到西城城下，城上箭如雨發，親兵大叫道：「你們這些瞎了眼的母狗！可是給建州兵馬嚇破了膽，沒見是咱們貝勒回來了麼？」

話音剛落，就聽城樓上有人哈哈大笑：「布占泰，你可還認識咱？烏拉城你不用回了，如今城寨已屬建州。」布占泰這才看清城上建州大旗迎風飄揚，那員大將正是建州第一勇士額亦都，想必是努爾哈赤乘自己在富爾哈城交戰之機，暗派人馬賺開了烏拉城。他見城寨失陷，沒了存身之地，後悔已不及，代善等人隨後追到，他無心戀戰，奪路而逃，隻身往投葉赫部去了。

努爾哈赤餘怒未息，在烏拉城犒賞將士，歇兵十天，以悔婚、匿藏建州女婿為由，乘勢直取葉赫。不出數天，先後攻克璋城、吉當阿城、烏蘇城等大小十九座城寨，葉赫部慌忙派人向廣寧求救。此時，遼東總兵李成梁年紀已大，只想著玩樂安逸，大起府第，廣納妻妾，無心遼東戰事。巡撫又換成了楊鎬，不敢自專做主，凡事都向楊鎬請命。楊鎬初到，擔憂建州坐大，成為朝廷的心腹之患，以為有葉赫在，可牽制建州，遼、瀋才可無恙，急派游擊將軍馬時楠、周大岐等帶領槍炮手一千人，趕到葉赫，一起駐守東、西城。努爾哈赤知道明軍槍炮十分厲害，連珠槍可容十只鐵丸，觸發之下，百彈齊飛。還有一種千里銃，銃形小巧，甚於弓箭，一發洞中，馬步俱宜。不敢貿然攻城，惹惱明軍，一來有違韜晦之術，二來挫動銳氣，只得緩圖。正在彷徨無計，佛阿拉飛馬傳來訊息，大福晉孟古病得沉重，請貝勒回去探視。努爾哈赤急忙撤兵，回到佛阿拉。

殿中藥香瀰漫，孟古面如白蠟，緊閉著兩眼躺在炕上，腋下墊著厚厚的大寬枕，鼻子一聳一聳地呼吸，兒子皇太極在一旁陪著，丫鬟奴僕都侍立在屋外。努爾哈赤到了門前，下人們慌忙過來請安，他沉著臉道：「不可驚動了福晉！」

皇太極聞聲，急忙起身恭恭敬敬地施禮說：「阿瑪回來了。」

努爾哈赤見他眼圈紅紅的，問道：「你額娘怎樣？」

「請了薩滿郎中看過，說是額娘先是受了風寒，咳傷了肺，懶進飲食，將身子拖得虛了，又驚悸過度，怕是熬不了幾日。」

努爾哈赤見他年紀幼小，話說得倒極流暢明白，定力過人，頗覺安慰，問了他的學業，皇太極說跟龔師傅認識了不少漢字，努爾哈赤點頭，打發他出去，這才貼著孟古身邊坐了，伸手摸摸她的額頭，滾燙得嚇人，拉起她的手來，那手竟有些枯乾，條條青筋露在肌膚以外，彷彿缺水的花枝，手心滿是虛汗。努爾哈赤看她昏睡不醒，起身暗暗歎口氣出來，問丫鬟道：「福晉病了幾天？」

「十幾天了。開始時，不過是頭疼腦熱，福晉沒放在心上，後來有些喘了，才覺著不大爽利。這兩天沉重了，一早已發過兩三次昏了，身上不住出冷汗，濕透了好幾遍衣裳，又不敢脫換，怕著了涼，病得更重。哎！身子汗涔涔的，終日像泡在水裏，福晉可遭了老罪了。」丫鬟抹著眼淚。

努爾哈赤還要再問，就聽孟古大叫道：「你、你什麼人？離我遠點！」似是極為驚恐，急忙跨進屋內，見她在炕上搖晃著身子，兩眼卻依然閉著，想是做了什麼惡夢。努爾哈赤抱住她的身子，失聲喊道：「孟古，孟古！我回來了！」連叫了兩三遍，孟古呻吟兩聲，悚然而醒，顫縮了一下，費力地微睜開兩眼，聲氣低弱得猶如耳語：「貝勒爺，你……可回來了。若再遲一步，就見不到了。」

努爾哈赤溫聲道：「我接到音信，立時飛馬趕回來了。這會兒覺得怎樣？」

「我只覺、覺得……胸口悶……堵得慌，身上……不住地出冷汗，像在露天裏……淋雨……」孟古大喘著氣，臉上一片潮紅，細若游絲地歎息一聲，說道：「唉……我怕是侍候不成貝勒爺了……」

努爾哈赤見她有氣無力，累得滿頭大汗，心疼道：「你先靜養，不要多說話，不要睜眼，只管歇著。就是說話也不急於這一時，往後工夫還長呢！我又不忙著立時出征，就在這兒好好陪陪你。」

孟古臉上閃過一絲笑意，璀璨明豔，瞬間即逝，她無力地搖搖頭道：「我有幾句……要緊話兒……給你說，不想給他人聽……」

努爾哈赤見她如此吃力，不忍拂她的心意，吩咐不准放一個人進來，才重新坐在孟古身邊，聽著她急促的呼吸，俯下身子細聽。孟古強作歡顏道：「這都是我沒福……本來嫁了你，你敬我，我敬你，十分恩愛，從來沒有紅過臉兒。與那幾個姐妹處得也好，操持家務雖說累些，和和美美的，上下一團和氣，大夥兒也都歡喜……」她吞嚥了一口，停下歇息，氣力已是不足。努爾哈赤給她餵下幾口參湯，扶她調息一會兒，孟古精神好了許多，說道：「我來到建州已有十三年了，當時葉赫與建州交惡，這些年來一直沒有好轉，葉赫我是回不去了，我這病容不得走那麼遠的路，也沒那麼多的工夫了。葉赫的親人雖多，我誰也不想

見，只想能與額娘見上一面。十月懷胎，我生下咱們的兒子才知道做額娘的辛苦。」她眼裏滿含著淚水，哽咽說：「貝勒爺，我知道你為難，可是真想我額娘……」

「好！我這就派人送信給金台什、布揚古，接你額娘來建州。」努爾哈赤站起身來，孟古卻將他攔下，苦笑道：「不用了。我知道我二哥與侄子的秉性，他們不會答應的。布寨哥哥死在古勒山，我大哥回到家晝夜啼哭，不進飲食，憂鬱成疾，懷恨死去。他們恨建州，也恨我。東哥為了復仇，年近三十，至今未嫁，他們怎麼會不恨？能派個人來探望就算不錯了。」

「還是試試，不然我怎對得起你！」

「試試也好，也許上天可憐我一片苦心……」猛地一口痰卡在喉嚨裏，孟古憋得兩頰漲紅，呼吸越發粗重，她痛苦地皺緊了眉頭，胸脯劇烈地一起一伏，發出低沉的呻吟之聲，死命地連咳幾下，吐出一大口帶血的痰來。外面躡腳進來兩個丫鬟將痰盂端起，偷偷啜泣流淚。孟古將氣力一時耗盡，歪頭昏睡過去。努爾哈赤拉起她的手，竟又灼熱滾燙起來，只覺她胸口似是剩下一口悠悠餘氣，若斷若續，守在炕邊，不忍離開。

過了一頓飯的工夫，孟古輕聲驚呼：「不要過來！你要歪想，我就告訴你哥哥……」努爾哈赤正要試她額頭，孟古猛然醒來，翻身緊緊抱住他的胳膊，顫聲說：「貝勒爺，還好有你在呢！我怕……」

「你怕什麼？」

「我怕……怕死。」孟古言辭閃爍，努爾哈赤疑心大起，追問道：「你不要瞞我，方才你在夢中已說了。」

「你聽到了？」

「嗯！究竟是怎麼回事？」

孟古長歎數聲，說道：「你扶我坐起來，我躺得夠了。」她掙扎起身，推推枕頭，將一半的身子靠在努爾哈赤身上，驚恐地看看門口，耳語說：「你要小心著三弟！」

努爾哈赤本來奇怪她如此神秘其事，好像擔心什麼人會洩露出去，但聽到三弟兩個字卻如晴空霹靂，石破天驚，脫口道：「他怎麼了？」

「你可是強佔過他看中的女人？」

努爾哈赤暗自驚詫，忍不住反問道：「你聽誰說的？」

「真有此事？」

「此事已過去多年，是誰舊話重提？」努爾哈赤還要追問，看到孟古幽深的眼神，收口斂聲，點頭說：「那是十四年前的事了。萬曆十七年，我率領人馬攻打兆佳城，派三弟舒爾哈齊為先鋒，他與兩個心腹將領常書和武爾坤領著兩千兵馬先行。兆佳城主寧古親有個女兒瓜爾佳，是當地出了名的美女，她的頭髮十分特別，又黑又長，拖到地面，走起路來，不得不用手挽著。舒爾哈齊殺死寧古親，衝進城裏，常書找到瓜爾佳，帶她去見舒爾哈齊，不想給我迎面碰到。那女人長髮散亂，遮掩著粉嫩的玉臉，眼裏閃著淚光，肌膚如雪，嬌豔如

花，惹人憐愛。我想不到兆佳城裏還有如此俊俏的女子，就命常書將她交出，就在她家裏住了一夜。舒爾哈齊大為不滿，與常書、武爾坤帶領本部兵馬回了佛阿拉。我知道他是為了瓜爾佳，便忍痛割愛，立即派人把她送給了三弟，舒爾哈齊當時打消了心中的芥蒂。十月之後，瓜爾佳生下女兒巴約特，三弟本來極歡喜，後來巴約特漸漸長大，卻越來越像我，他以為巴約特不是自己生的，心裏覺得吃虧，又不想在家裏常看到她，提出讓我領回撫養，我也分不清楚她是誰的骨血，就答應了。」

「冤孽呀！」孟古心底深深地歎息，看著努爾哈赤風塵僕僕的神態，知道他長途奔襲，心裏又酸又熱，想是將心事和盤端出，心裏不慌亂了，呼吸漸漸變得均勻悠長起來，她看著努爾哈赤略顯疲憊的臉說：「這些內情我不知道，只知道他恨你很深。你出去這些日子，他常與龍敦堂叔在一起。」

「他們想幹什麼？」努爾哈赤鎖起眉頭，他驚怒交加，想到堂叔龍敦當年勾結薩爾滸城主諾米納兄弟，謀奪建州都督之位，自己一再忍讓，不想手足相殘，不料同胞的兄弟竟與他糾纏到了一起，他們無非是想著奪權，想著做建州之主。舒爾哈齊呀舒爾哈齊！眾位兄弟之中，我待你最厚，遷都佛阿拉後，允你稱二貝勒，服色與我一般，戴貂皮帽，穿五彩龍紋衣，繫金絲帶，蹬鹿皮靰鞡靴，共執政務，你卻與他人一起想著害我！他見孟古雙眸緊閉，枯瘦的手死死抓著自己的胳膊不放，忙撫慰道：「你不要怕，凡事有我呢！」

孟古慚愧道：「他們行動極為詭秘，不是親近心腹不會知情。若不是兒子無意中偷聽到了片言隻語，至今我也給蒙在鼓裏，絲毫不知道丁點兒的消息。我對不住你，家裏的事還要你操心勞累……」她眼角又流出淚來，傷感道：「我也只是聽說了這些，你再問問兒子吧！」

努爾哈赤從屋裏出來，喊了皇太極，父子倆騎馬出城，只帶顏布祿幾個貼身侍衛。皇太極剛剛十二歲，平日跟著龔正陸學習漢文，也練習騎馬射箭，但終歸沒有經過戰陣，難得與父親騎馬出來，生怕不能如父親的意願。他騎著小紅馬，小心翼翼地跟在努爾哈赤身後，幾人出城放馬跑了一陣，沿著原路緩緩而回。努爾哈赤望著遠處的佛阿拉城樓，問道：「你聽到了什麼？」

皇太極一心想著父親想是考察自己騎馬射箭的功夫，卻沒想到父親如此發問，心下一怔，隨即明白了父親喊自己出來的原因，答道：「那日我陪著龔師傅回家，師傅留我在家裏看了不少漢文的典籍，孩兒看了幾篇《三國演義》，一時入了迷，竟忘了及早趕回木柵城。回來時，天色已黑得沉了，經過內城時，忽然看到龍敦爺爺的牛車停在三叔的府門外。孩兒想到龔師傅讓我寫的文章，打算仿照《三國演義》的樣子，寫一篇《建州演義》，找龍敦爺爺講一些祖宗們如何創業的故事，就偷偷躲在車廂裏等他。誰知等了好大的工夫，也不見他出來，孩兒一時睏倦，就睡著了。不知過了多久，猛然聽到人聲，趕忙爬起來扯著車簾朝外看，見三叔喝得醉醺醺的，帶著阿爾通阿、扎薩克圖兩個哥哥，將龍敦爺爺送出府門。三叔嘴裏不住地說：『叔叔放心，我不會為了眼前的這點兒富貴，總是甘心屈居人下。』龍敦爺爺笑著說：『眼下正是千載難逢的大好時機，千萬不可錯過了。』三叔說什麼城裏兵馬太少，抵擋不住阿瑪的大兵。龍敦爺爺附耳給他說了幾句話，聲音太低，聽不真切，好像是教三叔聯合他人，兩面夾擊之類，三叔不置可否，揮手道別。孩兒藏身到車下，等龍敦爺爺等著開城門時，才從車下爬出脫身，回到家裏將這些話告訴了額娘。額娘變了臉色，囑咐孩兒千萬不可向他人說起，要等阿瑪回來再做打算。」

努爾哈赤回到家裏，翻來覆去睡不著，想著舒爾哈齊究竟要聯合什麼人，不是葉赫就是朝廷，扈倫四部只有葉赫尚存，其他鴨綠江、長白山女真相距遙遠，往來不便。這幾年，自己忙於海西扈倫的戰事，往朝廷進貢的事多由舒爾哈齊代替，他自然會結識不少明朝的人物，引以為靠山也是難免。葉赫既在，兄弟不能妄起爭鬥，給他人稱雄遼東的機會，當今最為緊要的還是滅亡葉赫，才可顧及其他。努爾哈赤打定了主意，次日派人送信到葉赫，去接岳母。果然，金台什、布揚古二人絲毫不肯通融，只派了孟古的乳母與丈夫南泰一起來到佛阿拉探病，乳母痛哭了一場，回了葉赫。努爾哈赤眼看孟古靠一口氣支撐著，等著見額娘最後一面，又兩次派人去請岳母，金台什、布揚古置之不理，孟古等得無望，含恨而亡，享年二十九歲。努爾哈赤沒能請來岳母，深感負疚，也恨極了金台什、布揚古二人。舉哀期間，他親去祭享，殺牛、馬各一百，隨葬奴婢四人，佛阿拉全城祭奠齋戒一個月，棺槨停在禁內三年，準備日後厚葬。一連幾天，努爾哈赤不思飲食，悲痛不已。侍衛長費英東帶領數百侍衛，晝夜護衛左右。

辦完孟古的喪事，努爾哈赤準備攻打葉赫，但又放心不下佛阿拉，如今舒爾哈齊反跡不明，這樣處置了他，難以服人，但若坐視不理，不加懲戒，日後一旦反目成仇，兄弟相殘，也對不起死去的父母。他秘密召來軍師張一化商議，張一化抱病在床，急急趕到木柵城，也累得氣喘吁吁，聽了努爾哈赤的憂慮，他歎氣道：「二貝勒這樣做可是不該了！所謂人心不足蛇吞象，是該懲戒一下，讓他知道收斂悔過。只是我擔心若是走漏了風聲，他今後凡事多加戒備，躲在暗處算計大貝勒，咱們就不好防範他了。我想還是朝老龍敦下手為好，此人到處煽風點火，撥弄是非，再不除掉他，怕是會釀成大禍。」

「都是我當年一時心軟，饒恕了他。以為他年紀也大了，又不住在佛阿拉，掀不起多大的風浪，一再容忍。誰知他本性難改，不知自重，竟然得寸進尺，那就別怪我心狠手辣了。」努爾哈赤按著刀柄，牙齒咬得格格直響。

張一化咳嗽了幾聲，望著他說：「大貝勒，我年紀老了，今後不中用了，你可要多加小心，凡事三思而行，處事要公平，不能只顧著血肉之情，而忘了三尺法在。古人說：沒有霹靂手段無以成菩薩心腸，對誰都不能縱容，一味疼愛也會害人呀！」

「先生助我多年，良師益友，一旦先生離我而去，可有他人舉薦？」努爾哈赤想到張一化已是風燭殘年，忠心耿耿，計謀百出，但畢竟年事已高，隨軍出征多有不便了，見他沉默不語，試探到：「先生看龔正陸怎樣？」

「學識足以教育貝勒的子弟，若是參與帷幄，路數似乎不夠博大。這話我扯得遠了，還是回到剛才的話題。我知道貝勒想征討葉赫之意已久，大福晉已經故去，更可放開手腳，如

今遲遲未能出兵，是有兩件心病。」

「先生高見。」努爾哈赤點頭靜聽。

「一件是擔心明軍出兵葉赫，再一件是不放心佛阿拉。」張一化白眉下的眸子依然閃著精光，他搖著枯瘦的手說：「其實這兩件事難不住大貝勒。如今明朝剛剛換了遼東巡撫，那楊鎬初來乍到，不過是一介精通八股文的腐儒，極好糊弄。遼東總兵李成梁勇氣已不比早年，他的心思已不在遼東，只想著克扣些糧餉，走動京城的門路，早日給子弟謀個肥缺，他自己頤養天年。明軍之中，軍務精熟的只有撫順游擊李永芳一人，此人跟隨李成梁多年，是個老遼東了，什麼事情也難逃過他的眼睛。只要打發好了他，葉赫自然少了強援，一鼓可下。佛阿拉麼！咳咳咳……」他又咳了一陣，喝了一口奶茶，問道：「貝勒以為二爺為什麼至今沒有動手？」

「他的脾氣我知道，他是擔心功虧一簣。」

「是呀！他手下的兵馬還不足以抗拒貝勒。二爺是個極為謹慎的人，這也是他的優柔寡斷之處，沒有十分的把握，他是不會輕舉妄動的。貝勒要想征討葉赫，必要先解除二爺的兵權。」張一化說到此處，目光灼灼，恍如一個精幹的中年漢子，沒有了一絲的老態。

「我也想過此事，但如何解除？終不能大開殺戒吧！」

「貝勒想到絕路上去了，當年宋太祖杯酒釋兵權，何等高明的手段！不必定要拿刀動槍，談笑之間也可成事。」他見努爾哈赤不解，忽覺自己的話深奧玄虛了一些，笑道：「貝勒可想法子將二爺調開，事情自然就好做了。」

「怎樣調開?先生明言。」

張一化摸著雪白的長鬚，輕聲說道：「萬萬不可使他起了疑心，貝勒可命他到京城進貢，往來最少要二十天左右。京城遙遠，貝勒可以任意施為，即便二爺得到什麼消息，也是遲了。」

努爾哈赤大喜，登時覺得胸有成竹，讚許道：「妙計！我讓他帶上阿爾通阿、扎薩克圖、常書、納奇布、武爾坤等人一起入京，其他人就容易收拾了。」

舒爾哈齊聽說要入關進貢，果然不知是計，高高興興地帶著兩個兒子和幾個親信愛將去了京城，等到他回到佛阿拉，手下的五千人馬都已分散，歸了額亦都、安費揚古、扈爾漢等人統領。舒爾哈齊悔恨不已，常常借酒澆愁，口出怨言，努爾哈赤暫不理會，親到撫順拜見李永芳。

撫順城修建於明洪武十七年，是建在渾河北岸高爾山下的一座磚城，取名撫順，含有「撫綏邊疆，順導夷民」之意。撫順城的規模並不大，周圍二里三百七十六丈，池深一丈五，闊二丈。洪武年間就在此設撫順千戶所，受瀋陽中衛管轄。城內駐有守軍一千一百人，設游擊將軍一員，總轄防守事宜。努爾哈赤年輕的時候經常到撫順做些買賣，對撫順的山川、道路、城垣瞭若指掌。他一行五十多個人，押送著人參、鹿茸等禮物，這些禮物之精不下於送往京城的貢品，尤其是十五顆大粒的東珠，極為罕見。努爾哈赤還擔心李永芳看不上

這些本地物產，特地派人到撫順最有名的一家錢莊換了五千兩銀票。他與明朝官吏打了多年交道，知道他們的俸祿極低，就是與游擊品級相同的文官，一年也沒有多少兩銀子，何況是在這荒僻關外的一介武職！他自進了撫順城，就不敢托大，不再想著自己是建州的大貝勒，遠遠地在衙門前下了馬，隨手交給了顏布祿，摸出一塊銀子遞給門前把守的兵丁，臉上堆笑道：「這位老弟，麻煩往裏通稟一聲，就說建州努爾哈赤求見游擊大人。」

那兵卒聽說他是努爾哈赤，先是吃了一驚，看到眼前白花花的銀子，登時眉開眼笑道：「你來得可真巧，李老爺剛剛回府來。」慌忙攥著禮單進門去了。

努爾哈赤回身對顏布祿說：「你們看，到了漢人這裏還是銀子好用，只是區區五兩銀子，他跑得像風一般快。」

「大貝勒，我聽張軍師說這叫什麼門敬，有的門子專會拿這些名目的銀子，也是一筆不小的富貴呢！」顏布祿今日眼見坐實了，心下頗有些豔羨之意。

「你們可願意這樣收銀子？」

顏布祿忙說：「不敢，奴才們跟隨貝勒征戰，終日過這刀頭舔血的日子，就是收了銀子也沒什麼用處，帶在身上，反而覺得累贅。」

努爾哈赤肅聲說：「就是今後有一天過上了平安的日子，也不能這樣討要銀子，有時銀子會誤事的，誤了事，輕則受罰，重則丟命。不然，我這做貝勒的四下不通消息，與給你們軟禁了有什麼不同。」

「原來是大都督光臨，不曾遠迎，恕罪恕罪！」李永芳一身戎裝，從儀門迎了出來，抱拳施禮。

努爾哈赤急走幾步，抱拳道：「不見李大人有些日子了，心裏異常想念，冒昧趕來撫順拜見，大人可不要怪我唐突。我們女真人比不得你們漢人，只知道待人一片熱忱，沒有那些虛禮。」

「這樣才好，更見性情。」李永芳邊說，邊將努爾哈赤讓到廳堂，落座喝茶。

努爾哈赤大口喝了，讚道：「李大人的這茶極好，香到嗓子眼兒裏去了。我給孩子們請的那個龔師傅，喝的卻是種苦茶，是在難以下嚥。」

李永芳矜持地一笑，淡淡地說：「我中華地大物博，單說這茶分為四大類一百零八種，我喝的茶是給梔子花薰過的，你那位西賓喝的想必是綠茶了。不過說起吃茶，人各有所好，裏面的講究可多著呢！都督來撫順該不是吃口茶就走的吧！可別耽誤了正事。」

努爾哈赤一笑，從懷裏摸出一張銀票，遞與李永芳道：「這些年來，多蒙看顧關照，一點兒小意思，不成敬意，李大人可別嫌少。」

李永芳接了銀票，略微一瞥，已知數目是五千兩，放在桌上，歡笑道：「朝廷知道你忠心守邊，屢有封賞，其實你也是給我幫忙，怎好收下這許多銀子？有什麼話只管說就是，這樣豈不傷了我們多年的情誼！」

「我知道大人官箴極嚴，不敢令大人壞了名聲。大人不必多想，儘管放心，我沒有什麼事相求，只想與大人見個面，敘敘舊而已。不論怎樣講，要說在公，我與大人都給朝廷效命；在私，我們是兒女親家，我侄女高攀到府上，這些銀子權作給她的脂粉錢。」

李永芳聽他說得豪爽，笑著收起銀票，吩咐擺酒，二人細酌。幾杯酒下肚，努爾哈赤歎了一聲，說道：「李大人，你也是有兒女婚嫁的人了，要說這親家之間反目成仇的不少，可至死不相往來的怕是極少吧？」

「你怎麼忽然間有此浩歎？」

「我與葉赫本沒什麼過節，還娶了葉赫格格做福晉，可布寨、納林布祿多次與我為難，無故欺辱建州，全不顧什麼郎舅之誼。那布寨死於亂軍之中，他們不思悔過，卻與建州結仇，就是他們葉赫的女兒將死之前，要見額娘一眼都不行。大人說可不可恨？」

「這個……是不該如此絕情。」

努爾哈赤含淚咬牙道：「我那福晉至死不能瞑目，就是鐵人心腸也要軟的，我必要替她討個公道，出了這口惡氣！」

「你要攻打葉赫，可要想著火候，不要失了分寸，不然朝廷追問下來，我也不好搪塞。」李永芳乘著酒興，起身道：「撫順城內駐守的可都是精兵，專配了一些火器，我帶你去看。」

二人騎馬到了校場，下令火器營列隊操練，一百五十名軍卒都穿著輕便的軟甲，頭戴紅纓大毯帽，腳穿薄底戰靴，肩上各扛一支四尺長短的兵器，前頭是一個長長的鐵管，後面一個木托子。李永芳指點道：「你可見過這鳥嘴銃？」

努爾哈赤搖頭道：「從未這樣近地看過。這東西樣式古怪，砍不能砍，刺不能刺，打不能打，有什麼用處？」

李永芳哈哈大笑，解說道：「這火銃創製於元朝，我朝嘉靖年間多次改進，後來又仿照西洋的佛郎機、火繩槍，改成了這個模樣。你不要小看了它，這火銃可是厲害得緊呢！只要裝上三錢火藥，三錢鉛彈，可射一百五十步遠，就是林中的飛鳥也可擊落。」他一揮手，出來一個兵卒舉銃向校場中間的箭靶便射，砰的一聲，銃口冒出一團淡淡的青煙，正中靶心，眾人一片呼喊。那兵卒往腰下的火藥罐中取了些許的黑色粉末，放入槍管，用一根細細的搠杖頂實，又取出數粒鉛彈，依然用搠杖送下，舉槍再射。

努爾哈赤看李永芳得意洋洋的模樣，問道：「火銃是比箭快，可裝藥裝彈就緩慢了，一旦敵方數隊人馬輪番進攻，怕是火銃不及裝彈，就給人砍了腦袋。」

「火銃填裝發射之快，若能趕上弓箭，我這一百五十人的火器營，抵得上建州的兩千鐵騎了。敵方若輪番衝殺，我也是輪番射他，火器營的銃手分三排站在陣中，刀手和槍手站在兩翼，相互護衛，不給敵方可乘之機。」

努爾哈赤卻不搭話，拈弓縱馬，一連射出三箭，都中在靶心，那兵卒也射完兩槍，眾人齊聲喝采。看過了火銃，努爾哈赤與李永芳並轡而行，談論火器弓箭的長短，心裏兀自不服，馬快箭利，哪裏會容得你給火銃裝藥呢！他見李永芳展示軍容之盛，意在虛與委蛇，心知他還要看總兵李成梁的眼色，可李成梁與自己有殺父祖之仇，怎好轉去求他？

等貴重禮物。

努爾哈赤悶悶不樂地回了佛阿拉，張一化見事情沒有頭緒，便自請入京，尋找關節，扳倒李成梁，除掉這一心腹大患。努爾哈赤派了兩個機靈的侍衛隨他入關，多備了金銀、貂皮等貴重禮物。

張一化來到北京，一時不知從何處入手，想到李成梁每年派人進京給內閣閣臣送禮，就是兵部、吏部、戶部、工部等部上自堂官、侍郎下至郎官主事都有孝敬，單單少了都察院和六部科道，必是自恃軍功和聖寵，不把他們放在眼裏，正可渾水摸魚。張一化命兩個隨從抬著禮物，送往遼東巡按御史胡克儉的府邸，到了門上，門子見了足足五兩的紅包，自然笑顏逐開，往裏讓道：「我家老爺遠在遼東，有拜帖可先放下，等老爺有家信回來，我必稟告明白。」

張一化假作詫異道：「這裏不是王閣老府麼?閣老不曾離京，怎麼會在遼東?」門子回道：「這裏是胡府，我家老爺現任遼東巡按御史，王閣老府與這裏差著一條街呢！」

「原來如此，打擾了！」張一化回身給了隨從一巴掌，罵道：「你這混賬東西!送禮都走錯門兒，若不是我問得明白，豈不誤了寧遠伯的大事!等回去稟上老爺，看不挖了你的兩眼！」

那隨從捂了腮幫，口中喃喃道：「小的分明記得是這條街，怎的錯了？」伸手奪回門子手中的銀子，揶揄道：「你這門子好不曉事，這大包的銀子也敢收下?想必平日沒有幾錢的門敬，卻要冒充閣老府的門子騙錢！」抬起禮盒，揚長而去，門子氣得半天回不過神來。

張一化又假冒李成梁之名，分頭到御史張鶴鳴、御史朱應轂、給事中任應徵、僉事李琯等人府上，如法炮製一回。那些御史本來就是嗅血的蠅蟲，都有風聞而奏的專權，他們之間交往極多，眼見給李成梁如此小看侮辱，哪裏忍得下這樣的惡氣？幾人約齊了，聚在柳泉居酒樓，商議如何擺布李成梁。四人之中，張鶴鳴是萬曆二十年的進士，資歷最老，他望望三人，恨聲道：「李成梁如此狂妄，分明是小覷我們，若不給他點兒顏色，此事傳揚開去，我們如何在京城立身？」

朱應轂躊躇道：「李成梁可是有首輔撐腰，還有王閣老也是極袒護他的。朝中宮內身居要職之人，無不飽其重賂，為他邀功買好，遮掩惡行，自然不遺餘力。此事必要穩妥，打蛇要看準七寸，萬不可捉不到狐狸，反惹一身騷。」

任應徵不以為然道：「老兄忒的小心了！我們言官按成例准許聞風奏事，實與不實且不必管他，先上個摺子，尋尋李成梁的晦氣，教他知道我們也不是好惹的！」

張鶴鳴道：「倒不能如此便宜了李成梁，必要參倒他，才消我心頭之恨！」

李琯問道：「看老兄如此膽魄，必是有了幾分勝算？」

張鶴鳴點頭道：「我已寫信給遼東巡按胡克儉，他也受了李成梁之辱。胡巡按在遼東多年，詳知李成梁的劣跡，他已有書信寫來，羅列其罪狀，都是條條見血的，容不得狡辯。」

他掏出一封書信，遞與三人過目，接著說道：「萬曆十七年三月，奴酋努爾哈赤進犯義州，攻入太平堡，自把總朱永壽以下一軍盡沒。同年九月，韃靼東西二部侵犯遼東，李成梁率兵抵禦，大敗而回，備禦李有年、把總馮文升皆戰死，被殲八百人。萬曆十九年二月，韃靼五萬餘騎再次入侵遼東，李成梁派兵出塞，遇伏死者千人，卻掩敗為功，稱斬首二百八十。萬曆十九年三月，李成梁謀搗土蠻老巢，派副將李寧等出鎮夷堡，偷襲板升，無功而返，回師途中，遇敵伏擊，死傷軍卒數千人，他欺罔不報……至於殺良冒級，克扣軍餉，將軍貲、馬價、鹽課、市賞都落入自家腰包，用以是灌輸權門，結納朝士，我等都曾親身經歷。這摺子不是風聞而奏吧！」

「唉呀！若不是看了此信，我們都要給他蒙蔽了。」朱應轂三人嘖嘖而歎，摩拳擦掌地要即刻寫摺子彈劾。

張鶴鳴陰笑道：「蒙蔽咱們倒不怎麼打緊，他蒙蔽聖上，可是犯了欺君罔上的大罪！咱們有了這些把柄，必要參倒他，不可給他留了活路！這上摺子的次序可是極有講究的，誰先上，誰後上，要好生商議一番，以免給人抓了小辮子，勞而無功，白忙活一場。」

李琯道：「還是交章參奏，以壯聲勢，等惹得滿朝物議沸騰，我看兩位閣老也愛莫能助了。」

張鶴鳴肅身而立，一拍桌子，說道：「他們若敢袒護，我一起具本參劾！」

果然不出幾天，宮裏傳出旨意，李成梁以血氣既衰，罪惡貫盈，解除遼東總兵一職，回籍養老，總兵換成了麻貴。

割袍

「林中有刺客！」努爾哈赤一驚，變故倉猝，不及思慮，他狠力一夾馬腹，白龍馬向前猛衝。樹上的刺客見一擊不中，急忙抽箭再射，不想努爾哈赤的坐騎神駿異常，骨挺筋健，奔馳若風，四蹄翻飛，早已跑出了半箭之地，又有樹林遮掩，射出的羽箭掉在他身後。努爾哈赤馳出林子，與顏布祿等人會齊，向林中查探，林中已沒了刺客的人影，射落在地的羽箭也沒了蹤跡。

李成梁交出兵權，離職回鄉，新任總兵麻貴雖是名將，但新來乍到，諸事尚未熟悉，努爾哈赤乘機起兵再征葉赫。他將龍敦斬了祭過大旗，仍舊留下舒爾哈齊與褚英、張一化守衛佛阿拉。

自努爾哈赤離開佛阿拉出征葉赫，舒爾哈齊終日喝酒，與瓜爾佳氏等幾個年輕的福晉廝混，阿爾通阿、扎薩克圖二人焦急難耐，一起趕到家中勸諫。嗩吶嘹亮，鼓樂悅耳，舒爾哈齊斜倚在寬大的木椅上，欣賞著瓜爾佳氏的舞蹈。瓜爾佳氏身穿薄似蟬翼般的緞衣，顯出玲瓏的身段兒，手持一面銅鏡，半裸著纖細雪白的胳膊，舞步妙曼，婀娜多姿，那一頭的烏黑長髮披散開來，幾可垂地，隨著身子的轉動跳躍，散成千萬根絲線，閃著烏亮的光。她的頭髮先是聞名烏拉，漸漸享譽扈倫四部，後來她來到建州，也是無人能及。但常人所見的都是她雲髻高挽的「兩把頭」，還有頭上插滿的鮮花、金銀翠玉結成的壓髮簪、珠花簪，雍容華貴，落落大方，哪裏見得到她如此狐媚的模樣？瓜爾佳氏越舞越快，飄舞的長髮飛到了舒爾哈齊的臉上、脖間，癢得舒爾哈齊神魂顛倒，與身邊的女人一起大呼小叫，狂飲不止。瓜爾佳氏忽地將銅鏡拋給舒爾哈齊，鬆開繫在腰間的小紅布兜，叮鈴鈴一陣脆響，赫然露出一串銀鈴，那銀鈴隨著腰肢扭動，響個不停。瓜爾佳氏索性將腳上的厚木底的繡花鞋和白襪脫掉，露出一雙白嫩的天足，門外的阿爾通阿、扎薩克圖也看得癡了，暗自喝采：「長髮美人，金頭天足，真是天生的尤物！」二人邁步進來，舒爾哈齊兀自鼓掌不已。

瓜爾佳氏此時跳得香汗淋漓，見了二人，知趣地收住腳步，說道：「貝勒想是有些醉了，你們勸勸他吧！」使個眼色，帶著那些女人出去了。

「我沒醉，再喝三大杯也不夠。」舒爾哈齊晃著手中的金杯大叫。

扎薩克圖奪過金杯，不滿地說：「每天就知道喝酒，怎麼這樣沒心沒肺了？」

阿爾通阿也覺傷心，無奈地歎道：「讓他喝吧！還能喝幾天呢！等刀架到脖子上，想喝也難了。阿瑪哪裏想著要趁城內空虛之機起事呢！總有一天，咱們會妻離子散，家破人亡的！」二人埋頭坐下，相顧淒然。

舒爾哈齊翻了個身，睜開朦朧的醉眼，冷笑道：「你們兩個胡亂發什麼牢騷？跟隨我多年，竟還這麼魯莽。你大伯父是走了，可他留下了褚英和張一化，對咱們分明是懷有戒心，他既然有了準備，何必中他圈套呢！」

「阿瑪原來還沒醉？」阿爾通阿暗自思忖，他看到了舒爾哈齊眼中深含的兩道精光，問道：「阿瑪是說他在試探咱們？」

「不管是不是試探，你們可要小心了，萬萬不可妄動，露了馬腳！上次我曾囑咐過你們，若不能一舉成功殺了他，只要這座空城實在沒有一點兒用處！他揮師攻城，我們不是死路一條了？」

「他覺察出了什麼？我們可是小心提防，從未大意過的。」扎薩克圖見父親如此謹慎，大覺不快，父親畢竟老了，不再有當年的銳氣果敢。

舒爾哈齊搖頭道：「那倒不會，你大伯父的秉性我知道，最不能容忍親近的人有二心。

他若是發覺了蛛絲馬跡，就不會只殺龍敦一人祭旗了。」

「那咱們就死了這條心不成？阿瑪既不甘心，又一味畏縮不前，終日沉湎酒色，悶悶不樂，這樣下去，身子如何打熬得住！」阿爾通阿又憂慮又焦急，不知如何說動父親。

舒爾哈齊詭秘地一笑，說道：「你們以為我願意束手待斃？我這樣聲色犬馬地胡鬧，是為什麼？是給你大伯父看的，不然他怎麼會放心於我。」

「孩兒明白了，阿瑪原來是學三國劉皇叔的法子。」阿爾通阿、扎薩克圖恍然大悟。

舒爾哈齊歎道：「敵強我弱，不得不如此了。假作不知而實知，假作不為而實不可為，或將有所為。當其機未發時，靜候似癡。這是假癡不癲一計的要訣。當年劉備寄身曹操門下，每日飲酒種菜，不問世事，才成就了日後的大事。若他還沒有什麼準備，就暴露了心跡，怎會存活在世上。」

「那阿瑪打算怎麼辦？」

「挽弓當挽強，用箭當用長。射人先射馬，擒賊先擒王。你們明白這話的意思麼？」

扎薩克圖搶著說道：「俗話說：蛇打七寸，打了七寸，蛇頭再也無力伸縮，這條蛇也就完了。阿瑪，何時動手？我有些等不及了。」

「做大事要耐得住性子，不可急躁。你大伯父與張一化早年有師徒之情，張一化剛剛病故，靈柩暫放在城南的大覺寺，他回到佛阿拉，必會前去弔唁……」舒爾哈齊聽到一陣急急的腳步聲，趕忙住了口，歪倒在椅子上，連呼痛快，阿爾通阿、扎薩克圖二人也取杯在手。

進來的卻是一個守在府門外的親兵，他氣喘吁吁地稟報道：「大貝勒大捷而回，離佛阿拉城還有二十里的路程，大阿哥請二貝勒一起出城迎接。」

「知道了。」舒爾哈齊略擺一下手。阿爾通阿、扎薩克圖扶他起來，舒爾哈齊將桌上的一大杯燒酒灑在身上，讓兄弟二人攙扶著上了馬，搖搖晃晃地出了城。大阿哥褚英已搶先一步，接到了努爾哈赤。努爾哈赤問了佛阿拉的情形，知道一切平安，一顆空懸多日的心終於放下，發現來迎的人群中少了張一化，褚英說：「張軍師幾天前病故了，靈柩停在城南的大覺寺，等著阿瑪回來再發喪。」

努爾哈赤歎息良久，滿身酒氣的舒爾哈齊這才趕來道賀，醉醺醺地說道：「東、東哥在哪、哪裏？怎麼沒、沒帶她回來？」

努爾哈赤聽說了這些天他沉湎酒色，見他身上齷齪不堪，酒氣薰人，沉著臉說：「老三，你又喝酒了？誤了守城，可是要罰的！」

舒爾哈齊嘻笑著搖手說：「有大、大哥在，誰、誰敢打咱們建州的主、主意？敢是活得不、不耐煩了。」

努爾哈赤淡淡一笑，由眾人簇擁著入城，打算先到張一化靈前祭奠一番，想到大覺寺在南城以外，只好回到了木柵城，褚英、舒爾哈齊等人重新拜賀，擺酒慶功。

次日一早，努爾哈赤帶著顏布祿幾個貼身侍衛趕往大覺寺。大覺寺離城不到十里，處在龜背山腳下，是佛阿拉唯一的一所寺廟。寺院正殿為大雄寶殿，供奉釋迦牟尼佛祖。在殿後

的高臺之上，另建有東配殿，供奉地藏王菩薩，西配殿供奉觀世音菩薩。東西配殿之後，便是齋堂。寺廟的住持和尚聽說努爾哈赤來了，慌忙迎接出來，讓到淨室歇息，努爾哈赤道：「大和尚請自便，我只是來祭奠張軍師。」

住持和尚親自引領他來到齋堂後面的一間空閒屋子前，說道：「張施主修養精純，若是入我教門，必能悟道得法，煉得舍利。」

「張先生解脫成佛去了。他今世苦其身，盡其心，來世定能生個好地方，享享人間的福祿……」努爾哈赤拈香在手，半是祭拜，半是答話，但見了那紅漆的棺材，心裏難過得說不出話來，含淚連拜幾下，守靈的孝子大禮回拜了，他又問了張一化死時的情形，才蹙身出來，上馬回城。

佛阿拉與大覺寺之間，有一片茂密的槐樹林。正是深秋季節，槐樹葉子已有些發黃，但枝葉依然繁密，亭亭如蓋。努爾哈赤尚未從悲傷中脫離出來，打馬如飛，一個人跑在前頭，額布祿等人在後面緊緊追趕。進了樹林不遠，突然聽到弓弦的響聲，努爾哈赤久經征戰，猛地將頭向外一偏，擰腰收腹，伏在馬背上，「嗖嗖」兩隻狼牙大箭，貼著鬢邊背後飛過，黑貂皮帽子竟給射落在地。

「林中有刺客！」努爾哈赤一驚，變故倉猝，不及思慮，他狠力一夾馬腹，白龍馬向前猛衝。樹上的刺客見一擊不中，急忙抽箭再射，不想努爾哈赤的坐騎神駿異常，骨挺筋健，奔馳若風，四蹄翻飛，早已跑出了半箭之地，又有樹林遮掩，射出的羽箭掉在他身後。努爾哈赤馳出林子，與顏布祿等人會齊，向林中查探，林中已沒了刺客的人影，射落在地的羽箭也沒了蹤跡。

顏布祿等人跪倒請罪道：「奴才們慮事不周，讓大貝勒受驚了。」

努爾哈赤抬手命他們起來，撫慰道：「刺客早有準備，他們在暗處，我們在明處，自然不好防備。好在上天保佑，我們沒有損傷一人，回城後此事不准向他人提起，若有人打聽，速速稟報我！」眾侍衛連聲答應。

努爾哈赤回到木柵城，召來何合禮、費英東、褚英、代善，還特地請來龔正陸，商討被刺一事。眾人聽說此事，各自吃驚。褚英眉頭深鎖，不解道：「如今扈倫四部只剩下葉赫一部，孤立無援，還有誰有這樣的膽子？」

「我飛馬奔馳，那刺客卻能既快且準地認出我來，可見不是外人。再說若是外人，必不熟悉地形，更不會在眨眼之間，逃得無影無蹤了，必是內奸無疑！」說到最後，努爾哈赤的語氣變得異常冰冷，眼裏那兩道懾人的目光，令人不寒而慄。

龔正陸頷首道：「大貝勒說得極是。那些刺客想必就在佛阿拉。」他目光深窈地看著眾人，張一化已死，軍師之位正虛，初次參與機要，不免要顯出高人一籌的見識。

褚英問道：「龔師傅怎麼知道？」

龔正陸見努爾哈赤不動聲色，越發覺得推斷不誤，答道：「大阿哥，你看刺客背後主使的人是誰？」

「這……」褚英撓頭道：「必是與我阿瑪有深仇的人。」

「扈倫三部已歸建州，東起日本海，西迄松花江，南達摩闊崴灣，瀕臨圖們江口，北抵鄂倫河，再也無人可與大貝勒抗衡，那些仇人大多灰飛煙滅，誰還有如此深仇？」

「那會是誰呢？總不是咱們自家人吧！」

「正是咱們自家人。」努爾哈赤面色陰沉，一字一頓地說：「此人就是你的三叔舒爾哈齊。」

「怎麼會是二貝勒？」眾人驚得撟舌難下，臉色大變。

努爾哈赤緩聲道：「龔師傅，你講與大夥兒聽聽。」

「其實二貝勒對大貝勒懷恨已久了。當年初建佛阿拉城，以木柵城為中心，大貝勒與福晉、小阿哥們居住，二貝勒居住在此外的內城。二貝勒極為不滿，唆使心腹將領常書向大貝勒進言，二貝勒也該居住在木柵城裏，不該與其他兄弟一樣住在內城。大貝勒接待朝鮮使臣，坐在中廳的黑漆椅上，二貝勒與其他將領佩劍侍立兩旁，他同樣怨恨不服，在他眼裏只有兄弟，沒有尊卑。」

「那何至於動了殺機？」褚英兩次留守佛阿拉，與舒爾哈齊交往最多，他心裏仍是有些迷惑，說道：「三叔這人本性不算壞，是不是他手下的那幾個將領偷偷幹的？這些日子他終日酗酒，聲色犬馬的，好像沒多大的野心。」

龔正陸道：「這正是最可懷疑的地方。二貝勒的才智過人，卻要示人以愚，他想什麼怕什麼?不過是想讓大貝勒少了戒心罷了。大阿哥說他沒有什麼野心，那卻未必。烏碣岩大戰時，他帶領五百人馬，同常書、納奇布等止於山下，畏縮不前。大貝勒要將常書、納奇布處死，他卻請求代他們受罰，大貝勒無奈，只罰了常書白銀一百兩，撤去納奇布牛錄一職。足見二貝勒與他們情逾骨肉，如此重大的事情，那些手下不經他點頭，絕不敢妄動。他如今手中沒有了兵權，知道難以與大貝勒抗衡，自然處處隱忍，不敢有絲毫的破綻。那日他與大阿哥一起出城迎接大貝勒回來，渾身的酒氣，可眼裏不時閃出怨恨之光，不是醉酒的常態，分明是裝出來的。」

何合禮思忖著說道：「龔師傅這樣說，我倒想起十多年前的一件事來。那年朝鮮特使申忠一來到建州交好，二貝勒想要宴請他，我陪著一起到二貝勒家裏赴宴。席間，二貝勒乘著酒興對申忠一說：『我們兄弟倆一樣請你吃酒，你們朝鮮國給我們兄弟倆的禮物卻不一樣，是何道理?我們兄弟倆一母同胞，原不應該有高下之分，朝廷承認我們兄弟倆的身分都是建州都督，你們卻要不依朝廷麼?』嚇得申忠一連聲說不敢。當時，我只以為他權位與財物不能與大貝勒平分秋色，心存怨氣，借機發作而已，並沒有多想。」

努爾哈赤神色黯然，聲音低沉道：「我與三弟、四弟早早沒了額娘，阿瑪又抽不出工夫教導，父母的關愛撫養極少，因此我對他倆寬容過多，管束不夠，他們難免驕橫一些。這是我們家中的私事，我倒不想教大夥兒與我一樣地寬容他，只想不要因他的驕橫得罪了大夥兒，冷了大夥兒的心。」

「大貝勒，自古帝王無私事，所謂家事既是國事，此次行刺不論二貝勒知與不知，都不可聽之任之。」龔正陸急聲說道：「自古兄弟鬩於牆，爭權奪利，互相殘殺，代有其事。唐朝初年，李世民兄弟三人爭奪帝位，李世民預先發難，玄武門之變，兩死一存，才得以龍飛九五，不然哪裏會有唐太宗，哪會有貞觀之治？」

努爾哈赤沉吟半晌，歎口氣說道：「李世民是被逼得萬般無奈，才不得不反擊，我與三弟還沒有勢同水火，不致於動刀拿槍的。如今建州初定，正是用人之際，三弟頗有才智，我不忍心傷他。他實在不願住在佛阿拉，就另選個地方，做了一城之主，他的火氣自然就消了。」

龔正陸笑道：「多行不義必自斃，大貝勒此計高明之極。二貝勒擇地另居，倒是個好法子，但不可再教那幾個心腹將領跟在身邊，應該趁此時機，除掉他的羽翼，他人單勢孤，想圖大事也不容易了。」

一直沉默的的費英東說道：「二貝勒離開佛阿拉，自然少了顧忌，不必這樣夾著尾巴了，離得雖說遠了，卻更容易監視了。若是查出什麼謀反的憑據，看他如何狡辯？」

「不錯，查查那日出城的人，或許有所收穫。」代善附和道。

褚英咬牙說：「若真三叔有什麼不軌，那就乘機除了他！他先無情，也不能怪咱們無義！不然留下什麼後患，反會遭了他的算計。」

「那要看他自家的心地，能不能悔過自新了。」努爾哈赤搖頭歎氣不止，對何合禮道：

「你去告知老三一聲，看他選什麼地方？」然後留下褚英與代善，命他二人去查問此案。

舒爾哈齊得知沒有傷及努爾哈赤，望著跪在地上的常書、納奇布，悵然若失，良久恨恨地說：「你們起來，此次不成，再找其他機會。我們在他左右，我不相信老虎沒有打盹的時候？」

阿爾通阿道：「離得近有好處，也有壞處。時候一長，難免不露出什麼破綻，給人發覺，就危急了。」

「那就先忍幾日，看看風聲再說。」舒爾哈齊掃視眾人一眼，說道：「這幾日不要四處走動，各自好生在家裏歇著！」

「阿瑪，大伯父不是有意要咱們搬出佛阿拉麼？那咱們正好躲得遠遠的，省得如此提心吊膽。孩兒知道有個地方叫黑扯木，那裏山高林密，距葉赫不遠，也好暗中與他們聯絡一下。」

「哼！阿爾通阿，你以為你大伯父懷著什麼好心麼？他是要拆散咱們，各個擊破呀！看來他果真起了疑心。」

常書、納奇布一起說道：「我們倆誓死追隨貝勒！」

「我何嘗不想如此，哪裏捨得你們走呢！」舒爾哈齊面色悲傷。

阿爾通阿說：「這並不難，等阿瑪到了黑扯木，你們兩人可向大伯父辭行，離開建州不就行了。」

舒爾哈齊道：「只好如此了。你倆在建州可要當心啊！」他留下長子阿爾通阿、次子阿敏和心腹武爾坤，帶著三子扎薩克圖、常書、納奇布等人搬到黑扯木。

褚英、代善二人換了便衣，到城門詢問了守門的兵卒，可見騎馬背著弓箭的城內將領出去，兵卒們都說沒有見到，褚英、代善頗覺失望，垂頭喪氣地往回走，龔正陸騎馬迎面趕來，兄弟二人拜見說：「龔師傅要出城麼？」

「正是。你們可查出頭緒？」

代善無奈地說：「守門的兵卒說沒見過城內的將領出城。」

龔正陸下馬，與他們進了城門街邊的一家小店，坐下喝著奶茶，問道：「你們想那刺客可會大搖大擺地出城？」

褚英、代善二人對視一眼，搖頭說：「不會。」

「那守門兵卒如何能見？」

「這……」二人支吾著，無言以對。

龔正陸說道：「刺客所為最忌諱明目張膽，必然不會騎馬背弓出城，而是要將人、馬、弓箭分散偷運出去。你們先問問有沒有什麼可疑的人帶著馬匹、弓箭出城。」

不多時，二人無精打采地回來說：「每日帶弓箭出城打獵的人極多，兵卒們哪裏辨認得過來！」

「馬匹呢？」

「我們沒再詢問。」

龔正陸暗自搖頭，他倆雖是自己的學生，但畢竟是身分尊貴的阿哥，不好出言申斥，淡淡地說：「沒問也罷，咱們出城到密林中走一趟。探案講究實地勘察，四處走訪，不能閉門造車，在家裏胡亂猜想。夜半行竊，僻巷殺人，路上行刺，都是愚夫俗士之行，非謀士之所為，必有破綻之處。只要用心，不難查出。」

「龔師傅原來是特地幫咱倆的。」褚英一拍代善的手臂，「走，我們出城。」

三人騎馬來到城南的槐樹林中，細心搜尋，幾乎找遍了每棵樹上樹下，沒有一點兒線索，褚英、代善看著龔正陸，一時沒了主意。龔正陸深鎖眉頭，找到努爾哈赤遇刺的幾棵槐樹周圍，信馬漫走，忽然看到路旁的槐樹給人砍伐了不少，四下散落著不少乾枯的枝條，幾處還留著半人高的樹樁，回身問褚英道：「大阿哥，這些樹木給人砍去做什麼？」

「燒飯取火。」

「嗯！那問什麼留下這半截的樹樁，散落的這些枝條也不屑拾取？」

「想是車上裝不下了。」

龔正陸搖頭道：「此事大可懷疑。砍柴人好像十分匆忙，心思也不在這些木柴上，想必是以此掩蓋什麼。」

代善醒悟道：「是那些刺客在此踩盤子？」

褚英道：「砍去樹木，或許是為便於瞭望射箭。」

龔正陸不置可否，打馬回城，路上一言不發。進了城門，才對褚英、代善道：「你倆去問問守門的兵卒，大貝勒遇刺的前幾日可有砍柴的牛車出入？」

不多時，褚英、代善二人趕上來，滿臉喜色，褚英問道：「師傅怎麼知道三叔家會有人趕著牛車出城砍柴？」

「那刺客要將人、馬、弓箭分散出城而不引人注意，只有夾帶在來往運貨的車輛之中，二貝勒何等尊貴，家中還少得了幾捆木柴？趕牛車出城砍柴，必是別有所圖。」

代善佩服道：「師傅料事如神，那個守門的牛錄額真還說不知是誰騎了兩匹極為神駿的戰馬出城，看著好像阿爾通阿和武爾坤的坐騎。」

「那麼多馬匹，他如何一眼分辨出來？」

代善答道：「那牛錄額真說當年曾在阿爾通阿和武爾坤營中效力，因此熟悉。」

龔正陸催馬說：「回去稟明大貝勒，將阿爾通阿和武爾坤捉來審問。」

努爾哈赤聽了褚英、代善的稟報，面色一寒，久久無言。莽古爾泰一掌擊在桌案上，罵道：「不用費那些口舌了。他們做下這等狂逆的事，早已有了必死之心，還能問出話來？」

褚英見他魯莽，提醒道：「五弟，若這樣殺了他倆，三叔有什麼陰謀就無從知曉了。」

「殺了他們，你三叔更是不會回頭醒悟了。」努爾哈赤一臉茫然，心下似是極為酸楚，本來以為舒爾哈齊不會如此不顧手足之情，心裏不願坐實，如今證據俱在，再難躲避了。他緩緩站起身來，說道：「我要親自審問，看著兩個賊子如何答話？」

努爾哈赤帶著三個兒子進了關押阿爾通阿的屋子，阿爾通阿已被五花大綁地捆在木樁上，他見努爾哈赤等人進來，鼻子冷哼一聲，閉目不語。努爾哈赤坐下道：「我只問你一句話，那天在槐林中是不是你？」

阿爾通阿睜開眼睛，咬牙切齒道：「可惜我的箭法不精，不能替阿瑪出了這口惡氣。」

「我與你父親是一母同胞的兄弟，你為什麼這樣恨我？」

阿爾通阿譏諷道：「你們還是兄弟，我怎麼沒看出來？你若把我阿瑪當作兄弟，怎麼會奪了他的兵權？可憐他每日長吁短歎，借酒澆愁，你不心疼，我們做兒子的還心疼呢！」他傷心之極，滿臉流淚。

「我自信對得起你阿瑪，沒有虧待他。」

「沒有虧待？他還不如你那幾個異姓兄弟呢！烏碣岩大戰，我阿瑪只帶五百人馬，你卻逼著他與布占泰廝殺，我的兩個妹妹都嫁給了布占泰，怎麼動得了手？那不是要他親手殺了兩個女兒麼？你怎麼竟狠得下這樣的心腸？回到佛阿拉，你藉口畏敵不前，不再派阿瑪領兵，趁機剝奪了他的兵權。其實哪裏是什麼畏敵不前，你是害怕我阿瑪與烏拉聯手，你如此猜忌他，哪裏有什麼兄弟之情？」

努爾哈赤沉下臉說：「我與你阿瑪怎樣還輪不到你來說三道四，有什麼話該由你阿瑪來對我說。我倆之間，仇也罷恨也罷，並沒有什麼爭鬥，你卻動手來刺殺我，存心犯上，罪不

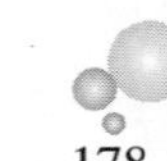

可恕！」

「既然仇怨深不可解，不先發制人，還要束手待斃嗎？當真可笑！」

褚英上前罵道：「你這膽大的奴才，父輩就是有什麼恩怨，你也不該起下這樣豬狗不如的心腸！」

「哥哥，若是換成了你，該怎樣做？以你的心胸早就當場拼命了，還要等到今日麼！」

「你講的是什麼屁話！換了我又怎樣，還是老老實實做本份的事，不該有什麼非份之想。三叔總想著與我阿瑪分庭抗禮，那不是癡人妄想麼！我阿瑪是兄長，自然該敬重，又是敕封的建州都督、龍虎將軍，這豈是任由什麼人來做的？若不是我阿瑪，你們三房怎能有這樣的榮華富貴？你們不知飲水思源，盡忠報效，也就罷了。卻貪心都督權位，謀害尊長，留你們這些忘恩負義的小人何用！」

代善也說道：「上次三叔與龍敦勾結，自以為神不知鬼不覺，其實八弟皇太極早已稟了阿瑪。阿瑪隱忍不發，只殺了龍敦一人，難道不是顧念兄弟之情？到了今日，你還嘴硬，反咬一口，這般喪心病狂，我容不得你！」拔刀欲砍。

努爾哈赤阻攔道：「不必心急，聽他還有什麼話說。」

莽古爾泰早已按耐不住，劈面一掌，喝道：「好小子，原來真的是你下得毒手！咱們自幼一起長大，平日裏哥哥弟弟地叫得親熱，如今卻膽大包天來害我阿瑪！我沒有你這樣的兄弟！」

阿爾通阿平日與莽古爾泰交情最密，二人自幼一起玩耍，吃酒玩樂，想到以前快活的光景，低頭傷感道：「我恨大伯父，但心裏一直將你看作兄弟，不想因此而傷及咱們多年相交相知的情誼。我既然走出了這一步，也不後悔。我死後，你若能有時能想起我來，不以為我對不住兄弟，就不枉咱們交往一場了。」說完，低聲悲泣，淚水漣漣。莽古爾泰也覺辛酸，悒悒不樂地退到一旁。

努爾哈赤上前說道：「本來做兒女的要替父母分憂，也是份內之事，只是你做過了頭，沒有了是非善惡之分。我再問你，是不是你阿瑪讓你刺殺我的？你給我句明白話兒！」說到後面的話，他想起早死的額娘，想到兄弟三人被迫離家，心裏一酸，聲音顫抖起來。

阿爾通阿冷笑道：「你是不是要對我阿瑪下手了？你要真有此心，也用不著審問了。反正你手下兵馬極多，小小一個黑扯木還能攻不破麼？你想殺他，本來不需找什麼藉口，何必要知道他與此事有沒有瓜葛？」

「好一張利嘴！佛阿拉城寨太小，真委屈你了！我也不殺你，你自己慢慢說吧！看你什麼時候住口。來人，把他吊起來！」努爾哈赤知道他已不可理喻，再問下去也是無用，看著兩個侍衛把阿爾通阿吊在院中的大槐樹上，轉身而去。阿爾通阿聲嘶力竭地叫喊道：「你殺了我吧！我不願有你這樣殘暴、陰險、毒辣的伯父！不願看到你這卑鄙無恥的小人！」

努爾哈赤回頭看他在樹上掙扎，歎氣說：「舒爾哈齊怎麼生出這樣一個目無尊長的畜牲！吊上他三天三夜，看他知不知道悔悟。」

努爾哈赤滿肚子的怒氣無從發洩，走進關押武爾坤的屋子，命人將他吊起來，腳下堆滿一堆乾柴。努爾哈赤將一支火把在武爾坤眼前不住晃動，獰笑著問道：「你為什麼刺殺我，是哪個主使的？」

武爾坤臉上一陣灼熱，轉過頭去，一言不發。

「好！我看你忍到幾時？」努爾哈赤將手中的火把扔到柴堆上，早已風乾的木柴登時燃燒起來，霎那間，火焰熊熊，舔噬著武爾坤的雙腳、雙腿。武爾坤本能地將兩腳縮高一尺，那火焰卻升高了兩尺，燒著了他的衣服、鬚髮……武爾坤大罵道：「努爾哈赤！你殘害忠良，不得好死！我就是死了，也要化作厲鬼，取你性命！」

「我等你，不識時務的狗奴才！」努爾哈赤不住冷笑，眼看武爾坤化作了一縷青煙，變成了一具焦枯的骷髏。

阿爾通阿也沒有吊到三天三夜，次日夜裏，他竟咬舌自盡了。努爾哈赤怒不可遏，命代善領五千兵馬，攻破黑扯木，把舒爾哈齊捉到了佛阿拉。舒爾哈齊被關押到了一間狹小的屋子裏，無門無窗，只記得是從屋頂的一個小孔扔落到了屋裏。裏面漆黑一片，伸手不見五指。他暴怒著用拳腳踢打著屋子的四壁，只聽到砰砰的幾聲悶響，觸及之處柔軟異常，他用手仔細地摸了一遍，原來屋子竟是用整張牛皮縫製的，無床無桌無椅無凳，想要求死也難，他怒吼道：「努爾哈赤，你在哪裏？快來見我！」反覆叫了幾十遍，也沒人答應，他翻身跌坐在屋內，大口地喘著粗氣。

過了不知多少時候，外面傳來了一陣腳步聲，屋角見了一絲亮光，原來那裏竟是一個小小的鐵門，僅有半尺見方，送進了兩個餑餑和一碗燉菜，上面竟有幾塊肉片。舒爾哈齊大叫道：「我不想吃飯，只想見努爾哈赤，快給我叫他來！」

外面的人卻不答話，將小鐵門牢牢關上。舒爾哈齊好不容易聽到人聲，怕他走了，呼喊道：「你不要走，我要拉屎！」

砰的一聲，另一處屋角打開一扇小鐵門，送進一個小木盆來，不等他取過，鐵門隨即關上。舒爾哈齊和衣躺下，兩眼看著依稀透過一絲光亮的兩孔小洞，自己一個堂堂的二貝勒，竟落到如此的地步，城破家亡，幽居在一個暗無天日的小屋子裏，求生不易，求死不能，還不知苦熬到幾時，不禁悲從中來，失聲痛哭。

努爾哈赤心裏也忐忑不安，舒爾哈齊已然囚禁在佛阿拉，但如何處置他，實在難以決斷。他畢竟是患難與共的親兄弟，是終生囚禁，留他一條性命，還是一了百了，不留後患？努爾哈赤想了半夜，也狠不下心來，朦朧之中，聽到舒爾哈齊大喊道：「努爾哈赤，你在哪裏？快來見我！」

他翻身起來，帶了顏布祿等人，進了西跨院。顏布祿在前面提著燈籠，努爾哈赤走到院中牛皮房子前，說道：「舒爾哈齊，你想見我，我卻不想見你。」

「努爾哈赤，你為什麼派人抓我來佛阿拉？」

「你我本是親兄弟，你為什麼一心要殺我？」

「是你逼的！」

「我何嘗逼你？」

「滅了哈達以後，你獨斷專行，眼裏就沒有了我這個兄弟，我算什麼？我連你手下的那些心腹將領都不如！平日裏帶兵打仗，只給幾百兵馬；稍有不滿，便橫加訓斥。恨烏及屋，對我手下的那幾員將領，百般刁難，多有偏心。我搬到黑扯木，不想你吊死阿爾通阿，燒死武爾坤，又將我關押在這黑屋子裏，你心腸也太狠了！你把哈達的孟格布祿、烏拉的布占泰都放回本部去了，怎麼卻容不得我，硬要置我於死地呢？」

「舒爾哈齊，他人背叛我都可寬恕，兄弟反目卻不能饒！」

「難道兄弟還不如那些異姓的敵人？」

「那些敵人怎樣對我都行，我容不得兄弟背後插我一刀！」

「你要殺了我？難道不怕背上兄弟相殘的罵名，給天下人恥笑？」

「自家兄弟竟恨不得一刀殺了我，那我寧願不要你這個兄弟！」努爾哈赤拔刀在手，撩起前襟，嗤的一聲，割下一尺多長的袍角，拋到地上說道：「舒爾哈齊，如今我們倆各不相欠了。你不用記著我的恩，我也不用記著你的義，就只當是從未做過兄弟最好！天下人若想評說，任由他們說去！」

次日，顏布祿端了一壺燒酒、一盤牛肉，從小鐵門中送進，說道：「大貝勒命我打發二貝勒上路。」

「哈哈哈哈……」舒爾哈齊一陣狂笑，「我知道會有這麼一天的，我早想死了，只是他有心折磨我，好看著我向他屈膝請罪，想不到我不怕死……哈哈哈……努爾哈赤，你好！你好狠！」

舒爾哈齊端起酒壺一飲而盡，抓起牛肉大嚼起來，不多時，他突然痛呼一聲，雙手緊緊捂住了肚子，鮮血先是順著嘴角流出，隨即狂噴而出，和著燒酒、牛肉，將牛皮屋內染得一片猩紅，舒爾哈齊緩緩地躺倒……

搶妻

她用薔薇露細細洗過頭髮，又將周身洗搓乾淨，起來喊侍浴的丫鬟送過澡巾來。紅木托盤上整齊地疊放雪白的澡巾，輕輕地放在了池邊，她抬眼一看，見褚英不知何時進來，正色瞇瞇地靠在池上，看著水中赤裸的身體，驚得嬌呼一聲，將澡巾擋在胸前，臉上一熱，垂頭問道：「怎麼是你？」褚英哈哈一笑，說道：「美人出浴，是何等的眼福，我怎捨得離開？」

天剛發亮，努爾哈赤起來，命人將舒爾哈齊的家產查抄，剩下的八個兒子一起捆綁著押來。舒爾哈齊生有九個兒子，長大成人的只有七個：長子阿爾通阿、次子阿敏、三子扎薩克圖、四子圖倫、五子寨桑武、六子濟爾哈朗、八子費揚武。努爾哈赤下令一起絞殺，代善、皇太極等人苦勸，最後只將參與刺殺之事的扎薩克圖殺了，其他幾人概不追究。

懲治了舒爾哈齊父子三人，努爾哈赤心神疲憊之極，他感到自己驟然之間蒼老了許多，將褚英召來。褚英此時已是三十一歲了，他見父親閉目躺在睡榻上，不敢說話，輕輕地跪在地上。努爾哈赤睜開眼睛，緩聲說：「起來吧！」

褚英問道：「阿瑪可是身子勞累了？」

「不是身子，是心裏累了。」努爾哈赤搖頭道：「你三叔一死，我既傷心又氣惱，心裏總覺得不痛快。四個兄弟中，我最看重他，不想他竟狼子野心，做出這等大逆不道的事來！不過，他倒給我提了個醒，我今年五十三歲了，鬍子都花白了，蒙古幾個部落尊稱我為昆都侖汗，我起先沒放在心上，如今才想到既是給人稱作了汗王，便要立個太子，也好有了傳位的人，絕了一些人的妄想。唉！我若是早料及此事，你三叔想必不會作亂了。」

「三叔是不甘心久居人下的，以他的秉性，遲早會鬧出事來！都是他自取其禍，阿瑪何必自責！」

「阿瑪年紀大了，想著你幫我處理國政，白旗旗主就不要做了，就讓與你八弟皇太極。代善照樣掌管紅旗，舒爾哈齊的藍旗就由阿敏掌管，莽古爾泰與我協領黃旗。你可要友愛兄弟，尊重額亦都等幾個叔叔，不要令我失望了。」

「阿瑪放心，我也不是幾歲的孩子了，知道輕重的。」褚英心裏大喜，臉上卻極為恭敬。

「這次你三叔的事驚動了朝廷，我不久要去京城朝貢，也好教朝廷放心，不再管女真之間的紛爭。如今扈倫四部還剩下葉赫一部，還有黑龍江女真，我還做不成昆都侖汗，等到女真各部都臣服了，那時再稱王也不遲。」努爾哈赤坐起身來，看著褚英道：「你與東果、代善是一母同胞，當年你額娘臨死之時，囑託我好生看顧你們，說你生性頑劣，要多加調教。這麼多年，我一直忙於征戰，與你們在一起的日子不多，可你自十八歲隨征，身經百戰，軍功赫赫，那洪巴圖魯的封號不是僥倖而來的。我也算對得起你死去的額娘了。」

褚英含淚道：「孩兒憑藉阿瑪威名，薄有軍功，當時只想著奮勇殺敵，哪裏想到阿瑪用心如此良苦！」

「你千萬記住，做大事不能心慈手軟，不然會後患無窮。你勸我赦免你三叔，我何曾不想一團和氣，只是你放過了他，他卻放不過你。這些事情還要慢慢體會，日子長了，你自然就會明白了。」努爾哈赤目送著褚英退下，躺在炕上閉目想著朝貢之事，一陣細脆的腳步聲響，一雙柔柔的手放在他的額頭：「汗王可是累了？」

努爾哈赤並未睜眼，將那雙手捉住，問道：「你怎麼才來？」

「阿濟格聽說我到汗王這裏，哭鬧著要跟來，給他纏得好半天，才脫了身。」

「那就叫他一起來麼！他今年也八歲了，還好麼？」

「好，每日跟著師傅舞槍弄棒的。他畢竟不是小孩子了，帶他來終歸不方便。」

努爾哈赤睜開眼睛，見小福晉阿巴亥臉色緋紅，低垂著粉嫩的脖頸，一把摟住。阿巴亥偎在他胸前，低聲說：「汗王忙著征戰廝殺，將我們娘倆兒都忘了。怎麼今日想起來了？」

努爾哈赤看著她流淚，撫慰道：「哪裏會忘，這不是喚你來了麼？」

「阿濟格都八歲了，下面連個弟弟妹妹都沒有，終日沒有個伴兒玩耍，只知道早晚鬧著纏人，我都煩悶得憔悴了。」阿巴亥撒嬌不止。

努爾哈赤屈指一算，笑道：「你來建州十一年了，二十三歲正是嬌豔欲滴的年紀，憔悴什麼，可是怪我冷落你了？」

「那怎麼敢？我知道汗王忙著大事呢！」阿巴亥狐媚地一笑，掙脫出他的懷抱，脫了水紅襖，躺在努爾哈赤身邊……

萬曆三十九年，努爾哈赤動身往京城朝貢，長子褚英監管國政。不料，努爾哈赤剛剛離開佛阿拉，褚英便來到了囚室，那裏羈押著絕色的美人瓜爾佳氏。瓜爾佳氏年近三十，雖說已生了兩個孩子，但常年的養尊處優，身材還如姑娘一般苗條，她見進來一個英武高大的漢子，驚恐地問道：「太子爺，你來幹什麼？」

褚英嘿嘿笑道：「聽說你是滿蒙第三號美人，我過來看看是怎樣的美法？」

瓜爾佳氏將胳膊緊緊抱在胸前，說道：「我不是第三號美人，太子爺，求你放過我，我還有兩個孩子呢！」

「你怎會不知道？東哥第一，阿巴亥第二，你名列第三。只是東哥遠在葉赫，沒法子一睹她的芳容。阿巴亥又是我的庶母，正受我阿瑪的恩寵，動不得她一根汗毛。就只好來找你了。」褚英狂笑著湊到瓜爾佳氏身邊，拉起她的小手，嘖嘖稱讚。

瓜爾佳氏嚇得渾身一顫，慌忙縮回手道：「五阿哥莽古爾泰已向汗王替我求情，就要娶我了。我不能對不起他！」

「你答應了莽古爾泰，還要他向汗王求情？何必繞那些彎子，你伺候好了我，要想出去不過是一句話的事，不用費那些周折。」

「你的口氣好大，我不信！」

「不信我，為什麼卻信莽古爾泰？莽古爾泰是我兄弟，還不是要聽我的話！你放心，只要我一句話……」褚英說著伸手就去摟抱，瓜爾佳氏躲閃不過，給他摟住了腰肢，擁倒在地。

瓜爾佳氏哀求道：「太子爺，求你高高手，放過我！你身子金貴，我是個殘敗了身子的女人，值不得憐惜，若給莽古爾泰知道，稟告了汗王，如何是好？」

褚英喘著粗氣，冷笑道：「他能憐惜，我卻不能了！我偏喜歡你這推三阻四的模樣，若是一口應承了，我還不屑呢！」一把撕開她的胸衣，露出雪白的胸脯。

瓜爾佳氏驚呼一聲，雙手死命護在胸前，停止了掙扎，說道：「男女之事，匆匆苟合有什麼樂趣！太子爺真有此心，不如換個雅靜的地方，也容我洗洗這骯髒的身子，好生地歡愛一番，何必在這臭氣薰天的監牢裏談什麼風月，豈不大煞風景？」

褚英歡喜地站起身來，拉過瓜爾佳氏，在她腮邊輕輕吻了一口，威脅道：「好！量你也不敢有什麼花花腸子，不然有你的好看！」他帶著瓜爾佳氏出了牢門，守門的軍卒阻攔道：「太子爺請便，這瓜爾佳氏卻要留下。」

褚英一聳眉毛，不耐煩地說：「我要帶她走，你要阻攔嗎？」

「汗王有令，任何人不能輕易動她。」

「如今佛阿拉城內是我說了算，你要犯上不成？」

「奴才不敢，此事若教汗王知道，奴才的小命就沒了，太子爺開恩，不要為難奴才。」

「你少囉嗦！我的事還要你來管？滾到一邊去！」

「太子爺！奴才還有家小……」軍卒跪地哀求。

「我知道你有家小，不然早將你這不識好歹的奴才一劍砍了。」

「太子爺，汗王知道了，可教奴才怎麼說呀？」

褚英惡狠狠地說：「該說的說，不該說的，你若多說半個字，休怪我手下無情！」

那軍卒面無人色，顫聲說：「若要人不知，除非己莫為。奴才也不想為難太子爺，實在左右為難。你給指條明路吧！」

「伸出舌頭來！」

那軍卒舌頭剛剛伸出，一道劍光閃過，他大叫一聲，滿嘴流著血，倒在門旁，雙手哆嗦著在地上摸索著那半截舌頭，褚英拉著驚呆了的瓜爾佳氏上馬而去。

兩人來到褚英的家中，循著迴廊來到後院，穿過院牆洞門，眼前一座高牆四圍的小園，天上皓月繁星，清幽不盡。瓜爾佳氏踏入此園，便聞到一縷奇香，不覺道：「好香，這是什麼花香？」

褚英拉著她的手，說道：「這就是我家的浴堂，聾師傅採了地下的溫泉水，仿照江南樣式修建的，一年四季，都可在此洗浴。有個清雅的名字，叫做天露園。」

瓜爾佳氏借著星光，見此園果然不是關外的樣式，小巧別致。四下圍著疏籬，園中栽遍繁花，中間鋪開一條鵝卵石小路，直通僻在園中的一座石砌浴池，熱氣蒸騰，煙霧縹緲，池中浸以鮮花香料，姹紫嫣紅，異香繚繞。池邊又有假山流泉，水如銀綢，從中不時漂出繽紛落英，花木掩映，翠藤拖曳，曲徑通幽，令人心神俱快。

紅燭高燒，香煙繚繞。褚英掬起一捧水，說道：「我已吩咐在池中加了許多的香料，傳說是元順帝當年宮廷裏密製的方子，有什麼蘭芷、木樨、荳蔻、白檀、丁香、沉香……，不下幾十種之多，我一時也說不清。你下池去吧，這水冷熱剛好。」

瓜爾佳氏雖出身富貴之家，父親也是一城之主，但卻未見過如此精麗雅致的浴池，暗暗咋舌道：「太子爺一個大男人家，洗澡竟這般講究。」

褚英笑道：「我聽說東哥在八角明樓上建造了一個小巧的蘭湯池，一直無緣見識，只好

自己建了這個露天的溫泉浴池。我服侍你入浴吧！」

瓜爾佳氏一陣忸怩，嗔怒道：「我又沒缺手缺腳，自己來便是了，你這樣兩眼直直地只顧看人家，我渾身都不自在呢！煩勞你給我看著點兒，免得教人闖進來。」

褚英嘻笑道：「這是我家，哪個敢隨意闖進來？不過有幾個伺候的丫鬟，給她們見著有什麼要緊？」

瓜爾佳氏逐一除去鞋襪裙裳，早有丫鬟接過掛放妥當。她伸足輕點水面，果然冷熱適宜，當即踏入池中。池水暖如煦日，熱氣撲面，源源不斷，芳香迷人。她多日不曾沐浴，只覺舒暢難言，忍不住長歎一聲：「好香的蘭湯！」

侍奉的丫鬟回道：「這池中放了密製的香料，合了丁香、沉香、青木香、珍珠、玉屑、水乳花、玫瑰花、桃花、鐘乳粉、木瓜花、茶花、梨花、紅蓮花、李花、櫻桃花等種種花香，最是滋潤肌膚。稍後福晉洗過了，肌膚勢必粉嫩細白，如絲緞般光潔滑膩，嬌豔欲滴。」

「這些花開的時候不一，如何每次洗浴都用？」

「福晉想必不知道，池中放的不全是鮮花，而是放了香丸，這些香丸是將花、香分別搗碎，再將珍珠、玉屑研成粉末，調和成丸，密封儲藏，隨用隨取，十分方便。」

瓜爾佳氏泡了片刻，花香熱煙交浸之下，全身舒泰，多日的牢獄之苦登時煙消雲散，恍如半夢半醒，喃喃自語道：「想不到還能有如此享樂的一天！」她看著池中朦朧的倒影，自己的容顏依然俏麗，如醉如癡地拆開雲髻，拔下珠花，一頭烏黑長髮如絲滑落。她蓄髮長可及踝，是有名的長髮美人，平日裏梳起兩把頭來，看不出妙處，如今將頭髮盡皆散開，隨波逐流，輕拂落花，烏髮遮掩著玉體，酥胸雪肌，嬌豔動人。她用薔薇露細細洗過頭髮，又將周身洗搓乾淨，起來喊侍浴的丫鬟送過澡巾來。紅木托盤上整齊地疊放雪白的澡巾，輕輕地放在了池邊，她抬眼一看，見褚英不知何時進來，正色瞇瞇地靠在池上，看著水中赤裸的身體，驚得嬌呼一聲，將澡巾擋在胸前，臉上一熱，垂頭問道：「怎麼是你？」

褚英哈哈一笑，說道：「美人出浴，是何等的眼福，我怎捨得離開？」

「你偷看……」瓜爾佳氏話說出口，自己也暗覺好笑，此處本來就是太子的府邸，有什麼偷看不偷看的。她只覺褚英的目光錐子般地刺向自己，彷彿要生生一口吞下，不由全身發軟，暗想：一個女人家，剛剛死了丈夫，卻又給兄弟倆人爭來奪取，還不知歸屬哪個，深夜就給人威逼著洗浴，赤身露體的，遭人偷看，誰知此人是真心還是薄情，自己不過是隻羔羊，遇到兩頭惡狼，總歸難以逃脫……她這麼想著，又羞又怕，大覺傷心，不禁嚶嚶地哭了起來。

褚英伸手攬住她的纖腰，溫存道：「哭什麼，這裏不是好過牢獄甚多麼？」

「我、我不是傷心，是歡喜得緊了，竟忍不住……」瓜爾佳氏在他懷裏簌簌發著抖，急忙轉啼為笑，「我是受苦受怕了。」

「這個容易，只要你順從了我，哪個還敢關你入獄？」褚英撩起她那濕漉漉的長髮，將她的胸脯纏裹，直至腰際，俯身狂嗅不止。瓜爾佳氏閉目躺在他懷裏，臉上一片潮紅……

早晨醒來，瓜爾佳氏見自己睡在寬大的南炕上，從枕邊可以穿窗斜視那殘留東天的一抹朝霞，身邊的褚英還在沉沉地睡著。她翻了一下身子，覺得酸軟無力，慢慢穿衣坐起，室內各物擺設整齊，几上的那兩個瓷瓶內插著鮮豔的數枝菊花，花香陣陣，幽雅寧靜，真像是在夢中一般！她想起往日，自己不也是這樣快活舒適，無憂無慮？如今這樣的日子怎麼如此遙遠了？一時愁腸百結，不由低聲抽泣起來。褚英睜開眼睛，翻身起來，將她輕輕抱在膝上，癡癡地呆望著，疾喘道：「我……我喜歡你，喜歡你鎖著眉頭的模樣……」

瓜爾佳氏噙著淚，瞟他一眼，似怨似嗔地歎道：「我是負罪在身的人，你不怕壞了名聲？還是放我回去吧！」她掙脫了下炕，踏上軟鞋，捧起瓶中的菊花，幽幽歎道：「花無百日好，太子爺早晚有煩膩的一天，我何必自討無趣呢！」

「不要胡思亂想！」褚英赤條條地跳下地，將她抱回炕上，伸手便要解她的衣裳。瓜爾佳氏躲閃道：「快別這樣貪玩，你該辦公事去了。」

「你就是公事……」褚英雙手亂摸，瓜爾佳氏嬌喘吁吁……兩人正在纏綿，卻聽外面一陣嘈雜，「五阿哥，不行呀！太子爺有令，不管什麼人都不能進去！」

「放屁！他奪了我的女人，躲在家中淫樂，怎麼不能進去！」

褚英一驚，急忙穿衣，瓜爾佳氏嚇得縮在被中。褚英剛剛穿上褲子，莽古爾泰已大步闖了進來，看了炕上一眼，怒斥道：「大哥，你竟做出這等沒廉恥的事來！竟搶兄弟的女人！」

「莽古爾泰，你好大膽子！沒我的號令竟敢闖進來，若不是念我們兄弟情分，該治你的罪了！」褚英見他按著腰刀，怒氣不息，心裏有些驚悸，知道他生性魯莽，發起怒來，天不怕地不怕的，自己衣衫不整，赤手空拳，身邊又沒有侍衛，一旦動起手來，難免吃虧，必要在氣勢上壓住他。

莽古爾泰上前一把掀開被子，見瓜爾佳氏髮髻散亂，赤腳穿件兜肚兒臥在炕上，劈頭一掌，罵道：「你這個水性楊花的女人！我已向阿瑪討要了你，本待過些日子，接你出來成親，誰知你……」

「啪」的一聲響亮，莽古爾泰臉上也挨了一掌，褚英氣急敗壞地罵道：「莽古爾泰，你竟敢在我面前動手！來人，給我拿下！」

「誰敢靠近！」莽古爾泰拔刀大喝，門外湧進來的侍衛不敢上前，目光逡巡地看著二人。褚英大怒：「你們這些沒用的東西！他膽敢犯上，還不動手！」說著，一腳踢倒一個侍衛，奪刀在手，向莽古爾泰劈下。莽古爾泰跳出屋子，揮刀招架，二人在庭院裏打鬥起來。褚英昨夜精力耗費過多，赤腳而戰，雙腳給地上的石塊等物刺得生疼，戰不多時，已落下風，堪堪要敗。院門外湧進一隊人馬，將二人用弓箭團團射住，為首的那人喊道：「兩位哥哥快住手，不要傷了和氣！」

褚英見了命道：「八弟，將莽古爾泰拿下！」

莽古爾泰一見，知道再鬥下去也是無望，將腰刀拋在地上，怒目而視。褚英戟指喝道：

「給我綁了！押到牢獄，定要重重懲治他！」

莽古爾泰掙扎著吼叫道：「我不服！等阿瑪回來，我要控告你！」

褚英森然道：「我不怕你誣告，只是你未必能等到阿瑪回來！」

「都是自家兄弟，都消消氣，何必拿刀動槍的！五哥，先跟我走吧！」皇太極拉起莽古爾泰走了。

褚英看著他們出了院門，返身進了屋子，從牆上拔出刀來，向左臂砍下，半尺多上的一道傷口，鮮血迸流。瓜爾佳氏嚇得臉色蒼白，顫聲問道：「你怎麼砍傷自己？」

褚英冷笑道：「這是莽古爾泰砍傷的，你方才沒見他拔刀嗎？」他裹了幾下傷口，走了出去。

皇太極押著莽古爾泰快步疾走，走不多遠，褚英帶人飛馬趕來，大喊道：「八弟，將老五給我留下！」

「五哥既然犯了罪，就該會同額亦都五位叔叔一起審問，將他留下怕是不妥。」

「國政由我代管，自然是我說了算，何必去問他們？」

「五位叔叔可是阿瑪任命的議政大臣，這麼大的事不與他們商議，那不是架空了他們？」

「八弟，你怎麼如此囉嗦？如果凡事都與他們商議，我的威嚴又在哪裏？不要廢話了，你到底交不交人？」

莽古爾泰瞪著褚英，口中叫道：「八弟，你將我交給他，看他怎樣處置我？終不成還敢砍了我的腦袋！」

「我替阿瑪管教管教你！讓你知道什麼是尊卑上下！」褚英揮手道：「給我押回去！」

皇太極眼睜睜看著莽古爾泰給押走了，急忙找代善報信，代善剛吃完早飯，正要到議事廳去，聞聽此事，大吃一驚，責怪道：「老八，你怎麼不攔下大哥，由他任著性子胡鬧！若是要五位叔叔知道，事就大了。」

「二哥，大哥那樣兇惡，我怎麼敢攔？」

「老五怎麼知道是大哥接走了瓜爾佳氏？」

皇太極道：「一大早五哥去給瓜爾佳氏送換洗衣裳，卻見牢門大開，詢問守門的軍卒，那軍卒只顧捂著嘴嗚嗚啞啞地說不出話來，原來那軍卒竟給大哥割了舌頭。五哥氣沖沖地去找大哥，半路上遇到小弟。五哥那火爆的脾氣，小弟怕他惹出什麼事來，就暗裏跟著他。果然，他們大吵起來，竟要動刀，小弟將五哥接出，又給大哥搶走了。」

「我去看看。」代善與皇太極匆匆出門，直奔褚英家中。

褚英將莽古爾泰綁在後院的樹上，用皮鞭抽打，莽古爾泰被打得皮開肉綻，兀自咬牙不語。代善慌忙阻攔說：「大哥，都是自家兄弟，你怎麼下這樣的狠手？」

褚英將左臂一伸，說道：「老二，你來得正好。老五這不知死活的東西，竟向我動手，這一刀砍得可深呢！」

莽古爾泰大喊道：「二哥，我冤枉！」

「老五，怎麼這樣沒大沒小的！快向大哥認個錯，大哥早些消氣，你也少受點兒皮肉之苦。」代善不住朝莽古爾泰使眼色。

莽古爾泰恍若不見，憤然作色說：「二哥，我哪裏動手了？我身上的這些傷，你倒是看見是誰打的了。」

褚英氣得臉色鐵青，解開前心的衣裳，露出毛茸茸的胸膛，舉鞭再打，代善雙手死命拉住，哀求道：「大哥，不能再打了。」

褚英掙脫不開，圓睜著兩眼，斥問道：「老二，我自幼對你不薄，怎麼不幫我卻幫別人？好，我不打他了，你來打！」將鞭子摔在代善腳下。代善看阻攔不住，趁彎腰拾鞭子之際，用手示意皇太極快去找人。皇太極閃身出來，打馬如飛地趕到議政廳。

議政廳裏，額亦都、安費揚古、費英東、何合禮、扈爾漢五個議政大臣正在等著褚英前來議事，皇太極氣喘吁吁地跑進來，說道：「五位叔叔，快、快去救人！」額亦都等人面面相覷，大惑不解。

「救什麼人？這一大早你就慌慌張張的，慢慢說明白。」

「五哥快給大哥打死了。快走吧！路上再慢慢說。」

幾人騎馬來到褚英家裏，見莽古爾泰鮮血淋漓地綁在樹上，代善跪在地上哭求，褚英怒氣不息地大聲責罵：「代善，你竟敢不聽我的話，等我接了阿瑪之位，我第一個免了你的職權！好啊！皇太極，你倒乖巧，竟然跑去報信了，到時候我第一個宰了你！」

五個議政大臣之中，額亦都年齡最大，追隨努爾哈赤的日子最長，他見褚英驕橫無比，將他們五人視如無物，心裏大覺不快，暗忖：就是你阿瑪見了我們五個，還要客套一番，看到莽古爾泰渾身鮮血淋漓，還是救人要緊，忍忍胸中的火氣，問道：「大阿哥，五阿哥犯下什麼罪了，竟要這樣處罰？」

「他目無尊上。」

「這罪是誰定的？」

褚英反問道：「我定的還不行嗎？」

「按照汗王定下的規矩，大事須由四大貝勒會同我們五位議政大臣擬定，汗王最後決斷。大阿哥難道忘了？」

「阿瑪命我執掌國政，你們不知道麼？」

「知道。」

「什麼是執掌國政？就是無論大事小事，我說了算！何必定要費那些周折？自今日起，你們不必參與議事了。」

額亦都氣得渾身哆嗦，竟說不出一句話來。何合禮身為額附，乃是褚英的姐夫，他怕眾人當面頂撞起來，結下深怨，日後不好相處，畢竟褚英是努爾哈赤立的儲君，急忙說道：「大阿哥，我們五人參不參與議事，還是等汗王回來之後再說。今日之事，你打算怎麼辦？」

「鞭打一百，罰銀五百兩，奪一牛錄。」

費英東冷笑道：「你這樣處罰能服眾嗎？既然你執意如此，今後凡事你一人決斷算了，我們也落個清閒。」

額亦都穩了穩心神，指著褚英的鼻子說：「當年，我與安費揚古隨你阿瑪攻打圖倫城時，你還是幾歲的小孩子。立儲才幾天，就知道用職權欺壓人，我們年紀大了，伺候不了你了，你還是先免了我們五個吧！」

「額亦都，你不必向我擺什麼功勞！我阿瑪命你做議政大臣，那是他重用你，我繼承了汗位，未必如此。你不知道一朝天子一朝臣嗎？」

安費揚古最拙於言辭，氣得大叫道：「議政大臣一職不是你給與我們的，你也沒有資格免我們！莽古爾泰不論犯了什麼大罪，也要經我們審問明白，然後處罰。這規矩不能亂了！」搶到莽古爾泰身前，一刀割斷了繩子，架起便走。

「給我攔下！」褚英大叫。那些侍衛正要上前搶人，額亦都大笑道：「我們追隨汗王征戰多年，殺人無數，還怕你們這幾個小輩！不怕死的儘管上來！」

費英東一腳踢翻一個侍衛，奪過弓箭，對準褚英道：「大阿哥，不要自相殘殺，不然刀箭無眼，傷了誰也不好。」

費英東的神箭天下聞名，開弓必有所獲，絕不空射，就是鄂爾果尼、羅科二人也有所不及，何況相距不過十幾步遠，果然要射，褚英哪裏躲得過？褚英臉色微變，汗水不禁濕了內衣，冷哼道：「好！人就交給你們，若有個三長兩短，你們可要有個交代。」

扈爾漢點頭道：「莽古爾泰若有什麼不測，我這顆人頭你隨時可取。」

「不勞你動手，我會在汗王面前自刎謝罪！」費英東收了弓箭，抱拳說：「大阿哥，方才冒犯了。」

褚英心裏眼睜睜看著眾人護著莽古爾泰離開，又恨又怕，急忙召來師傅龔正陸商議對策。龔正陸歎氣道：「大阿哥，你也太心急了。我知道你要在眾人面前樹威，可如此強硬卻適得其反了。那額亦都等人出生入死，早已將生死置之度外了，你怎麼會唬得住他們？一旦他們都在汗王面前訐告你，縱使你做得不錯，可三人成虎，汗王也會有所懷疑，何況你今日做得確實有些過頭了。」

「那該怎麼辦？」

龔正陸拈鬚說道：「此次你得罪的人太多，實在不好收拾。其他幾個阿哥好辦，就是莽古爾泰也好安撫，大不了將瓜爾佳氏割愛送與他就是。但五個議政大臣卻不好對付，他們性情剛烈，軍功赫赫，是開國的重臣。對他們不可一味逞強，而該避實就虛，以柔克剛。只是大阿哥可要受些委屈了。」

「只要我阿瑪不怪罪，受些委屈無妨。」褚英聽了龔正陸的一席話，心裏不禁惶恐起來，他最怕的就是有人告到了阿瑪面前。

「你可到五大臣家裏逐一請罪，求他們寬恕，自責得越重越好，這樣他們或許不忍心告知汗王了。一是他們出了胸中的悶氣，二是他們也不想讓你阿瑪傷心。二阿哥、五阿哥、八

阿哥那裏，再賠個禮，講講兄弟情誼，此事多半就煙消雲散了。」龔正陸說道：「今後做什麼事，千萬不可由著性子來，一舉一動都要小心，你現在剛剛有了儲君的名分，處於風口浪尖，多少人看著呢！我不知道你們女真父子怎樣傳位，在漢人的歷朝歷代常有廢黜太子的故事。你有了漏洞，就是他人的機會，小不忍則亂大謀，廢太子的命好苦啊！往往不得善終，別人也防著他，怕鹹魚翻身哪！」

褚英聽得毛骨悚然，再也坐不住了，急急忙忙地到五大臣家裏請罪，痛哭流涕，五大臣果然轉怒為喜，聲言不再追究，但提出一個條件，不能再處罰莽古爾泰。褚英滿口答應，忙碌了一整天，連夜備了一桌豐盛的酒菜，將代善、阿敏、莽古爾泰、皇太極四大貝勒請來。眾人坐定，褚英斟滿一杯酒，撫著莽古爾泰的後背流淚道：「都是我一時發昏，竟鞭打了自家的兄弟，若不是老二、老八阻攔，我還不知道要做出什麼混賬事來！這次就是你們不記恨，我也自覺沒有臉面再見兄弟。今後還請你們多多提醒，以免傷了阿瑪他老人家的心。我先自罰一杯！」

代善也將酒喝了，說道：「哥哥能這樣想，足見心胸！畢竟是自家兄弟，怎能因此結了仇怨！老五，你說是不是？」

「小弟有什麼不是，哥哥倒也打得罵得，只是、只是……小弟也不該與哥哥爭那個女人。」莽古爾泰身上的鞭傷兀自火辣辣地疼痛，他強自忍著低頭吃酒，只是心裏畢竟有了些芥蒂，話說得有些吞吞吐吐。

皇太極見了，將話題一轉道：「早聽說大哥藏著好酒，今夜可要好好喝上一頓了，不醉不歸。不然，過兩天阿瑪回來，想喝也不敢了。」

阿敏鼻子連嗅幾下道：「果然好酒！換大杯來。」

褚英勸道：「這可是孫記燒刀子，我藏了有幾個年頭了，力道極大，小心吃醉了！」

阿敏調笑道：「哥哥該不是心疼酒吧！」眾人大笑，五人推杯換盞，喝了起來。

孫記燒刀子果然厲害，褚英吃了幾大杯，有了幾分酒意，說道：「你們四人各領一旗，手握重兵，快活逍遙！今後，咱們兄弟五人應該有福同享，有事多商議。」

其他四人附和道：「大阿哥！你儘管放心，以後我們就聽你的。」

褚英大喜，向門外喊道：「擺上香案，我與四位兄弟對天盟誓！」起身領著四人來到院中香案前，一溜兒跪下。褚英拈香對天祝告說：「自今而後，我一定善待四個弟弟，就是有朝一日接了王位，也不會疏遠兄弟之情。此心有如日月，人神共鑒！如有違背，天誅地滅！」五人立誓已畢，一直喝到天亮。

過了兩天，努爾哈赤從京城朝貢回來，回到佛阿拉。眾人參拜已過，努爾哈赤講了京城的諸多見聞，說道：「我這次去了京城一月有餘，聽說大阿哥執掌政務尚算盡心，看來我還沒選錯人，比朝廷做的要好一些。如今朝廷立誰為太子，遲遲未定，那些大臣私下也相互爭鬥，各不相容，實在是件棘手的大事。」

額亦都道：「想必皇上生的兒子太多，一時間分辨不出賢愚，不知選哪個好了。」

「萬曆皇帝兒子倒不多，只有七個，按照漢人的規矩是要有嫡立嫡，無嫡立長的。」他掃了褚英一眼，見他神色為之一喜，接著說道：「萬曆皇帝的王皇后沒有生下嫡子，倒是他寵幸的一個送水的宮女給他生了長子朱常洛，可萬曆皇帝並不喜歡他。過了三年，他寵愛的鄭貴妃生下了皇三子朱常洵，他竟想著廢長立幼，但他額娘李太后還有那些大臣不願意，只得作罷。從此，萬曆皇帝有了這樁心病，仍然想立三子，但又不敢明言說出，便把立太子一事一直拖著不辦，於是就有了擁立皇長子的一派和擁立皇三子的另一派。這樣一來，朝廷裏面的朋黨林立，爭鬥不絕，而且往往不擇手段。到萬曆二十六年，忽然出了什麼妖書案，萬曆皇帝不得已才將長子立為太子。但已鬧得沸沸揚揚，人心惶惶的，實在是大大不該的。」

龔正陸稱頌道：「如今汗王立了大阿哥為儲君，實在是高明之至。如此就少了明爭暗鬥，不會手足相殘。朝廷雖說立了太子，但太子之位並不穩固，遲早還會生出變故。」

眾人多數不明朝廷的情形，聽得迷迷糊糊，努爾哈赤心下驚愕，問道：「這麼說太子之位變數極大？」

龔正陸侃侃而談：「汗王說得不錯。朝廷自太祖高皇帝以來，分封子弟為王，及至成年便分遣封地，非奉詔不得擅離，更不得進京朝拜。那福王朱常洵今年已是二十七歲了，長大多年，早該到其藩屬之地洛陽去了，可遲遲滯留京城，其意顯然在覬覦大寶，用心昭然若揭。」

努爾哈赤點頭道：「朝廷當年出兵朝鮮，一時無力顧及遼東，只有眼睜睜看著我們建州漸漸坐大。如今他們若再起什麼內亂，我們正好可以趁機攻打葉赫，一統女真，便沒有向南進兵的後顧之憂了。」

殺子

努爾哈赤一腳踢翻了褚英，目光陰森得嚇人，褚英福晉歪倒在地，暈了過去。

龔正陸被五花大綁著押進屋來，皇太極用力一推，他向前衝了幾步，摔倒在褚英身旁，二人對視了一眼，褚英登時臉色慘白。努爾哈赤踱步上前，叱問道：「你還有什麼話說？」此時，幾個兵卒將法壇、大傘、權杖、法器、朱砂、印符、桃木人、蒲團、鋼針等物搬運進來。

眾人聽得摩拳擦掌，歡呼雀躍。額亦都笑道：「這好些日子無仗可打，煩悶得手腳都笨拙了，正好舒活一下筋骨。」

何合禮心思最是細密機敏，說道：「布揚古將妹妹東哥許聘了汗王多年，遲遲沒能送來完婚，這次我們一起破了他的東、西二城，給汗王將美貌的福晉迎娶回來。」

「那東哥美若天仙，也只有汗王這樣的蓋世英雄才娶得。」安費揚古嘖嘖稱讚。

費英東當年曾替努爾哈赤傳信，在葉赫遠遠見過東哥，自然更不肯落後他人，說道：「那東哥格格一直守身如玉，三十幾歲了還未嫁人，分明是等著汗王呢！」

努爾哈赤看著褚英、代善等人，笑道：「見面不如聞名，東哥未必看得上我這老頭子了。不過葉赫一直是我的心腹大患，不早日剿滅，我睡覺都難安穩。」

龔正陸卻道：「汗王，討伐葉赫為時尚早，不如深挖洞，廣積糧，先將我們的後防穩固下來。」

皇太極接道：「龔師傅說的也對。後防穩固，才能進可攻退可守，立於不敗之地。」

努爾哈赤沉思片刻，才說：「嗯！如今我們人馬多了，佛阿拉的住戶也增添了不少，但城寨狹小，頗為局促，該多建幾個城寨，分兵駐守，相互呼應。再有工匠人手不足，尤其缺少鐵匠，置辦刀槍等軍械極為緩慢，該想想法子。龔師傅，你多選幾個漢人到京城打探消息，朝廷又什麼動靜我們知道得越多越快才好。噫！莽古爾泰呢？怎麼一直沒見他？」

說起莽古爾泰，眾人一掃方才的歡樂，屋內頓覺沉悶起來。褚英環視了大夥兒一眼，堆著笑道：「老五騎馬，不小心跌了一跤，正在家裏養傷。怕爹爹責罵，沒敢來拜見。」

「是不是喝醉了？傷得怎樣？」

「只是擦破了一點兒，不過皮肉之傷，並不沉重，療養幾天就沒事了。」

努爾哈赤多日未見眾人，乘興與眾人說了小半日，已有些乏了，看看日色將近晌午，各自回去安歇。

福晉袞代早已打發丫鬟過來請了兩次，見朝會未散，託付了侍衛顏布祿，袞代還不放心，竟等在了門口。努爾哈赤猶豫不決，他本來打算去看阿巴亥，聽說她有了身孕以後，嘔吐得厲害，吃不下飯，但見了袞代，不好掃她的臉面。袞代已年過四十，生下了五男一女，她極會保養，做得一手好飯，當年佟春秀遇害以後，東果、褚英、代善三人多虧她照看，因此努爾哈赤心裏存了幾分感激，對她格外看重。袞代精心打扮了一番，身穿藕荷色緊身貼腰的暗花綢袍，衣襟、袖口、領口、下擺處鑲上精細的花邊，如意襟開到膝蓋，微微露出裏面月白色的褲子。腳著白襪，穿雙石青緞鳳頭盆底繡花鞋，頭上盤梳兩把頭，滿頭的珠翠，耳鬢處帶著一朵梔子花，香氣襲人。見了努爾哈赤，盈盈一個萬福，更覺身段婀娜，搖曳生姿。努爾哈赤拉著她的手，走進屋內，見紅木的炕桌上擺好了酒肴，八碗八碟，極是豐盛。努爾哈赤盤膝而坐，貼身侍女阿濟根和代因札端上來熱氣騰騰的火鍋，碟中放著切好的豬肉、羊肉、牛肉、鹿肉、馬肉、酸菜、蘑菇、粉絲及佐料。袞代依次撤去碗蓋，碗裏是薄如紙帛的白肉、血腸、人參雞、鹿茸三珍湯、酸菜粉條、酸菜魚、雪裏蕻燉豆腐，居中的一個

大碗裏赫然放著一隻熊掌。袞代笑道：「這是熊瞎子的前右掌，我用山泉水煮了三次，又用母雞、老鴨、豬蹄膀配成的高湯燉了三次，小火煨爛的。汗王嘗嘗，可入了味？」

努爾哈赤吃了一箸，果然入口如羹似腐，柔嫩清淡，鮮美異常，誇讚道：「你這隻熊掌真是妙絕天下，想必宮裏的皇帝都吃不到。怎麼今天整治出這般豐盛的酒宴？」

「一來是汗王剛剛朝貢回來，千里迢迢的，一路勞乏，也該進補進補，二來麼……」汗王先嘗嘗人參雞。」袞代話到嘴邊，竟改了口。

努爾哈赤見她欲言又止，放下筷子，說道：「有什麼事你不能說，還要這樣吞吞吐吐的？」

袞代起身跪在炕上，垂淚道：「求汗王給我做主！」

「到底出了什麼事？看來你這頓飯也不好吃！」努爾哈赤長眉一挑，似有幾分不悅。

袞代哽咽道：「莽古爾泰給人打了，渾身上下都是傷，躺也不是，坐也不是，疼得睡不著覺。我看了心疼得……嗚嗚……」她掩面抽泣，說不出話來。

「哪個這麼大的膽子？」努爾哈赤一掌拍在炕桌上，震得碗碟叮噹亂響。

「還能有誰？是大阿哥動的手。」

努爾哈赤不禁愕然，剛才看褚英的樣子哪裏會下這樣的辣手，半信半疑地追問道：「他果真如此狠心?!」

「汗王不信，可親去驗看傷勢，也可問問代善、皇太極，他倆可是親眼見的。」

努爾哈赤面色陰沉，下炕出門，向後院走去。莽古爾泰與袞代住在一起，兩進的小四合院，幾步便到。努爾哈赤剛到東廂房的窗根，已聽到裏面傳出莽古爾泰痛苦的呻吟之聲，進去一看，莽古爾泰閉目披衣，頭朝裏斜倚在炕上，不住低聲叫喊，兩個兒媳帶著丫鬟左右伺候，忙得團團轉，又揉不得摸不得，只是不住地用手巾擦著他額頭的虛汗。努爾哈赤上前揭開衣裳，見前胸、後背、手臂滿是褐色的鞭傷，條條紅腫隆起，鞭鞭見血，心裏不由一陣驚悸。那兩個媳婦和丫鬟急忙在地上蹲安道：「給汗王請安。」

莽古爾泰悚然而醒，轉過頭來，驚叫道：「爹爹回來了！」起身便要跪叩行禮，努爾哈赤一撫他的肩頭道：「你身上有傷，就免了！」

莽古爾泰平日極是魯莽剛強，上陣殺人，箭矢如雨，從未膽怯皺眉，今日見了努爾哈赤卻覺心中酸楚不已，眼淚打濕了臉上的鞭痕，火辣辣地疼，面皮禁不住連連抽搐，越發顯得哀怨可怖。他伏在炕上，哭道：「兒子差一點兒見不到爹爹了。」

努爾哈赤心火大熾，問道：「他是用右手打的？」

莽古爾泰一時沒有領會明白，只是點了點頭。努爾哈赤回身一把拉出侍衛顏布祿的腰刀，咬牙道：「那我卸了他的右臂給你！」

門口的袞代撲上來抱住他，嘶啞說道：「汗王千萬不可如此！天下哪有一條胳膊的儲君？再說汗王百年之後，大阿哥豈會放過莽古爾泰？他少了一條胳膊，還不把老五千刀萬剮了！汗王要去砍大阿哥，就先將我們娘倆砍了再去吧！」說罷大哭。

「那也不能這麼算了！褚英是儲君，他若如此狂悖，建州的大業就要毀在他手上了。」努爾哈赤長歎一聲，將腰刀抛下，撫慰道：「莽古爾泰，你安心養傷，此事我知道了。」轉身出去，不顧袞代挽留，回到議事廳，命侍衛顏布祿道：「去將二阿哥、八阿哥請來！」

不多時，代善、皇太極幾乎同時到了。努爾哈赤看著二人規規矩矩地打了個千兒，厲聲道：「給我跪下！」二人驚恐地跪在地上，不知道他突然發這麼大火氣。

努爾哈赤低頭看著他們，罵道：「你們兩個好大的膽子，出了這樣大的事，還竟敢瞞著我！你們還將我放在眼裏麼？」

代善擦著額頭的汗說：「爹爹，兒子想攔了，可怎麼也攔不住。大哥瞪起眼來，什麼話也聽不進去……」

「是怕他連你也捎上吧？」努爾哈赤知道代善為人本分，但卻瞧不起他老實得有幾分懦弱，「怎麼不派人稟報五位議政大臣？」

「五個叔叔也都趕去阻攔，大哥依然不肯聽，還說要免了他們的職呢！」

皇太極見他氣得雙手顫抖，不等發問，辯解道：「爹爹回來，兒子們不敢稟報，只因大哥曾說，若有人敢洩露出去，輕則割舌，重則處死。那聽到的也要割了耳朵。」

努爾哈赤嗔目大怒道：「好霸道！」他起身在屋裏不住地踱步，忽地收住腳步，命道：「你們各帶本旗的精兵，將褚英給我押來！」

代善躊躇道：「已是夜裏了，別驚擾了百姓，還是天明了再說吧！」

努爾哈赤頹然坐在炕上，怔了良久，才說：「你們起來！褚英如此欺凌兄弟，目無長輩，我實在沒有想到，也怪我平時管教不嚴。他從十九歲跟著我出征，頭一戰是征討安楚拉庫，如今大大小小百餘次了，英勇異常，頗識韜略，也算是咱們建州數一數二的勇士。萬曆三十五年正月，與烏拉貝勒布占泰大戰於烏碣岩，代善你還記得吧？」

「記得、記得！此戰極為險惡，一輩子也忘不了。當時，爹爹命大哥與我，還有三叔、費英東、扈爾漢率三千人馬去蜚城迎接城主策穆特赫的家小，不料布占泰在路上伏兵萬人，三叔藉口白光掠過主帥旗，是不祥之兆，便要潰逃。大哥與我力主交戰，分率一千人馬，兩路突襲烏拉兵卒。憑藉爹爹的威名，建州將士以一當十，大獲全勝，斬首烏拉兵卒首級三千，獲戰馬五千匹、鎧甲三千副。那真是一場激戰，殺聲震天，屍橫遍野……」代善憶及當年，豪氣沖天，但想到大哥如今橫行不法，眼圈一紅，神色黯然。

「那次大戰以後，我封他廣略貝勒和洪巴圖魯，對他期望甚高，不想他竟變得如此殘暴！」努爾哈赤閉目搖頭，傷心之極。

皇太極說道：「大哥畢竟是一時心急，做事失了輕重分寸，爹爹訓斥一番，他自會悔改的。」

努爾哈赤苦笑道：「訓斥未必有用，怕是管得了一時，管不了一世。要緊的還是他自己幡然醒悟，痛改前非。我本想羈押他入獄，令他好生思過。又怕處罰過了，傷了他的臉面，我想佛阿拉狹小擁擠，還是遷回赫圖阿拉，另建新城。那年我路過赫圖阿拉老城南，見地勢高曠，萬山朝拱，峭壁崢嶸，三面環山，一面臨水，易守難攻，就教他去督建新城去吧！政務暫不用他插手了。」

次日，努爾哈赤假作不知褚英搶妻之事，派他與何合禮一起到赫圖阿拉。褚英請龔正陸陪著，隨即啟程走了。

不到半年的功夫，赫圖阿拉建完了內城。褚英為討好努爾哈赤，聽從了龔正陸的建議，在城北仿照京城皇極殿的樣式，建造了一座汗宮大衙門。八角飛簷，沖天而起，氣勢恢宏。大殿正中設寶座，寶座前設龍書案，龍書案兩側有鶴銜蓮花蠟臺、薰爐和香亭。殿左掘一深潭，面闊水幽，荷花爭豔；殿右開一池塘，清水粼粼，魚蝦競游，名曰「神龍二目」。東側是四開間的寢室，都極盡奢華。努爾哈赤帶領家眷、親信將領遷到了新城，四處巡看了，褚英又將外城如何建造及關帝廟、地藏寺、顯佑宮、城隍廟、文廟等七大廟細細解說，努爾哈赤只是點頭微笑，卻不提將政事交與他管轄之事。轉眼到了九月，努爾哈赤打算統領大軍征討葉赫，褚英請求出征，努爾哈赤推說都城新遷，須留人監國，不准他隨去。褚英擔心不參戰立功，眾人心中的威望更加少了，悶悶不樂，長吁短歎，生怕危及儲位。他想起三叔舒爾哈齊，也是從不讓他出征開始，漸漸奪去兵權，以致下獄處死，內心更加恐慌不安，密召龔正陸商議對策。

龔正陸剛剛坐下，他便惡狠狠說道：「我恨不得他今日就死了，明日也好攬過大權來！只是他身子素來康健，生病都是極少的，這要等到什麼年月？」

「你真的這麼恨汗王？」龔正陸眯起雙眼。

「上次我得罪了五大臣和眾位兄弟，原指望此事過去了，可如今看來，此事非但沒有過去，想必是已走漏了風聲，爹爹已經知道了。今後若是那些人合起夥兒來對付我一個，不用說別的，就是一人一口唾沫也淹死我了。」

「人言可畏，時要防著他們點兒。幾個阿哥倒還沒有什麼，那五大臣跟隨汗王出生入死多年，可是不好惹的。咱們明著不敢怎樣，暗裏算計他們就是了，那些當面鑼對面鼓的爭鬥，不過是潑婦罵街一般，原本咱就不該那樣對人的。」

「怎麼暗裏算計，師傅有什麼計策？」

龔正陸鼻子裏輕哼一聲，說道：「我稍稍賣弄個手段，他們也等不到如今了！只是這手段未免陰損一些。你可聽說過巫蠱之術？」

褚英心內暗暗歡喜，便說道：「什麼巫蠱之術？」

龔正陸詭秘地一笑，低聲說道：「巫蠱之術流傳已久，歷代典籍多有載述。巫是以木偶人、符咒作法，木偶人上寫著被詛咒者的姓名、年庚八字，刀砍針刺，輔以符咒，極為靈驗。蠱就是蠱毒，將各種毒蟲集在一個器皿之中，任其互相撕咬吞食，存活到最後的百毒之王就是蠱。蠱的名堂甚多，有蛇蠱、金蠶蠱、蔑片蠱、石頭蠱、泥鰍蠱、中害神、疳蠱、腫蠱、癲蠱、陰蛇蠱、生蛇蠱……放蠱的手法有三四種之多，伸一指放，戟二指放，駢三指四指放，後果各不相同，以三指四指所放最毒，中者必死無疑。遭蠱之人，求生不得，求死不能，必要受盡痛楚以後，才會慢慢死去，或氣脹胸膛，或全身痲癢，或七竅流血，死得千奇百怪，極為可怖。」

褚英陰戾地說道：「我恨透了他們，那就放蠱給他們嘗嘗！」

龔正陸搖頭說：「放蠱之人多在西南的苗疆，都是苗族的婦人，山高林密，路途又遠，十分難尋。」

「那用木偶人的法術倒是好找，不少薩滿巫師都會此法，防範起來也容易。我是擔心輕易給人破解了，白費一場心血。若是走漏風聲，更有百害無一利了。」褚英不禁有些失望，「我知道有個科爾沁的大薩滿，法術極高。」

龔正陸提醒道：「此人如此知名，汗王他們會不會也能想到？」

「師傅，這你就不懂了。法術高的大薩滿作法，只有法術更高的才可破解，他們就是想到，急切之間哪裏找得到破解之術？」褚英胸有成竹。

龔正陸擺手道：「不必跑那麼遠找人了，這些小法術我少年時曾跟龍虎山張真人的弟子習練過，沒什麼難的。我尋個僻靜的所在，設壇施符咒，每人從五行相剋之時咒起，咒一遍，拜三拜，每日咒七七四十九遍，拜一百四十七拜。至七日而生人之一魂離舍，又七日而二魂去，又七日而三魂盡矣。然後咒六魄，咒六日而一魄亡；餘魄各止二日而皆去；至第六魄，又必咒六日而後離體。這邊咒起，那邊就病，如響之應聲，影之應形，不爽時日。總共四十一日大功可成。」

褚英大喜道：「可要準備什麼？」

「你只給我準備十種污穢的東西，其餘我自己動手布置，不用別人動手，也不許有人偷看。」

「哪十種東西？」

「男子精液、娼女月經、龍陽糞便，還有牝牛、雌羊、母狗、騍馬、騍驢、母豬胎血，狼尾草汁。」

「要這些骯髒的東西何用？」

「不必多問，到時候你就知道了。」

龔正陸命人在褚英的家中收拾出一處僻靜的小院落，門口派專人把守，不許任何人進入。他帶領兩個小童在院中選坎位方向，結起三尺三寸的法壇，壇上豎立一柄大傘，傘下安長桌一張，擺列權杖法器、朱砂印符等物。壇之四圍以內，建皂旗七十二面，上書毒魔惡煞名諱。將刻好的十個桃木人上書努爾哈赤、四大貝勒和五大臣的姓名生辰，用一寸多長的鋼針釘住，將十種污穢之物灑在桃木人上。他在蒲團上打坐，默念咒語。此事極為機密，闔府上下，只有褚英與幾個心腹知道，單等二十七天一過，做完法事，將十個桃木人深埋在褚英的炕腳之下，再鎮壓雙七的時日，就算大功告成了。

褚英終日躲在那間小院子裏，與龔正陸燒香念咒，冷落了福晉。他福晉納悶好久，想不出其中的緣由，以為他給瓜爾佳氏狐媚了，暗自生了幾天的氣，才覺不是辦法。想到瓜爾佳

氏長髮如雲，漆黑如墨，心裏也是十分欽羨，命丫鬟請她過來。瓜爾佳氏自從給褚英掠到家中淫樂，心裏一直惴惴不安，總怕褚英的福晉記仇銜恨，找個藉口責罰報復，見她派人來請，心裏敲著鼓，又不敢不來拜見。等到見了福晉，看她面色如常，才覺心安。那福晉笑吟吟地招呼著坐了，說道：「我這頭髮總是掉個不住，也乾枯了許多。看你頭髮又黑又密，想必是有什麼保養的秘方，想要請教，你可不要藏著不說！」

瓜爾佳氏見她心直口快，含笑答道：「我天生頭髮既多且長，額娘給我請了一個漢人媳婦，專門伺弄。那漢人媳婦是個讀過書的，真是心靈手巧。她怕我頭髮多了，天冷天熱不好伺弄，就採了時令鮮花煮成香湯，用來洗髮，頭髮烏黑，光可鑒人，終日濃香瀰漫。冬天用芝麻葉煮水梳頭，不長蟣虱。若要止住頭髮脫落，也有個法子，可用芭蕉油梳頭，不出一個月，頭髮不但不落，且會變黑。」

「大阿哥一直誇你的頭髮潤澤，周身香氣不斷，原來竟有這些講究！」

瓜爾佳氏聽她說起褚英，忍不住問道：「大阿哥還好吧？這赫圖阿拉建得如此壯麗，功勞可不小呢！」

「好著呢！只是每日裏忙碌不堪，連我都懶得理了，好不容易見個面，也緊鎖著眉頭，怕是嫌棄了我呢？」福晉幽怨地看了瓜爾佳氏一眼，歎道：「他自那日與你、與你……以後，竟不看我一眼了，我不知怎樣收收他的心？」

瓜爾佳氏聽到她說「與你」二字時，語調有些酸楚，臉色一熱，急忙遮掩道：「大阿哥是有志向的人，想必不願在女人堆裏廝混，他是想著大事呢！」

福晉撇嘴道：「想著什麼大事，這些日子他與龔師傅躲在那間小院子裏，燒香拜佛的，行蹤詭秘，終日精神恍惚。一個大男人卻做咱們女子的勾當，真不知他要做什麼？該不是煉丹修道吧？」

「煉丹修道那是漢人道士唬人的把戲，大阿哥豈會如此？也許他是為汗王祈福呢！」

「祈福還用木偶人……」福晉臉色一變，她恍惚想起龔正陸拿著木偶人，翻來覆去地念著咒語，神情極是猙獰可怖，隱隱覺到不是什麼光明的事情，忙改口道：「那樣倒好，汗王若是身子康泰，也是咱們的福份呢！今日有勞妹妹了，閨房閒話，可不要傳出去，不然大阿哥知道我向你請教，又該罵我愚笨了。」

瓜爾佳氏起身道：「福晉本來出身尊貴，什麼世面沒見過，卻要我指點？我那裏還有幾瓶薔薇露，明兒個送與福晉試試。」她見褚英福晉期期艾艾，說話不爽利起來，告辭離開。

瓜爾佳氏嘴上應允了，可卻不會瞞著莽古爾泰。半個月後，努爾哈赤率軍返回赫圖阿拉，大獲全勝。瓜爾佳氏與莽古爾泰多日不見，纏綿了半夜，便說起褚英福晉受冷落之事來，問道：「大阿哥可真孝順，汗王出兵葉赫，他竟在家中作法祈福呢！」

莽古爾泰惺忪著兩眼，攬著她的細腰，敷衍道：「他是想討好爹爹，怕爹爹廢黜了他，其實爹爹一直懷有疑心，他未必肯改的。」

瓜爾佳氏伏在他胸膛上，見他心不在焉，自語道：「祈福竟要用木偶人，大阿哥真花費了心思……」

「什麼木偶人?」莽古爾泰翻身坐起，一把扯住她的胳膊，急聲追問。

「哎喲!」瓜爾佳氏一聲嬌呼，「你急什麼?用這樣大的力氣，人家的胳膊要斷了。」

莽古爾泰低頭看她的胳膊，果然有兩道淡淡的紅痕，用手輕輕揉搓，賠笑道:「我一時心急，祈福哪裏有用木偶人的?」

瓜爾佳氏思忖道:「也是呢!當時他福晉想是說漏了嘴，怕我追問，吞吞吐吐的，不教向外人說起。」

「她是知情的，看來此事必有緣故。你先歇著，我要稟報爹爹。」莽古爾泰急急披衣起來，上馬直奔大衙門。

努爾哈赤回到大衙門，命人召來阿巴亥陪寢。阿巴亥已有了六個月的身孕，見了努爾哈赤，紮手紮腳地還要行禮，努爾哈赤笑著拉住她道:「你身子沉重了，就免了，扭腰下跪的，容易引動胎氣。」

「那等我生了，再多給汗王請安。」阿巴亥笑著，忽然抱住肚子，痛得彎了腰。

努爾哈赤問道:「可是扭了腰?」

「不、不是。哎喲!是這、這小東西在裏面……亂踢……哎喲，好疼……」

努爾哈赤扶她上炕，斜靠在棉被上，伸手摸著她微微隆起的腹部，納悶道:「才六個多月，竟知道踢人了?可是怪事!」

「是啊！我的肚子還沒有生阿濟格時大呢，誰想小東西哪裏來的這麼大勁兒？非要踢破肚子出來麼？都說這樣的孩子有出息，能成大器，可你也不能這樣折騰你額娘呀！」阿巴亥額頭浸出細密的汗珠兒，口中嬌喘著，臉蛋兒潮紅，咬著細碎齊整的銀牙，高聳的雙乳不停地隨著身子顫動。

努爾哈赤看得眼熱心跳，替她擦著汗道：「本想叫你來說說話兒，可看你這樣嬌嫩肥美，竟覺比平日裏還招人疼。」他解開阿巴亥胸前的衣襟，雙手罩在她的雙乳上，只覺豐滿異常，鼓鼓脹脹的，噴薄欲出……俯身下去，一股濃郁的奶香撲面而來……

「不、不要！汗王，你先等一會兒，這會兒小東西鬧得厲害。哎喲……你要踢死額娘了……」

努爾哈赤恍若不聞，伸手向她腰下探去，忽然門外高喝道：「五阿哥，汗王已經歇息了，有事明日再來。」

「我有十萬火急的事稟告。」莽古爾泰聲音之中含著焦躁。

「五哥，什麼事這樣急？爹爹確已安歇了，不好驚動。」皇太極快步從耳房出來，他已代替費英東，做了總領侍衛大臣，汗宮大衙門的警衛由他一人專管。

「此處不便說。」莽古爾泰壓低了聲音，隨即一陣更低的說話聲，腳步似乎走得遠了。

努爾哈赤摸到阿巴亥隆起的小腹，一片濕熱，想必是她給腹中的嬰兒折騰得極是痛苦，渾身是汗，想要給她解開衣裳透氣，猛聽皇太極急聲問道：「你可拿得準？」他的手竟隨著一顫，好像給腹中的嬰兒踢了一腳，抽手出來，掌心滿是冷汗，深更半夜的，有什麼急事？他隱隱有些不快。

隨著一陣腳步聲，皇太極在門外求見。努爾哈赤整衣出了寢室，坐在御座上，朝外命道：「你們倆都進來。」

皇太極、莽古爾泰請過安，莽古爾泰就將事情細細稟報了一遍。努爾哈赤聽了，反問道：「老五，你大哥心腸真是如此險惡？」

莽古爾泰急忙道：「孩兒絕不敢誣告，爹爹不信，派人搜一搜不就真相大白了。」

「若不是這樣，你誣不誣告，還在其次，你大哥會怎麼想？剛剛出了你們爭搶女人的事，再鬧出什麼事來，人心就亂了。」努爾哈赤滿臉憂色。

皇太極道：「爹爹並非多慮，此事必要慎重。孩兒以為，不如爹爹親自去。」

「此事真假未辨，若我去查，還有迴旋餘地麼？」努爾哈赤不禁有些惱怒。

皇太極辯解道：「爹爹明日可到大哥家中，大哥出來迎接，勢必不能脫身，那時孩兒暗中派人查探。若沒有此事，他也不會起疑心；若此事確實，爹爹正好將他拿下。神不知鬼不覺的，大哥未必能料到。」

努爾哈赤點頭道：「下去準備吧！人手要精幹，人多容易走漏風聲。」

次日一早，褚英與龔正陸將污穢之物淋在桃木人上，剛剛在蒲團上跪拜，侍衛慌慌張張地跑來道：「汗王已到了門口。」

褚英大驚，看著龔正陸道：「可是走漏了風聲？」

「不會。若是那樣，只要一隊人馬就行了，他何必要親自來？」龔正陸穩坐蒲團，閉目念咒，神色極是安詳。

褚英穩穩心神，急忙跑出小院，果見努爾哈赤已進了大門，上前行禮，接入正房，上炕坐了，喊福晉過來拜見。那福晉忙取過努爾哈赤手中的煙袋，從繡花荷包裏裝了碎煙葉，畢恭畢敬地雙手奉上道：「阿瑪的煙袋可真講究，白銅鏨花煙鍋兒，白玉石煙嘴兒，烏木煙桿兒，這煙嘴兒是細玉溝老玉的吧？」隨即打火鐮點上。

「你的眼力不差，這是我領兵攻打哈達時，碑瓦溝的雕玉名手王寶山磨製的，抽起來很是順口。」努爾哈赤噴出一口濃煙，端碗吃茶。

褚英夫妻陪著，努爾哈赤抽了半袋煙，就見皇太極在門口做了個手勢，他吐出嘴裏的煙袋，用手將繡花荷包捲在煙桿上，插在腰間，一拍炕桌，喝道：「褚英，你可知罪？」

褚英兩腿一彎，隨即站直了，說道：「孩兒留守赫圖阿拉，並無過失，有什麼罪？」

努爾哈赤冷笑道：「你還想瞞我？」

「孩兒實在沒什麼事隱瞞阿瑪。」褚英裝作委屈，眼裏噙著淚水。

「沒有？你不是做夢都想著我死，好盡早坐了汗王的位子？今兒個我將這個人頭給你送來了，你還不過來取！」

褚英跪在地上，哆嗦道：「孩兒怎敢、怎敢起下這等狂悖之心！阿瑪聽了誰的蠱惑，竟

信不過親生的兒子。」

「你不敢！老八，將人帶上來！」努爾哈赤一腳踢翻了褚英，目光陰森得嚇人，褚英福晉歪倒在地，暈了過去。

龔正陸被五花大綁著押進屋來，皇太極用力一推，他向前衝了幾步，摔倒在褚英身旁，二人對視了一眼，褚英登時臉色慘白。努爾哈赤踱步上前，叱問道：「你還有什麼話說？」

此時，幾個兵卒將法壇、大傘、權杖、法器、朱砂、印符、桃木人、蒲團、鋼針等物搬運進來。皇太極冷著臉道：「大哥，你好狠的心腸！竟用這些下三濫的手段詛咒阿瑪，剛才我帶人悄悄翻入小院，還見龔師傅往這些桃木人身上扎針，口中念念有辭，這可是大逆不道的死罪呀！」

「我……」褚英張嘴狡辯，卻覺無從說起，低頭不語。

努爾哈赤怒不可遏，問道：「龔師傅，我對你不薄，將幾個阿哥交你管教，還想提拔你做軍師，誰料你竟插手立儲大事，助紂為虐，真令我寒心！」

龔正陸淡然說：「我知道此事不夠光明磊落，我與褚英相處多年，情逾父子，若能讓褚英早登大位，我不惜這條老命，自然顧不了其他！只是我不明白，你怎麼如此之快地得到了消息？」

「是天意！」努爾哈赤神色凜然，喝道：「將龔正陸即刻絞死，褚英押入西大獄。」

褚英入獄的消息，五大臣很快就知道了，一起趕到大衙門。努爾哈赤正想著廢黜褚英之事，便命人召來四大貝勒，一起商議。莽古爾泰搶先說：「大哥心術不正，確實不能做太子。上次他搶了瓜爾佳氏，以為是我給阿瑪告了狀，罵我違背誓言，發狠說要殺我。」

皇太極道：「他還以為是我與阿敏堂哥告的狀，說登上王位，先殺我倆祭旗！」

何合禮見努爾哈赤一言不發，搖頭說：「汗王，褚英狼子野心，罪惡昭彰，再不能縱容了，如何處罰，可要三思而行，以免再生出什麼是非。」

費英東附和道：「此子目無尊長，不可再留了。」

扈爾漢說：「烏碣岩大戰時，他罵我和費英東二人，眼裏只有汗王卻沒有他，再不服軍令，砍了示眾。竟說什麼：別看你倆是開國功臣，我照樣敢殺，殺了你們，日後也少了兩個對頭。」

額亦都跟隨努爾哈赤最久，知道他對褚英表面嚴厲，內心仍存一絲慈愛，唏噓道：「再怎麼說，褚英是咱們看著長大的，他如今狂傲不馴，咱們做叔叔的，也有罪責。我看還是再等一些日子，或許他能有所悔悟，浪子回頭金不換。當不當儲君先不說了，能留下條命就行。」

安費揚古道：「褚英是咱們死去大嫂的骨血，這樣處置也對得起她，不然汗王如何忍心？」

四大貝勒中，代善與褚英是同胞兄弟，他一直默然地聽著眾人議論，安費揚古說及死去的額娘，他眼裏早滿含了淚水，撲通跪倒在地，哭道：「阿瑪，孩兒願以所獲軍功，替大哥贖罪，軍功不夠，孩兒日後還會去爭。不管怎樣，也要給他留下條命呀！我昨夜去西大獄見他，他哭喊著要見阿瑪，他有話要對阿瑪說。」

努爾哈赤忍著淚道：「代善，你起來！你額娘臨死前，託付我好生照看你們三個，這麼多年我一直記在心裏，沒有一天忘過。看見你們，我總是想起你額娘拉著我的手流淚，我就那麼忍心無情？不是、不是！我們女真到了今天，靠的是祖宗的陰德，也靠的是軍法如山。你說！阿瑪該怎麼辦？不是他對阿瑪如此就該處罰，就是他對你們其中一人如此，也是死罪呀！阿瑪自然想著什麼事都沒出，大夥兒和和睦睦的，多好！可事情已經出了，總不能不聞不問不理不辦吧！這不是可商量的事兒，阿瑪只好對不起你額娘了。」

眾人本來心裏都恨著褚英，一心勸說汗王廢黜了他，以免日後他繼了王位，向大夥兒開刀，但見努爾哈赤竟要處死他，又有些不忍，紛紛求情，代善更是痛哭失聲，大殿裏一片嘈雜。努爾哈赤正覺左右為難，顏布祿急步進來，附在耳邊低語幾句，他守住眼淚，頷首道：「帶他進來。」

顏布祿答應一聲，從殿外領進一個關內裝束的漢人，他跪下拜道：「奴才奉命到京城打探朝廷動靜，如今朝廷出了大事，鬧得人心惶惶，上下騷亂不堪。」

努爾哈赤問道：「出了什麼大事？你起來慢慢地說。」四大貝勒、五大臣早已住嘴收聲，靜靜地聽那探子說話。

奪城

努爾哈赤驀然回頭問道：「怎麼個奪法？」「汗王可先派人扮做趕赴馬市的商販，分成數夥，驅趕馬匹，暗藏兵刃，混入城內。入夜之後，大軍偷偷潛到城下，發炮爲號，裏應外合，内外夾攻，李永芳必無防備，撫順唾手可得。」努爾哈赤大喜，快步上前，一拍他的臂膊，笑道：「眞是後生可畏！」

那探子說道：「妖書案後，不久又出了一件事，萬曆四十一年六月初二日，錦衣衛百戶王曰乾告發孔學等人，受鄭貴妃指使，糾集妖人，擺設香紙桌案及黑瓷射魂瓶，由妖人披髮仗劍，念咒燒符，又剪紙人三個，寫上皇太后、皇上、皇太子三人的名字，用新鐵釘四十九枚，釘在紙人眼上，七天後焚化……」

那探子不知赫圖阿拉剛剛出了類似的事情，只顧著說，皇太極咳嗽一聲，探子抬頭暗瞥一眼，見努爾哈赤面色陰沉下來，眾人也都默然，以為自己說錯了什麼，正在遲疑，努爾哈赤問道：「朝廷是如何處置的？」

探子回道：「萬曆皇帝知道後，憤怒不堪，要嚴懲罪犯。內閣首輔葉向高卻向他進諫：此事不可聲張，不然勢必像『妖書案』那樣鬧得滿城風雨。大事化小，小事化了，才是上策。第二天，葉向高命三法司嚴刑拷打王曰乾，將他打死在獄中，此事也就不了了之。」

努爾哈赤掃視眾人一眼，見代善面有喜色，其他人卻緊鎖著眉頭，似是尚未聽明白，轉了話題，問道：「近日出了什麼事？」

「這些事情過後，許多大臣天天逼著萬曆皇帝送福王朱常洵趕往洛陽的藩地，去年二月，萬曆皇帝與鄭貴妃實在推託不過，只好命朱常洵離京。那鄭貴妃哭得死去活來，戀戀難捨，萬曆皇帝本來看不上長子朱常洛，因此更是對他不滿了，削減東宮的費用，就是侍衛也寥寥數人，宮中的太監最是勢利，見東宮門庭冷落，紛紛想著法子離開。」

探子說到這裏，見眾人聽得茫然，知道自己說得太迂遠了，急忙切入正題道：「五月初四日黃昏時分，有一名男子張差手持木棒闖入大內東華門，一直打到皇太子居住的慈慶宮，後被內監捕獲。張差梃擊太子宮之事，朝內多有爭論，不少大臣以為是鄭貴妃陷害太子，陰謀擁立福王。後經刑部十三司會審，查明張差係京畿一帶白蓮教教徒，其首領為馬三道、李守才，他們與鄭貴妃宮內的太監龐保、劉成勾結，派張差打入宮內，梃擊太子。一時傳遍宮闈，震動京華。萬曆皇帝見事情牽涉到鄭貴妃，不願深究，株連太多，先將張差凌遲，又將龐保、劉成處死，草草結案……」

莽古爾泰耐著性子聽到此處，忍不住打斷道：「他們自管爭鬥，與咱們有什麼相干？不就死了三個人麼？」

那探子不敢反駁，只是據實解說：「貝勒爺，梃擊案雖然了結，但萬曆皇帝越發不理朝政，連旬累月的奏疏，任其堆積如山，不審不批，把一切政事置之腦後，深居內宮，尋歡作樂。皇帝不上朝，大臣和他見不著面，上了奏疏也不看，臨到大臣辭職都沒法辭，於是按慣例送上一封辭呈，也不管准不准，棄官回家。有的大臣離職之後皇帝也不知道，知道了既不挽留也不責怪，官缺了也不調補。吏部、兵部因無人簽證蓋印，邊防軍請發軍餉，無人簽發，關內的兵丁多年不行操練。這些豈不是與咱們有關了？」

努爾哈赤面有喜色，說道：「鄭貴妃想要加害朱常洛，便令太監龐保、劉成尋找張差這一類魯莽、弱智、狀似瘋癲之人行事，事情敗露之後也好掩蓋主謀之人。此案鄭貴妃脫不了干係，不然她為什麼要向朱常洛下拜？萬曆皇帝為什麼要秘密處死劉成、龐保？此案雖結，後患難除。朝臣閹黨，皇親國戚，勢必紛結黨羽，相互攻訐，爭鬥不休。如此自然無暇顧及遼東，咱們正好出兵葉赫，掃滅扈倫四部，再伺機南下，將關外盡歸我建州。」

眾位兄弟之中，只有皇太極一人精通漢文，對朝廷的典章制度多所了解，聽了事情的原委，心下豁然開朗，讚道：「阿瑪說的極是。鄭貴妃身膺殊寵，宮闈侍宴，枕席言歡，也就攪亂了朝野。加上他們內憂外患又極多，倭寇為患東南，建州崛起東北，萬曆皇帝年老昏庸，朝中黨爭不止，大明江山恐怕也不會長久了。如今遼東巡撫換了李維翰，總兵換了張承胤，此二人都是酒囊飯袋，與當年的楊鎬、李成梁不可同日而語。等咱們取了整個關東，就想法子入關南下，滅了大明，再建個新朝。阿瑪就可做成吉思汗那樣的大汗了！」

努爾哈赤聽他說得豪氣干雲，心頭大喜，說道：「咱們攻打葉赫，明朝屢次出兵阻攔，我實在氣他們不過！如今他們的朝廷出了這等大事，他們軍心想必也有些渙散，我想趁機給他們點兒厲害嘗嘗，不能教他們輕易小覷咱們。兵發葉赫之前，咱們先攻明軍一座城池如何？」

額亦都握著胖大的拳頭道：「我心裏這口氣憋得很久了，再不出一出，肚子都要氣破了。」

努爾哈赤揮手命探子退下領賞，問眾人道：「攻打哪座城池為好？老八，你說說看。」

「阿瑪一直說對明朝要用蠶食之法，好比砍大樹，要先去其枝葉，其次是軀幹，最後連根拔起。明軍的城池撫順離咱們最近，取了撫順，即是打開了向南的門戶。」

努爾哈赤笑道：「老八所言正合我意。你們回去加緊準備，餵好戰馬，整頓兵甲，不日就要攻打撫順。」

何合禮遲疑道：「撫順城堅兵強，怕是不易攻克。」

努爾哈赤捋鬚道：「攻克不下，也要嚇他們一嚇，教他們見識一下建州鐵騎！」

「大哥怎麼辦？」代善一直等著對褚英的判罰，不料給探子一攪擾，竟沒有了下文，阿瑪竟說起攻打明朝的事來，心急難忍，只得舊話重提。

果然，努爾哈赤瞪了他一眼，緩緩說道：「不能留他。」

「大哥求阿瑪能給他個贖罪的機會，即便不能贖罪，他寧肯戰死沙場，也不想死在自己人的刀下。」

努爾哈赤頹然地向後靠到御座上，歎氣道：「晚了，不能讓他再動刀槍弓箭了。代善，你送他上路吧！我、我不想去了。你告訴他，我沒他這個兒子。百年以後，我見了你額娘，自會向她請罪求饒。去吧！」

代善淚眼凝視著努爾哈赤，欲言又止，起身黯然離去，眾人心頭悲欣交集，說不出是什麼滋味。

四月二十二日，褚英走出了赫圖阿拉城西南角的西大獄，被蒙上黑色頭罩，押到了校場的點將臺上。萬人空巷，觀者如潮，校場四周擠滿了男女老少。代善看著劊子手將繩索緩緩套入他的脖子，高高吊起……「大哥——」代善不由一聲嚎啕，哭倒在地。

努爾哈赤絞死了長子褚英，率全體將士祭拜過堂子，周身披掛，騎上戰馬，親率二萬兵馬，誓師攻打撫順。角聲響起，螺號嘹亮，旌旗蔽日，槍戟如林，浩浩蕩蕩，殺奔撫順。大軍行進到木奇一帶，分兵兩路，一路由大貝勒代善領兵攻取東州、馬根丹；另一路由努爾哈赤親自率領直奔撫順城。四月二十四日，八旗軍冒雨趕路，馬不停蹄，很快進至撫順城下。將到撫順城下，大雨兀自下個不住，努爾哈赤下令在距城三十里處紮營。疾風密雨，伴著一聲聲的炸雷，將近處的樹木、村莊籠罩在無邊的煙幕之中，道路泥濘，行走艱難，軍中生火做飯也是不易。努爾哈赤坐在大帳中，帳外的雨點時而驟急時而淅瀝，將帳頂敲擊得有如鼓響，心中十分焦躁，看天色陰沉如給一塊大幕遮蓋，不知何時能放晴？正在煩悶不已，帳外忽然傳來爭吵之聲，皇太極帶著巡營的將士將一個人推搡進來，吆喝著：「跪下、跪下，快見過我們的汗王！」

努爾哈赤見來人生得相貌堂堂，體格魁偉，像是一員虎將，身上卻是文士裝扮，頭戴一頂黑色羅紗的四角高方巾，穿著一件藍色蠶綢直裰，外面罩件油衣，足下踏一雙半新半舊的鹿皮油靴，沾滿了爛泥，年紀在二十歲上下，一雙眼睛炯炯有神。想是在雨中淋得久了，面色青白，身子冷得發抖，卻無一絲驚慌，站著問道：「你果真是當年的建州都督？」

巡營將士推他一把，喝道：「哪裏有什麼都督？我們的主子已是昆都侖汗了，還不跪下，小心打斷了你的狗腿！」

那書生橫他一眼，不悅道：「我是讀書識禮的人，還用你來教？」

作甚？」

努爾哈赤見他倔強，大覺有趣，笑道：「我做建州都督之時，怕還沒有你呢！你問這個

那書生伸手從貼身處摸出一方紙來，遞上道：「都督看了這封信，自然明白了。」

努爾哈赤接過那封微微有些濡濕的信來，打開看了，驚訝道：「你是范楠的兒子？他如今在哪裏？」隨即招呼他靠近坐下烤火取暖。

那書生恭恭敬敬地施過大禮，才將油衣、油靴脫了，在火盆旁烤著淋濕的衣衫，回道：「家父就住在撫順城中，晚輩在家中排行第二，家父取名文程，字憲斗，號輝岳。晚輩幼遵庭訓，入學讀書，十八歲中了秀才，與兄長文采同為瀋陽縣學生員。今聞都督起兵叩關，都督風采，家父時常提及，以為都督是個成就大事的不世雄主，故不辭勞苦，不避斧鉞，冒雨投營，拜謁軍門。如蒙都督不棄，願效犬馬之勞。」

努爾哈赤唏噓道：「當年你父親曾救過我，那時他還是個十幾歲的孩童，不想如今故人之子也長大成人了，日子過得真快呀！你父親可好？做什麼官？」

「多謝都督掛念，家父倒還康健，只是不滿朝政糜爛，奸佞當道，早已絕意仕途，自號枯心居士，只在家中讀書自娛。」

「那你們弟兄入學讀書，不是還想著做官，為大明出力麼？」努爾哈赤目光閃爍不定。

范文程苦笑道：「我與家兄年輕氣盛，還有著為王前驅、澄清天下之志，不滿家父獨善其身的做派。中了秀才以後，屢次上書當今皇帝，暢言國是，那些摺子卻如石沉大海，杳然

無音。後來聽說皇帝二十多年不臨朝聽政了，深居西苑，終日與鄭貴妃尋歡作樂。那些奏疏堆積如山，任由塵積網結，又豈會拆看我一介草民的摺子?自古良禽擇木而棲，如今明亡之兆已顯，自然該擇明主而事。聖人說：君子疾沒世而名不稱焉。晚輩自幼博覽群書，天文地理無所不知，三教九流無所不曉，兵書韜略無所不精，實在不想落拓一生，埋身溝壑。」

「我有心興邦，正在用人之際，欲成大業，必要賢才。聽你父親說，你們祖上是北宋的賢臣?」

「晚輩的十八世祖是北宋有名的賢相范文正公諱仲淹，文正公生有兩子，次子純仁公乃是晚輩的十七世祖。晚輩祖居蘇州吳縣，後來遷居江西，明初自江西獲罪謫徙瀋陽，居住在撫順。」說起先祖，范文程臉上一片肅穆。

「阿瑪，范仲淹可是文武雙全的人物，在漢人心中可是大大有名。」皇太極自幼跟隨龔正陸學習漢文，長大以後，戎馬倥傯，仍披覽不輟，已有相當根底，聽他倆談及范仲淹，自然想到他的文治武功。

努爾哈赤半信半疑道：「哦!漢唐以後，漢人竟還有這等的豪傑?」

范文程心中竊笑，看來他對中原知之甚少，卻又覺氣魄之大為平生所僅見，不禁暗自讚歎。皇太極平日多是與阿瑪商議軍情兵陣，難得談古論今，正好展示胸中的才學，說道：「范仲淹當秀才時就常以天下為己任，有敢言之名。做官後，曾多次上書當時的宰相，被貶三次，後來官至參知政事。西夏人造反，他奉旨平叛，號令嚴明，夏人不敢進犯，稱其為小范老子。他居官注意農桑，整頓武備，推行法制，減輕傜役，給皇帝採納，朝廷政治日漸清明，後人稱頌的慶曆新政，其實多半是他的主意。」

皇太極略頓了頓，見阿瑪的臉上竟流露出幾分讚佩的神情，才接著說：「此人文采冠絕一時，詩文俱佳，他有篇文章寫出了『先天下之憂而憂，後天下之樂而樂』的名句，更是百年傳唱，流韻不歇。」

「先天下之憂而憂，後天下之樂而樂？」努爾哈赤思忖片刻，拊掌道：「寫得妙，寫得妙！果然是忠君為國的名臣！這樣的豪傑之士，不能見面把盞，對坐快談，真是可惜。」

范文程聽他們稱讚自己的先祖，心中一熱，十分感激，頓生明主知遇之感。又見那押送自己進帳的將領身形英武，儀表奇偉，龍驤虎步，臉色紅亮，年歲與自己不相上下，卻詳知漢文典故，出口成章，暗暗喝采道：不想建州荒蠻之地，竟有這等的英才，大起相見恨晚之意。忙穿好了油靴，整整衣衫，跪地叩頭道：「今日拜見了汗王，才知家父識人之術，確實高出一籌。」

努爾哈赤拉他起來，說道：「當年你父親曾與我都在張一化先生門下讀書，只是並未同時，說起來，算是師兄弟了。今日你初到軍營，不必忙著受禮儀約束，快坐下說話。」說罷，指著皇太極道：「這是我的第八子皇太極，今後你們共事的日子想必要長了。」

范文程又與皇太極見過禮，二人才一起坐下。此時，帳外大雨如注，透過雨幕，范文程隱隱看到一兩座營帳，大隊人馬紮下營盤，想必連綿數里，聲勢駭人，不由心潮起伏，暗吟

道：「醉裏挑燈看劍，夢回吹角連營。八百里分麾下炙，五十弦翻塞外聲。沙場秋點兵……」努爾哈赤聽雨聲甚急，擔憂道：「一連幾日，雨水不斷，軍中真是艱難了。陰雨之中，我建州鐵騎不便馳騁，此時是不是不宜攻打撫順？」

「阿瑪莫非想回兵麼？」皇太極念頭一閃，正要勸說，卻見阿瑪兩眼看著范文程，知道是有意試探他的才智，急忙住口靜聽。

范文程心神正在遨遊古今，忽聽努爾哈赤問話，思忖片刻說：「兵法曰：凡戰者，以正合，以奇勝。兵無常勢，水無常形。今天降大雨，我軍行動不便，但城中明軍勢必懈怠，沒有防備之心，我軍正可出其不意，攻其不備。」

努爾哈赤略點點頭，皇太極補充道：「阿瑪，出兵之時，軍卒都已備下了油衣，弓矢也有防潮的雨具，不用擔心淋濕不可使用。咱們既已興兵，斷無不戰而還之理。」

「撫順乃是一座磚城，極為堅固，就是天氣放晴，道路也會泥濘不堪，騎兵難以派上用場，若明軍據守城上，龜縮不出，只以火器射擊，如何是好？」努爾哈赤這幾日一直苦苦思索，卻無計可施。皇太極也覺進退兩難，一時想不出良策。

范文程見他二人苦思冥想，眉頭深鎖，說道：「此城最好智取，不宜強攻。」

「此話不假，只是如何智取，卻教人煞費苦心。」努爾哈赤起身走到帳門前，掀起帳簾，雨聲聽來越發驟急。

范文程道：「汗王可與撫順游擊將軍李永芳熟識？」

「見過幾次面。」

「汗王可知道他已下令重開馬市。」

「遼東連年水災，莊稼歉收，饑餓缺糧，今年的羊牛山貨價格想必大跌，李永芳又要大撈一把了。」努爾哈赤想起建州的不少百姓逃到朝鮮討飯，大批的牛羊染了瘟疫而死，朝廷不但不知撫恤，還在馬市上肆意盤剝，心情一時大壞。

范文程心想馬市之設，歷經漢、唐、宋、元，由來已久。明代自永樂四年起，陸續在遼東開設馬市，天順八年開設的撫順馬市與開原、廣寧兩地並稱遼東三大馬市，每月初六至初十開市一次，滿蒙各部以牛、馬、羊、驢、牛皮、貂皮、人參、木耳、蘑菇、松子、蜂蜜、珍珠等換取漢人的米、鹽、絹、布、緞、鍋、犁等，各取所需，莫不稱便，他卻獨以為有害，想必是朝廷的馬市官隨意壓低馬價，濫徵稅銀。想到此處，勸道：「汗王不必為此傷神，咱們正好趁他開馬市之機，奪了撫順，也好報了多年積攢的仇怨，討還給他多收的稅銀。」

努爾哈赤驀然回頭問道：「怎麼個奪法？」

「汗王可先派人扮做趕赴馬市的商販，分成數夥，驅趕馬匹，暗藏兵刃，混入城內。入夜之後，大軍偷偷潛到城下，發炮為號，裏應外合，內外夾攻，李永芳必無防備，撫順唾手可得。」

努爾哈赤大喜，快步上前，一拍他的臂膊，笑道：「真是後生可畏，你沒經過戰陣，竟

有如此的妙計，看來是上天特地恩賜了個軍師給我！你初來建州，未建功勳，不便厚封。就先做個章京，參贊軍機大事，掌管往來文書。這可合你的心意，沒有辱沒了你吧？」

范文程叩首謝恩道：「無功受祿，慚愧慚愧！」

努爾哈赤對皇太極道：「小范可是咱們的智囊，吩咐下去，不准直呼其名，都要稱范章京，不准怠慢！」

范文程自幼飽讀詩書，最重名節，如今初遇努爾哈赤，就蒙如此善待，感激之情莫可名狀，兩眼湧著淚道：「汗王對晚輩知遇之恩，天高地厚，晚輩、晚輩竭盡駑鈍，怕也不能報效萬一。」

「不用說什麼報效，你能做個亂世的謀臣，就算不負了我心。」努爾哈赤極賞識范文程的機智，但見他滿身的酸腐之氣，竟似虛情假意，暗嫌他不夠爽快。

皇太極見他禮數周全，揖讓得當，心裏牢牢不忘尊卑之序，卻是十分受用，頓生惺惺相惜之意，心想：若得此等英傑之士相助，何事不可成功！拉起他的手，慨歎道：「君臣相遇，何其難也！」

努爾哈赤聞言，拈鬚大樂。皇太極與范文程會心相視，莞爾一笑。此時，雨漸漸小了下來，透過細細的雨簾，似乎依稀望見撫順高大的北門城樓……

次日，天氣轉晴，道路仍是泥濘難走。努爾哈赤召集眾將按計行事。派出三路探子前往廣寧，刺探遼東總兵張承蔭的動靜。又派何合禮帶著厚禮趕往蒙古科爾沁部，去找明安貝勒，請他勸說蒙古西部宰賽、暖兔兩部，一起趕來撫順討要馬市多年積欠的撫賞，以為迷惑之計。將一半人馬退到古勒山紮營，以為援兵。留下的五千精兵，一部人馬扮作趕市的商販，大隊人馬等城中亂起，伺機攻城。

撫順游擊將軍李永芳，本是遼東鐵嶺人。大明官制，游擊將軍排在總兵、副總兵、參將之後，守備、把總之前，但雖給人尊稱一聲將軍，其實無品級，也無定員，多是由總兵保舉的。上個月，撫順來了一個絕色的粉頭，自稱曾經名列秦淮河花榜，琴棋書畫，無所不能，李永芳慕名而去，竟一見如故，當場便要給她贖身。那老鴇見他如此大的口氣，為之色變，一時摸不出他的來頭，不知是騙吃騙喝的亡命惡棍，還是財大氣粗的豪商大賈，不敢應承，又不敢得罪，只得割肉似地賠上個二兩銀子的乾茶圍，耐著性子好生招待。過後打聽原是本城的游擊將軍，便獅子大開口，給女兒定了三千兩銀子的不二身價。

李永芳聽了，撟舌難下，但話一出口，不好收回。再說那粉頭又是生得千嬌百媚，頗諳風情，也難割捨得下，就狠心定了兩月的贖身期限。可過了大半月的光景，卻尋到百十兩的銀子，與那粉頭的身價相差甚多，心裏暗自叫苦不迭。明朝官吏就是有品級的俸祿也薄，何況他這不入流的微末之官，所領俸祿，尚不足養家，好在統領一千一百人的兵卒，平日克扣冒領些軍餉，貼補些日用，積攢幾兩活錢。他有心與鴇母商量，減些銀子，那鴇母見他一回回地空手而來，忍不住冷言冷語，說得李永芳滿面羞愧，到嘴邊的話只得生生嚥回去。俗話說：粉頭愛俏，老鴇愛鈔。李永芳鬱鬱地從粉頭那兒出來，迎面見幾個女真商販拉著馬匹，

馱著毛皮、山貨，沿街叫賣，登時有了主意，若重開馬市，豈不是有了大把的銀子可賺？他回去即刻命師爺給遼東巡撫李維翰寫了申請文書，並備了一份厚禮，快馬送往巡撫衙門。李巡撫見了禮物，自然准了。李永芳隨即貼出告示，明令四方。努爾哈赤分派總兵麻承塔帶領五百人馬，有的扮作趕馬的商人，有的扮作買布的販子，趕著數百匹馬，滿載著各種貨物，絡繹不絕地向撫順而來。

馬市在撫順城東，本是官市，後來變為民市。不過是在一處平曠的地上築起一座小土城，圍成長方形的圈子，居中建起一座兩丈上下的高臺，專供馬市官安坐監察所用。市圈北面有關岳二廟，關帝像騎赤兔馬，儀觀甚偉，岳飛則端坐在「還我河山」的巨匾之下。市圈南面專門搭建考究的裝簷戲臺，以娛商賈，常常請來瀋陽最有名的戲班，上演二人轉、大秧歌。各戲班趁此機會，顯露頭臉，選派當家名角，購置全新的行頭登臺獻藝。戲臺兩旁是跑江湖的賣藝人，玩的無非是旃鞠、跳丸、意錢、蒲博等各種雜技，還有滿蒙的壯士比試射箭和摔跤。眾多買賣馬匹的牙紀掮客，嘴上說著行話，袖中勾著手勢，忙忙碌碌，穿梭其間。土城內外到處是臨時搭起的攤鋪，百貨陳列，人聲鼎沸，穹廬千帳，綿延數里。經由城東門，與城內的馬市街連成一線。

馬市乃一方盛事，撫順本來就是商賈雲集、煙火千家的繁華城鎮，馬市大街是以物換物的常設之地，馬市乍開，更是店鋪林立，熱鬧非凡。茶坊、酒肆、腳店、弓店、銀莊、綢莊、肉鋪、藥鋪、香鋪、當鋪、煙鋪、馬鞍具、染料坊、雜貨鋪、小吃鋪……無不買賣興隆。街上人朝如織，摩肩接踵，有賣花的、算命的、各色攤販、行腳僧人、外鄉遊客……男女老幼，士農工商，三教九流，無所不備。白天城中鼓樂喧天，車水馬龍；夜晚店鋪張燈結綵，唱戲說書通宵達旦，笙歌樂曲、嘈雜吵嚷之聲，傳出數里。

麻承塔率領手下軍卒直奔東門，剛到門前，卻聽一聲喝令，「站住！奉游擊將軍將令，清查貨物，嚴禁私藏。你帶了什麼貨，有多少？報上數來！」

麻承塔一驚，他曾來過撫順馬市，知道守門官兵與市圈提督馬市公署衙門的僕役各有司職。官兵一是驗看敕書，即衙門准許的通商證件；二是查禁私賣火藥、兵器的商販。清點貨物，按數收捐，則屬公署衙門份內之事，不該他們插手。怎麼這次竟改了規矩？他看一眼盛著蘑菇、松子的口袋，裏面藏著幾口短刀、短斧，若給他們搜出，勢必洩露了形跡，自己生死事小，因此打草驚蛇，汗王的大計就要落空，那豈不是罪無可恕了？他心急如焚，渾身直淌熱汗，思忖著如何應對。後面的馬隊不知前面出了變故，只顧向城內轟趕馬匹，城下頓時擠得滿滿的，人喊馬嘶，一片嘈雜。

守門的軍卒大罵道：「他奶奶的，擠什麼擠！少交了銀子，誰也別想進城！」

麻承塔登時醒悟，那些軍卒只是一味吆喝，並不動手，原來只是想著勒索銀子，並非看出了什麼異常。他心神鬆弛下來，摸出一塊二兩上下的銀子，賠笑道：「幾位軍爺，今日開市頭一天，尚未賣貨，身上的銀子不多，這點兒散碎的銀子，不成敬意，權且買杯酒吃。等小的賣掉這批貨物，再來補謝！」

果然，那幾個軍卒眉開眼笑，揮手放行。麻承塔進到城內，暗自後怕。他包下一家寬大的客棧，等著後面的人陸續到了，給馬匹餵上草料，吃飯歇息。

馬市開的頭一天，城門口就收足了三千兩銀子，李永芳欣喜萬分，命人兌成一張銀票，藏在懷中。他坐在游擊將軍衙門的大堂上，取出銀票，摸了又摸，看了又看，彷彿拿的不是銀票，而是如花似玉的那個青樓美人，不由得意地連聲嘿嘿傻笑，嘴裏喃喃說道：「小美人，再捱兩日，哥哥就能摟著你同榻而眠了。嘿嘿，你等得可是心焦了？」

正在神魂顛倒，一個兵丁跑來稟道：「蒙古宰賽、暖兔兩部五千人馬，在遼河兩岸紮下營盤，派人來說要到撫順討要歷年積欠的賞銀。」

李永芳聽到一個「銀」字，渾身不由哆嗦幾下，忙將手中的銀票揣入懷中，那些賞銀一半送了撫臺大人和總鎮大人，一半與馬市公署衙門提督私分了，沒剩下一兩一錢，哪裏有銀子給他們？可蒙古的五千人馬若是攻入城來，城中守軍算上虛冒的不過千人，如何抵擋？他心裏慌亂不堪，忙讓侍衛喊來千總王命印、把總王學道、唐月順等，把探馬報來的消息說與他們。

王學道哪裏知道他私分賞銀之事，不以為然地說：「大人莫慌。蒙古宰賽、暖兔兩部出兵五千，並非有意攻打撫順，他們不過是想威懾恐嚇大人，以便於領到賞銀。大人將積欠的銀子給他們，蒙古必然退兵。」

李永芳按住胸口，支吾道：「這、這賞銀雖有成例，只是、只是所收的捐銀都解到了京城，皇上並未恩賜，急切之間，哪裏去湊這麼多的銀、銀子？」

王命印、王學道、唐月順等人知道馬市收取的捐銀是先留足賞銀，才解發京城，上繳戶部太倉的，但聽李永芳無中生有地胡說一氣，明白銀子已給他私吞了，誰也不敢揭穿。他們跟隨李永芳已有數年，知道他生性貪吝，到手的銀子絕不肯吐出來，若惹急了蒙古兩部，激成變亂，那時再收拾就難了。他們不敢規勸，只好默然無語。兵丁又來稟報說：「城外三十里處的古勒山下，駐紮有建州兵馬萬人，不知何意。」

李永芳急道：「西有蒙古軍卒，東有建州兵馬，難道他們要攻打撫順城麼？」

王命印說：「既然不知他們的意圖，最好還是早加防備。」

李永芳見王學道與唐月順二人跟著附和，命道：「火速派人飛報廣寧，請總鎮大人派兵協助守城。」

「不如關閉了馬市，不然城中若是亂了，撫順怕是難保了。」王命印明知馬市乃是李永芳請開的，不好指東道西，胡亂評說，但事情緊要，一時竟隱忍不住。

李永芳不悅道：「馬市才開，就要關閉，如何向百姓交代？再說今年馬市規模最大，號稱三千人的大市，城中往來的商販其實不止三千，勞民傷財關閉馬市，若是激怒了他們，城中才會大亂呢！」

不一會兒，把守東門的軍卒趕來稟報說：「城東門吵鬧得厲害，聚集了大批建州來的商人，人馬車貨，擠得水洩不通。小的們人手不夠，約束不住，求將軍增派一些弟兄。」

李永芳厲聲問道：「怎麼不去找王命印？」

王命印正在東門，他見守門的軍卒太少，吩咐軍卒找游擊大人求援。那軍卒遭李永芳劈頭呵斥，嚇得不知如何回答，突然聽到東邊殺聲四起，李永芳急忙領著侍衛趕往東城門。不到城門，就見城樓上殺聲震天，無數個商販裝束的漢子揮著短刀、利斧狂殺亂砍，把守東城的軍卒被殺得所剩無幾。王命印身中數創，兀自揮刀亂剁，卻被幾人圍住，接連中刀，渾身血肉模糊，眼見倒在地上……

李永芳見那些漢子極為兇猛，不敢上前，躲得遠遠的，等著援兵。為首的漢子帶人衝到城下，打開城門，門外呼啦一聲，潮水般地湧進無數的女真兵馬。李永芳大叫兩聲，打馬便逃，迎面遇到王學道、唐月順率領部下趕來。他急忙勒住馬頭，轉身指揮軍卒廝殺。撫順城內，殺聲四起。

李永芳等人平日養尊處優，不問戰事，哪裏比得上女真武士剽悍勇猛？人數又居劣勢，只片刻間，就已抵擋不住。李永芳正覺彷徨無計，城外數匹健馬飛奔而來，一匹高大的白馬上有人大呼道：「李永芳，此時不降，還要等到我發狠屠城麼？」

李永芳定睛一看，建州都督努爾哈赤騎著戰馬，威風凜凜而來。他略一遲疑，王學道、唐月順齊聲大叫道：「將軍不可聽他蠱惑！我們生是大明朝的人，死是大明朝的鬼，怎能向番邦虜酋屈膝呢！」二人說罷，瘋魔一般地狂舞大刀，逢人便砍。

李永芳一陣羞愧，便要鼓起餘勇，縱馬砍殺，卻見努爾哈赤身後跳出一匹黃驃馬來，馬上的將領彎弓連發兩箭，王學道、唐月順先後墜落馬下，咽喉上各插著一枝狼牙大箭。李永芳臉色登時慘白，冷汗涔涔而下，恍惚中，只聽努爾哈赤笑道：「費英東，你的箭法還是如此神妙！我是自愧不如了。」

「這些鼠輩哪裏值得汗王動手？」費英東一提馬韁，趕到李永芳眼前，冷笑道：「你到底降是不降？」

李永芳見他一手挽著鐵胎大弓，一手拈著狼牙大箭，神武非凡，肝膽俱裂，搖晃著向前墜下。費英東眼疾手快，用弓一抵他前胸，努爾哈赤也趕上前來，拉住他的胳膊道：「萬曆昏庸無道，你何必要為他盡忠?你歸降建州，我絕不會有半點虐待！」

李永芳望望滿街滿巷的建州兵馬，知道大勢已去，顫聲說道：「我有個不情之請，汗王若能答應，我便歸降。」

「只管說來。」

「我看上了一個粉頭，可賤內甚為兇悍，必不能相容，懇請汗王將她恩賜與我，賤內懾於汗王神威，自然就不敢胡鬧了。」

「哈哈哈……」努爾哈赤放聲大笑，「李永芳，你也是朝廷命官，歸順建州我還要厚待你，怎麼卻甘願自跌身分，娶那千人騎萬人跨的骯髒女子?我給你找個尊貴些的，豈不更好?」

李永芳眼睛一亮，感激道：「汗王保媒，自然求之不得，究竟是哪家淑女?」

「我家老七阿巴泰的大女兒喇迷拉，頗有才貌，尚未嫁人，就招你為額附，擇日成婚，再升你做三等副將，仍駐守撫順。那些撫順降民，都教他們父子兄弟妻女團聚，每戶配給一頭牛、兩口大母豬、四條狗、十隻雞，並衣服、被褥、糧食等物，仍交你統轄。如此推心置腹，以免你歸順之後，還有寄人籬下之感。」

「多謝汗王！」李永芳整整衣冠，便要下馬叩拜。努爾哈赤大笑道：「不必如此，你我六年前就已相識，也算故交舊友了，不必拘泥，馬上見禮就行了。」

李永芳唯唯聽命，在馬上拱手道：「大明游擊將軍李永芳叩見汗王。」

「你已不是大明的人了。」努爾哈赤端坐馬上，從容提醒。

「哦、哦！」李永芳尷尬之極，重又抱拳道：「奴才李永芳叩見汗王。」

努爾哈赤微笑拱手，身後的建州兵卒一陣歡呼雀躍……

稱王

「你、你罪不可恕！」努爾哈赤大叫兩聲，罵道：「你這禽獸不如的東西！東哥是給你害的，你卻要誣賴別人！來人，快、快，給我把他拉出去勒死！」布揚古咬牙道：「你心裏其實時刻沒忘記東哥，破得了我葉赫二城，算得什麼英雄！東哥已遠嫁蒙古，你這輩子再也娶不到她了。哼哼，我葉赫那拉一族就是只剩下一個女人，也要滅你建州。」他目光怨毒，面目竟有些猙獰。

撫順一戰，俘獲明軍官兵五百九十多人，殺傷撫順軍民近二萬人，一萬餘人願意歸順，共編了一千多戶，遷往建州境內。不幾天，又傳來捷報，代善、莽古爾泰相繼攻破東州、馬根丹二城。攻破的三城，旁及周圍五百餘座臺堡，俘掠人、畜竟有三十萬之多。努爾哈赤將這些人口、牲畜、財物帶到撫順城東北的曠野，在嘉班城紮營，論功行賞，優恤戰死的將士，剩餘的財物派人運回赫圖阿拉。分賞完畢，努爾哈赤帶著范文程、顏布祿等幾個侍衛，騎馬進了撫順城，也不知會李永芳，逕直來到佟家大院。

佟家大院是個三進的四合院，自佟春秀的母親死後，家中的奴僕都已散盡，再也無人居住。多年失修，高大精美的磚雕門樓坍塌過半，黑漆的大門一片斑駁，有幾處已經朽壞成洞，紅銅門環鏽跡斑斑。努爾哈赤推門進去，恍有隔世之感，原先高牆環繞的前庭，只有片片青石板埋沒在荒草之中。廳堂更是破敗不堪，結滿了蛛網，門邊磚牆下的青石基座上還可清楚地分辨出浮雕著香爐、寶瓶、喜鵲登梅等吉祥圖案。唯有氣派考究的雕花門堂和風骨猶存的迴廊，彷彿還留有賓客滿座時的風光和喧嘩。當年佟老爺子販馬發家，隨即大興土木，蓋起這處院落。飛簷雕樑，天井地池，高牆大院，甚是壯觀。如今人去院空，只存依稀舊夢，努爾哈赤走在闊大的天井裏，追想著當年的光景，頓覺一陣淒涼。他轉身走到庭中那棵高大的槐樹下，嗅到一股甜香，那棵老槐樹開出一串串的白花，掛在濃密的綠葉裏，芳香四溢，招引來無數的蜂蝶，嗡嗡嚶嚶，還有許多的鳥雀，嘰嘰喳喳，甚是熱鬧。他忽然想起夏夜與佟春秀、東果、褚英一起在此乘涼，不由心內一酸，圍著槐樹繞行一圈兒，腳下一絆，險些摔倒，顏布祿等人過來扶住。努爾哈赤低頭一看，槐花落滿一地，草叢中躺倒著一個破舊的香爐，他喃喃自語道：「這是春秀拜神用的。」

范文程正對著殘垣斷壁唏噓不已，聞聲過來。顏布祿到屋內找了兩把舊椅子，搬到樹下，又用佩刀芟除地上的雜草，割出一丈見方的空地，請他們坐下歇息，便到院門口守衛。努爾哈赤問道：「范章京，方才見你對著殘牆發呆，到底是讀書人，必定想得遠了。」

「只不過觸景生情，感慨人生苦短。當年曹孟德橫槊賦詩，並非無病呻吟，自作多情。」范文程心裏忽然想及宋人蘇東坡的句子：「月明星稀，烏鵲南飛，此非曹孟德之詩乎？西望夏口，東望武昌。山川相繆，鬱乎蒼蒼；此非孟德之困於周郎者乎？方其破荊州，下江陵，順流而東也，舳艫千里，旌旗蔽空，釃酒臨江，橫槊賦詩；固一世之雄也，而今安在哉？」浩歎數聲。

努爾哈赤熟讀《三國演義》多年，自然知道曹操與手下諸將置酒夜宴長江之上，天色向晚，江如橫練。飲至半夜，曹操已醉，取槊在手，自舞自歌，唱的什麼詩詞，他早已記不得，但卻沒有忘了曹操的豪言。努爾哈赤站起身來，朗聲吟誦道：「吾自起義兵以來，與國家除凶去害，誓願掃清四海，削平天下；所未得者，江南也。今吾有百萬雄師，更賴諸公用命，何患不成功耶！收服江南之後，天下無事，與諸公共用富貴，以樂太平。」想到自己二十五歲憑著十三副遺甲起兵報仇，境遇竟與曹操相似，一時大覺知己，又誦道：「吾今年五十四歲矣。持此槊，破黃巾、擒呂布、滅袁術、收袁紹，深入塞北，直抵遼東，縱橫天下：

頗不負大丈夫之志也。」

范文程躬身道：「汗王志向高遠，奴才慚愧，深恐不能略盡綿薄。」

「慚愧什麼？那曹操統兵百萬，尚有赤壁大敗，我自起兵以來，大小數百戰，攻無不取，戰無不勝，卻非曹操能比。」努爾哈赤豪氣大發，立身良久，才又坐下道：「如今建州地域廣大了數倍，人口歸附的日漸增多，有些難以統攝。當年我將環刀軍、鐵錘軍、串赤軍、能射軍改稱為黃、白、紅、藍四旗，各設一名旗主，旗下設牛錄，三百人為一牛錄，設額真一名。那時人馬不過兩萬，旗主要辨認旗下牛錄額真已是不易，如今人馬已達六萬，怕是更難了。」

范文程道：「汗王創建四旗，大夥兒多已習慣，不必繁改。所謂樹大分杈，人多分支，不妨將四旗擴為八旗，仍以三百人為一牛錄，只將五牛錄合為一甲喇，五甲喇稱為一固山，固山首領可統領步騎兵七千五百名，稱為旗主。再將所有百姓分隸各旗，平時耕種，戰時從征。如此建制，六萬兵馬正好分作八旗。」

「嗯！如何設置將領？」

「牛錄設佐領一名，下設兩個代子、四個章京、四個撥什庫。一牛錄分作四個達旦，每個達旦由一個章京與撥什庫掌管；甲喇設參領一名；固山設都統一名，副都統兩名。」

「那新增四旗定什麼名稱？」

「汗王所定黃、白、紅、藍四色軍旗，各有所本，大有深意，不可輕改。只將新增四旗的軍旗鑲上花邊，以示區別即可。各旗旗丁以此定製盔甲，見其盔甲樣式，即可判別所屬。」

「好主意！當時我創建四旗之時，以紅色象日，以黃色象土，以白色象水，以藍色象天。咱女真人，靠天靠地，有水有日，就能發跡，以此統轄軍馬，自然所向披靡。」努爾哈赤點頭道：「旗色不變，還能有所區別，好！那就叫鑲黃、鑲白、鑲紅、鑲藍，原有的四旗稱作正黃、正白、正紅、正藍，甲服、軍旗不是一時可定的，回去再仔細斟酌。」

范文程道：「八乃是卦象中極吉祥的數目，也是六十四卦推衍的根基。八旗實在是大吉之相。」

努爾哈赤思索道：「你以為何人可以分領八旗？」

范文程一怔，他見努爾哈赤將如此重大之事推心而問，感激莫名，但覺此事關係重大，不好輕率道出，或許他心裏已經有數，想了半晌，仍覺躊躇，說道：「奴才以為還是用舊人好些。」

「我親領鑲黃、正黃二旗，代善領正紅旗、鑲紅旗，阿敏領鑲藍旗，莽古爾泰領正藍旗，皇太極領正白旗，鑲白旗麼，沒有什麼合適的人選，交給我四弟雅爾哈齊如何？」

范文程知道事關努爾哈赤家族，不好明言，只說：「汗王的嫡孫杜度貝勒長大成人了。」

努爾哈赤會心一笑，惋惜道：「若是褚英還在，我又何必領那兩黃旗？鞍馬勞乏的事也可少了許多。可他……唉！也沒法子！就將鑲白旗交給杜度，也算對褚英有個告慰。只是五議政大臣跟隨我出生入死，不知他們可願意如此安排？」

「汗王不必擔心，政務由他們五人商議，兵馬由旗主統領，各有職守，不分彼此輕重，最後決斷於汗王，他們必不會有什麼冷落之感。」

努爾哈赤與他結識未久，但見他應對如流，從容機敏，極為賞識，越發推心置腹道：「我還想將八旗軍分作長甲軍、短甲軍和巴牙喇。挑選驍勇兵卒做巴牙喇，護衛中軍……」

范文程暗忖：建州鐵騎名震遼東，從中選揀而出的精兵會是何等精悍？心中不由神往起來，又聽努爾哈赤說道：「長甲軍人馬都披重甲，持矛衝鋒在前；短甲軍人披輕甲，持弓箭隨後……」隨意說出，卻隱含戰陣之法，甚有妙用，真是天生的用兵奇才。正自嗟訝，顏布祿領著一個探子匆匆進來稟報道：「遼東總兵張承胤率領遼陽副將頗廷相、海州參將蒲世芳、游擊梁汝貴，三路兵馬，一萬餘眾，從廣寧來奪撫順。」

「距撫順多遠？」

「不足三十里。」

「帶多少火器？」

「不計其數。」

努爾哈赤起身，正要出門，李永芳與第二撥探馬一起趕到，稟報說明軍已趕到前面，佔據險要，立營掘壕，布列火器，堵住退路。努爾哈赤問李永芳道：「張承胤是什麼樣的人物？」

「倒是一員猛將，刀馬嫺熟，勇冠三軍。」

范文程道：「奴才聽說張承胤一口大刀，從未遇過對手，汗王不可小看了他。這等猛將奮勇而來，急於建功，必然輕進，汗王不必與他廝殺力敵，先挫了他的銳氣。張承胤本來就有些瞧不起李維翰，以為他不過是個落魄秀才，沒有什麼功名，又素不知兵，靠著是萬曆皇帝之母李太后的侄子，竟做了遼東巡撫。那李維翰依仗出身皇戚貴畹，自然盛氣凌人，想在遼東一試身手，必然會嚴令張承胤進兵，將帥失和，張承胤急躁起來，亂了方寸，破他就容易了。」

「有理。」努爾哈赤一揮馬鞭，命道：「傳令三軍，前隊作後隊，後隊作前隊；再傳令代善、莽古爾泰不必趕來會師，各從一面夾擊他們。我卻不信張承胤能阻擋我回赫圖阿拉！速回大營！」

回到大營，皇太極、阿敏、杜度等大小貝勒、將領都聚集在大帳中等候，努爾哈赤率兵迎擊，走出不到五六里的路程，隱隱約約可以看見前頭山間路旁明軍旗幟飄搖，見建州兵馬到了，三聲號炮，漫山遍野地衝來。當前一面大旗，臨風飄揚，現出一個斗大的「張」字。努爾哈赤將手中的馬鞭一指，建州兵馬奮勇當先，上前廝殺。

張承胤在未到遼東之前，就已聽說大明軍卒與建州交戰即潰，那些逃得慢的非死即傷，往往給殺得屍積如山，血流成河，以致後來聞風而逃，聽得一聲警訊，嚇得魂飛魄散，還半

信半疑。他鎮守遼東將近兩年，從未與建州兵馬交戰，本想憑著掌中的一口大鐵刀不難取勝，不料今日見建州軍容極盛，旌旗如雲，刀光勝雪，劍戟如林，兵驍馬壯，號角聲此起彼落，鐵蹄聲奔馳來去，暗覺吃驚。再看自己麾下這些邊兵，非病即老，刀槍生銹，確實不堪一擊，擔心給衝亂了陣腳，急忙喝令炮手開炮。

「轟！轟！轟……」一連幾炮在建州軍中炸響，掀起滾滾煙塵，建州兵馬成批倒下，傷亡不少，兀自奮勇向前，面無懼色。努爾哈赤用兵軍令極嚴，以敢進者為功，退縮者為罪，面帶槍傷者為上功，每次戰後，賞不逾日，罰不還面，賞罰分明。有功者，賞以奴婢、牛馬、財物；有罪者，或奪其妻妾、奴婢、家財，或貫耳，或射脅下，或殺或囚。誘之以利，繩之以法。因此，建州兵卒打起仗來，有進無退，個個爭先。他此時見明軍火器厲害，怕軍卒挫了士氣，急忙下令豎起黃色飛龍的九旄大纛，軍卒遠遠見了，士氣大振，人人要在大汗眼前建立功勳，吶喊著向明軍猛衝。

張承胤立馬山坡，哈哈大笑，率軍衝下山來，兩軍對壘，他看清大纛旗下，鐵騎擁衛著一個鬚髮斑白的高大老者，長臉方頤，眉彎鼻直，騎一匹白色高頭大馬，知道此人必是努爾哈赤，用鞭梢指著罵道：「你這個逆賊！朝廷待你不薄，為什麼要興兵作亂？」

努爾哈赤拍馬上前，說道：「張承胤，聽說你也是忠勇之士，怎麼卻不分是非，不辨曲直！朝廷與我有殺父害祖之仇，無端殺戮我女真，如此待人，還說不薄！」

「一派胡言！你祖父與父親是中了尼堪外蘭的詭計，為他所害，與朝廷何干？朝廷賜你勑書百道，你也屢次入京朝貢，朝廷封你龍虎將軍，總領建州女真，不想你卻暗自懷恨，真是罪不容誅！」

皇太極聞言大怒，向努爾哈赤請令道：「阿瑪，似這等不識大體的狂妄匹夫，只知強詞奪理，心中哪什麼是非曲直？看他如此蠻横，口口聲聲不離朝廷二字，想必是借此魚肉百姓的貪官污吏，何必與他多費口舌！一刀砍了，豈不爽快！」不待努爾哈赤點頭，舞刀出陣，喝道：「明朝皇帝荒淫無道，你們這些狗官，只知貪贓枉法，拿朝廷壓人，可有半點兒為國為民的心腸？我勸你早早下馬投降，免得身敗名裂。」

張承胤惱怒道：「好生狂妄！」舉刀砍來，皇太極側身躲過，二人戰到一處。明營裏的頗廷相見皇太極身形高大，手中的鋼刀十分沉重，擔心主將有失，也拍馬過來，二貝勒阿敏舉刀迎上，四人殺作一團。兩軍陣前，喊殺震天，鼓角之聲，響成一片。雙方大戰數十回合，不分勝負。努爾哈赤見張承胤刀法精奇，武藝高強，暗自讚歎，頓生收服之心，正要鳴金收兵，忽然一陣大風從西北吹來，明軍被吹得睜不開眼睛，接連又是數陣狂飆，把明軍的旗幟颳走了好幾面，明軍陣形大亂。努爾哈赤令旗一揮，乘勢掩殺。建州鐵騎疾如狂飆，衝鋒起來端的氣勢駭人，泰山壓頂般地驅入明軍。兩軍混戰，天色昏暗，分不清敵我，明軍不敢動用火器，被建州鐵騎衝得七零八落，抵擋不住，任張承胤膽力過人，將那口大刀舞得有如雪片一般，也禁不住建州馬快箭利，向山坡上且戰且退，想要依山扼守。剛到坡下，山側閃出一支建州兵馬，為首的大將叫道：「明將哪裏去，還不下馬受縛？」

努爾哈赤見代善趕來，率軍急追，張承胤腹背受敵，無心戀戰，只得殺開血路，領兵前走。誰料天色昏暮，不辨路徑，本想往南逃回廣寧，卻竟向東方敗走，不出三里，迎面一彪人馬攔住去路，明軍惡戰了半日，人困馬乏，三面受圍，後來兩彪人馬都是尚未衝殺過的生力軍，張承胤大驚，對頗廷相、蒲世芳二將道：「今日被圍，戰與不戰都難免一死，不如與他們拼死力戰！如此才不負皇恩，不失為大明忠臣。」

頗廷相、蒲世芳二人見主將以忠義相激，各自振奮，同聲喊道：「大丈夫戰死疆場之上，足慰平生！」三人齊聲吶喊，返身抵擋，捨命衝突。不料，背後陣內萬弩齊發，箭如飛蝗，將三人與游擊梁汝貴等五十餘員戰將射成刺蝟一般，其餘軍卒也都死於亂箭之下。努爾哈赤見馳援而來的莽古爾泰射死了張承胤，大覺惋惜。

明軍一萬多人馬全軍覆沒，丟失戰馬九千多匹，拋棄盔甲七千多副，火器、刀槍等不計其數。大風吹過，天色轉明。放眼四野，黃沙浸血，死屍山積，斷槍折戈，死馬破旗，黃昏落日，不勝淒涼。

努爾哈赤凱旋班師，帶著俘獲的兵馬回到赫圖阿拉。休整到八月，努爾哈赤留下代善守護赫圖阿拉，親率傾國之師直逼葉赫。扈倫四部，葉赫居中，東臨輝發，南接哈達，西靠蒙古，北依烏拉，所轄十五部族，其部民素以勇猛、善騎射著稱。葉赫部的治所葉赫城有東、西兩座，西城依山面水，建在葉赫河北岸的山坡上。城牆寬厚高峻，有內外二城。東城北面臨河，南依嶺崗，城牆也高大聳闊，外建柵城，用木柵圍成一周，次為石城，石城內又有木城，木城中建有偌大的一座八角明樓，斗拱飛簷，雕樑畫棟，最高層便是滿蒙第一美女東哥的住所。

自布占泰逃到葉赫，多次求見東哥，東哥總是不允，她喜歡的是叱吒風雲的大英雄，失魂落魄的敗將怎麼能替她了卻多年的宿願？布占泰，那個每日在八角明樓下徘徊流連的漢子，一忽兒仰頭望著花窗，一忽兒低頭歎息，本來英俊魁梧，剛過四十歲，才兩個月的光景，卻蒼老了許多，背也有些彎了，這樣的人怎麼可以託付終身呢！這麼多年都苦熬過來了，可不能白白這麼苦熬了。唉！年華易逝，青春不再，當年自己怎麼那樣高傲那樣輕率。她看著自己鏡中的容顏竟有了些憔悴，少了昔日的光鮮，不由地暗自傷心流淚，幽幽地歎口氣道：「我這是跟誰嘔氣呢？」她呆呆地望著天邊南歸的大雁，牠們一年一回地南歸北飛，做隻雁兒也好，可以四處走動，不像自己這麼多年守著葉赫這片土地，獨坐明樓第一層，看著花開花落，春去秋來……

「格格，不好了！」貼身的小丫頭慌張地跑進來。

東哥從遐想中驚醒，帶著幾分慍怒問道：「什麼事，這樣大驚小怪的？」

「努爾哈赤領著大兵殺來了。」

「到了哪裏？」

「再有兩三天，就要進入咱們葉赫的地盤了。兩位貝勒爺請你過去呢！」

「請我過去？大兵壓境，我有什麼法子？還想教我嫁人麼？如今的遼東，女真各部都給

努爾哈赤剿滅了，還有哪個可嫁，還有哪個可借兵，還有哪個可與他抗衡？這麼多年了，到今天我才明白，借他人的手復仇原來是一場春夢。我不顧臉面，訂婚又悔婚，反反覆覆，有什麼用？殺父大仇報不了，我自己也要老死在家，嫁不出去了。」東哥目光如泣，看著那丫頭問道：「你說真心話，我還好看麼？」

小丫頭給她那幽怨的眼神嚇住了，片刻才雞啄米似地點頭道：「好看好看！格格是咱們滿蒙第一美人……」

「滿蒙第一美人？」東哥淒然一笑，搖搖頭說：「我終日躲在這樓裏，再美也是無用，只有顧影自憐了……嗚嗚……顧影自憐……」她伏在匠頭大哭起來。

小丫頭嚇得手足無措，也不知如何規勸，站在一旁陪著哭了一會兒，東哥收住眼淚，喊過她說：「你去稟告兩位貝勒，就說我要嫁人了。」

「格格要嫁哪個？」

「多嘴！」

「她不問，我也要問。」隨著話音，布揚古登上樓來。布揚古急聲追問：「妹子，你願意嫁給努爾哈赤？」

「要嫁給他，我就不必等這麼多年了。」東哥神情極是冷淡。

「那你要嫁哪個？」

「哥哥，我要嫁到蒙古，想遠遠離開葉赫，離開女真，越遠越好。這次努爾哈赤帶兵殺來，恕我不能幫忙了。」

「是蒙古的喀爾喀部？」

「前些日子，喀爾喀部貝勒巴哈達爾漢親自來給他兒子莽古爾岱求親，我願意嫁他，不想再聽到努爾哈赤的名字，殺父的大仇就、就這麼難以了結了。」東哥掩面哽咽。

「好！我這就安排人馬護送你走。」布揚古匆匆下樓。

夜色如水，一片沁涼。一隊人馬悄悄地護送著東哥出了西城，向西北而去，沒有炮聲，沒有鑼鼓，沒有披紅掛綵……走得好淒涼……

葉赫貝勒金台什、布揚古聞知建州大軍奔襲而來，並不驚慌，急忙派人到開原向明軍總兵馬林求助，可是不多時派出的信使卻回來稟報說，通往開原的道路給建州人把守，難以通過。二人這才驚慌起來，明軍得不到葉赫求助的消息，自然不會趕來，沒有明軍的火器相助，如何守城？本來葉赫兵馬也是極為驍勇善戰，但前幾次建州來犯，都因明軍相助，不戰而退，二人嘗慣了甜頭，以為只要結歡朝廷，量努爾哈赤再也不敢輕易來犯，就不再操練兵馬，整日在府裏與幾個妻妾尋歡作樂。如今建州兵臨城下，援軍又已無望，不禁慌了手腳，只得布置守城，多在城頭堆放滾木擂石。建州兵馬一連攻了數日，城上箭如雨落，滾木礌石紛紛打下，傷亡極多，才攻下外城。金台什退入內城，建州兵卒點燃了木柵城，一時火光四起，濃煙滾滾，他見歷經數代修建的木柵城頃刻之間就被燒毀，憤恨不已，更加死守。努爾哈赤命兵卒挖了一條地道，直通城下，地基一鬆，城牆轟然塌陷。皇太極、費英東率領軍卒

冒著箭雨，奮力攻城，殺散守軍，奪了內城。金台什見大勢已去，帶著幾個妻妾和兒女登上八角明樓，坐在金銀珠寶之中，縱火自焚。

沖天的大火驚動了守在西城的布揚古，他站在城頭看著內城冒起滾滾濃煙，推想必是城寨已破，堂叔金台什自焚而死，既恐懼又悲傷，手下將士更是驚慌不安，軍心渙散，無意守城。布揚古正在苦思對策，他的堂弟已攜妻帶子，開城出降，建州兵馬蜂擁而入，將他生擒活捉。努爾哈赤坐在布揚古的廳堂裏，滿面怒氣地看著布揚古被捆綁著押進來，拍案喝道：「布揚古，你可知會有今日？」

布揚古冷冷地看他一眼，昂頭不答。兩旁的侍衛呼喊道：「跪下！再不跪下，小心你的狗腿！」

布揚古冷笑道：「我葉赫貝勒怎能輕易跪人？再說葉赫與建州本在伯仲之間，沒什麼輕重貴賤，何必要跪？就是要跪建州貝勒，我也不該跪你！」

努爾哈赤聽他巧舌如簧，問道：「你想跪誰？」

「怎麼也輪不到你努爾哈赤，要跪的自然該是嫡傳的子孫，你爺爺覺昌安不過排行老四，你阿瑪塔世克又是老四，你這小宗旁支，當得起如此大禮麼？」

努爾哈赤給他揶揄一通，怒不可遏，罵道：「似你這樣反覆無常的小人，也配談什麼禮法！二十年前，你將妹妹東哥許婚與我，我下的聘禮你也收了，卻一再悔婚，四處許給別人，把她許聘給哈達、輝發、烏拉，幾天前竟遠嫁蒙古喀爾喀部。可憐滿蒙第一美人，竟變成了人人嗤笑的葉赫老女！你為一時微末小利，將自己的親妹妹這樣一個柔弱女子隨意買賣，如此厚顏無恥，當真天下罕有。」

布揚古惡毒地一笑，說道：「那是我妹妹心甘情願的……」

「替父報仇，我不怪她！」努爾哈赤打斷他的話。

「嘿嘿嘿……」布揚古連聲獰笑，「你以為她只是報父仇，寧肯嫁給不喜歡的男人，只要那人能將你殺了？不是！她是恨你沒有親自到葉赫下聘禮。東哥是遼東人人豔稱的美女，哪個給她允了婚，不巴巴地趕來一睹芳容？你卻只派了個無名小卒，也太小瞧她了！自那日起，她就深深怨恨著你……你沒想到吧！」

努爾哈赤如遭重創，心裏絲絲作痛，喃喃道：「她、她竟這樣看我？我、我當時只想著壯大建州……」

「哈哈哈……」布揚古一陣狂笑，「你倒是條冷心腸的硬漢，為江山捨棄美人！東哥真是癡心的呆子，還想著有一天你會當面跪下求她……可惜不能夠了……」他忽然想到妹妹一個人獨守閨房，二十年來，飽受煎熬，何等淒苦冷清？竟覺對不住她，真是天妒紅顏，這樣一個如花似玉的美人。辜負了多少大好時光，錯過了多少姻緣！布揚古心中又酸又苦，淚水涔涔而落。

「你、你罪不可恕！」努爾哈赤大叫兩聲，罵道：「你這禽獸不如的東西！東哥是給你害的，你卻要誣賴別人！來人，快、快，給我把他拉出去勒死！」

布揚古咬牙道：「你心裏其實時刻沒忘記東哥，破得了我葉赫二城，算得什麼英雄！東哥已遠嫁蒙古，你這輩子再也娶不到她了。哼哼，我葉赫那拉一族就是只剩下一個女人，也要滅你建州。」他目光怨毒，面目竟有些猙獰。

努爾哈赤默然無語，他看著庭院中布揚古漸漸不再掙扎的身子，看著周圍破敗的城寨，冥想著此時的東哥也許正沉浸在新婚的甜蜜之中，不知道新郎可英俊體貼？扈倫四部都因她一人先後敗亡，她就如意了嗎？

費英東見他面色陰鬱，勸道：「葉赫已亡，扈倫四部掃滅已盡，建州從未如此強大過，汗王何必為一個女人傷心？」

努爾哈赤歎息道：「老天爺是公平的，人生在世不會事事如意的！為了東哥這個天生尤物，咱們女真各部多年不和，興兵動武，哈達、輝發、烏拉、葉赫相繼滅亡，死人無數，她遠遠地躲到蒙古喀爾喀部就安心了？不會、不會，這麼多死去的幽魂纏擾著她，她能熬多久？女人真是禍水呀！這樣不斷招惹禍端的絕色美女，無論她嫁與何人，也絕不會安享天倫的，東哥的死期怕是不遠了！如今她嫁人了也好，我終於又了卻了一樁心事！」

兩旁將士想他二十多年，仍對東哥一往情深，各覺動情，暗自嗟歎不已。努爾哈赤黯然傷神片刻，想著扈倫四部盡歸建州，東起日本海，西迄松花江，南達摩闊崴灣，瀕臨圖門江口，北抵鄂倫河，無不遵奉建州號令，胸中湧起萬丈雄心，終於可以名副其實的建州大汗了……東哥嫁到蒙古不足一年，果然鬱鬱而終。玉殞香消，紅顏薄命，令人感傷痛弔不已。

萬曆四十四年正月，正是過大年的時節。女真一年之中，節日頗多，清明、端午、七夕、中元、中秋、臘八以外，還有添倉節、領龍節等，而以春節最為盛大，時日最長。臘月二十三小年，家家開始請灶王爺上天，清掃庭院，置辦年貨，殺豬宰羊，蒸年糕，做豆腐、薩其瑪、黏豆包、白肉血腸、驢打滾、蘇子葉餑餑……，還要寫大字，貼對聯、窗花、福字，按旗屬分別掛紅、黃、藍、白不同顏色的彩箋，上面畫著金龍，焰火，鮮豔奪目……，家家院內豎燈籠竿，高挑紅燈，徹夜不熄。大姑娘、小媳婦全身上下穿戴一新，孩子們成群結隊燃放煙花、鞭炮，玩耍木扒犁、溜冰，到處忙忙碌碌，熱熱鬧鬧。

汗宮大衙門自臘月二十四掛起了一丈多高的天燈，大殿、寢宮等處也掛起大紅宮燈，映得四下一片通明。努爾哈赤與大福晉阿巴亥親手擺設供品，拜祭神佛、祖先，擦得錚亮的銀器盛了兩摞饅頭，一摞五個，碩大的豬頭擺在供板中間，豬鼻孔裏插著兩個白根綠葉的大蔥，依次擺好的五碗飯菜，盛滿了豬肉方子、過油鯉魚、炸粉花、素菜大蔥、方塊豆腐。二人拜祭完畢，回到寢宮守歲。天色尚未放亮，代善、莽古爾泰、皇太極等人各攜妻孥趕來拜年，努爾哈赤看著滿屋子的子孫，滿面笑容。眾人禮拜完畢，阿巴亥與幾位福晉一起服侍努爾哈赤穿戴新做的禮服，天亮以後，他要正式告天稱王了。

大殿正中擺設了寬大的寶座，寶座前是批閱奏摺的大紅御案，御案東西兩側有鶴銜蓮花蠟臺、薰爐和香亭。寶座兩側自北向南八幅龍旗依次升起，左翼是正黃、正紅、正藍、鑲藍

四旗，右翼是鑲黃、鑲紅、鑲白、正白四旗。四大貝勒、五議政大臣率領眾文武官員齊聚尊號臺前，等待努爾哈赤正式登殿稱汗。尊號臺乃是仿照明宮的皇極殿而造，金頂黃瓦，雕樑畫棟，修葺簇新，越發富麗堂皇。

東方漸白，卯時一到，紅日初升，登基典禮開始。鐘鼓樂聲大作，眾人肅立兩旁，樂畢，努爾哈赤頭戴朝天冠，身穿黃色八團龍織金緞袞服，足登粉底方頭靴，腰束黃色朝帶，神色自若地登上大殿，面向群臣，聳肩端坐在寶座上。侍衛總管阿敦立於右側，創立滿文的額爾德尼立於左側。眾人之中走出的八位大臣，手捧勸進表文，跪在前面，諸貝勒、大臣率眾人跪在後面。阿敦、額爾德尼接下八大臣跪呈的表文，恭恭敬敬地呈到大紅御案上。額爾德尼站讀表文，上尊號為奉天覆育列國英明汗，國號後金，年號天命。讀罷表文，努爾哈赤站起來，離開寶座，親自拈香，向天禱告道：「上天任命我為大英明汗，為百姓造福。帝王與民如同魚水，難以相離。我願對天發誓：生為庶民，死為庶民，為民而戰，願滿洲民族永遠昌盛，百姓安康。」禱告過後，帶領群臣朝天行三跪九叩首大禮。禮畢，又回到寶座，接受各旗貝勒、大臣的拜賀。拜賀完畢，努爾哈赤望著群臣，說道：「朕自二十五歲以十三副遺甲起兵，征戰三十三年，殺仇敵，拓疆土，建國立號，做了英明汗，有一事尚不能告慰祖宗，就是向明朝討報殺父祖大仇！如今國勢日盛，朕決意出兵伐明，牧馬關內。」隨即命范文程宣讀出兵伐明的七大恨檄文。

那檄文寫得慷慨激昂，將明朝大大痛罵了一番：

後金國大汗努爾哈赤謹昭告於皇天后土：我祖我父，不曾損毀大明邊陲的一草寸土，明廷無端生事起釁，殺害我祖我父，大恨一也；

明廷如此暴虐，我仍隱忍修好，與邊官劃定疆界，設碑立誓，凡滿漢人等，無越疆圉，敢有妄越邊境者，一經發現即可誅殺，若故意放縱，殃及縱者。明廷累次違背誓言，逞兵越界，襄助葉赫守城，大恨二也；

自清河城以南，江岸以北，明人每年偷過邊境，侵奪女真地方。我遵奉誓言而誅殺，本是理所當然，而明廷卻違背盟誓，責我擅殺，拘捕我派往廣寧的使臣綱古里、方吉納，以鐵鏈加身，逼迫我送去十人，殺於邊境。大恨三也；

明廷派兵出邊，襄助葉赫，使我早已聘定的葉赫美女東哥，改嫁到蒙古，大恨四也；

後金數世居住的柴河、三岔、撫安三路，耕種穀物，豐收在望，明廷不許割取，派兵驅趕。大恨五也；

葉赫屢次背信棄義，獲罪於天，明廷暗昧，偏聽袒護，多次派遣使臣持書信惡言誣害後金，肆意凌辱。大恨六也；

往昔哈達協助葉赫二次侵犯後金，我發兵征討報仇，攻破哈達，明廷卻又多方責難，定要哈達復國。不久，哈達屢遭葉赫侵掠，明廷卻不聞不問。天下各國，相互征戰，順天心者勝而存，逆天意者敗而亡，豈能使死於兵者更生，得其人者更還乎？天建大國之君，即為天

下共主，何獨構怨於我國也？初扈倫諸國，合兵侵我，上天都厭惡扈倫挑起戰亂，眷顧後金，而有古勒大捷。明廷襄助上天譴之葉赫，抗拒天意，顛倒是非，妄作評判。大恨七也。

明廷欺我太甚，實難忍受。因此七大恨之故，是以征之。謹告。

讀誦完畢，眾貝勒與各大臣皆呼萬歲，努爾哈赤大宴群臣，以示歡慶，那些薩滿歌舞接神，青年男女不畏凜冽寒風，載歌載舞，簸箕舞、神刀舞、角鬥舞、棍鈴舞、高蹺舞、腰鈴鼓舞、迎春射柳舞、八角鼓舞……，赫圖阿拉一片歡騰。

天命元年，努爾哈赤五十八歲。此後，他坐在金碧輝煌的汗宮大衙門裏，雄視八方，傳出號令，號角鳴響，後金鐵騎奔突，箭如蝗發，長刀閃動，彌天烽火燒向遼南……

激戰

他看看陰霾的天空，又向臺下掃了一眼，臉上隱隱透出一股殺氣，聲色俱厲地喝道：「白雲龍！撫順一戰，死了多少軍卒？」撫順游擊白雲龍出列，躬身叉手答道：「一萬有餘。」「你怎麼卻活著？」「……」白雲龍兩腿戰慄，軟身跪下，面如死灰。楊鎬森然道：「你貪生怕死，臨陣脫逃，還有什麼話說！左右，與我綁了！」上來幾個武士將白雲龍剝去盔甲，五花大綁，推下臺去。白雲龍沒命地喊道：「大帥！努爾哈赤兵馬勢大，哪裏擋得住？求大帥恩典，求大帥恩典吶！」

萬曆皇帝朱翊鈞自十歲登基，六年以後，冊立王氏為皇后，三年以後，又選立了九個嬪妃，年紀輕輕就沉湎於酒色，掏虛了身子，常常頭暈目眩，腰酸腿軟，以致二十多年不理朝政，專心頤養，可是身邊有個嬌豔的鄭貴妃，哪裏能夠清心寡欲、養氣寧神？朝廷接連發生妖書案、梃擊案，他不顧鄭貴妃終日啼哭，將福王打發出京之藩。福王走後，鄭貴妃鬱鬱寡歡，常在他面前長吁短歎，他只得答應福王可三年赴京朝覲一次，鄭貴妃這才有了笑容，與他整日在宮裏恣情取樂。萬曆正覺快慰，遼東巡撫李維翰的奏摺從千里以外的關外六百里加急飛抵皇城，他看了，大驚失色，不由站起身來，那奏摺落在地上。鄭貴妃從未見過皇上如此驚慌過，揀起奏摺，知道原來是撫順、東州、馬根丹三城以及周圍臺堡，已給建州努爾哈赤攻破。撫順關游擊李永芳投降，遼東總兵張承胤、副將頗廷相、參將蒲世芳等五十多員將領戰死。萬曆皇帝渾身冰冷，半晌才緩過神來，急召兵部尚書薛三才入宮，調兵圍剿。

薛三才回奏道：「遼軍缺餉已有三年，戶部自去年秋季不到一年已拖欠餉銀五十萬兩。兵部拖欠遼東馬價銀十一萬七千八百兩、撫賞銀三萬兩、新兵餉銀四萬七千一百兩，兵卒無餉，自難驅使。皇上可發內庫帑銀，以解燃眉之急。」

萬曆皇帝聽說要銀子，登時支吾起來，厲聲道：「朕只要他火速調兵援遼，你卻給朕提什麼餉銀？這幾年接連遭受旱蝗之災，皇莊顆粒無收，戶部還欠著宮裏的金花銀，每年所進不足支用，內帑空虛，朕都快吃不上飯了，哪有銀子給你們？此事你與戶部好生籌措，不得藉口請帑，貽誤軍機。不然休怪朕恩情寡薄！」

薛三才不過是以兵部侍郎的身分代理尚書事，若不是本兵黃嘉善奉旨回鄉省親，單獨召見也輪不到他，再說萬曆皇帝多年不理朝政，就是閣臣、大九卿們也難得一見，他一個三品的侍郎如何能夠得睹天顏？一時難以揣摩上意，召對也生疏了，未免不夠得體，見皇上發怒，暗悔方才說話太過生硬，未留餘地，汗如雨下，不知如何作答，大著膽子說道：「薊遼總督汪可受已選調薊鎮精兵六千五百名赴遼，其他各鎮路途遙遠，徵調實在不便……」

萬曆皇帝拍案大怒道：「國家養兵，豈是白白輸給餉銀的？虧你還是個小司馬，竟說出這樣的混賬話來！難道任由奴酋在關外猖狂放肆麼？」

薛三才不敢作答，戰戰兢兢，手足無措。一個小太監飛跑進來，呈上一個錦盒，萬曆皇帝打開，取出文書，是薊遼總督汪可受飛馬報來的，說努爾哈赤竟然以七大恨告天稱王，做了覆育列國大英明汗，稱孤道寡，要與朝廷分庭抗禮。他頹然呆坐，片刻才說：「這個不知天高地厚的建州奴酋！他竟敢自立為什麼英明汗，與朕一爭長短，這不是造反麼？還想要朕入貢財物才肯罷兵。薛三才，朕要你大舉進剿，將努爾哈赤捉來京城，砍頭示眾。」

「臣竭盡駑鈍，也要殺了他……」薛三才急忙叩頭答應，不料萬曆皇帝卻大叫一聲，驚恐道：「這是什麼？怎麼鮮血淋淋的？」

薛三才起身看那錦盒，見裏面有一角文書，赫然竟是朱紅的顏色，那朱紅浸透紙背，好似淋漓的鮮血一般，他拿起細看，果然隱隱嗅到一股刺鼻的血腥之氣，大著膽子打開，滿紙猩紅，直逼兩眼，左角下注著幾行墨色楷書小字，說此書信乃是努爾哈赤將一名被擄的漢人，割去雙耳，以其鮮血寫成，直言若戰，可約定戰期出邊；若和，須納貢金帛……

萬曆皇帝惱怒異常，他氣不過努爾哈赤如此囂張，一改往日萬機不理的舊態，終日與六部九卿科道商議如何調兵遣將，如何籌措軍餉。他本來多病，而遼東戰事又如此棘手，一時急火攻心，舊病復發，就在病榻上傳諭首輔方從哲，早日征剿，掃除邊患。方從哲當即舉薦諳熟遼事的楊鎬出任遼東經略，又請賜尚方寶劍，重其事權，總兵以下准許先斬後奏。萬曆皇帝准了，又命周永春為遼東巡撫，陳王庭為遼東巡按兼監軍，又向貴州以外的各省加派遼餉，每畝三厘五毫，總計二百萬三十兩四錢三分八毫，限期火速運往遼東。

楊鎬是河南商丘人，字汝京、京甫，號鳳筠。萬曆八年進士。做過兩地知縣，後升遷入京。萬曆二十五年，倭寇進犯朝鮮，楊鎬以右僉都御史經略朝鮮，率兵往援，在蔚山大敗，棄軍喪師被免職。三十八年起任遼東巡撫，不久辭歸故里閒居。楊鎬接旨赴京，與方從哲、黃嘉善徵調各地兵馬，宣府、大同、山西三鎮，各發精騎一萬，約三萬人；延綏、寧夏、甘肅、固原四處，各發兵精騎六千，共約兩萬五千人；川廣、山陝、兩直，各發步騎兵五七千不等，共約兩萬人；浙江發善戰步兵四千；永順、保靖、石州各處土司兵，河東西土兵，數量二三千不等，共約七千人。加上朝鮮兵等處兵馬，總計十一萬多人，號稱四十七萬，會集遼陽。楊鎬奏請起用山海關總兵杜松，徵調還鄉的老將劉綎，又奏請懸賞萬金，斬擒努爾哈赤，由兵部刊印榜文，曉諭天下。明廷將出師日期定在萬曆四十六年六月，因為兵餉不濟，將不出關，兵不聽調，無法如期出師。進了七月，努爾哈赤統帥大軍攻破清河城，明廷又將出師期限定在八、九月間。到期滿時，明軍只有宣大、山西兩地兵馬起程，其他各路尚未籌辦妥當。又過了四個月，各路兵馬才漸漸湊齊，分頭出關，路上走了兩個月，萬曆四十七年二月，終於會集遼陽，

遼陽城樓插起彩旗，沿街各家商號掛起彩燈，遼東巡撫周永春親率城內的副將、參將、游擊、千總、百總等大小官員，迎出城外，把楊鎬迎到巡撫衙門，擺酒接風。

楊鎬八年以後又來到遼陽，頗多感慨。一連幾日，他躲在行轅裏與薊遼總督汪可受、巡撫周永春、巡按陳王庭商議討伐之策，最後定下了四面合圍夾擊之術，兵分四路：西路軍出撫順，以山海關總兵杜松為主將，率保定總兵王宣、原撫順總兵趙夢麟、都司劉遇節、參將龔念遂等官兵兩萬人，兵備副使張銓為監軍，沿渾河北岸入蘇克爾河谷，從西進擊；北路出開原，以總兵馬林為主將，率游擊麻岩、都司鄭國良、游擊丁碧、游擊葛世鳳等官兵兩萬人，以兵備道僉事潘宗顏為監軍，通判董爾礪贊理，出靖安堡，自北面進擊；南路軍出鴉鶻關，以遼東總兵李如柏為主將，率參將賀世賢、都司張應昌、參將李懷忠、游擊尤世功等官兵兩萬人，以兵備道參議閻鳴泰為監軍，推官鄭之範贊理，自南面進擊；東路出寬甸，以總兵劉綎為主將，率都司祖天定、姚國輔、周文、周翼明等官兵一萬人，以兵備道副使康應乾為監軍，同知黃宗周贊理，出涼馬甸進擊，會合一萬三千朝鮮兵馬，自東面進擊。四路大軍在赫圖阿拉城外的第二道關代珉關前會師，直搗赫圖阿拉。楊鎬坐鎮遼陽，居中調度。

大軍休整了近一個月，天氣轉暖，三月十五日，誓師遼陽演武場。演武場上搭起高高的

點將臺，一對五六丈高的大旗杆矗立臺前，懸掛著的兩面杏黃大旗迎風飄搖，左邊的繡著「奉天征討」，右邊的繡著「三軍督司」。點將臺上擺設了黃龍緞帷的供桌，香煙繚繞，供著萬曆皇帝欽賜的尚方寶劍。三聲炮響過後，奏起鼓樂。楊鎬身穿皇上欽賜的麒麟服，居中坐在高高的點將臺上，汪可受、周永春、陳王庭一旁坐陪，眾將官和監軍御史魚貫而入，參拜後列立兩廂，躬身垂手，屏息無聲。

楊鎬領兵多年，鮮有勝績，全賴首輔方從哲舉薦，才得以起復重用，如今手握十萬大兵，最怕別人不肯心服，想著借機樹威。他向汪可受、周永春、陳王庭三人略拱拱手，拈著鬍鬚，目光凌厲地向兩旁掃了一遍，慢慢站起身來，凜然說道：「本帥受皇上厚恩，委以重任，誓要掃滅建州，以報陛下。大軍出征，必要軍紀嚴明，有功必賞，有罪必罰。如有玩忽懈怠，有尚方劍在，副將以下先斬後奏，絕不寬貸！」幾句話出口，演武場上近十萬大軍登時鴉雀無聲。

楊鎬申明軍令、軍紀十十四項：若有遲誤軍期或逗留不進的，大將以下者論斬；官軍有臨戰不前的，立斬；各軍兵卒以衝鋒陷陣、破敵立功為先，不許臨陣爭割首級；敵兵敗走，准許割取敵兵首級報功；若是敵軍未敗，先行爭割首級的，無論官兵，立即處斬。他看看陰霾的天空，又向臺下掃了一眼，臉上隱隱透出一股殺氣，聲色俱厲地喝道：「白雲龍！撫順一戰，死了多少軍卒？」

撫順游擊白雲龍出列，躬身叉手答道：「一萬有餘。」

「你怎麼卻活著？」

「……」白雲龍兩腿戰慄，軟身跪下，面如死灰。

楊鎬森然道：「千總王命印、把總王學道、唐月順等人知道身死殉國，報效皇恩，你卻貪生怕死，臨陣脫逃，還有什麼話說！左右，與我綁了！」

上來幾個武士將白雲龍剝去盔甲，五花大綁，推下臺去。白雲龍沒命地喊道：「大帥！努爾哈赤兵馬勢大，哪裏擋得住？求大帥恩典，求大帥恩典吶！」

楊鎬咬牙發狠道：「你就不該回來，立斬！」他向南拜了四拜，從桌上請下尚方劍來，脫去黃綾套袱，身旁的心腹親將跪下雙手接了，捧下臺去。二十萬雙眼睛齊齊盯著他手中的尚方寶劍，脖子伸得老長。劍光一閃，白雲龍的人頭滾落塵埃。不一會兒，被高掛在旗杆上。

楊鎬望著臺下，肅聲說道：「本帥一介書生，並非好殺之人，但白雲龍臨陣脫逃，罪無可赦！望諸君以白雲龍為戒，奮勇向前，勿負國恩！軍法如山，講不得情面，不可稍存姑息！」

眾文武肅立，齊聲回答：「謹遵鈞諭！」

楊鎬又帶領全體將領殺牛宰馬，祭告天地，只是在殺牛時，那屠牛刀竟然不夠鋒利，一連砍了三刀，才將牛頭砍斷，全場不禁出了幾次噓聲。楊鎬皺眉命副將劉招生上馬演武，那劉招生提一把鎦金大槊，飛馬沿演武場四周馳騁，但只揮了數下，木柄突然自中間斷為兩

截，嗵的一聲，槊頭飛落在地，全場大嘩。楊鎬不好發怒，就向眾將口授進兵方略，定於三月二十一日一起出邊征討。

不料，次日天色突變，烏雲密布，紛紛揚揚下起雪來。寒風凜冽，大雪紛飛，一夜之間，滿山遍地一片銀裝素裹。通往赫圖阿拉的道路本來就不甚寬闊，不少的地方還是狹窄的山路，天寒地凍，雪鋪冰封，平常行走都覺艱難，何況全身甲冑、荷槍持刀還有不少輜重的軍兵？楊鎬在行轅內烤著火盆，望著窗外瀰漫的風雪，兀自飄落，不知何時能停，按計劃出兵進剿，確實困難。各路將領紛紛懇請延期，可出兵之期已上奏朝廷，不容擅自改動，他不得不緊急寫了奏摺，推後到二十五日出師。到了日子，道路依然給冰雪封著，各路人馬還要再請延期，楊鎬大怒，將尚方寶劍懸掛在軍門上，斥責道：「國家養士，正為今日。若再敢有人敷衍推辭，立斬！」眾人不敢再拖延，各自督兵進剿。

杜松率西路軍先在瀋陽集結，他未料到三月季節遼東依然如此嚴寒，大軍禦寒衣物、帳篷缺少，只得入城取暖。兩萬大軍駐紮在城裏，瀋陽城一下子擁擠了許多。

杜松是名將杜桐的弟弟，極有膽智，勇健絕倫，廉潔自愛。年少時從軍，累積軍功，做了山海關總兵，但度量狹窄，最吃不得閒氣，性情也暴躁剛愎。到了二十五日，他督促出兵，手下將士畏懼嚴寒，一再拖延。他忍耐到二月二十八日，揮師向撫順進發。次日晌午時分，趕到撫順宿營。次日，將士又要拖延，杜松越發催促得緊了。天寒用兵，士卒多有怨言，有的背後竟說他想爭頭功，不顧將士死活。杜松大怒，眼看日色已落西山，竟下令連夜啟程，點起火把，急速進軍，越過五嶺關，直抵渾河岸邊。

努爾哈赤早已接到明軍大舉進犯的消息，厲兵秣馬，加緊戰備。攻陷撫順城後，他估計明廷不會善罷甘休，就把撫順城裏掠獲的漢人，選出一些精明強幹的哨探，化裝成往來的客商，到山海關內外刺探軍情。凡是官軍的一舉一動，無不熟知，明師未出，布防已備。

聽說西路明軍將到渾河岸邊，努爾哈赤召集四大貝勒、五議政大臣，還有范文程等人商議對策，他見眾人面色凝重，知道大敵當前，免不了慌亂，問道：「你們可信楊鎬有四十萬人馬？」不等眾人回答，他接著說道：「當年曹操詐稱八十萬，其實不過十五六萬，楊鎬不過學曹操罷了，不必怕他。我八旗雖只有六萬人馬，所謂兵在精而不在多，將在謀而不在勇，遠勝明軍那些烏合之眾。再說明軍分成四路，兵分則弱，任他幾路來，咱只一路去。朕將八旗集中在一路，不難破他！」

皇太極撫著腰刀說：「阿瑪的《三國》兵法越來越精深了！如今西路明軍逼近，孩兒倒以為不必費許多周折，可憑地利勝他。」

「你是想用渾河水吧？」

「阿瑪說的極是。西路明軍要想兵臨赫圖阿拉城下，必要渡河。今年渾河水勢極大，且晝夜滔滔東流，並未結冰。可在渾河上流用布袋裝沙土築壩攔水，當明軍渡河時，再掘壩放水淹他；另在附近埋伏一支人馬，趁他們渡到一半，出兵衝殺，必能大勝。」

努爾哈赤聽了，笑道：「這是仿照關老爺白水河水淹曹仁的故事，好！此計若能成功，不用說水淹，就是凍也會凍死人的。」

范文程道：「汗王，杜松雖說是個當世的活許褚，有勇無謀，幾近癲狂，但不可過於小看他。不然，他若在岸邊坐等其他三路兵馬，咱們的計謀就落空了。奴才以為不妨先示之以弱，縱之以驕。」

努爾哈赤點頭道：「也好！朕就送兩個村寨給他。」

杜松領兵過了五嶺關，不費吹灰之力，攻下了後金的兩個村寨，活捉了十四名女真人，將他們捆綁起來，送往遼陽報功。隨後晝夜行軍，夜裏三更多天，到達渾河岸邊的界凡渡口，杜松下令連夜渡河。監軍張銓勸阻道：「士兵連續行軍，疲乏之極，也還不到會師之期，不如就地駐營，明日渡河東進不遲。」

都司劉遇節也擔憂道：「我軍渡河過半，一旦敵兵襲來，首尾不能相顧，孤軍深入，實在危急得很。」

杜松不以為然，輕蔑一笑道：「天兵義旗東指，誰敢抗拒？當今之計，只有乘勝前進，早日攻破赫圖阿拉，師期不師期的倒不打緊！」隨即帶人查探水勢，選擇渡河地點，見河水不深，僅及馬腹，連連呼酒，舉杯痛飲，乘著幾分醉意，長嘯數聲，揮劍道：「日月同輝，天佑大明。看我天朝大兵直搗努爾哈赤的巢穴，殺他個乾乾淨淨！」策馬躍入水中，大呼而進，催促軍卒渡河，一時人喊馬嘶，喧嚷之聲數里可聞。杜松帶著本部親兵，還有都司劉遇節的五千騎兵，人、馬、車營近萬名，剛到河流中央，卻聽天崩地裂一般，水勢滔天，自上流洶湧咆哮而下。杜松暗叫不好，打馬奪路便走，軍卒猝不及防，連淹帶凍，死者極多，大軍給河水分為兩截，亂作一團。

三月春夜，冰天雪地的塞北究竟比不得繁花似錦的江南，河水冰冷刺骨，甲冑給水泡得水淋淋的，寒風吹來，登時結成了冰凌，凍得兵卒止不住地渾身哆嗦，紛紛取了火種烘烤，一堆堆的營火閃耀跳動……忽然角螺齊鳴，鼓聲大作，一隊後金伏兵殺到，箭飛刀閃，將明軍衝得一陣大亂。杜松正在帳中脫了衣甲烤火，不及披掛，聞聲出帳，提刀迎戰。手下將士們見他光著上身，露著疹點一般密的傷疤，急喊道：「大帥慢走，披上盔甲再戰！」

杜松仰天大笑，呼喝道：「投身戰陣，披掛堅甲，豈是大丈夫所為！老夫束髮從軍，至今不知鎧甲多重。你們今夜看老夫如何殺敵！」

那後金將領從未見過如此剽悍的明將，不敢戀戰，率領精騎衝殺一陣便退，竟給杜松渡過渾河，追到薩爾滸山口，留下總兵王宣、趙夢麟等一萬多人馬在薩爾滸紮下大營，率領其餘人馬挺進吉林崖，攻打界凡城。界凡城離赫圖阿拉只有百餘里的路程。界凡城依山而建，形勢險要，乃是後金都城赫圖阿拉的咽喉要塞。城北有一座臨渾河東岸的吉林崖，為界凡第一險要之處。城南的札喀關為後金第一道關隘，札喀關旁的蘇子河對岸便是薩爾滸山。過了界凡，地勢一馬平川，無險可守，可直逼赫圖阿拉。

努爾哈赤見渾河未能阻擋明軍，又知杜松分兵兩路，命右翼二旗馳援左翼四旗，先將薩爾滸大營攻破，再到吉林崖下與杜松決戰。薩爾滸大營明軍不足一萬五千人，後金六旗精兵

卻有四萬五千人。王宣、趙夢麟命軍卒挖塹樹柵，布列著銃、炮，準備與後金軍廝殺。八旗兵馬漫野遍地而來，向著明軍大營衝殺。明軍第一排火炮、鳥銃散亂射出，後金兵倒下一片，先鋒軍炸得血肉橫飛。明軍慌忙裝填槍炮，準備第二輪齊射。後金陣中紅旗揮動，一隊鐵甲騎軍衝出，人馬都披重甲，不懼箭矢，震山撼岳地吶喊著，縱橫馳騁，越塹破柵，仰面扣射，萬矢如雨，狂飆一般掠至眼前。明軍大炮難以用上，兩軍火銃弓箭互射互發，後金鐵騎刀砍馬踩，銳不可當，明軍死傷無數，陣腳大亂，潰不成軍，薩爾滸大營頃刻之間土崩瓦解。

正在攻打吉林崖的杜松得知薩爾滸大營被攻陷的消息，軍心動搖。薩爾滸取勝的後金軍與吉林崖殺下來的八旗兵馬前後夾擊，大貝勒代善、二貝勒阿敏、三貝勒莽古爾泰、四貝勒皇太極各帶本旗兵馬，從河畔、叢林、山崖、谷地等處殺出，將杜松團團圍住。杜松見情勢危急，率領殘餘人馬，赤裸著上身，左右衝殺，八旗兵馬一時竟奈何不得他。努爾哈赤立馬在遠處的山坡上，暗自讚歎，見圍困多時，仍然擒不住杜松，惱怒道：「杜瘋子，我看你這當今的許褚可躲得過女真的長箭！」當下調來一隊弓箭手，向杜松一陣亂射，杜松身中數箭，墜落馬下，西路明軍全軍覆沒。吉林崖下，屍橫遍野，鮮血將山石黃土染得片片赭紅。

努爾哈赤擊敗杜松軍後，率兵迎擊北路明軍。北路主將馬林率開原、鐵嶺兵馬到了五嶺關，才得知杜松兵敗身亡，嚇得渾身顫抖，全軍震動，人心不穩。次日一早，聽說後金兵馬來攻，急忙避其鋒芒，轉攻為守，將人馬帶至尚間崖，依山結成方陣，環繞營帳挖了三層深壕，壕內布列精兵，壕外排列騎兵，騎兵外布槍炮、火器外再設騎兵。監軍潘宗顏率領幾千人馬駐紮在離尚間崖三里遠的斐芬山，杜松軍餘部龔念遂、李希泌率本部人馬在斡琿鄂漠紮營，互為犄角。

後金兵馬剛剛掃滅了西路明軍，士氣大振，到了尚間崖，大貝勒代善一馬當先衝入馬林軍中，阿敏和莽古爾泰各率兵馬好幾千人，隨後殺到。馬林下令士兵燃放巨炮，但軍卒早已魂飛魄散，戰戰兢兢地不等點上炮火，兩軍短兵相接，混戰在一起。貼身近戰，明軍的火炮登時沒有了威力，八旗鐵騎橫馳縱衝，長刀飛舞，勢不可擋。馬林見勢不妙，策馬逃走。軍中沒有了主將，紛紛潰散，後金兵馬趁勢掩殺，麻岩、丁碧等將領相繼戰死。努爾哈赤隨即橫掃裴芬山，監軍潘宗顏率兵力戰，寡不敵眾，身死兵敗。

後金兵馬接連擊敗西、北兩路明軍，收得兵械等馬匹、旗幟、盔甲，不計其數，士氣大盛。此時，接到探馬稟報，明朝總兵劉綎，會合朝鮮軍隊，由寬甸進擊棟鄂路，總兵李如柏由清河進擊虎攔路。努爾哈赤聽了，說道：「李如柏是個膽小如鼠的人，不足為慮，倒是劉綎久經戰陣，不可小看。」

范文程道：「明將之中，劉綎最為驍勇。他出身將門，乃是南昌名將劉顯之子，生得虎背熊腰，力大無窮，所用鑌鐵大刀重一百二十斤，在馬上舞動，轉如飛輪，人稱『劉大刀』。弓馬純熟，箭術極精，真有萬夫不擋之勇。劉綎身經萬里三大征的播州之役和援朝之役，均立下大功。播州之役中軍功在全軍排第一，援朝之役中軍功僅列於總兵陳璘之後，確

是個威名赫赫的良將，難以力敵。奴才以為劉綎慣用偷襲設伏之策，此次正可以彼之道，還施彼身。」

努爾哈赤道：「赫圖阿拉城東南七十里處有一處山嶺，名叫阿布達里岡，溝嶺縱橫，水道交錯，最宜設伏。若將他誘到此處，破他不難。」

范文程道：「汗王，劉綎與杜松不同，並非有勇無謀的猛將，此人生性謹慎，心計頗多，怕不易引誘。可命歸順的漢人扮作杜松軍卒，約他即刻進兵，他一則貪功，二則以為有杜松西路呼應，必然督促軍卒急進，心智一亂，只知向前，不思有詐。」

努爾哈赤點頭，命扈爾漢率兵五百襲擊劉綎，且戰且退，誘他入伏。代善率左翼四旗兵馬迎擊；皇太極率右翼四旗兵馬，埋伏在阿布達里岡的叢林之中；阿敏率兵潛伏在南面山谷，放過劉綎一半兵馬，自後面攻擊。努爾哈赤親領四千人馬留守赫圖阿拉，坐鎮指揮。

劉綎於二月二十五日，按時率東路軍由寬甸出師。過涼馬甸，連克牛毛寨、馬家寨，深入到榛子頭。一路上，狂風大作，雪深數尺，軍卒睜不開眼睛，路上走得十分艱難遲緩，一日只行二十里。好不容易到了渾河岸邊，大雪初停，天氣放晴，四處冰天雪地，寒冷異常，只好駐營休整，而糧草又接濟不上，馬無食，人無糧，一些軍卒竟活活凍餓而死。

茫茫雪野，銀白一片。劉綎軍旅多年，不覺其苦，但他領的兩個兒子劉結、劉佐，多年生長在江南，從未受過如此嚴寒，手足俱已凍傷，劉綎用燒酒親自給他們療治。義子劉招孫進來稟報說：「西路軍杜松大帥派人來見。」

劉綎住下手，命道：「快請進來。」

進來一個手持令箭的小校，叉手拜見道：「杜大帥已經深入敵境，兵臨後金都城赫圖阿拉城下。擔憂劉大帥的東路軍不能按時合兵進擊，故差卑職傳語大帥，急速起營，一同夾攻破城。」雙手呈上令箭。

劉綎接過令箭，半信半疑地反問道：「我與杜大帥都是一路主將，本來互不統攝，怎麼竟傳令箭給我？他還以為我是他的副將不成？」

那小校極為機警，應變道：「我家大帥命卑職以令箭傳信，不過是擔心大帥疑心，以此取信，其實並無他意。」

劉綎依然疑心道：「我軍出師，照例是以傳炮為號，哪有飛馬傳令的？」

小校答道：「此處距離赫圖阿拉不過五十里，若三里傳一炮，反不如騎馬趕來快呢！」

「回去告訴你家大帥，聽到炮聲本帥即刻進軍。若只是這麼一支小小的令箭麼，嘿嘿……別怪我不看情面，小看了他。」劉綎將令箭擲還給小校，他以戰功卓著，進左都督，世蔭指揮使，武職中僅次於名將李成梁，怎肯受杜松的輕慢？好在他年紀大了，知道隱忍，不然早就一拳打過去，讓那小校抱頭鼠竄了。

將近晌午時分，劉綎聽到三聲大炮，似是從東北方向遠遠傳來。他心裏大急，杜松大軍果然搶在了前面，若給他獨佔首功，豈不墜了自家名頭？劉綎急令士卒拔營，火速進軍。走不多遠，便到了阿布達里岡，周圍重巒迭障，路狹林深，亂石雜立，只容單人匹馬，行進遲緩。突然，前面山林中衝出一彪人馬，攔住去路，為首將領高聲喝道：「大將扈爾漢在此，速速受降！」

劉綎揮刀便砍，扈爾漢舉槍招架，果覺刀勢沉重，勉強兩三個回合，帶兵敗走。劉綎見後金軍中只有扈爾漢一員大將，軍馬又少，大驅人馬，放心追趕。追出數里，天色漸暗，山路越發崎嶇，兩旁盡是懸崖林木、皚皚積雪。劉綎頓起疑心，喝令人馬停下，卻聽前面一聲炮響，西北山路上一彪軍馬殺到，如從天降，將扈爾漢迎頭截殺一陣，一面大旗迎風飄揚，火光之中現出一個斗大的「杜」字，那些兵士一身明軍甲冑，刀劍明亮，如獅似虎。劉綎又驚又喜，喝問道：「來將可是杜大帥麼？」

「正是！」那員大將金盔金甲，飛馬上前，拱手施禮。

劉綎將大刀橫擔在馬背上，拱手作答：「杜大帥獨佔首功，令人佩……你不是杜……」他見來將紅臉方頤，身形高大，不像杜松，驚愕萬分，伸手抓刀，已是遲了。那員大將手起一刀，將劉綎劈於馬下，又將手中紅旗一招，一聲吶喊，伏兵四起。大貝勒代善、二貝勒阿敏率領兵馬，從山間林中殺出。代善大笑道：「八弟，沒想到久經沙場的勇將給你一刀殺了！」

「全賴阿瑪神威。」皇太極欲砍劉綎的首級，卻聽腦後一陣金風，急忙伏在馬背上躲閃。劉招孫跳下馬去，抱起劉綎的屍首，上馬向外衝殺。皇太極喝道：「小輩大膽！竟敢暗算我？」

劉招孫大罵道：「無恥的女真賊！你若不使詭計，又怎是我義父對手！」

皇太極俯身伸手在地上撈起劉綎的半個腦袋，用刀扎了說：「你既是他兒子，怎麼竟捨了這半個腦袋？」

劉招孫低頭果見劉綎被砍去了半個腦袋，轉身看到扎在皇太極的刀尖上，大哭道：「義父，孩兒不孝，差一點兒不能教您老人家全屍還鄉。」挺刀向皇太極殺來。皇太極手下親兵豈容他靠近，將他團團圍住，劉招孫左衝右突，力殺數十人而死。

楊鎬坐鎮遼陽，日夜盼著軍前的捷報，卻傳來西路杜松、北路馬林先後兵敗的消息，東路劉綎軍又陷入重圍，大驚失色，巡撫周永春、巡按陳王庭惶恐問計，楊鎬長歎道：「兵法云：善攻者動於九天之上，善守者藏於九地之下。我軍尚未出動，洩露軍期，便失去了先機。又不佔天時、地利，終有此敗。今日之計，只有急命南路李如柏火速進軍，劉綎軍或許可以轉敗為勝。」急發紅旗催李如柏進兵。

南路軍主帥李如柏跟隨其父李成梁戰守遼東多年，又娶了舒爾哈齊的女兒娥喇佳為妻，深知後金兵馬的厲害，所謂「女真不滿萬，滿萬不可敵」，何況後金已有六萬大軍？他出身將門，但依仗父兄功名，縱情酒色，生性怯懦，並沒有什麼真才實學。當年李成梁、李如松為將時蓄養的那班勇士，多已老邁，不能征戰，李如柏無所依仗，不敢與後金交鋒。拖延到三月一日，才帶著兩萬人馬出清河鴉鶻關，一路行動遲緩，逗留觀望。接到楊鎬的檄令，正在躊躇，探馬報說撫順路杜松全軍覆沒。李如柏嚇得面色如土，半晌無言，稍後開原馬林兵

敗消息也傳來，李如柏兩腿亂顫，心裏暗罵楊鎬：那杜松何等英勇，卻兵敗身死；馬林兵馬火器也比我多，照樣敗逃；劉綎一生鮮嘗敗績，手中大刀所向無敵，受了圍困，卻要我去救他？暗自冷笑，拒不從令。副將賀世賢請命率兵偏師策應，增援東路，李如柏搖頭不允。只一天的工夫，傳來劉綎兵敗被殺的消息，四路大軍只剩下他一路，李如柏魂不附體，知道如再進軍，也是白送性命。有心回軍，又怕楊鎬惱羞成怒，無處發洩，翻臉將他做了替罪羊，欲進不敢，欲退不能，日夜憂愁，茶飯不思，寢臥不安。

楊鎬得知李如柏延師不進，東路兵敗，知道大勢已去，只得召李如柏回師。李如柏如接到赦令一般，急急忙忙轉回遼陽，隊不成列，排不成行，有如殘兵敗將一般。路遇後金哨探武理堪率二十精騎，武理堪並不畏懼，駐馬大呼，吹起螺號，一時山鳴谷應，似有無數伏兵，追殺而至。李如柏心膽俱裂，打馬急逃，軍卒互相踐踏，死傷近千人。

薩爾滸數場激戰，明軍損失重大，文武將吏死亡三百一十餘人，士兵死亡四萬五千八百七十多人，失去馬、騾、駱駝二萬八千六百多匹。楊鎬兵敗薩爾滸，喪師誤國，御史交章劾奏，萬曆皇帝下詔命錦衣衛校尉索拿楊鎬入京，兵部右侍郎兼右僉都御史熊廷弼接任遼東經略。

鏖兵

賈朝輔仰臉大笑，說道：「熊經略果然見識不凡，只幾句話就將我問出了破綻，佩服佩服！」右手一揚，兩點寒星逕向熊廷弼面門飛來，身子向外高高縱起。熊廷弼大喝一聲，將桌子踢翻，擋在身前。兩聲痛呼，卻見酒館掌櫃和店小二倒地翻滾，熊廷弼大驚，只此一緩，眼見賈朝輔兩個起落，飛身上了驢子，疾馳而去。

賦閒在湖北江夏老家的熊廷弼接到起復遼東的聖旨，即刻帶了貼身家奴熊忠入京，二人晝夜兼馳，請了敕書、關防，等著陛辭出京，萬曆皇帝有心召見，卻病體難支。熊廷弼等到七月初七，內廷傳旨不必陛辭，他朝紫禁城叩了頭，起身趕赴遼東。出了山海關，沿著官道飛馬疾馳。七月的遼東，山川濃綠，平疇疊翠，正是風光秀麗的季節。官道上卻多是由北往南而來的逃難饑民，扶老攜幼，也有幾個官吏縉紳坐著騾車，帶著一家老小、金銀財寶趕著入關。溽熱難當，不少饑民連累帶餓，行走艱難，躲在道旁的樹蔭下大口喘息。熊廷弼看看向北的行人極少，心中暗自歎息，白山黑水，千里沃野，當年曾是何等富庶的糧倉，如今卻野有餓殍，百姓流離失所，無處為家。將近晌午，熊廷弼見不遠處山腳下飄著一角酒旗，四處盡是流民，卻有酒可賣，真是難得。他們趕到近前，酒館掌櫃見來了兩個騎馬的人，雖是一身灰色布袍，但背後卻背著極大的包袱，胯下掛著防身的寶劍，風塵僕僕，顯然非富即貴，急步迎出來，賠笑道：「兩位大爺可要吃飯？」

「有什麼吃的？」熊忠將馬韁繩遞與小二，接過熊廷弼身上的包袱，與自己身上的包袱一起放在板凳上。

「有燴餅、包子、饅頭……」酒館掌櫃見小二在門口站著，呵斥道：「你這呆子！還不快去井裏打涼水來，給兩位大爺去去暑氣！只管在這裏戳杆子似地呆站著做什麼？」

熊廷弼洗臉擦汗已畢，坐下問道：「店家，這兵荒馬亂的，生意可好？」

「託您老的福，這酒館買賣還好。這些日子多是急著入關的百姓，不少官宦之家，這大老遠的，他們總不能還帶著鍋灶不是？敝店雖小，可飯菜新鮮可口，那些老爺小姐們倒也不挑剔，買賣比往日還好些呢！」酒館掌櫃搖頭歎氣道：「只是這生意怕是沒多少日子可做了，後金兵馬若打過來，我也要搬到關內了。就是不打過來，小的這心裏頭也總不踏實，擔驚受怕的。老爺想必沒有到過我們關外，前些日子後金佔了開原、鐵嶺，這些難民都是從那裏逃出來的。」

「他們也太囂張了！」熊忠一拍桌子，桌上的水碗、水壺叮噹亂響。

酒館掌櫃勸道：「我的小爺，小的這張破桌子可禁不得小爺這麼用力！你怕是沒見過後金兵馬，利箭長刀，銳不可當呀！」

「都是那楊鎬昏聵無能……」

「不可亂說！」熊廷弼鎖著眉頭，阻止熊忠道：「朝廷命官，不容詆毀。再敢如此，小心掌嘴！」

「老爺……」熊忠委屈道：「他若有老爺的半點本領，也算小的誣賴他了。可他喪師辱國，遼東糜爛不堪，小的也說錯了？」

「唉！遼東多年沒有良將了，也不唯獨是楊鎬一人而已。當年遼東大帥李成梁縱橫邊塞，鎮守遼東近三十年，屢破強豪，拓疆千里。邊帥武功之盛，實為我大明開國兩百年來所未有。可惜他只知以利驅眾，御下不嚴，貴極而驕，奢侈無度，遭言官彈劾去職。此後十年之間，更易八帥，遼東邊備益弛，終給努爾哈赤坐成大勢。」熊廷弼長歎一聲，神情甚覺惋惜。

那掌櫃道：「那李成梁畢竟年紀大了，少了銳氣。他官復原職又怎麼樣？還不是將八百里寬甸拱手讓給了後金，六萬戶的百姓被逼得背井離鄉，逃往關內？巡按熊老爺勸都勸不住。唉！朝廷昏庸，若是換了熊老爺做遼東撫臺，我們老百姓就有好日子過了。」

熊廷弼一笑，問道：「你見過熊廷弼？怎麼知道他有如此的本領？」

掌櫃聽他語氣中對熊廷弼並無尊敬之意，有些不悅道：「熊老爺斬城隍的事傳遍了遼東，你竟沒聽說過？」

熊忠搶話道：「怎麼沒聽說過？那年大旱，我家……熊老爺到金州禱拜城隍求雨，說好了七日之內若是再不下雨，就搗毀城隍廟。等老爺到了廣寧，已是十天了，雨還沒下。老爺見過了三天，大書白牌，派人持寶劍去斬城隍。那城隍果然怕了，一時風雷大作，豪雨如注。」

「是呀！我們遼東因此將熊老爺視作活神仙，早晚都要朝拜。你想城隍神都懼怕熊老爺，何況是努爾哈赤呢？若是熊老爺一到，他還不自己捆綁了來歸順？」

熊廷弼與熊忠二人相視大笑，酒館掌櫃莫名其妙，也跟著乾笑幾聲。小二端上一盆燉好狍子肉，香氣撲鼻，二人食指大動。正要舉箸，卻見一個方巾藍衫的秀才騎驢而來，嗅著鼻子道：「好香的肉！店家，快切上一盤來。」

小二賠笑道：「相公，那狍子肉只有這些了。廚下還有些剛出籠的肉包子，可行？」

秀才眼望著桌上那盆紅亮油光的狍子肉，兀自熱氣蒸騰，晃晃腦袋道：「不想竟是如此沒口福？」

熊廷弼生性豪爽，見他一副斯文的模樣，招呼道：「世兄如不嫌棄，移座一同用飯如何？」

「叨擾了。」秀才打躬入座，熊忠見他毫不客氣，心裏暗自氣惱，卻又不好發作，將木凳略略移向一旁，以示厭惡。

那秀才絲毫不以為意，伸筷子撈起一塊肉來，大快朵頤，將肉塊幾口吞下，連呼好吃，全然不見了斯文的模樣。一塊狍子肉下肚，他又想起什麼，口中叫道：「糟了！如此美味，卻無酒佐之，豈非大煞風景！」

熊忠聽他還要討酒喝，怒目而視。熊廷弼卻笑道：「世兄所說有理，自古無肉不香，無酒不歡。店家取二斤酒來。」

酒館掌櫃命小二抱來一罈酒說：「這是關東有名的孫記燒刀子，只剩下這五斤了。大爺們一起要了，敝店將存貨賣完，也要關張回山東老家了。」

熊廷弼想到遼東接連失陷城池，數百里內，炊煙斷絕，百姓如此紛紛逃入關去，遼東恢復更加艱難，不禁生出幾分傷感，說道：「就請同坐，權當給你送行。」

酒館掌櫃慌忙告了座，吩咐小二端上一盤肉包子，才小心坐下。那秀才此時已將半碗燒酒吃下肚去，兩頰酡紅，擊箸而歌：「城池俱壞，英雄安在？雲龍幾度相交代？想興衰，苦

為懷。唐家才起隋家敗，世態有如雲變改。疾，也是天地差！遲，也是天地差！」唱的竟是一曲《山坡羊》的小令。

那《山坡羊》乃是於宋末流傳民間的鄙詞俚曲，一般的調子，字句不長，可隨意而作，出口而吟，往往感慨興亡，寄託心志。熊廷弼聽他唱得悲涼，大有深意，問道：「秀才大名還未請教。」

那秀才住了聲，歎道：「萍水相逢，知與不知，又有什麼要緊的？晚生賈朝輔，還是一頂白巾。慚愧慚愧！」

「秀才怎麼還要往北去，關外的科舉不是已停了多年？」熊廷弼心下疑惑。

賈朝輔答道：「回瀋陽取家小入關。」

熊廷弼看他藍衫上下一塵不染，不動聲色地問道：「你可是從關內來？」

「不錯。」

熊廷弼冷笑道：「關內到此不下千里，秀才身上竟沒什麼汗漬塵土，大違常情。」

賈朝輔仰臉大笑，說道：「熊經略果然見識不凡，只幾句話就將我問出了破綻，佩服佩服！」右手一揚，兩點寒星逕向熊廷弼面門飛來，身子向外高高縱起。熊廷弼大喝一聲，將桌子踢翻，擋在身前。兩聲痛呼，卻見酒館掌櫃和店小二倒地翻滾，熊廷弼大驚，只此一緩，眼見賈朝輔兩個起落，飛身上了驢子，疾馳而去，依稀傳來歌聲：

峰巒如聚，波濤如怒，山河表裏潼關路。望西都，意踟躕。傷心秦漢經行處，宮闕萬間都做了土。興，百姓苦！亡，百姓苦！

驪山橫岫，渭水環秀，山河百二還如舊。狐兔悲，草木秋，秦宮隋苑徒遺臭，唐闕漢陵何處有？山，空自愁；河，空自流。

想是內力深厚，人影不見了，歌聲還餘音嫋嫋，不絕如縷，竟然字字清晰可聞。熊廷弼呆了半晌，見他去得遠了，才想起酒館掌櫃和店小二來，俯身去看，那二人早已死去，渾身烏黑，顯然中了極為歹毒的暗器。店內四下一搜，竟搜出金人的衣甲、兵刃，不禁驚出一身冷汗，若不是好心邀他們同坐同吃，想必已給他們毒死了。想到此處，不敢再逗留，急忙與熊忠起身，一路倍加小心，避開後金眼線，二十九日到了遼陽。巡撫周永春、總兵李如楨率領文武官吏接入行轅，擺酒接風。

熊廷弼不好推辭，熱鬧了近半夜，才回房歇息。熊忠進來道：「門子剛才送來一封信箋，說昨日一個秀才送來的，定要交到老爺手上。」

「賈朝輔？」熊廷弼心念一閃，撕開信函，仔細讀了，見落款果是賈朝輔。大意說為後金擒獲，變節做了哨探，沿途偵探大人蹤跡，得知酒館掌櫃奉命暗害大人，感於大人居官清正，出手相救，自此隱姓埋名，漁樵江渚，了卻殘生。信末附著一曲《山坡羊》：天津橋上，憑欄遙望，舂陵王氣都凋喪。樹蒼蒼，水茫茫，雲臺不見中興將，千古轉頭歸滅亡。功，也不久長！名，也不久長！熊廷弼唏噓良久，迷途知返，也是善終。細品這首小令，深覺所言不虛，人生無常，歷來如此，心頭倍添惆悵。

熊廷弼剛到遼陽，努爾哈赤就已得到消息。他不知熊廷弼其人其事，找來李永芳詢問。李永芳道：「汗王，熊廷弼字飛白，號芝岡，江夏人，身長七尺，素有膽略，三十歲中進士，三十一歲出任保定推官，以斷案清明著稱，是個極厲害的角色。萬曆三十六年，他曾巡按遼東三年，熟知遼東山川地理關隘要塞。」

「憑他再厲害，也不過孤身一人，遼東給咱們攪得一場糊塗，看他如何整頓兵馬，與我大金抗衡！」

李永芳道：「汗王萬不可小看了他！此人左右開弓，文武全才，剛毅果敢，極有帥才。都說明朝邊兵怯懦，其實是多年不操練所致，倘若將帥得人，操練有法，加上火器之利，不難成就一支雄兵。當年蒙古大汗鐵木真橫掃天下，鐵騎奔突，所向披靡，那元順帝卻被明將徐達攻破大都，避居塞外。不過短短數十年，兩軍消長得竟如此厲害！」

努爾哈赤點頭道：「你說的極是。朕本來打算乘勢直取遼、瀋，如今看來怕是不容易了。」

過了幾日，聽到熊廷弼部署籌措糧餉，召集流亡，修整器械，繕治城池，集官兵於教場，宰牛數百頭，置酒數千罈，蒸餅數十萬個，連饗軍士四天，還歃血共盟，誓守遼東，又斬了逃將劉遇節、王捷、王文鼎、陳倫，明軍士氣重振，遼東軍防漸備。努爾哈赤不甘心，派了兩萬人馬，兵分兩路，前去試探，果然敗回，遼、瀋無隙可乘，只好待機而動。

熊廷弼守衛遼東轉眼一年有餘，正想練好精兵，向北收復失地。此時，萬曆皇帝駕崩，太子朱常洛繼位，年號泰昌。泰昌皇帝甫一登極，發了一百萬兩內帑銀到遼東，犒賞遼東將士。遼東將士無不歡欣鼓舞，摩拳擦掌，躍躍欲試。熊廷弼率全體將士朝南向著宮闕，遙遙叩謝皇恩，打造定邊大炮三千餘尊，百子炮數千尊，三眼槍七千餘杆，盔甲四萬五千餘副，火箭四十二萬餘支，雙輪戰車五千餘輛，步步為營，漸進漸逼，逐步恢復開原、鐵嶺。不料，僅一個月的光景，泰昌皇帝卻誤服鴻臚寺官李可灼紅丸仙丹，一夜暴亡。年僅十六歲的皇太子朱由校繼位，年號天啟。給天啟皇帝的生母王才人典膳的小太監魏忠賢驟得殊寵，升做了司禮監秉筆太監，派吏部給事中姚宗文巡視遼東兵馬。

時值隆冬，天氣嚴寒。熊廷弼親自出城迎接，遠遠見一頂暖轎前呼後擁、耀武揚威而來，將近城門，暖轎停下，熊廷弼迎上前去寒暄。姚宗文不過是個從七品的官銜，可是吏部給事中權力極大，手握官吏升遷的監督大權，再說此次又是奉旨的欽差，熊廷弼更不敢怠慢。誰想姚宗文竟是十分托大，並不下轎，只將轎簾微微掀起個小縫兒，拱拱手，嘴裏說著：「經略大人客氣了，回衙門再見吧！這天可真冷得厲害，身上的羊皮袍子都凍透了。」

熊廷弼暗自不快，陪著姚宗文進城，照例擺酒接風。次日，又陪著他檢閱兵馬，二人並轡而行，姚宗文看了遼東軍容整肅，笑道：「熊大人果是幹練的能員，才一年的光景，遼東便治理得如此興旺，實在令人讚佩。」

熊廷弼道：「姚大人不畏風霜嚴寒，千里出關巡視，遼東將士無不感奮。」

「好說好說！」姚宗文草草騎馬圍著校場走了一圈，回到行轅烤火閒談，他看一眼熊廷

弼道：「本欽差一來是奉天命檢閱將士，二來還有一事相求。」

「欽差大人有事不妨直言。」

「痛快！我離京前，特地到魏公公府上去了一趟……」

「哪個魏公公？」

「哎呀！熊大人看來是一門心思地想著遼東，朝中的事體全不知曉。魏公公可是萬歲面前的第一大紅人，他與奉聖夫人終日伺候在萬歲左右，說句大不敬的話，可是當著萬歲的半個家呢！」

「他一個太監，怎麼將手伸得如此長？當年太祖皇帝明令，太監不得干政，預者死。立鐵牌於宮門外，怎敢違背？」

「大人可真是個直性子，什麼干政不干政的，萬歲巴不得魏公公多分擔些煩勞，他好專心做那些木工活兒呢！」姚宗文看熊廷弼一臉愕然，說道：「我離京時，魏公公命我代辦黑貂皮十張，東珠五十顆，人參一百支。我到遼東這麼幾天，哪裏去置辦？還有魏公公反覆叮囑要給他搜尋一張白色的老虎皮，這可是遼東才有的稀罕物！此事還要勞煩大人操心，過兩日我就要回京了，千萬不可耽擱。」

熊廷弼為難道：「我來遼東一年有餘，整日忙於整頓、督練兵馬，增設防務，催征糧餉，一向廉潔奉公，唯恐有負國恩。黑貂皮十張、東珠五十顆、人參一百支不是個小數目，那白虎皮更是聞所未聞。我的俸銀有限，欽差想必也算得出來，實在是愛莫能助！」

姚宗文拉長了臉道：「先皇泰昌爺不是撥了一百萬兩帑銀給你，你哭得什麼窮？」

「那些銀子都置辦了火炮鳥銃盔甲，其餘做了軍餉，分發給了軍卒。」

姚宗文拂袖而起，冷笑道：「魏公公的那批貨大人打算怎麼辦？」

「實在是無力承辦，請大人回去代為剖白一二。」

「哼哼……你還是等著自己回去說吧！我可替不得你。」姚宗文起身便走，冷哼道：「好不識相！這點兒小事都辦不好，還做什麼官？遼東是該換人了。」

姚宗文再也不想待下去了，次日早上，傳令回京，熊廷弼護送出十里，下馬辭別，姚宗文見沒有半兩回京的程儀，不肯相見，只說了聲免，也不照面，逕直回京。熊廷弼又急又氣，回到行轅悶悶不樂。不出幾日，御史顧慥、馮三元、張修德，給事中魏應嘉交章彈劾，隨後下來一道聖旨，將熊廷弼革職回籍，剛剛赴任不久的遼東巡撫袁應泰接任遼東經略。

袁應泰也是進士出身，為人機警，做過幾任地方官，頗有政聲。只是素不習兵，御下過寬，無法令約束，軍紀很快鬆馳下來。努爾哈赤打探到袁應泰的動靜，拍手喜道：「去了熊廷弼，袁應泰不足為懼。」召集文武大臣商議攻打遼、瀋，范文程獻計道：「蒙古突遭旱荒，不少饑民成群結隊入塞乞食。聽說袁應泰可憐饑民，大發慈悲，准許他們到遼、瀋城內乞食，並收降蒙古人為兵卒，以擴充軍隊。汗王可派些兵卒扮作饑民，混入明軍之中，以為內應，裏應外合，取遼、瀋不難。」

努爾哈赤等人連稱妙計，加緊準備攻城的木板、雲梯、戰車等器具。天啟元年二月，努

爾哈赤統帥諸貝勒、大臣，領兵四萬，兵分八路，先攻下奉集堡，將遼陽與瀋陽分割開來。隨後傾全國之師，親率雄兵猛將十萬餘兵馬，直撲瀋陽。

瀋陽位於渾河北岸，洪武年間，將元代土城改建為磚城，城內闢為十字形大街，設四門，南為保安門，北為安定門，東為永寧門，西為永昌門，萬曆年間重修，在北門增建重門藏兵洞，改為鎮邊門。瀋陽城垣高廣，塹濠深闊，乃是有名的堅城。周圍的開原、廣寧、撫順三大馬市，更是遠近聞名。它雖然不如遼陽重要，但也是遼東重鎮之一，被視作遼陽的藩蔽，著意經營。熊廷弼到了遼東後，將遼陽、瀋陽等處多加修繕，鎮守瀋陽的總兵賀世賢和副將尤世功，率人在城外深壕用巨木立為柵欄，靠近城牆之處，挖壕二道，各寬五丈，深二丈，設置陷阱，井底插有尖樁，上鋪秫秸，虛掩浮土。城上留有炮眼，環列火器。

後金國大軍圍住了瀋陽城，努爾哈赤知道城中防衛甚嚴，想到《孫子兵法》上說：「軍旁有險阻、潢井、葭葦、山林、翳薈者，必謹復索之，此伏奸所藏也」，敵力不露，未可輕進，下令四處紮營，不可妄自攻城，每日派數百騎兵挑戰，引誘明軍出城交戰。賀世賢與尤世功商議，堅守城池，不宜出戰。一連十幾天，努爾哈赤見引蛇出洞不成，甚是焦急，正在大帳中與范文程對坐，忽聽一陣喊殺之聲，出帳上馬，軍卒飛報說，賀世賢率數千精兵出城殺來。努爾哈赤大喜，急令大貝勒代善率五百鐵騎迎擊，必要將他引入大軍之中。

原來賀世賢嗜酒如命，大敵當前，忍了多日，一滴酒水都不曾沾唇，過了十幾日，見後金兵似是無可奈何，心神為之一鬆，酒癮發作，喝了滿滿三大碗燒酒，乘著酒興，領著一千多家丁出城，向後金大營衝來。見代善領數百兵卒迎來，舉鐵鞭就打，代善招架幾下，打馬退走。賀世賢隨後追趕，不到半里，吶喊聲驚天動地，後金大軍將他們團團圍住，一千家丁所剩無幾。賀世賢見勢不妙，酒氣化作冷汗，涔涔而落，奮力拼殺。後金兵馬四下合圍，賀世賢身中四箭，兀自狠命揮鞭抵擋，且戰且退，向永昌門敗回。努爾哈赤見了，知道若給他退回城裏，再難誘他出來，喝令放箭，霎時箭矢如雨落蝗飛，賀世賢身中數十箭，墜馬身亡。

副將尤世功見賀世賢被圍，領著兵馬出城營救。剛出城門，就給後金兵馬圍住。尤世功奮勇廝殺，不想坐騎掉入城下的陷阱之中，連人帶馬都給井底的尖樁刺死。

努爾哈赤命人高喊：「賀世賢、尤世功都已死了，你們速速投降！」城中的官兵聽得喊聲，都往城下觀望，只見西城門外都是後金兵馬，不見總兵與副將的蹤影，登時軍心大亂，全無鬥志，紛紛後退。努爾哈赤督兵攻城，從城東北角挖土填壕，城上明軍炮火齊發，滾木、礌石一齊打下，後金兵成片倒下，兀自冒死前進，填平三道壕溝。明軍再發火炮，哪知發炮過多，炮身熾熱，不敢再裝火藥。後金兵乘機搭上雲梯，推著戰車，猛撲城下。此時，城頭上衝出一群大漢，各揮刀斧，砍斷吊橋繩索，放下吊橋，後金兵見內應奪了城門，吶喊著衝過吊橋，撞開城門，一擁而入。不多時，瀋陽城破。總兵賀世賢、副將尤世功等參將、游擊、千總、百總三十多人戰死，兵卒多數投降後金。

努爾哈赤不及入城慶功，哨探飛報：總兵童仲揆、陳策率軍三萬出遼陽北上馳援，奉集堡總兵李秉誠、武靖營總兵朱萬良、姜弼率軍四萬已到白塔鋪。努爾哈赤分遣右翼四旗、左翼四旗迎擊，大敗兩路明軍，乘勢長驅直入，兵臨遼陽城下。

遼陽首山雄峙，衍水逶迤，襟山帶河，作為榆關以東第一形勝地，乃是遼東巡撫、遼東總兵的駐所，也是邊城都會，最為繁華之區，城內店鋪、茶樓、酒肆林立，街道兩旁商號密集，盛況不下關內名城，因有「遼陽春似洛陽春，紫陌花飛不見塵」之譽。洪武八年，在遼陽設立遼東都指揮使司，統轄二十五衛二州，遍及東北全境，東至鴨綠江、西至山海關、南至旅順海口、北至開原。遼陽城高三丈三尺，池深一丈五尺，城周圍二十四里三百八十五步。城門六個，南二，左安定，右泰和。東二，南平夷，北廣順。西肅清，正北鎮遠。城頭各有角樓四座，東南名籌邊，東北名鎮遠，西南名望京，西北名平胡。鐘、鼓樓各一處。規模之宏大，城池之堅固為遼東第一。

袁應泰得知瀋陽陷落，兩路援兵都已潰逃，急忙檄令各路兵馬集守遼陽，沿城布兵，嚴陣以待，又引太子河水灌滿城壕，護住城池。令姜弼、侯世祿、朱萬良等領兵馬，以太子河為屏風，列陣駐守，阻截八旗兵渡河。入夜，袁應泰與巡按張銓登上城東北角的鎮遠樓瞭望，見後金軍駐滿了城外四周，篝火映空，戰馬嘶鳴，營帳連綿，號角嗚嗚，聲勢駭人。袁應泰聽著渾河流水滔滔，想著遼陽即將一場血戰，他輕輕歎了口氣，呼著張銓的表字說道：「宇衡啊！後金軍來者不善，我看遼陽城勢難保全，我身為經略，當與遼陽共存亡，倘若城破，唯有一死以報皇恩。你身為巡按，無兵權也無守土之責，還是趁著後金圍城未久，連夜殺出城去，退守河西，召集殘部，以圖後舉。」

張銓搖頭，慘然說道：「卑職其實也無處可逃。自遼東興兵開戰，朝廷首創遼餉之征，如今每畝加賦增銀已至九厘，可說是竭盡天下財力以救遼東。卑職自束髮受教，讀聖賢之書，遵孔孟之道。十三為童生，十五進學，二十歲舉孝廉，二十五歲在萬曆皇爺手裏中進士，拿了十八年的俸祿。身為朝廷命官，不能替朝廷分憂，已覺慚愧無地，怎會有苟且偷生之想?文文山說：孔曰成仁，孟曰取義。惟其義盡，所以仁至。讀聖賢書，所學何事?至今而後，庶幾無愧!大人不要再逼卑職了。」

袁應泰不好再說什麼，含淚連連點頭。

次日，努爾哈赤命左翼四旗攻打小西門，右翼四旗攻打東門，明軍據守城頭兩面反擊，火箭亂飛，大炮轟鳴，後金軍傷亡極多，努爾哈赤見久攻不克，下令收兵，與眾將商議。皇太極道：「遼陽城垣高大寬厚，遠過瀋陽，更不宜強攻，最好如攻打瀋陽一般，如法炮製。」

努爾哈赤皺眉道：「一計不可再用，不然就給人家識破了，勞而無功。如今想用卻也難了，袁應泰有了瀋陽之鑒，勢必嚴加稽查，進城不易，進去不被發覺更難。」

李永芳道：「汗王，奴才的兒女親家馬汝龍有個弟弟馬應龍，就住在遼陽城內，可做內應。」

「那就請貴親家到城內走一趟。若能成功，必有重賞。」努爾哈赤大喜。

皇太極道：「引袁應泰出城也不難……」他見范文程會心一笑，想是已猜到幾分，「先

在城外暗伏精兵，然後高張旗幟，棄城南下，虛張聲勢，進擊山海關、薊鎮，袁應泰必不敢坐視，等他出城追擊，伏兵殺出，一鼓可取遼陽。」

努爾哈赤分兵兩路，命碩托帶三千人馬，遍插旌旗，向山海關進發。袁應泰接報大驚，登上城頭遠遠望去，果見後金兵馬拔營而去，離開遼陽城，向西南方疾馳，跺腳道：「後金猝然兵臨山海關，關上將士以為有遼陽可為屏障，必不會多加防備，一旦山海關破，後金長驅直入，京師震動，實在百死莫贖。」即刻傳調總兵胡嘉棟、副將劉光祚率青州兵尾追，朱萬良、姜弼、侯世祿與李秉誠、梁仲善、周世祿統帥的兩部兵馬，出城西擺陣接應。

努爾哈赤揮動軍旗，碩托率先領兵返回衝殺，代善、阿敏、莽古爾泰、皇太極等人伏兵殺出，從午時一直殺到傍晚，明軍大敗，梁仲善、朱萬良戰死，士卒潰散，逃入城中。當晚，努爾哈赤分兵攻城，無奈護城河水寬且深，兵馬不得近戰，城上火炮、火箭齊放，後金傷亡慘重，攻城受挫。

一夜攻城，毫無所獲。晨曦微露，努爾哈赤帶著侍衛沿城查看，見護城河水自東引來太子河水，順著地勢向西流淌，東為入水口，西為閘門。若將入水口封堵，打開西面閘門，護城河內的水便會洩走。他當即命兵卒運石擔土，將東面入水口堵住，工夫不大，河內水勢漸淺，不少地方乾涸見底。努爾哈赤命左右兩翼兵馬，乘機攻城。城上明軍放火箭、擲火罐，奮力抵抗，雙方激戰，互有傷亡。

城內馬應龍接到哥哥馬汝龍的口信，暗命兒子馬承林與結義兄弟柯汝棟幾人，將侍衛總管阿敦等人接入家中，藏在地窨內，躲過了明軍的巡查。過了兩天，城外攻勢極猛，明軍傷亡極眾，無暇巡查，他們趁著城中混亂，傍晚時分，裝扮成明軍模樣，趕到城內小西門。小西門乃是城中的倉庫，堆放著火藥、器械、糧草等一應物品。幾人將草場點燃，又燒了守軍的窩鋪、火藥庫，登時火光沖天，濃煙四起，明軍見倉庫火起，肝膽俱裂，馬承林、柯汝棟乘機砍翻了城門的守軍，打開西門。守將監司高出、牛維曜、胡嘉棟、戶部督餉郎中傅國等人紛紛棄城而逃，軍卒四散。後金兵馬趁勢登城，沿城追殺。

袁應泰正在鎮遠樓督戰，見西城已破，樓外喊殺連天，知道大勢已去，佩戴好尚方寶劍，揣上朝廷印信，默默西望京城，跪拜叩首：「萬歲，臣不能守衛疆土，唯有一死以報陛下隆恩了！」解帶懸樑，引頸自縊。一旁流淚的妻弟姚居秀也不阻攔，跟著他自縊而死。家奴唐世明從樓下提刀跑上來，本想護衛著主人離開，見他倆雙雙掛在房樑上，揮刀砍斷繩帶，將二人平放在樓內，伏屍痛哭：「老爺，小的來晚了！救不得老爺，小的也無臉面活在世上，就隨老爺去了。」向外望望後金兵卒舞刀吶喊，蜂擁而來，他將樓門關閉，縱火焚樓，大火熊熊，嗶嗶剝剝，朱漆巨柱的鎮遠樓眨眼間化作了片片瓦礫，一堆灰燼。努爾哈赤望著一縷青煙飄進蒼穹，驚歎良久：「大明有如此忠臣，非三五年可亡！」命人揀出袁應泰等人得骸骨，用上好棺木殮葬。

三月二十二日，晴空萬里，鼓樂喧天，在一聲聲禮炮聲中，努爾哈赤威風凜凜地進了遼陽城，街道兩旁官民百姓跪伏迎接。

遼陽城破，遼、瀋西南二百餘里，人民紛紛外逃，民宅一空，經月不見煙火。遼東周圍的金州、海州、復州、蓋州、耀州等大小七十餘城，數日之內，傳檄而定，望風歸降後金。

遼、瀋接連失陷，朝廷大為震恐，天啟皇帝這時想起了熊廷弼，對他的去職深感悔恨，將馮三元、張修德、魏應嘉各降三級，姚宗文除籍去名，永不敘用。下詔再度起用熊廷弼為遼東經略。

熊廷弼回到江夏，傷心摧肝，憂愁鬱結，病倒在床，想著自此訣別仕宦，桑麻稼穡，了卻殘生。眼看病體好轉，已勉強拄杖到庭院漫步，京中六百里加急傳下聖旨，他顫抖著身子跪下叩拜傾聽，心裏卻想著如何推辭。聖旨竟寫得情辭懇切，稱讚了熊廷弼守遼之功，有如皇上對面而語，當聽到「卿勉為朕一出，籌畫安攘」，熊廷弼登時淚流滿面，哽咽道：「臣就是受了天大的委屈，也不須皇上這般自責！皇上知遇之恩，臣就是萬死也難報答。」扶病而起，拜過祖塋，帶著熊忠起身赴京。天啟皇帝賜了一襲麒麟服，親與文武大臣陪在東郊設宴餞行，並從京營選調五千人護送他到遼東。

此時的遼東滿目瘡痍，糜爛之極。三岔河以東均落入後金手中，遼東軍民，除金州、復州等地和東山礦徒結寨自固外，其餘死的死，降的降，逃的逃。五萬多殘兵敗卒散落在寧前一帶，四萬人逃到了海島或渡海到了登、萊，還有兩萬多人逃到了朝鮮。遼河以西，人心惶惶，競相往關內逃命。熊廷弼邊走邊思謀收復遼東方略，一連幾夜在驛站輾轉反側，夜深難眠，將方略寫成條陳，途中拜發，力陳收復遼東的「三方並進」之策：以廣寧為根基，部署重兵，抗擊後金；在天津、登、萊各置舟師，以備將來進攻金、復、海、蓋等地；遼東、天津、登、萊各設巡撫、總兵，經略駐山海關，節制三方，統一事權。

六月初六，兵部尚書兼都察院右副都御史駐紮山海經略遼東等處軍務的熊廷弼，在山海關籌畫復遼大計。請兵部抽選各鎮精兵二十餘萬，戶、工二部準備糧餉、器械；請任用在遼東頗有威望的劉國縉、佟卜年、洪敷教等為總兵、副將，以收遼人之心；調工匠，買鐵，伐木，製車，造炮等。事無巨細，躬親自為。

「熊蠻子又回了遼東？」在遼陽八角金殿與阿巴亥歡宴的努爾哈赤吃驚地看著哨探，險些將酒杯掉在地上。

「熊廷弼已到了山海關。」

努爾哈赤擺手命哨探退下，心裏不禁有些頹然。阿巴亥軟語溫存道：「汗王，那熊廷弼也不是什麼大羅神仙，何必這樣懼他？」

「朕不是懼他，是不想與他糾纏。朕本無意滅亡明朝，只想滿、漢各自為國，不想深入漢地，變受漢俗，如此咱們後金勢必衰弱，如遼、金、元一樣，國運不長。如今熊蠻子復來遼東，遼西必是難取了，關外何時可盡歸後金？朕今年已六十三歲，等不得了。」

「汗王身體素來康泰，日子長著呢！」阿巴亥聽他語出不祥，心裏隱隱有些不安，自己雖身為大福晉，可三個兒子還未長大成人，阿濟格剛剛十六歲，多爾袞和多鐸一個九歲，一個七歲，還頂不了什麼大事，不由呆了一呆，正想要他帶阿濟格出征，掙下些軍功，也好有個封賞，李永芳匆匆進來，拜見說：「給汗王、大福晉請安。」

「什麼事？」

「遼東巡撫派人給奴才送來密信，要聯絡奴才反水，歸順明朝。」李永芳遞上一封密函。努爾哈赤取出，見筆畫甚是潦草，辨識不全，問道：「你打算怎麼辦？」

李永芳撲通跪倒，叩頭說：「汗王待奴才推心置腹，恩情深厚，奴才斷不會聽他蠱惑！」

努爾哈赤笑道：「快起來！你既來稟明了朕，朕自然信得過你。朕還發愁無從得知明軍機密，他送上門來，不可錯過，正好趁此刺探明軍的動靜。」

李永芳驚喜問道：「汗王之意可是想用反間計？」

「不錯，王化貞要你做內應，朕則將計就計，所謂敵有間來窺我，我必先知之，或厚賂誘之，反為我用；或佯為不覺，示以偽情而縱之，則敵人之間，反為我用也。」努爾哈赤捋髯微笑，氣定神閒，似是成竹在胸，把握了勝算。

儲

阿巴亥身子一顫，胳膊有如雷擊，登時麻熱起來，略掙了幾下，竟未掙脱，仰頭看著代善。代善見她漆黑的眉毛微微蹙起，雙眼含嗔，似怒似喜，滿面暈紅，不知是酒色還是羞怯，兩個酒窩時隱時現，一雙柔弱無骨的小手簌簌抖動，身子搖搖欲墜，伸手攬住，阿巴亥嚶嚀一聲，酥倒入他懷中，酒壺落在桌上，滾落在地，摔得粉碎……

李永芳答應一聲，退了出去。努爾哈赤一時欣喜，連飲了幾杯酒，見她怔怔出神，將她豐腴秀美的身子攬入懷裏，撫慰道：「朕自幼漂泊，孤苦無依，長大成人以後，戎馬大半生，飽受艱辛，如今漸有年老體弱之象，不能再像年輕時那樣上馬廝殺了。好在有你相伴，廣寧城又指日可下，大快朕心！就是死也瞑目了。唉！費英東死了，額亦都也病了，下一個也快輪到朕了。」

阿巴亥給他花白的鬍鬚刺痛了臉頰，想到自十二歲那年嫁到建州，如今已是二十年了。他年過花甲，白髮紅顏，一旦他有個三長兩短，自己孤兒寡母依靠何人？心裏憂傷不已，禁不住嚶嚶地哭泣起來，嬌聲道：「汗王可是看厭了奴婢？若是不要奴婢了，奴婢就一頭撞死在汗王眼前……嗚嗚……」

「朕喜歡尚且不及，怎麼會厭煩？」努爾哈赤伸手擦去她臉上的淚水，淚水卻又如珍珠般地滑落。

「那、那汗王怎麼會說出這樣不吉利的話來？」阿巴亥不依不饒，伸手去扯他的鬍鬚。

努爾哈赤笑著躲了，斂容說道：「朕命在天，不知還能活幾年，但總歸是要走在你前頭。朕放心不下，想著如何安置你們母子。朕有十六個兒子，不能算少，可託付大事的卻沒有幾個。諸子之中，代善為人憨厚寬柔，日後，我將你們母子託付給他，他定會盡心照顧你們。你不必擔心。」

「大貝勒可是有兒孫的人了，他的大兒子岳托比阿濟格還大七歲，他願意再添這些麻煩麼？」阿巴亥輕歎口氣，目光有些幽怨。

努爾哈赤不以為然道：「知子莫若父。代善的為人朕心裏有數，他忠厚老實，不會虧待你們的。」

阿巴亥看著努爾哈赤斜倚在炕上，端著那桿做工極為精細的大煙袋，一口一口地吐著濃煙，神情有些倦怠，懨懨思睏，伺候他睡下，自己卻怎樣也合不上眼睛，放不下心來。

次日一早，努爾哈赤召集眾貝勒、大臣商議攻打廣寧之事，阿巴亥想著努爾哈赤昨夜的話語。自褚英被囚禁而死以後，幾個阿哥暗地裏爭儲位，諸王貝勒之中，大貝勒代善軍功累累，威望甚高，且手握兩紅旗人馬，有權有勢，年長位尊，將來繼承汗位非他莫屬，其他三大貝勒不足與他爭鋒。汗王能將自己母子託付大貝勒，日後也算有了依靠，只是不知大貝勒的心思，阿巴亥一整天胡思亂想，坐臥不安，好不容易等到暮色已起，要努爾哈赤回來，召來代善當面問個明白，將近定更時分，卻還不見努爾哈赤的蹤影，打發侍女去問，才知道早已議事完畢，汗王今夜要在小福晉德因澤那裏安歇。

德因澤是努爾哈赤新納的福晉，剛剛十七歲，在妻妾之中排行最後。她本是大福晉袞代的侍女，正值妙齡，貌美如花，與當年滿蒙第一美女東哥長得有幾分神似，努爾哈赤因而將她納作了小福晉。其他幾個福晉多是徐娘半老，雖不能說人老珠黃，但終比不得德因澤花樣年華，德因澤一時嬌寵無比。阿巴亥惱怒地罵道：「這個狐媚子，小小年紀就知道迷惑男人，夜夜專寵，還想著給汗王生個一個兒半女麼？呸！就是生了，你也別想著母因子貴！」

她呆坐了半晌，想到此時德因澤必是撲在汗王懷裏撒嬌撒癡，肆意撩撥，發狠道：「好！我自去找大貝勒問明白。」阿巴亥親到廚下做了兩樣精緻的菜肴，帶了貼身侍女代因札，也不坐轎子，悄悄出了角門，趕往大貝勒府。

代善剛剛與努爾哈赤爭吵得不歡而散，悶悶不樂地回到大貝勒府，晚飯也沒吃，獨自坐在書房裏翻書，他想不明白汗父近來脾氣暴躁了許多，有些喜怒無常，總是想著攻城殺人，如今後金地盤空前廣闊，盡有了遼河以東土地，不再受人欺凌，停戰休兵，安安生生地過太平日子豈不更好？何必打打殺殺呢！胸中正自鬱結，卻聽門環聲響，怒道：「我已明言不准打擾，是誰這麼大膽？」

房門洞開，貼身侍衛驚慌地稟報說：「主子，是、是大福晉來了。」

代善見阿巴亥一身豔裝，風姿綽約，含笑進門，急忙上前請安道：「額娘有什麼吩咐，只管差個下人過來就是，怎麼如此屈尊？孩兒好生不安。」

阿巴亥笑盈盈地說道：「免了免了！這是在家裏，不必如此多禮。」說著逕自走到桌前，拿起翻開的書看了片刻，嘖嘖稱讚道：「大貝勒可真好學，《三國演義》看了多少遍了，竟也不厭煩！怪不得汗王說，平生的計謀都是出自此書，敢情裏面都是用兵打仗的事呀！什麼征南……大興師的，那該殺多少人？我可不敢看，識的那幾個漢文也看不懂。」

「等額爾德尼和噶蓋他們譯成了滿文，額娘就能看懂了，這裏面也不全是殺人的故事。這一章節是征南寇丞相大興師，卻不是為著殺人。你看上面說的：夫用兵之道：攻心為上，攻城為下；心戰為上，兵戰為下。只要心服歸順，自然不必殺了。」代善苦笑道：「人人都想安生，不願征戰不休。」

「喲——大貝勒怎麼慈悲起來了，我見你每次出征回來，可都是威風凜凜地入城，好生羨慕呢！」

「額娘不明白……」代善搖頭輕喟，陡然聞到門外飄進一絲飯菜的香味，登時食指大動，肚子咕咕作響，猶如蛙鳴，一時大窘。

阿巴亥聽了，問道：「想必大貝勒晚飯吃得少了，我正好做了幾樣菜肴，你嘗嘗如何？」

「哪裏是吃得少了，孩兒還不曾吃飯。」代善一陣委屈，心裏暗自酸楚。

阿巴亥命代因札提進食盒，打開在桌上擺好，竟是扒鹿筋、燉燕窩、白豬肉、燒花菇四碗大菜，屋內登時一片濃香。代善提鼻連吸，竟是有些不能自禁。阿巴亥命代因札退下，笑道：「咱們大金都說袞代姐姐做得一手好膳食，我這幾個小菜實在拿不出手來，大貝勒可不要笑我！」

「豈敢，豈敢！」代善緊著兩手，嘿嘿連笑，「這鹿筋、燕窩、花菇都在八珍之列，又是額娘這樣俊俏的人巧手做的，怎能不可口！」

「都說大貝勒忠厚，誰知竟這樣伶牙俐齒的，說出的話真教人舒坦。」阿巴亥滿臉笑意，「哎呀！竟忘了帶酒，這有菜無酒怎麼好？」

「額娘放心，貝勒府豈會無酒可喝？」

「那、那終是你的酒，我本來該備下的。」阿巴亥用眼睛瞟著代善。

「酒菜本來不分家，還說什麼你的我的！」

「不分最好。」阿巴亥道：「我倒也想喝兩盅呢！」

代善朝門外命道：「好！快將上好的燒刀子取來。」

兩杯燒酒下肚，阿巴亥粉面通紅，捂住臉道：「這酒好大的勁兒！我這臉火燒火燎的，要出醜了。」

代善不依，拿起酒壺又倒上一杯，說道：「這是老孫家的燒刀子，在地下陳了三十年，端的醇厚香甜，並不傷人，額娘想必是喝的有些急了。」

阿巴亥並不阻攔，問道：「你怎麼沒吃晚飯，可是你福晉伺候得不周到？明個兒我勸勸她。」

「不是不是，她不敢的。」代善酒量頗豪，可喝不得悶酒，又是空著肚子，孫記燒刀子乃是關外馳名的烈酒，喝下幾杯，竟有些頭重腳輕，少了平日的那些顧忌，盯著阿巴亥緋紅的俏臉道：「孩兒是生汗父的氣，他老人家只知道殺人攻城……唉！」吱的一聲，他仰脖又喝下一杯。

「你們父子嘔的什麼氣？」

「汗父殺戮太重，我規勸他老人家，本是好意，不想他竟大發雷霆，在眾人面前，劈頭蓋臉地一頓訓斥。當年孩兒與朝鮮元帥姜宏立對天盟誓，永結盟好，不再交兵，汗父因他們沒有臣子之禮，竟大開殺戒，殺死四五百名朝鮮士卒。如今得了遼河以東的國土，竟還貪心，非要攻取遼西的廣寧城不可！這又何苦呢？」代善忽覺有些失言，看阿巴亥兩眼只顧盯著自己，心裏一慌，問道：「額娘有什麼事？該不是汗父要你來的吧！」

「是我自家要來的，怎麼，你怕我給你汗父吹枕邊風？」阿巴亥見他多心，調笑道：「情深莫過父子，我何必在你們中間摻合？再說你們想的都是軍國大事，我想的都是自家的私事，本來攪擾不到一起的。我是來求大貝勒的。」

「求孩兒什麼事？」代善既驚且惑。

「唉呀！我還比你小六歲呢！怎麼一口一個額娘的？我祖上是大金國的宗室，我阿瑪又是個循規蹈矩的人，依照祖宗的風俗給我取了個漢字的閨名，叫水蘭兒。你就喊我水蘭兒好了。」

代善見她淺斟輕啜，惺眼乜斜，越發顯得風情萬種，楚楚動人，不禁一癡，問道：「水蘭兒？倒是個極清雅的名字！如水之柔，如蘭之馨。」

阿巴亥幽幽地歎了一聲，有如深潭中給微風吹起一圈漣漪，令人怦然心動，她心底自怨自艾道：真是紅顏薄命，我十二歲時情竇初開，就嫁了年紀老大的男人，雖說他英雄蓋世，可、可畢竟年紀有些大了，不再有少年新婚的纏綿與繾綣……她心裏一酸，眼裏噙滿了淚水，淒然說道：「你汗父是個蓋世的英雄，我能伺候他，實在是前世修來的福氣。可是任憑你再大的英雄，也有、也有那一天……。你汗父一旦撒手而去，教我們母子怎麼辦好呢？我

來就是問你一句痛快話，你、你願意照看我們母子麼？」

「這……沒有汗父的旨意，我可不敢。」代善聽她嬌語如鶯，有些情動難耐，但想到汗父，不由萬分躊躇，急忙推辭。

「你好狠的心！」阿巴亥淚光一閃，大滴的淚水滑落到胸前，倏地不見了。她咬著銀牙，淚水不住淌落，哀怨地問道：「你怕什麼？你汗父親口說要把我們母子四人託付給你，你不願勞這份兒神麼？」

「既是汗父之意，我怎敢推辭！」

「那我們母子就靠大貝勒了。」阿巴亥起身提壺斟酒。那玉色的纖手把著青花的小酒壺，身子微微前傾，漆黑濃密的鬢髮間散出一陣陣誘人的香氣，直撲人的鼻孔，花香、酒香、美人……代善心神一蕩，伸手捉住她的小手道：「怎麼敢當？還是我自斟吧！」

阿巴亥身子一顫，胳膊有如雷擊，登時痲熱起來，略掙了幾下，竟未掙脫，仰頭看著代善。代善見她漆黑的眉毛微微蹙起，雙眼含嗔，似怒似喜，滿面暈紅，不知是酒色還是羞怯，兩個酒窩時隱時現，一雙柔弱無骨的小手簌簌抖動，身子搖搖欲墜，伸手攬住，阿巴亥嚶嚀一聲，酥倒入他懷中，酒壺落在桌上，滾落在地，摔得粉碎……

「大貝……」屋外的侍衛張口要問，身邊的代因札一把將他的嘴捂住，低聲道：「你這頭笨叫驢！喊什麼？主子又沒叫，你要進去做什麼？」侍衛一怔，隨即回過神來，二人躡手躡腳地在窗根側耳傾聽，只聽裏面一陣悉悉嗦嗦，似是撕扯衣帶之聲，阿巴亥問道：「你可記住了答應我的話？」

代善喘著粗氣道：「水蘭兒，我記著呢！你這樣惹人疼得俏模樣，我不看顧你，還捨得便宜他人……你跟了我，今後的日子……放心好了，少不了你的榮華富貴……」

「你要對我好呢！不然可不依你……」阿巴亥也嬌喘起來。

代因札正是少女懷春之際，聽得男女私情，早羞紅了臉，回身見侍衛死盯著自己的胸前不住地看，輕啐了一口，罵道：「你這沒正經的，竟這般不老實！要看回家看你媳婦去，何必這麼做賊似的偷偷摸摸呢？好生當你的差吧！小心我稟了大福晉，剜了你的眼！」

那侍衛聽她說得狠毒，訕笑道：「小浪蹄子！你裝什麼假正經？大福晉自家還偷食呢！我怕什麼？惹惱了我，說出去大夥兒都沒個好兒！」探手向她胸前襲來，代因札見沒嚇唬住他，登時慌亂起來，雙手死死護在胸前，哀求道：「好哥哥，你饒了我，改日請你吃酒。」

「這會兒你倒來求哥哥了？哥哥也不乘人之危難為你，必要你服服貼貼地答應哥哥。來，教哥哥香一口！」侍衛淫蕩地一笑。代因札怕驚動了屋裏的大福晉，不敢不從，蹙著兩腳慢慢靠過去，那侍衛先在她腮上擰了一把，湊上去要親，突然聽到又腳步之聲，不及轉身，已有人問道：「阿瑪在屋裏麼？」

他嚇得一哆嗦，聽出是大貝勒的長子小貝勒岳托的聲音，急忙趕上幾步，見岳托與兄弟碩托各自提著燈籠連袂而來，上前請安，惶恐不知如何對答。夜色已深，對面也看不真切，碩托沒有發覺侍衛神色有異，見屋裏燈已熄了，問道：「阿瑪歇息了？」

「是、是，貝勒爺剛剛歇下，兩位小爺什麼事，明早再稟不遲吧？」侍衛回神過來，恨不得幾句話將他倆打發走了，不然若是闖進屋去，可就不好收拾了。

岳托點頭說道：「哦！我倆也沒什麼大事，聽額娘說阿瑪沒有進一口晚膳，怕他動怒傷了身子，過來看看。」說著到門前側耳傾聽，似有喁喁私語夾帶著喘息之聲，甚為急促，便要上去敲門。

侍衛阻攔道：「貝勒爺吩咐過了，任何人不得驚擾，兩位小爺還是請回吧！不然，奴才要受責罰了。」

岳托心下疑惑，屋內不像是睡熟的呼吸之聲，似是夾雜著女人壓抑的嬌喘，不敢硬闖，想到也許是阿瑪召幸了哪個妃子，登時心裏釋然，趕緊退下，不想回身倉促，手中的燈籠碰到一個人的身上，燭火歪倒，燒著了外面的燈籠罩子，騰起一團火焰，那人嚇得失聲驚叫，竟是女子的聲音。岳托借著火光，看清了那女子的模樣，竟是大福晉貼身的侍女代因札，喝問道：「怎麼是你？」

代因札本來想趁著岳托問話之機躲藏起來，不料突生變故，卻給人發覺，惶恐道：「奴才、奴才是來……」一時之間，她想不出什麼理由搪塞，急得嚶嚶而哭。

碩托看著他們兩個驚慌失措，罵道：「好呀！你們兩個不知廉恥的奴才！想必是不好好當差，卻在這裏鬼混。看明日稟了阿瑪，打斷你們的狗腿！」拉著哥哥岳托便走，出了跨院小門，才低聲說：「我的傻哥哥，你在那裏折騰什麼？不是兄弟攔著你，還不知你要問出什麼來呢！」

「深更半夜的，代因札來阿瑪的書房做什麼？」岳托尚未會意，兀自追問不休。

「你說還會有什麼事？」碩托回頭看看無人，才放心說道：「大福晉想必就在阿瑪的書房裏，你剛才還要大聲叫嚷，阿瑪要是聽到了，還不知道有多氣惱呢！」

「大福晉會在屋裏？」岳托臉色大變。

屋裏的代善與阿巴亥正在情濃之際，聽到外面幾聲吵鬧，惱怒不止。二人忍氣溫存了一陣，整衣起來，見侍衛與代因札直直地站在門外，阿巴亥怒沖沖跨出門，劈面一掌朝侍女打下，斥罵道：「你個不中用的小蹄子，枉我調教了你！他們兩人過來，有你什麼事？不快快躲藏了，卻沒眼色地出來亂撞，還要你望風不成？」

代因札捂了臉嗚咽，不敢作聲。代善罵道：「岳托那兩個小畜生也不長進，沒由來地舉燈亂照什麼？」

阿巴亥跑進屋內，伏在床上哭道：「不知他倆口風可緊？若是傳揚出去，可要大禍臨頭了。」

代善聽了也驚恐起來，他本是個極謹慎的人，只是貪了幾杯酒，竟不能自禁，想到儲君之位，越發不安起來，沉思了半晌，說道：「你先回宮，切不可露了形跡。此事我自會料理。」阿巴亥沒了主意，匆匆走了。

清早起來，代善親領侍衛趕到岳托家中，直闖內宅。岳托與弟弟碩托一夜未睡，無意之

中他們得知了驚人的秘密，想著如何應付阿瑪的責問，哪裏睡得著？二人心慌意亂，一時也理不清頭緒，命人連夜請來好友齋桑古及其妹夫莫洛渾，一起商議。齋桑古乃是二貝勒阿敏的弟弟，平日與岳托交情極厚。四人商議了半夜，一籌莫展，最後說定假作不知，靜觀其變，正想各自散去，代善卻排闥而入，見了四人先是一怔，隨即喝道：「岳托你好大的膽子！你貴為貝勒，又領了鑲紅旗人馬，我對你不薄，你卻聚眾密謀，要逃往明朝。我今日要大義滅親，給我都綁了！」

四人大驚，不容分辯，侍衛一擁而上，將他們五花大綁，用手巾堵嚴了嘴，押出門去。岳托的福晉接到稟報，飛跑趕來求情，代善鐵青著臉，一聲不吭，福晉見哀告無用，撒起潑來，雙手抱定岳托的雙腿不放，代善喝令將她拉開。岳托不等侍衛趕過來，彎腰在他福晉頭上蹭鬆了手巾，低聲道：「快去找八叔，求他……」話未說完，侍衛上來將福晉拖走。

代善本來打算將岳托兄弟二人看管起來，等接了汗位再放他們出來，不料他們竟洩露給了別人，本是不傳六耳的機密大事，如今卻多了兩個人知道，危險自然多了幾分，若再不當機立斷，此事難以保密。他自見到岳托四人的面兒，就已動了殺機，不留活口，以免節外生枝。他將四人看押在大貝勒府的密室之中，即刻趕往八角金殿稟報。

努爾哈赤剛剛起來，小福晉德因澤正給他編辮子，梳理鬍鬚，聽了代善的稟報，怒道：「他們不知道朕與明朝有不共戴天的大仇？當年朕以七大恨告天，立誓伐明，他們也都在場，怎麼竟想著逃歸明朝，是中了什麼瘋魔？」

「汗父，兒子也不知道這幾個是如何想的，汗父對他們不薄，他們竟這般喪心病狂？兒子現已將他們押入囚室，想親自審理此案，若是他們死心塌地叛逃大金，兒子必定親手斬殺這四個奴才！汗父切不可動氣，傷了身子。」代善說道最後，聲音竟有些哽咽。

「岳托是你的嫡長子，也是將來大金國的傳位人，朕有心命他署理兵部，磨練栽培，他竟如此教朕傷心！他們既生此意，就不是朕的子孫，也不是我大金的臣民。你好生審問，絕不容寬貸！」努爾哈赤傷心之極，兩眼茫然地看著窗外，他不願相信愛新覺羅的子孫竟出了這樣的逆賊！

此時，岳托福晉已在皇太極面前哭訴，皇太極問及內情，她卻說不清楚，只是一味求他援手救命。皇太極道：「你不要心急，如今大貝勒被立為儲君，誰敢捋虎鬚？此事只有去求汗父了。」他送走岳托福晉，趕往八角金殿，努爾哈赤剛剛帶了督堂阿敦等一干侍衛出城去了。他進了寢宮拜見小福晉德因澤，詢問汗父什麼時候回來。德因澤正在縫著一件新的貂皮袍子，笑吟吟地請他坐了，才說：「汗王想另選個地方做都城，這次帶人出去，總要兩三天才能回來。四貝勒有急事麼？」

「大貝勒將岳托看押起來，汗父可知道？」

「知道，大貝勒說他要與碩托、二貝勒的弟弟齋桑古及其妹夫莫洛渾一起密謀逃往明朝。」

「怎麼會？他們……」皇太極心頭疑竇大起，想要辯白，卻見一個侍女匆匆地進來，向

二人各自施了禮，才恭聲問道：「福晉，大福晉命奴才來問，汗王今夜可還歇在福晉這裏？」

「汗王出城了。」德因澤冷笑道：「大福晉又想汗王了？代因札，你的臉怎麼這樣紅腫，敢是又給大福晉打了？」

德因澤給袞代做侍女時，便與阿巴亥的貼身侍女代因札極為稔熟，閒暇之時，常常走動往來，做了福晉倒也還存著一絲姐妹的情分，背後噓寒問暖的。代因札聽了，眼圈一紅，看了皇太極一眼，欲言又止，皇太極急忙告退出來，沿窗根兒慢走，側耳細聽屋內的動靜。只聽代因札嗚咽道：「昨晚大福晉帶奴才到大貝勒府上送菜肴……嗚嗚……奴才不小心，給碩托貝勒看到了……大福晉發怒，打了奴才……嗚嗚……」

「送菜肴有什麼見不得人的？」皇太極念頭一閃，心裏一片雪亮，「哦！是了。想必是有什麼事怕給人看到，那碩托卻偏偏撞見了。匹夫無罪，懷璧其罪，碩托看到了不該看的事，自然會惹來塌天大禍了。」想到此處，他詭秘一笑，暗暗得意道：「大貝勒呀！你不顧惜父子之情，竟要殺人滅口，此事卻不能令你如意，不然你這位子怎能輪到我來坐？」片刻之間，他想出了個一箭雙鵰的妙計。

他在八角金殿前走了兩圈，眼看代因札擦眼抹淚地走了，轉身進了寢宮，見德因澤獨自咯咯笑個不住，問道：「福晉遇到什麼喜事了？說來給孩兒聽聽。」

德因澤正在心花怒放之際，見他去而復返，悄聲進來，竟不以為忤，嘻嘻笑道：「你看大福晉平日一副正經的模樣，像個嚴守婦道的賢妻良母，誰知卻是個騷狐狸！昨夜汗王歇在我這兒，她竟忍不住發情了，竟去找……哎呀！真說不出口！」

「大福晉去了哪裏？」皇太極推知她必是去了大貝勒府，故意惘然追問。

德因澤搖頭道：「要說咱們女真倒也容得她這樣，父死妻其庶母，本來也不丟醜，可那都是丈夫死了以後的事，丈夫還在，就背著偷養漢子，卻是家法難容了。這下可有好戲看了。」她見皇太極一旁發呆，說道：「你想必還不知道，大福晉昨夜跑到大貝勒府上，兩個躲在書房裏，唧唧噥噥的，鬧得地動山搖，給碩托兄弟倆看到了。你說這怎麼得了，汗王若是知道了，還不氣死？」

「這麼說福晉想把這事壓下來？」

「不壓下來怎麼辦？汗王的脾氣你不知道？他嚥得下這口又髒又臭的悶氣？」

「福晉有這樣的善心，就沒想著再進一步？」

「進什麼步？」

皇太極攛掇道：「福晉難道忘了死去的大福晉，不想把這位子奪回來？這大福晉的位子既不是她獨坐的，也不是好來的，當年她做側福晉時，設下毒計，先以姿色纏住汗父，暗地裏派個英俊的後生去勾引大福晉，卻將此事洩露給三貝勒。三貝勒看到大福晉與那後生赤條條地在炕上翻滾，羞怒交加，竟拔劍將二人砍了。她就這樣不露聲色地做了大福晉，如願以償，借刀殺人，多麼精細的算盤！」

「我倒是沒有忘記舊仇，只是想大福晉的位子未必會輪到我來坐。」

「如今福晉最受汗父恩寵，何必妄自菲薄？」

德因澤為難道：「我若是向汗王揭發了，一無人證，二無物證，汗王未必會信。」

皇太極笑道：「福晉可放寬心，只要向汗父檢舉，汗父必會命人調查審問。此事關係重大，知道的人越少越好，四大貝勒之中，不會交與二貝勒，也不會交與三貝勒，最宜由我辦理。福晉檢舉，我來審問，汗父想不相信都難。」

「你要我怎樣謝你？」德因澤目光如水地看著皇太極道：「四貝勒該不會學大貝勒，專要在女人身上討便宜？」

皇太極正色道：「此時不必言謝，只要福晉榮升了，自然不會少了我的好處。」

「你倒是個明事理的人。」德因澤咯咯一笑。

努爾哈赤去了一趟瀋陽，二百多里的路程平常來回不足兩天的工夫，可這次是有心在那裏定都，不得不仔細看看四周。瀋陽三面環山，四通八達，確是絕佳的形勝之地，滔滔的渾河流過，晝夜不息地向東入海，天柱山猶如一條巨龍探入渾河，山水相交，隱隱而成一龍脈。他選定了都城，逗留了半天，才轉回遼陽。小福晉德因澤將他迎入寢宮，脫去外衣，坐下歇息。德因澤看他面帶喜色，問了幾句選定都城的事，說道：「汗王離開遼陽兩天，遼陽可是熱鬧呢！」

「怎麼熱鬧？」

「汗王可知道大貝勒為何將岳托幾人看管起來？」

「不是他們想南逃降明嗎？」

「大貝勒若不用這種下策，事情早就洩露了。那天夜裏，大福晉帶著侍女深夜去了大貝勒府，給大貝勒送去親手做的拿手好菜，天快明了才回來，大貝勒沒說吧！」

「她到大貝勒府做什麼？」努爾哈赤暗瞥她一眼，見她目不轉睛地看著自己，掩飾道：「朕有一回酒後曾說過待朕死後，他們母子交由大貝勒代為撫養照看……不想就這麼一句醉話，她竟認真了，傾心投靠代善……好了，朕早已乏了，想獨自歇一會兒，你跪安吧！」

德因澤預想他會勃然大怒，沒料到卻如此平淡，以為他有心袒護阿巴亥，告退出來，心裏兀自憤憤不平，她哪裏知道次日努爾哈赤暗令皇太極帶人調查此事。

阿巴亥聽到了一些風聲，坐臥不安，她不知皇太極如何查案，是大事化小，小事化無，還是有心將事情鬧大，攪得滿城風雨？這幾天又不敢再與代善見面、通消息，她不知如何是好，只盼著代善早日動手殺了岳托那幾個人，死無對證，即便有人成心蜚短流長，也奈何不得了。可是汗王下了旨意，案情未明，不得隨意殺人。她飽受了兩天的煎熬，聽說汗王回來了，卻又獨自在寢宮安歇，這些福晉都未召幸，自己這個大福晉竟也見不到他的面了。阿巴亥越想越覺不安，她照樣做了幾色菜肴，親到四貝勒府上探問動靜，不料皇太極卻以查案期間，依律迴避為由，拒不相見，並將菜肴原封不動地退回，阿巴亥更是沒了主意。

案子極是好查，不用三推六問，就極明朗了。但皇太極摸不準努爾哈赤的心思，不敢輕易和盤端出，畢竟代善是汗父一人之下的大貝勒，若是一招不慎，就會萬劫不復了，怎敢冒那樣大的風險！他想先命扈爾漢、額爾德尼巴克什、雅蓀、蒙噶圖四個協辦大臣向汗王透露一些，探探口風，可又覺得最好不逕直入宮稟報，小福晉德因澤卻不管那麼多，又將阿巴亥送菜肴給皇太極的事說給了努爾哈赤：「聽說大福晉曾先後兩回備下山珍海味送給大貝勒代善，大貝勒受而食之。又給四貝勒皇太極送過一回，四貝勒絲毫未動，退了回去。當年汗王不在時，大福晉有一天二三次派人到大貝勒家去，還有兩回大福晉自己深夜出門……」

努爾哈赤再也忍耐不住，召來額爾德尼巴克什詢問案子查得如何，額爾德尼巴克什按照皇太極吩咐的回稟道：「案子尚未全結，可奴才曾看到每逢貝勒大臣在八角金殿賜宴或會議之時，大福晉都披金戴銀，滿頭珠翠，盛裝豔服，精心打扮一番，在大貝勒眼前走來走去，有意獻媚取悅。奴才本以為是眼老昏花，看錯了，可私下聽到眾貝勒議論紛紛，都以為實在不成體統，本想如實稟報汗王知道，卻又害怕大貝勒、大福晉責罰，就隱忍到了今天。若不是汗王動問，奴才也是不敢說的。」說著偷眼向宮外觀望，似是極怕給別人聽見。

努爾哈赤默然無語，只朝他擺擺手，額爾德尼巴克什小心退下。夜裏，他怎麼也不能入眠，命督堂阿敦將代善悄悄召入宮來，拍案低喝道：「代善，你為父不仁，黑了心肝！自己做的孽，卻要子侄們來擔當罪名，朕差點給你蒙蔽了！你要瞞到什麼時候？」

代善嚇得跪在地上，叩頭不止。他還想著等汗父心緒好的時候，請旨殺了岳托四人，不留痕跡，即可高枕無憂，不料汗父竟知道了內情。他伏地大哭道：「汗父明鑒，兒子貪杯多吃些酒，才惹出這樣的大禍來。兒子平時立身謹慎，哪裏做過這般狂悖荒唐的事！求汗父開恩，看在死去的額娘份上，饒了兒子這回，兒子再也不敢了。」

努爾哈赤垂淚道：「你額娘只生了你們兄弟兩個，朕已處死了褚英，怎好再拿你開刀？好在你還不像你哥哥，心裏還有朕這個阿瑪，朕不想再因一個女人傷了骨肉，就給你留條小命！只是你無德無能，不足以做儲君了。朕想好了，不再立什麼儲君，由你們四大貝勒，加上杜度、德格類、濟爾哈朗、岳托四小貝勒，共治國政。」

努爾哈赤緩緩地說道：「家醜不可外揚，就大事化小吧！略做小懲就算了，何必鬧得沸沸揚揚的，教百姓們飯後茶餘說笑呢！她做大福晉日子雖不久，可積攢了不少綢緞、蟒緞、金銀財物，私藏財物也是罪責難逃的。」

「那大福晉……」代善看到汗父那凌厲的目光，嚇得後面的話急縮了回去。

努爾哈赤不動聲色地派人到界凡山上的行宮、阿濟格家、阿巴亥的額娘家等處密查暗搜，果然搜出綢緞三百匹，精織青倭緞數匹，蟒緞被、閃緞褥各二床，又從暖木面大匣中抄出上千兩銀子。隨即將阿巴亥休離，命她帶著多爾袞、多鐸寄居到遠在烏拉的額娘家裏，阿濟格留在宮中恩養。阿巴亥知道已無可挽回，一手拉著多爾袞，一手拉著多鐸，忍著淚拜別了努爾哈赤，一步一回頭地離開了八角金殿，無人來接，也無人來送……

摘去了滿頭珠翠，脫下了華服彩裙的阿巴亥，緊咬著嘴唇，一聲不吭，帶著兩個兒子穿行在僻靜的小巷裏，低頭快步，匆匆而行。努爾哈赤氣急敗壞的模樣和聲色俱厲的那些話依然在耳邊迴響著：「這女人奸猾邪惡，欺誑盜竊，邪惡之極……朕不殺她，是看在三個年幼

無知的兒子份上，實在不想他們像朕一樣年幼就失去了額娘。……朕給她留條活命，想著三個孩子一旦有了什麼災病，也好有人照應……」她目光呆滯，心裏悔恨不已。

多爾袞從未見過額娘這樣的神情，心裏不住發慌害怕，好久才大著膽子，怯生生地問道：「額娘，咱們去哪？」

「去一個很遠的地方，遠遠地離開你阿瑪！」阿巴亥低頭看一眼兩個年幼的孩子，忍不住要落淚。

「為什麼要離開阿瑪？」

「阿瑪要去帶兵打仗，顧不上咱們了。」阿巴亥敷衍著多爾袞，她怕兒子再追問下去，不知如何回答，忙催促著快走。

小多鐸拉住她的衣角，不願再走，眼淚汪汪地說：「額娘，怎麼不坐轎子？我走得腳都疼了。」阿巴亥看看瘦骨伶仃的多鐸，彎腰將他抱起，淚水再也忍不住了……

「額娘不要哭，兒子不坐轎子了，跟著額娘走。」多鐸伸出乾瘦的小手費力地給她擦著眼淚，阿巴亥覺得那隻小手竟又有些發熱了，她驚慌起來，喊著多爾袞快走，不料腳下一軟，與多鐸一起摔倒在地，腦袋碰到一塊碎石，登時暈了過去……

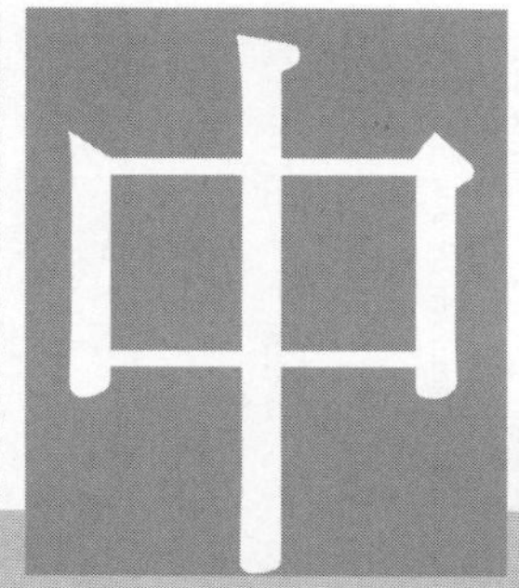

中炮

一聲巨響，炮彈落在黃龍幕帳不遠處，幕帳登時騰起了一團火焰，努爾哈赤頓覺後背給人猛擊了一下，火灼一般疼痛，那馬也受了驚嚇，竟人立而起，他猝不及防，被掀落在地。金國兵將見大汗落馬，無不驚惶，四面八方搶了過來。

努爾哈赤廢黜了代善，為了平息立儲風波，他將四大貝勒代善、阿敏、莽古爾泰、皇太極；四小貝勒：杜度、德格類、濟爾哈朗、岳托，召集在一起，焚香盟誓。努爾哈赤帶頭跪下，大小貝勒跟在後面。努爾哈赤祈求天神，父子兄弟和睦，子孫之中，若有品行不端、殘惡狂悖之徒，群起而共誅之。不咎既往，唯鑒將來。盟誓完畢，他掃視著眾人道：「今後一切政務由你們八和碩貝勒共同議處，朕不再立儲君了，百年以後，由你們八人推選出新汗王。新汗王不能獨攬後金大權，遇到軍國大事，還要和八和碩貝勒共同議定。若是新汗王不聽訓誡，不聽規勸，肆意妄行，違背祖制，八和碩貝勒可對其處置，初犯定罪；若不改再犯，沒收其財物和門下包衣奴才；如再拒不悔改，就將他囚禁廢黜。」

他見眾人頻頻點頭，代善面現愧色，肅聲說道：「朕今年已過花甲，經歷了兩次廢黜太子，不管你們今後誰繼位做汗王，不該盛氣凌人、狂傲自負，要行善政，收拾人心，虛懷納諫，寬宏大量，多用眾人之謀……新汗王既經選立，你們必要恭順從命，不可覬覦汗位，妄生不臣之心，哪個膽敢如此，新汗王不必顧惜什麼手足骨肉之情，必要嚴辦！」他忽然看見李永芳匆匆而來，在門外逡巡，語調緩和下來，說道：「好啦！你們去吧！好生體會朕的一片苦心。」

近幾日，李永芳接連收到遼東巡撫王化貞的密函，商議約他為內應，襲破遼陽城。努爾哈赤將幾封密函反覆看了，笑道：「這王化貞不是個實誠的人，專好吹嘘，以大話唬人。他不過是遼東巡撫，手下怎麼會有十四萬大軍？那熊廷弼經略遼東軍務，官職在他之上，如何卻只有五千人馬？」

「汗王問得有理，可是明朝官場上的陋規極多，汗王想必不曾理會。那王化貞在密函上所說大軍十四萬，並非虛言。他是明朝內閣首輔葉向高的門生弟子，又與兵部尚書張鶴鳴交情深厚。遼東每年往兵部請調的兵卒，都繞過熊廷弼，逕自歸到王化貞的名下，他手下兵馬遠多於熊廷弼，也就不足為奇了。」李永芳見努爾哈赤若有所思，接著說道：「王化貞自恃朝中有強援，不把熊廷弼放在眼裏。凡事專向朝廷請旨，卻不知會熊廷弼，他手握遼東重權，熊廷弼早給架空了。」

努爾哈赤悠然地點煙，深吸一口，笑道：「朕方才見密函上只具王化貞一人名姓，可知熊廷弼並未參與。看來他們經撫不和，那麼熊廷弼徒有經略虛名，不足為懼了。」

「豈止是經撫不和？奴才看來，他們二人已勢同水火了。王化貞主戰，熊廷弼主守，各持一說，極為齟齬。弄不好怕是要老拳相見了。」李永芳想到熊廷弼何等的英豪，卻奈何不得那個文弱的王化貞，若是二人由爭辯而致打鬥，該是怎樣的場面，不禁暗自發笑。

努爾哈赤將密函抛在御案上，冷笑道：「區區一個王化貞，依仗葉向高就敢如此藐視我大金，竟說什麼統領六萬大軍，一舉蕩平，可真大言不慚、狂妄之極！必要給他點兒苦頭嘗嘗，教他想起遼東就膽戰心驚。」

李永芳道：「王化貞好大喜功，意氣自豪，其實並不知兵。他若是固守廣寧不出，守住城池，山海關內外自可無虞，可他卻一心想著建功，率兵渡過遼河，不是自己找死麼？」

努爾哈赤道：「朕先遣一路人馬，渡過遼河，偷襲西平堡，王化貞若能率兵救援，正好乘機在野外伏擊，倒省得攻城了。」

「野地浪戰乃是我八旗兵馬所長，卻是明軍所短，如此揚長避短，必能大獲全勝。」李永芳心裏極是讚佩，汗王計謀百變而出，端的是爐火純青。

一夜之間，後金兵馬圍住了西平堡。守堡副將羅一貫見情勢危急，派人飛馬求援。王化貞一心進兵，哪裏容得有一城一地的失陷，得知後金兵數不多，急撤廣寧、閭陽、鎮武三處兵馬，派游擊孫得功、參將祖大壽、總兵祁秉忠，帶兵往援。熊廷弼也得到了消息，派總兵劉渠趕來援助。兩路人馬會師前進，趕到平陽橋，得知西平堡失守，羅一貫陣亡。孫得功想要帶兵返回廣寧，劉渠、祁秉忠二人執意上前廝殺，孫得功勉強相隨，兵卒陸續過了平陽橋，到了西平堡北邊的沙嶺，見前面塵頭大起，大貝勒代善、四貝勒皇太極帶領三萬人馬一齊殺出。劉渠、祁秉忠拍馬迎擊，孫得功卻畏縮在後面，觀望不動。只見後金兵馬前排左右一分，後面衝出一隊弓弩手，萬箭齊發，明軍猝不及防，再要持盾牌護身，早已傷了數百人，軍卒驚慌而退，有人大叫道：「明軍敗了，還不快逃？難道要等著女真人來砍脖子嗎？」劉渠、祁秉忠捨命遮攔，無奈軍心大亂，約束不住，四散潰逃。

王化貞不知軍卒潰敗，還想著西平堡解圍之後，如何向朝廷寫摺子報捷，正在構思腹稿，一陣驟急的馬蹄聲直闖轅門，總兵江朝棟氣喘吁吁地跑進來，喊道：「大、大事不好了！孫、孫得功反了，誘開城門，正朝巡撫衙門殺來，大人快走！」

王化貞倉皇失措，兩腿顫抖不止，竟跨不上馬。江朝棟將他連拉帶拖地架上了馬，揮鞭出城疾馳。回頭再看廣寧，城中濃煙大起，殺聲震天，王化貞嚇得抱緊馬鞍，落荒而逃。一直跑到大凌河，見一支人馬迎面疾驅而來，打的是大明旗號，為首的一員大帥，身高七尺上下，魁梧高大，威風凜凜，正是遼東經略熊廷弼。王化貞伏在馬背上失聲大哭，不肯下來相見。熊廷弼提韁上前，見他泗涕滂沱，狼狽不堪，拱手道：「撫臺大人當日豪言六萬大軍一舉蕩平，怎麼卻落到這步田地？」

王化貞無言以對，既慚愧又尷尬，更加埋低了頭，嚎啕不止。熊廷弼重重一歎，說道：「你就是再高聲用力地啼哭，也沒用了，廣寧不可復得。熊某只有五千兵，都交你率領，也好抵擋後金追兵。熊某不忍心這麼多的百姓給後金擄去受苦，要護領他們入關。」

王化貞聽到五千人馬，眼睛一亮，說道：「還是先奪回廣寧，不然如何向朝廷交代？」

「遲了遲了。」熊廷弼搖頭不已，「如你不上當出戰，盡撤廣寧兵馬，也不至有如此大敗。如今正是兵潰之時，誰還肯為你賣力固守？」

王化貞還要再三相求，探馬來報，後金佔了廣寧，錦州、大小凌河、松山、杏山等城都已失陷。熊廷弼看看發呆的王化貞，良久無言，下令將沿路各城鎮不能帶走的糧草等財物點火焚燒，煙火遮天蔽日。逃難的遼民有數十萬之眾，他們攜妻抱子，拉牛牽羊，哭叫之聲，驚天動地。王化貞、熊廷弼回到京城，即被羈押刑部大獄，東閣大學士、兵部尚書孫承宗奉旨出關督理山海關及薊、遼、天津、登、萊諸處軍務。

孫承宗字稚繩，別號愷陽。北直隸保定府高陽縣人。萬曆三十二年進士。年少時，曾杖劍出遊塞外，訪問要塞關隘邊城堡壘，與九邊的戍將、老卒吃酒談兵，深知邊事，曉暢虜情。孫承宗坐鎮山海關，徐圖恢復。更定軍制，申明職守，以馬世龍為遼東總兵，袁崇煥督理營務，鹿繼善督理軍儲，杜應芳督理修繕甲仗，孫元化督理修築炮臺，游擊祖大壽駐守覺華島，副將陳諫協助趙率教駐守前屯，副將李承先負責訓練騎兵，在山海關練成七萬精兵。又在寧遠築起堅城，命袁崇煥、滿桂、祖大壽駐守。派兵進據錦州、松山、杏山、右屯及大、小凌河，收復大片失地，前後修復山海關以外的大城九座、堡四十五座；練兵十一萬；立車營五個、火營兩個、前衝後勁營八個；製造甲仗器械弓箭等戰具數百萬；開拓土地四百里，開墾屯田五千頃。遼東兵精糧足，壁壘森嚴。

努爾哈赤本打算乘勝進兵山海關，但見孫承宗調度有方，明軍日益恢復，他又想著遷都瀋陽，因此按兵不動，廣徵能工巧匠在瀋陽營造城池，建築宮殿。四條寬街通衢的首尾各開一座城門，城池四面各開兩座城門，城東，北為內治門，南為撫近門；城南，西為天佑門，東為德盛門；城西，北為外攘門，南為懷遠門；城北，西為地載門，東為福勝門。城中央建起一群宮殿，居中為大政殿，八角重簷，正門兩根盤龍巨柱，煞是威嚴氣派，是努爾哈赤頒布詔令之處。殿兩旁呈八字形排開十座亭子，稱為十王亭，則是左右翼王和八旗大臣辦事的地方。整座宮殿，樓臺掩映，金碧輝煌，雖是仿照大明京闕樣式，但在塞外宮闕如此巍峨，確是亙古未有。

努爾哈赤帶著幾個福晉，滿朝文武，來到瀋陽，又將離居多日的阿巴亥接入宮中，歡聚一堂。隨即離開福晉子孫，移居城北的一座小宮殿頤養居住。這座宮殿背對未曾拆毀的明人所修鎮邊門，夾在城北地載門與福勝門之間，面朝通天街，不大的二進院落，甚為僻靜。正中是三間寬敞高大的殿堂，東西兩廂各有三間配殿，黃色琉璃瓦鋪頂，鑲著綠邊，氣勢非凡。鎮遠門雖稱之為門，其實已給堵死，不再通行，宮殿周圍終日罕見行人。努爾哈赤每日在這裏看書、舞劍，似是遠離了塵世喧囂的隱士，他在耐心地等著明軍的消息，在知道熊廷弼被砍頭，送到大明的九座邊關傳看以後，他不相信孫承宗能長年地守在山海關，老死遼東，他不是與孫承宗用兵鬥法，而是與明廷博弈，畢竟孫承宗不能一手遮天，而自己卻無人掣肘，只此一點，自己就已佔了先機。善用兵者，待機而動，個中三昧，努爾哈赤多年領兵征戰之中早已諳熟。

機會終於給他等來了。此時已是天啟六年，天啟皇帝朱由校已二十二歲，但他自幼不喜讀書，宮裏貼身的大太監魏忠賢常導之「倡優聲伎，狗馬射獵」，朱由校終日沉湎機巧水戲，操斧拿鋸鑿削搭建各種形狀的樓閣宮殿、桌椅木器，精巧異常，即便是巧手的工匠也難企及，做了拆，拆了做，毫不厭倦，再也無心處理朝政。魏忠賢是河間府肅寧縣的一個酒色無賴之徒，因逃避賭博輸錢自宮為閹，改名李進忠，後得寵，皇帝賜名忠賢，復了本姓。他生得身形高大雄壯，極有心計，又善逢迎揣摩，與天啟皇帝的奶媽奉聖夫人客氏結成了對食的夫妻，平步青雲，不久遷為司禮監秉筆太監。明朝有二十四監，司禮監冠於二十四監之

首，領東廠、內書堂、禮儀房、中書房等。司禮監掌印太監是王體乾，掌理內外章奏及御前勘合，職位雖在魏忠賢之上，卻反甘心聽命。秉筆隨堂太監雖有八、九人，掌章奏文書，照內閣票擬批朱，但都看魏忠賢臉色行事。隨即魏忠賢又提督東廠，一大批無恥之徒蟻附蠅聚，有「五虎」、「五彪」、「十孩兒」、「四十孫」之號。魏忠賢排除異己，專斷國政，總攬內外大權，自稱九千歲，內閣、六部至四方總督、巡撫，幾乎都為魏氏死黨，朝中東林黨等正直大臣被他殘害排擠殆盡。海內爭相望風獻諂，頌德立祠，天下財物耗費幾空，朝野只知有太監魏忠賢，而不知有皇上朱由校。

孫承宗督師遼東，邊防大備，功高權重，譽滿朝野。魏忠賢為長久把持朝柄，一心接納，有意引為外廷強援。孫承宗以為魏忠賢不過一介閹豎，卻不把他放在眼裏，魏忠賢由此懷恨在心，伺機報復。天啟五年八月，遼東總兵馬世龍派兵渡柳河，襲取耀州，中伏遭敗。魏忠賢借機小題大作，交章彈劾馬世龍。孫承宗不能自安，自請罷官返鄉。魏忠賢舉薦兵部尚書高第出任遼東經略。

高第本是一介文士，不知兵事，又生性怯懦，接到詔命，想到前幾任經略不是戰死遼東，就是斬首西市刑場，自以為必客死遼東，斷無生還之望，躲在家中大哭不止，但詔令不可改換，更不敢得罪九千歲，咬牙到山海關赴任，以為關外必不可守，下令拆毀寧遠、錦州城池，將駐守兵馬盡撤入關內。

寧遠的主將兵備道袁崇煥在遼東已有四年，寧遠城是他定下規制，歷經一年多築建而成的，城牆通高三丈二尺，城雉再高六尺，城牆下寬三丈，上寬二丈四尺，城設春和、延輝、永寧、威遠東南西北四門，門上都建有城樓，四角設炮臺，東南角臺上建有魁星樓。接到拆撤的軍令，他實在捨不得數年的心血毀於一旦，力爭軍令不可行，寫了論辯的文書，飛報高第，言辭極為懇切：「兵法有進無退。三城已復，安可輕撤？錦、右動搖，則寧、前震驚，關門亦失保障。今但擇良將守之，必無他慮。」

高第一心保命，撤兵之意甚為堅決，以為他不過一時大言，哪裏肯聽？急令並撤寧遠、前屯衛二城。袁崇煥看了高第的軍令，不住冷笑，眉毛一聳，厲聲對傳令的校尉說：「你回去稟告經略大人，我袁崇煥官居寧前兵備道，守衛寧遠、前屯衛二城，乃是我份內的職責，人在城在，城亡人亡，斷沒有輕易離開的道理！」高第聞言，連道狂妄，只好答應袁崇煥帶領本部人馬留守寧遠，其他明軍限期撤退到關內。軍令如山，極為倉促，錦州、右屯、大小淩河及松山、杏山、塔山各地守軍毫無準備，匆忙退兵，把儲存在關外的十幾萬擔軍糧丟得精光，關外只剩下寧遠一座孤城。

大年初十，瀋陽城內節日的氣氛正濃，通天街上人來人往，都忙著預製各式彩燈，慶賀元宵。往年的燈節，自十五至十七放燈三日，今年遷到新都瀋陽，努爾哈赤下令將燈節增加到八天，從正月初十晚始張燈，至十七日晚落燈。剛剛入夜，通天街上一里多長的燈市，燈火輝煌，綺麗無比。沿街家家戶戶門前彩燈高掛，有人物、瓜果、禽獸、魚蟹燈，窮工極巧，角勝爭奇，還雜陳龍燈、獅子、高蹺、旱船、秧歌、燈官等劇。就是一些小巷深處的貧

寒人家，門口也點起了雕刻模製的各色冰燈，晶瑩剔透，玲瓏可愛。不少人家把上年積剩的油蠟，倒至鐵鍋中，掛到門上燃燒，直到天明。燈月交輝，四處歡歌，士女遊觀，填溢街巷。

努爾哈赤與眾貝勒、福晉、大臣擺酒賞燈，看著那些年幼的孫子們在宮苑裏堆起不少雪人，放著花樣繁多的花炮：盒子花盆、煙火桿子、線穿牡丹、水澆蓮、金盤落月、葡萄架、旗火、二踢腳、飛天十響、五鬼鬧判兒、八角子、炮打襄陽城……，把夜空點綴得燦爛無比，捋鬍大笑，點了煙袋，深深吸上幾口，吐出一口口濃煙。自高第接任了遼東經略，知道明軍必有變動，確未料到竟會將錦州、右屯、大凌河等城的兵馬自行回撤到山海關以內，只留下寧遠孤城。努爾哈赤端酒喝了幾杯，向眾貝勒大臣說道：「四年前，朕將關外的土地都歸入我大金版圖，正想領兵入關，卻偏偏出了個孫承宗，不僅將遼西的幾座城池奪了回去，還將朕擋在關門以外，不能前進一步。如今他既被罷職，朕終於去了心頭大患！新任遼東經略高第，盡棄關外諸城，只留下寧遠一座孤城。看來此人實在庸碌得很，朕想親統大軍，攻破寧遠，乘勢叩關攻明，去看看中原的景致。」

代善說道：「寧遠不過一萬多人馬，兒子的兩紅旗已綽綽有餘，何必勞駕汗父屈尊，汗父還是在瀋陽好好賞幾天燈吧！」

努爾哈赤笑道：「你的孝心，朕已知道。那寧遠守將袁崇煥不過一介書生，朕大可不必親領大軍攻城。但朕這幾年耐著性子在都城養尊處優，早已煩悶了，想出去活動活動筋骨，倒不是看重他。量寧遠一座孤城，能支撐幾天？」

皇太極道：「此時正是天寒地凍，我大金鐵騎不便馳騁，不如等兩三月以後，大地回春，冰雪融化，再攻寧遠不遲。」

努爾哈赤揮手道：「高第將兵馬撤回關內，袁崇煥拒不從命，必定加緊備戰，豈能教他如此從容？兵法上說：出奇不意，攻其不備。袁崇煥必想不到朕此時用兵圍城，等他發覺，朕已兵臨城下，他自然措手不及了。」眾人見他執意要去，不敢再勸阻。

正月十五一過，努爾哈赤親領大軍十三萬，號稱二十萬，浩浩蕩蕩，不見首尾，劍戟如林，十六日到達東昌堡，十七日渡過遼河。

袁崇煥孤守寧遠，對後金全神戒備防範，努爾哈赤大軍出了瀋陽城，過了東昌堡，他便已得到消息，撤回中左所、右屯等處的明兵；燒掉城外民房，將城外百姓全部遷入城裏。右屯衛守城參將周守廉依照袁崇煥的將令，堅壁清野，焚燒房屋，運走穀物糧食，帶領一千守軍進駐寧遠。後金兵馬如入無人之境，兵不血刃，直撲寧遠，二十三日將寧遠四面密密圍住。

袁崇煥命總兵滿桂守城東，副將左輔守城西，參將祖大壽守城南，副總兵朱梅守城北，通判金啟倧負責供應飲食，自己居中調度，總督全局。他發信給山海關的遼東總兵趙率教，一經發現寧遠逃回的官兵，就地處斬，格殺勿論。他又深知努爾哈赤善用反間計，撫順、清河、開原、鐵嶺、瀋陽、遼陽等城失守，莫不如此，命同知程維模稽查城內奸細，定下守城

方略：憑堅城固守，據守城池，與敵周旋。部署完畢，袁崇煥下令封閉四門，然後與都督同知謝尚政、都司韓潤昌、推官林翔鳳、參謀守備黃又光幾個平日結納的同鄉死士，微服上街，四處巡查。街上的軍民行走匆匆，臉上多有驚恐之色，走到南街，見往日人流如潮的繁華景象早已不再，林立的店鋪商號都已關門歇業，街上冷冷清清。他忽覺一陣淒涼，正想著如何收拾人心，使大夥兒安定下來，一心一意守城殺敵，別無其他的念頭，卻見沿街上的一座黑漆大門轟然洞開，幾輛騾車外罩厚厚的青布大幔，從門裏吆喝著出來，急急向南面的延輝門馳去，車廂中的人不住地呼喝車把式道：「快些走！若是遲了，城門關閉就再難出城了！」

袁崇煥疾步跟上，騾車離城門還有一箭之地，眼看那千斤的閘門緩緩落下，車把式大急，連連揮鞭抽打，喊道：「且慢關城門，我們還要出城呢！」車廂內的人早已掀開車幔，一起呼喊起來。

守門的軍卒哪裏肯聽，任憑怎樣呼喊，閘門已經放下，再想絞起已難，眼看城門死死閘住，車上的人紛紛跳下車來，呼天搶地，哭成一片，不住捶打著城門。霎時，四周居民一起湧來，將城門洞團團圍住。袁崇煥躲在人群中，側耳細聽。車廂內下來一個老者，拿出一包銀子，送與守門的校尉道：「軍爺，你就行個方便，放小老兒出去吧！不然大金兵馬殺入城來，教小老兒往哪裏躲？」

「不行！」校尉打脫了那包銀子，厲聲說：「奉袁大人將令，城門關閉，金兵不退，不可開啟。請回吧！」

那老者見已無望，含淚歎息道：「唉！大金的鐵騎縱橫關外，寧遠彈丸之地，怎麼守得住？沒想到，我這一大把的年紀了，卻要埋骨在關內異鄉了。」圍觀的百姓聽了，無不聳容驚駭，紛紛議論：「可不是麼，這個袁蠻子好生可惡！他拼著一條性命不要了，卻要咱來陪他！」

「他也真個不知死活！好好聽經略大人的話，退回關內早就萬事大吉了，如今倒好，還要大夥兒這般擔驚受怕！」

「金兵素來殘忍，略地屠城，就是婦孺也不放過，殺人如踩死螞蟻一般。他袁崇煥守此孤城，還不是為了個人邀功升官？一旦有個閃失，卻要害了滿城的百姓。」

「管他做什麼，砸開城門，一起逃出去吧！」

眼見人越聚越多，紛紛向城門湧去，校尉大聲吆喝著，命眾人退後，領著十幾個兵丁持刀相向，哪裏阻止得住？正在危急，城樓上有人大喝道：「哪個擅開城門，格殺勿論！」隨著喊聲，下來一個威武的將軍，滿臉虯髯，按刀立在眾人面前。袁崇煥見是守南門的參將祖大壽，心下大急，暗忖：若是此時金兵攻來，他如何一心守城？想到此處，擠出人群，上前給那老者打躬問道：「老人家為何要出城去？」

老者見一個中年的漢子，身形略矮與常人，臉上三綹長鬚一絲不亂，兩眼之中神采飛揚，灼灼逼人，身穿半舊的布棉袍，以為是個平常的平頭百姓，賭氣道：「不出城卻要在城裏等死麼？」

「何以見得就是等死？」袁崇煥不慍不怒，他見祖大壽等人見了自己，面有驚喜之色，似要上前拜見，急忙以目制止。

「誰能擋住十三萬金兵？」

「你怎麼知道擋不住？」

老者詫異地看他一眼，問道：「你是什麼人？看你是個讀書人的模樣，怎麼竟這般癡呆！」

「我便是欽命的寧前兵備道。」袁崇煥神情自若。

人群一陣驚呼，「他就是袁大人？袁大人來了！」袁崇煥微笑看著越來越多的民眾，說道：「寧遠城自修築那日起，我就想著會有惡戰的一天，不僅城牆加寬加高，且已儲備了數萬擔糧米，足夠一年的耗費。金兵往來飄忽，所帶的糧草不多，只要守得兩三個月，他們糧草一盡，不戰自退，大夥兒何必擔心。」

人群中有人問道：「若是他們不退怎麼辦？」

袁崇煥連聲大笑，說道：「金兵有刀，我們有槍；金兵有弓箭，我們有盾牌。怕他們什麼？」他回身北望一眼高大的鼓樓，見鼓樓下的十字街上也站滿了人，遠遠地朝這裏觀望聚集，他暗道：來得好！正好當面曉以大義，安定人心。他登高大呼道：「各位父老鄉親，奴酋入犯，正是我們做臣子枕戈嘗膽之秋。本道受皇命守衛，數年的心血都花在這寧遠城上。

身在前衝，奮其智力，自料可以阻擋奴酋。萬一不測，本道勢與此城共存亡，就是血濺城頭，也算不枉此生，絕無後退半步之理！」說完，拔出佩劍，割開食指，在一處白粉皮牆上寫下四字：誓死守城。血跡淋漓，鮮豔奪目。

袁崇煥復又躍上高臺道：「大丈夫一生，應該俯仰無愧，心術不可得罪於天地，言行要留好樣與兒孫。我聞遼東自古多豪傑義士，怎忍心將祖宗留下的基業拱手讓與他人？大夥兒若能與我一心守城，自能破釜沉舟，置之死地而後生，何懼金兵百萬？仰仗各位了！」屈身下拜，朝眾人跪下。

眾人熱血沸騰，刷地跪倒一大片，齊聲喊道：「願跟隨大人，誓死守城——」

那老者顫微微上前，拉著袁崇煥的手道：「袁大人，剛才小老兒冒犯了！大人既有心守城，這幾大車上的財物就作軍餉，算是小老兒向大人謝罪！」

袁崇煥攙住他道：「老人家憂心城陷，桑梓罹難，也是人之常情，何罪之有？」

一時，全城軍民士氣大振，有的登城防守，有的捐送糧草；就是一些說書的藝人也巡守巷口，提防奸細。寧遠眾志成城，嚴陣以待。

努爾哈赤見寧遠城內一片悄然，不見什麼動靜，忍耐不住，帶人到城前，舉目一看，城牆高厚，巍峨壯觀，那高聳的城樓，樓簷翹起，凌空欲飛，真是氣象萬千！他命人朝上喊話：「袁崇煥，朕這次帶了二十萬大軍來攻，寧遠非破不可。你如願投降，朕一定大加優待，封你做大官。」

袁崇煥登城向下答道：「我在寧遠修築城池，自然是要死守到底，怎肯投降？你不必費口舌了，我不是李永芳那樣的軟骨頭，不怕你嚇的！我生是大明的人，死是大明的鬼，怎會稀罕你一個蠻夷許下的什麼高官？當真可笑！」

努爾哈赤氣得臉色鐵青，遠遠地將令旗一揮，背後轉出上萬的弓弩手，萬箭齊發，破空之聲不絕於耳。袁崇煥泰然自若地坐在城樓中，夜幕將垂，西天布滿紅霞，將遠處山頭的積雪映照得瑰麗無比，天地交合之處紅白暈染。無數的羽箭破空而來，頃刻之間，將城樓的門窗釘得得密密麻麻，城道上落滿了箭矢，橫七豎八，有如枯枝亂柴。箭雨過後，金兵鋪天蓋地而來，成千成萬地衝到城邊，豎起雲梯攻城。袁崇煥一聲令下，突然之間，躲在牆雉之後的軍卒，舉起千千萬萬火把，矢石如雨般投下城去。明軍從城頭的每個石堞間推出一個又長又大的木櫃，這些大木櫃一半在堞內，一半探出城外，大櫃之中伏有甲士，俯身射箭投石，投完了便將大木櫃拉進城頭，再裝矢石探出投擲。城頭十一尊紅衣大炮轟鳴，輪流轟擊，每一炮打出，炸得土石飛揚，無數金兵和馬匹被震上半空。

努爾哈赤揮動令旗，後面鐵騎奔突，衝出一隊隊鐵甲軍，每人身披兩層鐵甲，稱為「鐵頭子」，推了鐵車，車頂以生牛皮蒙住，車內暗藏軍卒，矢石不能傷，奮勇迫近，直到城下的死角，車內的軍卒舞動長鍬鐵鏟，猛挖亂掘城牆牆腳，鐵甲軍推車猛撞城牆，聲音轟隆轟隆，勢道驚人，饒是城牆既堅且厚，也多有破損。

「不好！金兵正在穴城。」袁崇煥一驚，揮劍大喊：「快拆階石！」軍卒將城上鋪設馬道的長條大石抬起，順著城牆投砸而下，那階石十分沉重，鐵車都給砸壞，壓死了不少金兵。

穴城乃是金兵多年練就的攻城之法，軍卒伏在城牆腳下，鑿成空洞，向城內不斷掏挖，終至城牆塌陷。穴城的金兵雖給發覺，但已有不少金兵已掩身在牆洞中，躲過了大石。不到半個時辰，寧遠四周十餘里的城牆牆腳已被挖得千孔百瘡，眼看城破在即，滿城百姓驚惶失措。通判金啟倧大吼道：「快取萬人敵來！」那「萬人敵」不過是在蘆花褥子和棉被裏暗撒了火藥，紛紛投到城下去。正月嚴冬，氣候酷寒，就是白天尚且滴水成冰，遑論沒了日頭的夜裏？城下的金兵身穿鐵甲，本不甚禦寒，見到被褥，都來搶奪，城上將火箭、硝磺等引火物投下去，「萬人敵」立即燃燒爆炸，燒死了無數金兵。

城上軍卒見金兵燒得四處翻滾，拍手大笑。忽然轟隆一聲，城牆給掏挖得久了，土石鬆動，竟塌裂了一丈多的口子，袁崇煥從城樓躍身出來，搬了石塊去堵，肩膀早中了一箭，他咬牙將石塊壘好，剛剛站直了身子，胳膊又中一箭。祖大壽看了，勸道：「大人保重，何必親身涉險？大人若有閃失，這寧遠怎麼辦？」

袁崇煥知道事情緊急，哪容他多嘴，厲聲道：「寧遠雖只區區一城，但與我大明的存亡有關。寧遠要是不守，數年之後，咱們的父母兄弟都成為韃子的奴僕。我若膽小怕死，就算僥倖保得一命，活著又有甚麼樂趣？」伸手將左臂的箭頭拔出，帶出一大塊皮肉，刺啦撕下一角戰袍，將傷口裹了，快步去搬石塊。眾軍卒見他臨危不懼，大為感奮，冒著箭雨搬石運

土，潑上井水，一層層凍得結結實實，工夫不大，便將缺口堵死。

袁崇煥急忙命人巡查城牆，金兵挖出的洞穴大小竟有七十餘個，若這樣掏挖下去，寧遠城遲早要給挖破了。他站在城頭，撫劍望著天邊的殘月，月冷星稀，天色轉明，依稀看出遠處雪山的輪廓。想到天明以後金兵必然傾力猛攻，正在彷徨無計，忽聽到城下金兵齊呼：「萬歲，萬歲，萬萬歲！」呼聲自遠而近，如潮水湧至，到後來數萬人齊聲高呼，驚天動地。晨曦之中，但見一根九旄大纛高高舉起，鐵騎擁衛下青傘黃蓋，一彪人馬鏘鏘馳近，簇擁著一個身罩黃袍鬚髮斑白的高大老者，正是大汗努爾哈赤臨陣督戰。大金官兵見大汗親至，士氣大振，數百架雲梯紛紛豎立，金兵如螞蟻般爬向城頭，城上守軍奮力抵抗，滾木礌石雨點般砸落，金兵慘叫著摔到城下，卻前仆後繼，沒有一絲怯意。但見金兵的屍體在城下漸漸堆高，後續隊伍仍如怒濤狂湧，踐踏著屍體攻城。

城頭的軍民瞧著這等聲勢，不覺駭然失色。謝尚政心中大怯，奔到袁崇煥的身前，低聲道：「大人，眼見寧遠是守不住啦，咱們快出城南退罷！」

袁崇煥大怒，喊著他的表字道：「允仁！枉你還是個武舉出身，竟這般沒膽色！眾人都在奮勇殺敵，你卻說出這等言語？想要動搖軍心麼！大丈夫以身許國，怎能如此畏首畏尾？寧遠在，咱們人在；寧遠亡，咱們人亡！」謝尚政滿面羞愧，奔回城邊禦敵。

努爾哈赤見攻了一夜，寧遠城巍然屹立，絲毫不動，命人將黃龍幕帳向前移動，將大纛旗高高樹起，身旁兩百多面大皮鼓打得咚咚聲響，震耳欲聾。但見城下滿是金兵的死屍、兵刃，兀自有不少的金兵或死或傷，一個個血染鐵甲，從陣前退下來。饒是他身經百戰，此刻見了這一番廝殺，也不由得暗暗心驚：「與明軍征戰多年，往常的明軍將士個個懦弱無用，怎麼寧遠的明軍卻如此英勇，絲毫不弱於我們滿洲精兵呢！」心裏半驚半惱，暗忖：「這小小的寧遠城，若是攻不下來，怎麼去打山海關……」命傳令官曉諭八旗將士加緊攻城。

那傳令官馳馬大呼：「眾官兵聽著：大汗有旨，哪個最先攻登城牆，便封他為寧遠城的城主，招他為額附。」金兵聽了，想著榮華富貴和嬌嫩的格格，大聲歡呼，那些梟將悍卒個個不顧性命地撲將上來，旦夕之間就要攻上城頭。

袁崇煥見情勢危急，卻聽不到紅衣大炮的聲響，持劍奔到紅衣大炮前，大喊道：「彭簪古，彭簪古！」連叫數聲，無人應答。

背後跑過一人，喘著粗氣道：「大人，火器把總彭簪古受了重傷，已給抬下城去了。」

「唐通判，其他放炮的人呢！」

「都給金兵一陣箭雨射死了。」

「你來放炮！」

「大人，卑職只是看別人放炮，可從未摸過呀！」

「對著城下放就是了。」

唐通判不敢違命，裝了火藥炮彈，問道：「大人，朝哪裏放？」

袁崇煥往遠處一指道：「你可看清了那邊的黃龍幕帳？必是那老賊努爾哈赤，就朝他那

裏發炮。」

這紅衣大炮長一丈，重有三五千斤，口徑三寸，中容火藥數升，雜用碎鐵碎鉛，外加三四斤的精鐵大彈，火發彈飛，橫掠而前，攻無不摧，可有二三十里的射程，是用重金購自澳門的葡萄牙商人，寧遠城上布置了十一門。火炮建在平臺上，炮身上有小輪、照輪，所攻打或近或遠，據此刻定里數，按照一定規式，低昂伸縮炮管。唐通判小心翼翼地調了炮口，裝上火藥炮彈，點燃火線，大呼道：「大人躲開了！」拉著袁崇煥跑出數百步遠，只聽一聲巨響，有如山崩地裂，炮口噴出一大團火球，遠遠地飛落到城外，在金兵中炸開，一時之間，人仰馬翻，血肉橫飛。袁崇煥見離黃龍幕帳尚遠，暗叫可惜。此時，督建炮臺的孫元化、炮手羅立飛跑回來，裝好火藥炮彈，將炮口調高。袁崇煥叫道：「我來點火！」將火線點燃。不料那小輪竟給震鬆脫了，炮口低落下來，唐通判大急，竟挺身將炮管托起，躲在遠處的袁崇煥三人大叫著命他躲開，他渾若不聞，死死抵住炮管，面色漲得通紅。又是一聲巨響，炮彈落在黃龍幕帳不遠處，幕帳登時騰起了一團火焰，努爾哈赤頓覺後背給人猛擊了一下，火灼一般疼痛，那馬也受了驚嚇，竟人立而起，他猝不及防，被掀落在地。金國兵將見大汗落馬，無不驚惶，四面八方搶了過來。

煙霧稍散，袁崇煥三人衝上炮臺，見唐通判早已給大炮震得粉身碎骨，遠處的黃龍幕帳已給燒得乾乾淨淨，努爾哈赤的大纛正自倒退，大纛附近紛紜擾攘，金兵偃旗息鼓，紛紛後退。「袁大人，打中了！打中了！」孫元化、羅立跳躍歡呼。

袁崇煥大呼號令，乘勢開城，率兵殺出。金兵軍心大亂，已無鬥志，自相踐踏，死者不計其數，一路上抛旗投槍，潰不成軍，紛紛向北奔逃。袁崇煥追出三十餘里，擔心中其埋伏，又見金兵漸漸收拾隊形，緩緩向北退卻，不好迫近，收兵回城。滿城的百姓早已擁在城門口，夾隊相迎，紛紛趕來拜謝救命之恩，多年來，明軍與金兵作戰從未有過如此大勝，眾人想起這場惡戰，激動地放聲大哭。

歸天

阿巴亥扶他慢慢坐起身來，努爾哈赤道：「給朕裝上一袋煙。」阿巴亥聽他想抽煙，以爲病情有了轉機，忙將煙袋遞上，打火點燃。努爾哈赤吸了一小口，卻猛烈地咳嗽起來，突然兩眼圓睜，張嘴吐出一口鮮血。阿巴亥嚇得呆了，趕忙將他攬在懷裏，擦乾淨嘴角的血跡，忽覺他身上一陣冰涼，冷汗直流，氣若游絲。

努爾哈赤敗回瀋陽，躲入了城北的小宮殿裏，靜養背傷。背上不過給火炮灼傷了一片，並不十分沉重，但心頭的火氣實在難消，急火攻心，傷口癒合得極是緩慢。輾轉床榻，半個多月，才勉強下來行走。四大貝勒一齊趕來探視，努爾哈赤扶病而起，見了眾人，問道：「代善，八旗兵馬傷亡多少？」

「不過三五千人，阿瑪不必放在心上。」

努爾哈赤搖頭歎息道：「征戰死傷倒也平常，只是朕自二十五歲起兵，戰無不勝，攻無不取，不料今日在這小小的寧遠城，遇著這袁蠻子，偏偏吃了一場大虧，實在可恨可惱！」

皇太極勸慰道：「自古勝敗兵家常事，一場小小敗績，汗父何必耿耿於懷？等汗父身子康健了，再領兵報仇，踏平寧遠城，出這口惡氣不遲！」

「話是那麼說，朕只是不甘心。」努爾哈赤咳嗽幾聲，蒼白的臉色漸漸有了一絲紅潤，「朕征戰多年，每次班師，無不是滿載金銀珠寶、刀槍牛羊而歸，可這次卻兩手空空，真是羞見祖宗……」言下之意，竟是極為愧疚。

代善、阿敏、莽古爾泰、皇太極四人面面相覷，不料汗王心病竟如此沉重，正想著如何勸解，顏布祿進來稟報說：「袁崇煥派人送來禮物，要面交汗王。」

「帶他進來！」努爾哈赤頗覺意外，忖道：這袁崇煥當真有趣，勝了一場卻送來禮物，到底何意？皇太極想到袁崇煥直立寧遠城頭，輕袍緩帶，大有古代儒將之風，本來暗自喝采，但取勝之後派人送禮物致意，未免有些趾高氣揚，小看對手了，心裏大覺不屑。

「阿彌陀佛——」隨著一聲清亮的佛號，殿外進來一個出家的和尚，向著努爾哈赤合掌施禮道：「貧僧李喇嘛拜見汗王。」

努爾哈赤問道：「袁崇煥給朕送來什麼禮物？」他見信使竟是一個方外的僧人，覺得袁崇煥處事實在匪夷所思，大大出人意表。

李喇嘛從貼身處取出一幅畫來，恭恭敬敬呈上。努爾哈赤展開一看，見上面工筆畫了寧遠城樓，樓下一尊紅衣大炮，城下一座黃龍幕帳起火燃燒，一匹高頭大馬人立而起，地上四腳朝天地躺著一人，五彩龍紋的黃袍，亂蓬蓬的頭髮、鬍鬚，神情極為狼狽，赫然就是自己，畫腳下寫著兩行小字：「老將軍橫行天下已久，今日竟敗於我這後生小子之手，豈非天意？」努爾哈赤捶座大怒，喝道：「你這蠻子，辱朕太甚！」大叫一聲，倒在龍椅上。四大貝勒急忙上前扶起，看他背上的傷口鮮血迸流，將外衣浸透，忙將他抬到炕上歇息。努爾哈赤伏在炕上，兀自咬牙切齒道：「朕二十萬大軍，竟然攻不下一座小小的孤城！可恨可恨！」代善帶頭勸解道：「汗父息怒，身子要緊。」

努爾哈赤疲憊又痛苦地閉上眼睛，一句話也說不出來。一連躺了兩個多月，傷口漸漸癒合，想到自己中了袁崇煥的計策，氣得金瘡開裂，越發憤恨，病情剛剛好轉，就下令四大貝勒加緊整修舟車，試演火器，天涼以後，伺機攻打寧遠，必報前仇。

轉眼到了七月，正值盛夏，天氣出奇炎熱，努爾哈赤背傷癒合未久，更是耐不得如此高溫，勉強熬了幾天，瀋陽依然籠蒸火烤一般，實在難以忍受，瘡口周圍竟又紅腫起來，只得命二貝勒阿敏護送著，前往清河湯泉避暑療養。誰知一路顛簸，飽受暑熱之苦，到了清河湯泉不到兩天，背上的傷口竟有些化膿。八月初一，二貝勒阿敏殺牛燒紙，祈禱神佑，但絲毫不見效果，病勢漸覺危重，下令乘船順太子河返回瀋陽。八月初七，大福晉阿巴亥趕來侍奉。

夜色如水，星光燦爛。太子河上，燈火點點，一艘大木船在河中緩緩行進，木槳劃開河水的聲音極其輕柔，船頭卻戒備森嚴，站立著許多披甲持刀的侍衛，人人面色凝重。船艙中，努爾哈赤面色蒼白，氣虛體弱地側臥在床榻上，閉目養神。大福晉阿巴亥在一旁不停地用涼濕的手巾給他敷著身子，背上的瘡口不住地浸出腥臭的膿水，身上灼熱滾燙。不到一個月的光景，努爾哈赤已變得消瘦異常，赤裸的後背透出條條肋骨。他虛弱地噓了一口氣，阿巴亥知道他半邊身子已麻木了，忙起來扶他翻個身，見他臉上的痛苦之色減輕了不少，才小心地坐下，輕聲問道：「汗王，可是背上的傷疼得厲害？」

「不疼，我只覺得燙，像有人拿火在烤……」

阿巴亥心頭頓覺不祥，想必毒氣已漸漸散開了，她背轉身去，擦了擦淚水。努爾哈赤聲音微弱地問道：「到了……什麼地方？」

「前面就是靉雞堡了，離瀋陽四十里。」

「阿敏呢？」

阿巴亥急忙將艙外的阿敏喊來，努爾哈赤不悅地看著他，鼻子哼了一聲，責問道：「你可給他們幾個送信了？他們怎、怎麼還不到？是不是朕的話沒人聽了？」

阿敏跪下道：「汗王放心，奴才派人騎快馬趕往瀋陽，必不會耽擱！汗王再睡一會兒，大貝勒他們即刻就到了。」

「朕、朕是怕見……不到他們了。」努爾哈赤大口喘著氣，說話斷斷續續，動了動手指，說道：「你去吧！」

阿巴亥看著阿敏出艙，忍不住抽泣起來，哭道：「求汗王撐著點兒，不要胡思亂想，奴婢心裏慌得有些六神無主了！」

努爾哈赤強打精神，抓住她的手道：「扶朕起來。」

阿巴亥扶他慢慢坐起身來，努爾哈赤道：「給朕裝上一袋煙。」阿巴亥聽他想抽煙，以為病情有了轉機，忙將煙袋遞上，打火點燃。努爾哈赤吸了一小口，卻猛烈地咳嗽起來，突然兩眼圓睜，張嘴吐出一口鮮血。阿巴亥嚇得呆了，趕忙將他攬在懷裏，擦乾淨嘴角的血跡，忽覺他身上一陣冰涼，冷汗直流，氣若游絲。她嚇得張口要喊阿敏，可連張了幾下，竟喊不出聲來。「不用喊他！」努爾哈赤聲音微弱，可依然有著往日的威嚴。

二人在床艙中靜靜地坐著，艙外河水嘩嘩地奔流聲清晰可聞，河面上不時有船隻穿梭往來，閃爍的燈火透進艙中，稍縱即逝……良久，努爾哈赤的喘息有些均勻了，他凝視著阿巴亥，悲傷道：「朕縱橫關外數年，沒想到臨死竟這般寂寞，身邊沒個兒孫守著！朕叫他們來，他們竟不聽了。」

阿巴亥聽他說得淒慘，眼裏又湧出淚來，撫慰道：「他們想必還沒接到汗王的旨意。」

「你可知道，朕為什麼不再立太子？」

「奴婢不敢亂猜。」阿巴亥聽了「太子」二字，登時想起了代善，想到自己一手拉著多爾袞，一手拉著多鐸，千辛萬苦地回到烏拉老家，在路上多鐸發冷發熱的，差點兒送了命……她心頭一陣酸楚，眼淚大滴滾落。

努爾哈赤吃力地說道：「立褚英、代善二人，朕都錯了……」

「那四貝勒呢？汗王心裏不是一直屬意於他。」

「老八倒是極像朕，他的軍功、才幹，這些阿哥之中，無人能出其右。只是……唉！都是朕害了他！」

「奴婢越發不明白。」

「朕不該給他請漢人師傅，如今他中毒已深，做什麼事都願意用那些漢人，開口閉口也是漢人的做法，朕擔心我們女真的祖制要給他毀壞了。不然，他倒是個合適的太子。」他看著阿巴亥，無奈地說道：「以老八的性子，他時刻想著叩關攻明，要進關做天下的共主。朕卻怕我們入關以後，後輩子孫給漢人教壞了，忘了祖宗創業艱難，只知文恬武嬉，祖宗之法就這麼輕易地丟了。」

「原來汗王竟思慮得如此深遠？」阿巴亥見他臉上漸漸生出一片紅光，說話的聲音也洪亮了起來，心下歡喜。

努爾哈赤拿起煙袋空吸了一口，愜意地閉眼道：「你仔細聽著，選一個能守祖制的新汗，朕才放心。」忽覺一股辣辣的煙草味直衝喉間、鼻孔，他禁不住又咳嗽起來。

阿巴亥取過煙袋，勸阻道：「汗王，先好生歇著，別一下子說這麼多的話！」

努爾哈赤搖搖頭道：「你不要攔朕，朕這病來勢兇猛，怕是熬不過去了。再不說，還要帶著這些話進棺材麼？」

阿巴亥不敢再攔，只覺他身上又滾燙起來，烤得自己的胸前也是一片汗漬，拿了手巾去擦，卻聽他說：「阿巴亥，朕想從他們幾個小阿哥裏……挑、挑選一人，把大金國的汗位傳給他……」

她登時停了手，忘了燥熱，詫異地幾乎叫出聲來，顫抖地問道：「哪、哪幾個小阿哥？」

「多爾袞、多鐸，還有、還有費揚古……」

「可是他們三人都還年幼，又沒有多少戰功……」

「朕要的是守成之主。」

「四大貝勒豈會答應？」阿巴亥頓生怯意。

努爾哈赤喘息道：「朕命他們趕來，就是要當面擁立新汗！不然，朕死以後，汗位之爭免不了會有一場廝殺，勢必給四大貝勒奪了去，朕不願子孫流血，反目成仇……」

「怎麼會？他們可都是至親的兄弟……」阿巴亥想到骨肉相殘，嚇得瞠目結舌。

努爾哈赤重重地出了口氣，捏緊她的手說：「你別怕，朕不會教他們這樣的……這會兒

……我覺得好些了。只要朕死不了，絕不容他們動刀……」

「汗王，你死不了的，奴婢已求過天神……」阿巴亥柔腸痛斷。

「朕這樣苦撐著，就是要等他們來……你聽，可是有馬蹄聲？」

阿巴亥側耳靜聽，果然岸邊蹄聲雜遝，由遠漸近，驚喜道：「他們來了！」卻覺肩頭異常沉重，努爾哈赤已歪倒在她的肩上，大睜著兩眼，口中已沒有一絲氣息……

「汗王——」她驚悸得一聲慟哭，撕心裂肺……

四貝勒皇太極搶身進艙，默默跪倒，淚如泉湧，「阿瑪——」哭了一會兒，他抬起頭來，見大福晉阿巴亥怔怔地看著自己，神情有些呆滯，問道：「我飛馬趕來，還是遲了一步，阿瑪臨死前可有遺言？」

「汗王已糊塗多日了。」阿巴亥心頭撲撲直跳，額頭沁出細細的汗珠。

「阿瑪果真沒透露什麼？」

「沒有。」

皇太極眼裏射出兩道凌厲的光芒，逼視道：「若非阿瑪有話要說，何必急著召我們趕來？」

阿巴亥置之不理，反問道：「大貝勒代善、三貝勒莽古爾泰怎麼還沒到？」

「我的坐騎最是神駿。」

阿巴亥心底一沉，知道必是送信人做了手腳，登時覺得遍體冰冷。皇太極追問道：「阿瑪到底說了什麼？」

「他們不來，我不能說！」

「好！你若不說，我也猜得出來，你必是想借在阿瑪身邊之機，假稱遺命，將汗位傳給阿濟格、多爾袞、多鐸三人。我可誣賴了你？」

「你血口噴人，我怎麼會敢如此荒唐！」阿巴亥大驚失色。

皇太極冷笑道：「自然是阿瑪留了遺命給你，你才敢如此大膽。」

阿巴亥驚恐萬分，顫聲道：「你、你要怎樣？」

皇太極一陣長笑，說道：「我聽到的遺命可不是這樣。」

「你從哪裏聽來的遺命？」

「阿瑪剛剛對我說的。」

「你、你胡說！你來之時，汗王分明已經死……」

「哼！等眾位貝勒大臣到齊了，看是誰胡說？他們是信你還是信我？」

阿巴亥大叫道：「你竟敢假冒……」艙外衝進兩個侍衛，將她緊緊拖住。

阿巴亥掙扎著大罵道：「該死的奴才，你們要造反麼？」

「住嘴！」侍衛大聲喝止。

「我的嘴也要你們這些下賤的奴才來管！」阿巴亥氣急。

皇太極森然說道：「照理說，我們做晚輩的本不該管，但卻不喜歡你四處亂說。你要是

管不住自家的舌頭，可別怪我心狠手辣！我那三個兄弟小小年紀，就這麼無故地死了，豈不可惜！」

「我不會亂說的……求你放過他們。」阿巴亥一下子坐倒，驚惶不已。

「我不放心。你自己選吧！是要兒子還是保命？」

「你就這麼狠心？」

「我也沒別的法子。」

「容我想想。」

「工夫可不多，早拿主意。」皇太極看著侍衛將阿巴亥押出船艙，跪在努爾哈赤身邊……

半頓飯的工夫，代善、莽古爾泰等人趕到，也都哭拜倒地。過了多時，才想到詢問汗王有什麼遺命。皇太極看看剛剛返身回來的阿巴亥道：「我趕來時，汗父已然到了彌留之際，他見我到了，眼睛發亮，口中囁嚅著似是要囑託什麼，竟說不出話來，只是抓著我的手不放……」

代善兩眼紅紅地看著阿巴亥道：「這四天，額娘一直跟在汗父身邊，汗父此前說過什麼話？」

不等阿巴亥回答，皇太極接過話茬道：「方才我已問過額娘了，汗父只說、只說十分喜愛額娘，離不開額娘，要她陪著去。」他兩眼直視著阿巴亥道：「額娘，我說的可對？」

代善本有些懷疑，但想到那夜書房的風流，還以為汗父對他與大福晉之事依然懷恨，登時不敢再追問下去。阿巴亥看著皇太極那咄咄逼人的目光，咬牙道：「不錯！黃泉路上，汗王還要小福晉德因澤、我的貼身侍女代因札一起陪他。」

皇太極知道她對這二人恨之入骨，必欲乘機殺之而後快，點頭道：「汗父的遺命誰敢不從，我第一個放不過他！」

「好！有四貝勒這句話，我就放心了。我自十二歲來到汗王身邊，二十六年來，錦衣玉食，享盡了榮華富貴，也不忍心離開汗王，情願相伴地下。只是我的三個兒子年紀尚幼，還要請四大貝勒多多看顧他們，我也好安心地侍奉汗王。」阿巴亥淚如雨下。

皇太極答應道：「我們必不負額娘所託。」

「四貝勒，你可要記住今夜的誓言！上天不可欺呀！」阿巴亥淚眼婆娑地盯著皇太極，良久，才轉身朝努爾哈赤拜了幾拜，整整鬢髮，走出船艙。

遠處依然不斷傳來急促的馬蹄聲，也許她的三個兒子正在飛馬趕來，可她知道等不到了，也不敢等他們來。阿巴亥閉目流淚，兩個侍衛將牛皮繩索套入粉嫩的脖頸，慢慢收緊……

天命十一年，皇太極繼承了金國汗王之位。不久，就在瀋陽城東二十里的渾河北岸，依著「川縈山拱、佳氣鬱蔥」的天柱山，選定萬年吉壤寶地，安葬了努爾哈赤，孟古、阿巴亥等人與他一起合葬，這就是大清關外三陵中的東陵——福陵。

國家圖書館出版品預行編目資料

塞外龍飛　清太祖秘史／胡長青作.　-- 一版.--　臺北市：大地，2005〔民94〕

面；　公分. --（歷史小說；26）

ISBN 986-7480-37-6　（平裝）

857.7　　　　94015164

塞外龍飛　清太祖秘史

歷史小說 026

作　　者：胡長青
發 行 人：吳錫清
主　　編：陳玟玟
出 版 者：大地出版社
台北市內湖區內湖路二段103巷104號
劃撥帳號：〇〇一九二五二～九
戶　　名：大地出版社
電　　話：（〇二）二六二七七七四九
傳　　真：（〇二）二六二七〇八九五
印 刷 者：普林特斯資訊有限公司
一版二刷：二〇〇六年五月

定　　價：250元

E-mail：vastplai@ms45.hinet.net